지금,
이곳의
비평

지금, 이곳의 비평

초판 1쇄 발행 2013년 9월 30일

지은이 남송우
펴낸이 강수걸
편집주간 전성욱
편집 양아름 권경옥 손수경 윤은미
디자인 권문경
펴낸곳 산지니
등록 2005년 2월 7일 제14-49호
주소 부산광역시 연제구 거제1동 1498-2 위너스빌딩 203호
전화 051-504-7070 | 팩스 051-507-7543
홈페이지 www.sanzinibook.com
전자우편 sanzini@sanzinibook.com
블로그 http://sanzinibook.tistory.com

ISBN 978-89-6545-229-4 93810

*책값은 뒤표지에 있습니다.
*이 도서의 국립중앙도서관 출판시도서목록(CIP)은 e-CIP 홈페이지
 (http://www.nl.go.kr/ecip)에서 이용하실 수 있습니다.
 (CIP 제어번호: CIP 2013018723)

산지니 평론선 9

지금, 이곳의 비평

남송우 평론집

산지니

| 차례 |

머리말 · 6

제1부 비평과 세계

2000년대 비평의 향방 · 11
디지털 문화 시대의 디지털 스토리텔링 · 31
「오세암」에 나타나는 동심의 서사구조 · 51

제2부 생명의식과 생태학적 삶

김동리 소설 다시읽기-김동리론 · 77
박재삼 시인의 세계인식의 한 양상-박재삼론 · 86
생태학적 삶의 실천과 그 시적 사유-장영희론 · 96
왜 지금 무원 김기호 시조 시인을 다시 논하는가-김기호론 · 114
나이를 거스르는 개성적인 두 몸짓-유병근, 강남주론 · 135
시인이 된 제자에게 부치는 편지-이민아론 · 145
단형서정시의 응축미가 발산하는 시의 생명력-장동범론 · 157
소멸의 이미지를 통해 더욱 단단해지는 생명의식-신병은론 · 171

제3부 공동체와 공간

윤동주 시에 나타나는 만주, 한국, 일본에서의 공간인식의 양상 · 191

김성식 시인의 시에 나타난 해양체험의 한 양상 · 203

지리산 문학의 현황과 과제 · 241

지역문학 연구에 나타나는 탈근대성의 양상 · 257

제4부 글쓰기와 사유

굳굳한 삶과 곧곧한 글쓰기-이주호론 · 277

여암 이태길 선생의 수필에 나타나는 삶의 진정성-이태길론 · 288

황혼녘에 불타는 노을이 더욱 아름다운 이유-옥치부론 · 306

찾아보기 · 317

디지털 시대에 문학비평을 계속한다는 것은 어떤 의미를 가질까? 비평의 텍스트도 그 모습이 많이 변했고, 비평의 독자는 비평가들 사이로 국한된 지도 오래되었다. 이렇게 문학 자체가 문화판에서 변방으로 밀려나 있는 상황에서 그래도 문학비평을 고집해야 하는 당위가 있을까? 모든 것이 디지털화된 상황에서 비평이란 것이 과연 필요한가? 이런 생각들을 하면서 떠올린 단어가 디지털 시대의 비평이다.

아무리 문학이 변방으로 밀려나고, 문화의 주변부에 자리한다 할지라도 문학은 문학으로서 존재해야 한다. 문학의 존재성을 인정한다면, 그 문학에 대한 비평은 자연스러운 결과이다. 디지털 문화의 시대가 되면서, 많은 문학비평가들이 문화비평가로 변신했다. 문학연구가 문화연구로 확대된 자연스런 결과이다. 그러나 비평의 본질은 바뀔 수 없다. 작품을 해석하고 평가하는 비평적 글읽기의 본질은 어디서나 통용되어야 한다.

그런데 지역의 문학비평은 갈수록 위축되고 있다. 지역문학담론이 본격화된 지도 제법 시간이 지났지만, 여전히 지역문학은 아직도 지역의 정체성에 바탕한 자기세계를 구축하기 위해 고군분투하고 있다. 지역문학 작가들의 존재의미를 제대로 해석하고 평가해야 할 책무가 비평가들에게 지워져 있다. 이 소박한 부채의식이 그동안 발표한 글들을 다시 한곳에 모으게 한 것이다.

　1부에서는 디지털 시대의 문학비평의 방향성을 모색하면서, 디지털 스토리텔링의 한 형태인 〈오세암〉을 분석해보았다. 2부에서는 여전히 이 시대의 문제적 담론인 생태학적 사유를 작품들을 통해 살펴보았으며, 3부에서는 문학을 통해 지역성의 문제를 탐색해보았다. 그리고 4부에서는 지역에서 그동안 평가되지 못한 몇 분의 수필을 통해 그분들의 삶을 분석해보았다.

　학교를 잠시 휴직하고 부산문화재단의 일을 맡아 현장에서 분주하게 시간을 보내느라 평론 작업을 할 수 있는 시간을 제대로 갖지 못해 글이 쓰인 시기가 들쭉날쭉하다. 이 잡문을 어려운 출판여건 속에서도 한 권의 책으로 묶어준 산지니 강수걸 사장에게 고마움을 전한다. 언제쯤 지역문학과 지역출판이 좀 더 떳떳해질 수 있을까? 그 먼 길을 묵묵히 바라보며 내일을 기대한다.

2013년 9월
너무 빨리 다가온 가을을 맞으며

1부

비평과 세계

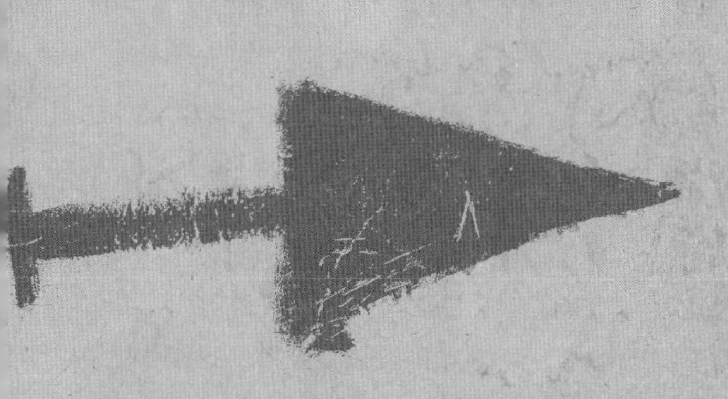

비평과 세계

2000년대 비평의 향방

-몇 신진비평가를 중심으로

1. 여는 말

이 시대의 비평의 모습이 비평사에서 어떻게 명명될 수 있을 것인가는 좀 더 두고 보아야 할 문제이지만, 중반을 넘어선 이 시점에서 현재 비평의 흐름을 점검해보는 작업은 피할 수 없는 비평적 과제이다. 그러나 2000년대 비평의 현 단계 혹은 현재 진행형의 양상을 총체적으로 파악하는 일이 그렇게 쉬운 작업은 아니다. 2000년대 이전에 비평활동을 시작한 기존 비평가들의 둔중한 몸짓과 신진들의 발 빠르고 개성적인 몸짓이 혼종되어 펼쳐지는 2000년대 비평의 난무는 이전 시대보다 훨씬 다원적이기 때문이다. 2000년대 비평의 향방을 가늠하기 위해서는 우선 개별 비평가 각각이 보이는 비평적 입지와 그 입지 위에 펼쳐지는 몸짓을 점검할 필요가 있다. 그러나 개별 비평가의 몸짓만을 따라가다 보면 각각이 보이는 몸짓의 의미는 명명할 수 있을지 모르지만, 2000년대 비평의 흐름을 제대로 그려내기가 어렵다. 그렇다고 한 편의 글에서 개별 비평가의 모든 몸짓을 다 해명하고, 이를 종합하여 한 시대의 비평적 특징을 규명하기란 더욱 어렵다. 그래서 이 글에서는 2000년대 비평의 지형도를 그려내기 위한 하나의 단초를 마련하려 한다. 이 단초를 마련하기 위해서는 2000년대 비평을 투시할 수 있는 하나의 시선을 확보해야 한다.

그러므로 우선 논의되어야 할 것이 하나의 시선과 그 시선으로 바라볼 대상인 몇 비평가이다. 하나의 시선이란 논의 대상이 될 몇 비평가를 꿰뚫어볼 수 있는 도구를 말한다. 이 도구를 무엇으로 내세울 것인가가 문제이다. 한 비평가도 아니고, 몇 비평가를 투시할 수 있는 도구란 무엇인가? 비평가란 각자 나름의 도구를 가지고 작품을 해석하고 평가하는 자들이다. 그러므로 이 도구는 모든 비평가가 공유하고 있는 도구도 있지만, 자기만의 보도(寶刀)처럼 비장의 도구도 있다. 이 논의에서 필요한 것은 자기만의 보도보다는 모든 비평가들이 공유하고 있는 도구이어야 한다. 한 비평가의 개성적 비평세계를 파악하기보다는 한 시기의 비평적 경향을 읽어내야 하기 때문이다. 이 도구로 필자는 비평에서 반드시 거쳐가야 할 해석과 평가를 내세우고 싶다. 이는 모든 비평가들이 비평의 토대로 삼고 있는 비평원론이다. 비평을 시작하면서 비평가들이 지니고 있는 비평원론에 대한 의식과 그것의 실천은 이후 비평세계의 전개에 영향을 미치도록 되어 있다. 그러므로 신진비평가들의 비평에 대한 근본적인 사유를 비평의 필수적인 요소인 해석과 평가를 통해 확인하는 작업은 2000년대 비평의 향방을 파악하는 하나의 시선이 될 수 있을 것으로 본다. 모든 비평은 비평 대상이 되는 텍스트에 대한 해석과 평가를 필수로 하기 때문이다.

그래서 2000년대 몇 비평가들의 평문을 통해 확인하고자 하는 것은 비평의 가장 핵심적인 요소인 해석과 평가에 대한 입장과 이의 실천 정도이다. 그 대상으로 삼은 비평가는 2000년대에 들어 첫 평론집을 펴낸 신진비평가들이다. 논의 대상이 된 이들이 2000년대를 대표하는 신진비평가라고 명명할 수는 없지만, 이들이 자리한 비평의 출발점 해명을 통해 2000년대 비평의 향방과 흐름을 어느 정도는 가늠해볼 수 있으리라는 기대는 할 수 있기 때문이다.

2. 해석의 충돌 혹은 다양성의 지향

서영인의 비평집 『충돌하는 차이들의 심층』에서, 그가 비평의 원론적 토대로 삼고 있는 핵심어는 해석적 충돌이다.[1] 해석적 충돌이 일어나지 않는 잠잠한 문학판은 자본주의의 논리에 이미 문학이 투항하기 시작했음을 알리는 한 징후라는 점에서 다양한 해석의 필요성을 제기하고 있다. 이러한 문제제기와 함께, 자신이 지향하는 비평의 세계는 전혀 다른 색깔과 모양의 점찍기로 하나의 그림을 만들어내는 점묘화[2]라고 내세움으로써 해석의 다양성을 지향하고 있음을 본다. 이러한 비평적 입장은 비평과정에서 가장 근원적인 문제인 해석의 문제를 제기하고 있는 것이다. 그러므로 그가 말하는 해석의 충돌이 어떻게 이루어지는지를 따져볼 필요가 있다. 이 점을 해명하기 위해서는 비평에서의 해석의 본질을 살펴야 한다.

비평은 텍스트 읽기에서 시작한다. 그런데 비평적 텍스트 읽기는 그저 읽기가 아니다. 이해와 해석[3]의 과정을 거치면서, 텍스트가 내장한 의

---

1) 서영인, 『충돌하는 차이들의 심층』, 창비, 2005, p.33.

2) 서영인, 앞의 책, p.6.

3) 이해-해석의 쌍에서 이해는 그 토대를 제공한다. 말하자면, 이해는 낯선 정신 현상을 드러내는 기호들에 대한 앎이다. 한편 해석은 글쓰기가 그 기호에 부여하는 고정과 보존에 힘입어 객관화의 정도를 제공해 주는 역할을 한다. 그래서 해석학에서는 언제나 해석은 이해를 전제로 한 행위로 본다. 폴 리쾨르, 김윤성·조현범 역, 『해석이론』, 서광사, 1998, p.178.

미를 읽어내야 한다. 이는 바로 비평에 있어서의 해석적 행위를 말한다. 해석의 과정에서 우선적인 과제는 의미파악이다. 의미파악을 위해 비평가는 일차적으로 저자의 의도 파악에 관심을 갖게 된다. 의미를 파악한다는 것이 저자의 의도파악과 동일선상에 놓인다고 생각하기 때문이다. 그래서 오래전부터 해석학적 관점에서 이 저자의 의도 파악이 어떻게 가능한지에 대한 논란은 많았다. 허쉬(E. D. Hirsch, Jr.)의 경우, 저자의 의도는 작품 속에 의미로 내재하며, 그 의미는 객관적으로 규명될 수도 있고, 또 고정될 수도 있어서 해석학적 인식이 가능하다[4]는 것이다. 그래서 그는 의미(meaning)와 의의(significance)를 구분하여 해석의 객관성을 추구한다.

허쉬는 의미라는 말은 특별히 다른 설명이 없으면 작품의 전반적인 뜻을 의미하는 것이고, 의의라는 말은 좀 더 광범위한 체제와 연관을 지어서 그 작품이 가질 수 있는 의미를 말하는 것으로, 그 시대의 다른 사상, 역사적 고찰, 주제의 일반적 연구, 가치관 등과 연관을 지어 고찰해서 그 작품이 갖는 의미를 말한다. 다시 말해서 의의는 그 작품 자체를 떠나서 다른 연관에 비추어 그 작품을 보는 것이다.[5] 그래서 의미는 고정적이고 유일하지만, 의의는 다양할 수 있다는 입론을 세운다. 이런 허쉬의 입장은 작품의 의미는 어떤 의미로는 비평가가 그 의미를 해석한 후에야 그에게 주어지는 것으로 보고 있으며, 마르크스주의 비평가와 형식주의 비평가들이 어느 작품이 무엇을 의미하는가 하는 것은 똑같이 이해할 수 있다고 본다. 그들이 서로 다른 것은 그 의미에 그들이 주는 의의라는 것이다.[6]

---

4) 에릭 D. 허쉬, 김화자 역, 『문학해석론』, 이대출판부, 1988, p.15.
5) 에릭 D. 허쉬, 김화자 역, 앞의 책, p.15.
6) 에릭 D. 허쉬, 김화자 역, 앞의 책, p.69.

　허쉬의 이런 입장에 대해 정면으로 반론을 제기한 가다머(Hans-Georg Gadamer)는 다양한 해석 자체는 해석하는 사람이 서 있는 관점이 다르기 때문이라는 관점주의에 기반을 두고 있다. 가다머의 입장은 단순히 의미이해와 의의이해 간의 구별을 간과한 것이 아니라 부정했다는 데에 주목해야 한다. 그가 볼 때, 우리는 텍스트나 예술작품 혹은 역사적 사건의 의미를 우리 자신의 상황과 관련해서만 이해하며, 따라서 우리 자신의 관심사에 비추어 이해한다는 것이다. 다시 말해 우리는 그것을 오로지 의의에 비추어서만 이해한다[7]고 본다. 그리고 문제가 되는 것은 해석자가 서 있는 관점과 관심사가 어떻게 형성되느냐 하는 점이다. 이 점을 해명하기 위해 이해의 상황제약성, 다시 말해 이해란 해석자의 관심사나 관점에 의해 일정한 방향이 정해진다[8]는 사실을 밝힌다.

　의미가 상황제약적으로 결정된다는 사실은 하이데거가 이해의 선구조로서 이야기한 것을 그대로 반영하는 것이다. 내가 의식적으로 텍스트를 해석하거나 어떤 사물의 의미를 파악하기 전에, 이미 나는 그것을 일정한 맥락 안에 두고(미리 가짐, Vorhabe), 일정한 관점에서 그것에 접근하며(미리 봄, Vorsicht), 그것을 일정한 방식으로 받아들인다(미리 쥠, Vorgriff). 이렇게 되면 텍스트나 사물의 진정한 의미를 찾아낼 수 있는 중립적인 관점은 존재하지 않는다는 말이 된다. 이러한 해석의 주관주의를 가다머는 하이데거의 선구조를 역사 속에 위치지움으로써 넘어서려고 한다. 이는 우리가 해석의 과정에 끌어들이는 문제들이 우리만의 전유물이 아니라, 우리가 속해 있는 역사적 전통 내에서 발전되어 온 문제와 관심사와도 관련된다는 뜻이다. 그러나 나의 해석이 내가 속한 전통에 의해 제약된다 하더라도, 동일한 사안에 대해 두 가지 혹은 그 이상의 해석이 가

---

7) 조지아 원키, 이한우 역, 『가다머』, 민음사, 1999, p.125-126.
8) 조지아 원키, 이한우 역, 앞의 책, p.136.

능하다는 것이다. 그 해석은 서로 상충될 수 있으며, 경우에 따라서는 화해할 수 없을 만큼 모순될 수도 있다[9]는 것이다. 이 점을 움베르토 에코(Umberto Eco)는 해석의 무한성으로 해명한다. 작가가 일의적으로 구상한 텍스트를 무한하게 해석하고 무한한 방법으로 읽을 수 있다[10]는 것이다.

결국 객관적 해석을 주장한 허쉬나 주관주의를 표방한 가다머 역시, 해석의 다양성은 텍스트 해석에서는 피할 수 없는 것이 현실이라는 것을 인정한 셈이다. 그래서 리쾨르도 해석들 간의 충돌이 극복될 수도 없고 회피될 수도 없는 까닭은 절대적 지식이 불가능하기 때문[11]이라고 말한다.

이렇게 해석의 다양성이 텍스트의 해석에서 피할 수 없이 파생되는 현상이라면, 서영인이 말하고 있는 해석의 충돌 역시 비평에서 피할 수 없다. 비평은 일차적으로 텍스트의 해석에서 출발하기 때문이다. 문제는 실제비평에서 서영인이 이러한 해석적 충돌을 어떻게 보여주고 있느냐 하는 점이다.

서영인의 입장은 우선 2000년대에 본격적인 비평활동을 펼치고 있는 몇 비평가(김형중, 김영찬)의 비평담론을 비판적인 거리를 두고 다루고 있는 「젊은 비평의 가능성」에서 그 모습을 엿볼 수 있다. 김영찬이 「한국문학의 증상들 혹은 리얼리즘이라는 독법」에서 백낙청과 최원식의 글을 비판하고 있는데, 그 독법이 작품이 말하는 진실을 충분히 밝혀내지 못한다고 비판한다. 즉 서영인이 김영찬의 평문을 비판하는 근거는 관점이 문제가 아니라, 작품이 지닌 의미를 얼마나 깊이 있게 해석해내었느냐에

---

9) 조지아 윈키, 이한우 역, 앞의 책, p.148.

10) 움베르토 에코, 김광현 역, 『해석의 한계』, 열린책들, 1995, p.35.

11) 폴 리쾨르, 존 톰슨 편집·번역, 윤철호 역, 『해석학과 인문사회과학』, 서광사, 2003, p.341.

놓여 있다. 제대로 된 해석적 충돌을 위해서는 기존 해석에 평등하게 맞설 수 있는 깊이 있는 작품해석이 수반되어야 한다는 것이다. 김형중의 평문「민족문학의 결여, 리얼리즘의 결여」를 두고도 더 세심하고 적확하게 읽어내는 것이 필요함을 주문하고 있는 것은 같은 선상에 놓이는 해석적 입장이다.

　김영찬과 김형중의 평문에 대한 서영인의 비판적 내용의 핵심은 이들이 보여주는 비평이 기존세대들이 보여주는 비평적 권위와 강박을 공격은 하고 있지만, 그 권위적 해석에 맞설 수 있는 평등한 해석적 충돌을 만들어내지 못한다는 것이다. 즉 문제제기도 필요하지만, 다양한 문학적 해석의 지평을 열 수 있어야 한다[12]는 점을 강조한다. 이러한 서영인의 입장은 그가 강조한 해석의 다양성을 통한 해석적 충돌을 어느 정도 엿볼 수 있게 한다는 점에서 그의 비평적 입론을 확인할 수 있다. 이런 입론의 실천을 다시 확인할 수 있는 것은 신수정과 이명원의 평론집을 다룬「비평의 안과 밖」에서다.

　서영인은 이 글에서 신수정의『푸줏간에 걸린 고기』와 이명원의『파문』비평집에 대한 비판적 논의를 통해 비평의 비평을 시도함으로써 해석적 충돌의 가능성을 보인다. 신수정은 90년대 문학을 문학 자체의 변화와 그것의 계보화를 통해 보여주고 있는데, 그의 사유가 이분법의 틀에서 크게 벗어나지 못하고 있는 점을 서영인은 문제시한다. 화려하게 부상한 여성, 일상, 문화의 담론들이 강력한 산업자본주의의 시대의 촘촘한 메커니즘 속에 스스로 포박되어가고 있다는 징후가 속속 발견되는 현재의 시점에서, 새로운 문학의 진로를 모색하기 위해 우리 시대 문화에 한정된 자유만을 허용했던 이분법적 사유의 틀을 근원에서부터 재고

---

12) 서영인, 앞의 책, p.24.

할 필요가 있다[13]는 것이다. 그래서 다른 입장들의 생산과 충돌이 충분하지 않았다는 것과 견제와 비판이 활발히 이루어지지 않았다는 점을 비판하고 있다. 이러한 문제제기는 비평의 비평이면서 해석적 충돌을 가능하게 하는 문제제기이다.

이명원의 비평담론을 다루면서도 이러한 비판적 시선은 그대로 유지되고 있다. 이명원의 비평이 우리 문학의 암묵적 관행에 문제를 제기하는 역할을 자임하고 또 그런 역할을 충실히 수행해내고 있지만, 그의 글에서 부분을 전체로 확장하는 읽기, 공격적 논의나 비판에 비해 작품에 대한 분석이 부족하다는 점을 지적한다. 그리고 그가 주장하는 문학권력 논의가 생산적인 것이 되려고 하면, 작품, 비평, 문학제도, 출판자본의 관계는 그리 단순하게 의도대로 되는 것이 아니고, 논리정연한 인과관계 속에 있는 것도 아니기에, 그 층위를 섬세하게 구분하고 본질적인 문제와 부차적인 문제를 분별하는 것이 필요하다[14]고 주문한다.

이러한 문제제기는 문학 텍스트와 문학 현상에 대한 서영인 나름의 시각이 개재된 해석의 결과라는 점에서, 그가 내세우는 해석의 충돌의 한 현상이라 볼 수 있다. 그러나 더욱 중요한 것은 비평의 비평형태의 담론에서보다는 실제 작품비평에서 이러한 해석의 충돌을 어느 정도 실천하고 있느냐 하는 점이다. 황석영론을 통해 이를 살펴보자.

서영인의 황석영론은 「미래를 꿈꾸는 서사의 지난한 역정」, 「물화된 세계, 소외된 꿈」 두 편이 있는데, 「미래를 꿈꾸는 서사의 지난한 역정」이 이 문제를 논하는 데는 더 적절하기에 이 텍스트를 중심으로 살핀다. 후자의 평문은 작품에 대한 해설적 성격의 글이어서 새로운 문제제기가 없기 때문이다.

---

13) 서영인, 앞의 책, p.74.
14) 서영인, 앞의 책, p.81.

서영인은 「미래를 꿈꾸는 서사의 지난한 역정」에서, 황석영의 「객지」, 「무기의 그늘」의 분석을 통해 그의 소설에 나타나는 균열을 분석해내고 있다. 그 균열을 고통스런 현재와 요원한 미래 사이에 존재하는 간극으로 명명하고, 이를 황석영 문학의 빈틈으로 해석한다. 이 빈틈은 균열로도 명명되는데, 다른 비평가들에게 있어서는 이 빈틈이 황석영 문학의 한계로 지적되어왔다는 점을 환기시킨다. 그런데 다른 논자들이 부정적으로 해석한 이 빈틈을, 서영인은 그 빈틈의 사이에 렌즈를 갖다 대고 다소 무리가 따르더라도 그 빈틈을 더 벌려보고자 한다. 벌려진 빈틈 사이로 생산적인 논의와 모색이 가지를 쳐나가기를 기대하면서 새로운 해석의 지평을 열어보려고 한다. 균열은 그것 자체가 한계라기보다는 오히려 충분히 규명되지 않은 문제성들의 집합체로 보아야 하며 그래서 그 침묵의 공간에 주목함으로써 새로운 모색과 쇄신의 가능성을 찾아낼 수도 있을 것[15]이라고 생각한다.

그래서 「오래된 정원」, 「손님」을 통해 이 균열에 대한 의미부여를 하고 있다. 「오래된 정원」은 여전히 현재를 탐색하고 미래를 기다리는 작품이지만, 그리고 그 사이사이에 작은 균열들을 흘끗 내비치지만, 그 균열 사이에 오래 기다린 자들의 조용한 사색과 내밀하고도 깊이 있는 소통이 숨 쉬고 있어서 오히려 이 균열은 따뜻한 낙관과 기대를 자아낸다고 해석한다. 이제 작가는 균열의 장벽에 쉽사리 좌절하지도 않고 그 균열을 훌쩍 뛰어넘지도 않으면서 그 앞에 잠시 멈추어 서서 숨을 고르고 있다[16]고 본다.

「손님」의 분석에서도 이러한 균열에 대한 의미부여는 계속된다. 「손님」은 원혼들의 입을 빌려 과거사를 말하고 있지만, 아직 풀어야 할 숙제

15) 서영인, 앞의 책, p.87.
16) 서영인, 앞의 책, p.97.

가 많은 우리들의 현재를 화두로 남기고 있으며, 그것만으로도 「손님」의 의의는 크다는 것이다. 작가는 과거로 향한 자신의 눈 한 편에 지금의 우리 삶을 깊이 있게, 그리고 근심스럽게 응시하는 시선을 보태고 있는 것[17]으로 해석하고 있다.

이러한 서영인의 해석은 작품이 보여주는 균열을 작품이 지닌 한계나 어떤 전범에 미달하는 상태로 보는 입장과는 거리가 멀다. 오히려 이 균열은 서사를 완결된 것으로 마감하지 않음으로써 우리로 하여금 그 균열로부터 출발할 수 있게 한다는 것이다. 이 균열에 부단히 개입하고 균열을 성찰함으로써 우리는 숱한 이분법과 담론의 미궁 속에서 현실을 발견하는 기쁨을 누릴 수 있을 것[18]이라고 본다.

황석영 작품에 대한 서영인의 이러한 해석은 분명 해석적 충돌을 위한 토대인 것은 사실이다. 나름의 새로운 해석을 열어놓고 있기 때문이다. 그러나 일방적인 해석만으로는 해석적 충돌은 생겨나지 않는다. 자신의 평문에서 충돌을 보여주기 위해서는 타자의 해석을 끌어들여 해석적 대치가 이루어지게 해야 한다. 해석적 대치가 이루어지기 위해서는 자신의 해석과 타자의 해석에 대한 분명한 가치판단이 전제되어 있어야 한다. 비평에 있어 해석만 있고 평가가 없을 때, 제대로 된 해석적 대치도, 충돌도 일어날 수 없다. 이는 해석자가 서 있는 해석적 시야가 어느 정도 확보되어야 가능한 일이다. 즉 해석자가 서 있는 지점이 분명하고 확고할 때, 자기식의 세계해석의 관점에서 비롯되는 평가가 생겨난다. 서영인의 비평이 자신이 말하고 있듯 "작품의 성과와 한계를 선명히 가름하고, 비판과 평가를 명백히 적시하는 글쓰기와는 거리가 멀다"고 고백한 것은 이러한 사정과 무관하지 않아 보인다.

---

17) 서영인, 앞의 책, p.107.
18) 서영인, 앞의 책, p.108.

그런데 중요한 것은, 서영인뿐만 아니라 대부분의 신진 비평가들의 첫 평론집에서 만나는 평문이 선택된 작품의 의미 해석에만 골몰하고 있다는 점이다. 충돌 없는 해석의 바벨탑만 솟아나고 있는 형국이다. 그러한 모습을 몇 비평가들의 평문을 통해 다시 확인해보자.

3. 평가 없는 해석의 바벨탑

비평이 본질적으로 지니고 있는 한 축이 작품의 온당한 해석이라면, 또 다른 한 축은 평가이다. 가치평가는 작품의 이해와 해석의 결과로서 자연스럽게 나타나야 하는 현상이다. 그런데 이 가치평가는 긍정적 평가도 있지만, 부정적인 평가가 비평의 본질과 맞닿아 있다는 점이다. 비평의 본질은 긍정적 해석보다는 부정적인 평가에 기울어져 있다. 비평의 정신이 위기의식에서 출발하기 때문이다. 문제는 이 평가를 위해서는 반드시 잣대가 필요하다는 점이다. 그래서 모든 비평에는 잣대가 될 만한 가치의 척도나 가치의 기준을 내세우게 된다. 어느 비평가든 작품을 평가하기 위해, 작품을 보는 가치관, 자신이 선호하는 관점을 가질 수밖에 없는 것은 이런 연유이다. 신진비평가라고 해서 이런 가치기준이 없는 것은 아니다. 정혜경, 최성실, 심진경의 평문을 통해 이들이 내세우는 관점들이 무엇이며, 이 관점들이 평가의 기준으로 제 역할을 하고 있는지를 살펴본다.

정혜경은 그의 첫 평론집 『매혹과 곤혹』에서 문학은 경계에 부는 바람이라고 말하며, 자신의 비평작업은 여러 경계들에 대해 질문하려는 문학적 행위에 주목하여 그 캄캄한 여행을 가는 과정을 추적하고 잠정적인 성과와 좌절의 흔적을 분석한 것[19]이라고 밝힌다. 이런 입장을 토대로 제1부에서는 경계에 대한 질문을, 성담론, 감각코드, 가벼움의 미학, 소통과 욕망, 문학상의 문제 등을 중심으로 풀고 있으며, 2부에서는 소설의 서사양식과 서정양식의 경계를 동요시키는 방식을 통해 텍스트의 깊이와 넓이를 생성시켜나가는 과정을 파악하고 있다. 또한 3부에서는 기존의 잣대를 재고하기 위해 작가들이 조직해낸 각자의 독특한 방식과 개성적인 목소리를 분석하여 유동하는 경계를 해명하고 있다. 몇 편의 평문을 통해 그가 내세우고 있는 '경계'의 관점이 가치판단의 잣대로서 역할을 제대로 하고 있는지 살핀다.

정혜경은 「성(性) 서사의 습관」에서, 권지예, 차현숙, 서하진, 전경린, 김형경, 김인숙 등의 소설에 나타나는 30대 중후반 여성의 성적 정체성 문제를 다루고 있는데, 여기서 해석된 성 서사의 습관은 남성에 대한 양극화된 이해, 낭만적 환상, 집을 중심으로 한 이분법적 구도 등이다. 그런데 집의 문제를 논의할 때, 여성들이 집의 경계를 넘어서는 주체로 자리매김하고 있지만 그들이 진정 집의 경계를 넘어서는가에 대해서는 의문을 표시하고 있다. 여기서 '경계'의 관점이 제기될 뿐, 이 평문 논의 전체의 흐름 속에서 '경계'가 작품해석 이후에 작품을 평가하는 잣대로는 적극적으로 활용되지 못하고 있는 것이다. 그러므로 이 평문의 결론에서도 '경계'와 관련된 문제의식이나 평가보다는 논의된 소설들이 지닌 문제를 넘어서기 위해 필요한 방향성 제시에 머물고 있다. 이 방향성 제시가 '경계'와 관련해서 주어지지 못하고 있다는 것이다. 이는 주어진 텍스트 평가에 필요한 잣대가 제대로 작동하지 못한 결과이다.

이러한 비평적 모습은 「감각의 미궁」에서도 나타난다. 이 평문은 1990년대 이후의 소설들을 도구로서의 감각, 서정으로서의 감각, 유희로서의

---

19) 정혜경, 『매혹과 곤혹』, 열림원, 2004, p.8.

감각으로 파악하고 있다. 도구로서의 감각에서는 장정일의 『내게 거짓말을 해봐』, 전경린의 『열정의 습관』을, 서정으로서의 감각에서는 신경숙의 『풍금이 있던 자리』, 윤대녕의 「빛의 걸음걸이」를, 유희로서의 감각에서는 배수아의 「1999, 네덜란드 모텔을 떠나며」, 김경욱의 「만리장성 너머 붉은 여인숙」을 각각 다루고 있는데, 서정으로서의 감각에서만 경계 개념이 논의되고 있다. 신경숙과 윤대녕의 소설에서 '나'는 세계와 자아의 분리와 대립의 경계를 지우려는 서정적 주체라고 할 수 있다고 해석한다. 신경숙은 동화의 방식으로, 윤대녕은 투사의 방식으로 서정적 자아의 감각을 통해 세계와 접촉하며 세계와 내면을 일치시키고 있다[20]고 본다. 이렇게 작품에 나타나는 서정적 주체가 세계와 자아와의 분리와 대립의 경계를 지운다[21]고 해석하지만, 이들의 이러한 경계지우기가 어떤 가치가 있는지에 대한 평가는 배제되고 있다. 경계를 지움으로써 획득되는 동일성의 세계에 대한 의미부여만 해석해내고 있다.

이러한 해석 중심의 비평은 이혜경론을 다룬 「해답 없는 물음을 견디는 자」에서도 확인된다. 이 평문은 이혜경의 『길 위의 집』, 『그 집 앞』, 『꽃 그늘 아래』를 가족과 일상성의 문제를 중심으로 분석하고 있는데, '경계'에 대한 논의는 『꽃 그늘 아래』를 논하면서 부분적으로 제기된다. 등장하는 인물들이 가족 혹은 일상 너머에 있는 자들이어서 실제로 죽었거나 상징적인 죽음을 나타내는데, 이를 통해 작가는 우리로 하여금 경계 너머를 생각하게 하지만, 그 너머로 넘어가버리지는 않는다[22]고 평가한다. 여기서 경계의 의미는 평가나 판단의 잣대로 사용되기보다는 작품이 지닌 의미를 해석해주는 하나의 의미망으로 자리하고 있다. 그래서

---

20) 정혜경, 앞의 책, p.62.
21) 정혜경, 앞의 책, 같은 쪽.
22) 정혜경, 앞의 책, p.221.

정혜경은 이혜경의 소설을 두고 꽃 그늘 아래서 죽음과 삶의 경계에 부는 바람을 바라보고 있는 내용으로 규정하며, 그가 보여주는 꽃 그늘은 죽음이 스미는 삶의 자리이며, 이는 탐색의 공간이자 해답 없는 실존적 물음을 견디는 공간[23]으로 해석하고 있다. 경계라는 개념이 하나의 관점으로 논의되고 있기는 하나, 가치를 평가하는 기준으로는 기능하지 못하고 있다.

이러한 해석 위주의 평문쓰기는 황석영의 「장사의 꿈」을 다룬 「되살아남의 꿈」이나 오정희의 「번제」를 다룬 「불의 제전 속에 숨은 비밀」에서 더욱 강화되어 나타난다. 「장사의 꿈」은 두 개의 축을 가지고 있는데, 작가는 한편으로는 원시적 생명력을 가진 인물이 철저히 파괴되는 과정을 형상화함으로써 모순된 현실을 부정하고 비판하고 있으며, 또 다른 한편으로는 좌절의 끝에서 희망의 당위를 역설하는 시적 비전을 통해 인간을 긍정하고 되살아남의 꿈을 건져올리고 있다[24]고 해석한다. 그리고 이 작품은 지금의 현실과는 다른 1970년대에 창작된 것이지만 시대의 변모에도 불구하고 여전히 유효한 의미를 가질 수 있다는 긍정적 해석으로 일관하고 있다. 문제점의 제기나 부정적인 평가가 없다는 것은 판단이 제대로 실천되지 못하고 있음을 말한다. 오정희의 「번제」를 논하면서도 이런 해석 중심의 비평은 계속된다.

정혜경은 「번제」가 독특한 이미지들이 전경화되어 있어 해석이 쉽지 않은 작품임을 전제하고는, 소설 속의 이미지를 중심으로 작품의 의미를 해명하고 있다. 「번제」에서는 팽팽한 동그라미의 무리와 조각들, 그리고 불이라는 생생한 이미지를 통해 금기의 위반, 불연속성의 확인, 연속성의

---

23) 정혜경, 앞의 책, p.221.
24) 정혜경, 앞의 책, p.187.

강렬한 희구를 암시하고 있다[25]고 해명한다. 그리고 이 작품이 이미지를 전경화하면서도 가벼워지지 않았던 것은 그 이미지 속에 숨겨둔 존재의 비밀에 대한 탐색이 있었기 때문[26]이라고 그 의미를 해석하고 있다. 이렇게 정혜경은 「번제」가 지닌 의미 파악에 주력하며, 그 의미를 적극적으로 평가하는 선으로는 나아가지 않고 있다. 이러한 정혜경의 해석 중심의 평문쓰기는, 같은 오정희를 비평 대상으로 삼고 있는 최성실이나 심진경의 경우에는 어떤 모습을 하고 있는지 살펴볼 필요가 있다.

최성실은 「영원한 '현재'의 시간을 위한 변주곡」[27]에서, 심진경은 「오정희 초기 소설에 나타난 모성성」[28]에서 정혜경이 다룬 오정희의 작품을 평론하고 있는데, 이들의 평문을 통해 비평의 양상을 살핀다.

최성실은 「영원한 '현재'의 시간을 위한 변주곡」에서 오정희의 소설을 감각적 기호에 의해서 떠오르는 기억을 문제 삼고 있는데, 기억을 통해 떠오른 과거로 현재를 재구성하여 자기 정체성의 의미를 규정하지 않는다[29]고 해석한다. 오정희 소설에 존재하는 시간은 영원한 현재의 시간이란 것이다. 그래서 그 속에서 과거와 미래, 현재가 동시에 존재하며 과거와 미래는 현재라는 시간 속에서 서로 환원될 수 없는 차이를 지닌 채 떠돌아다닌다고 본다. 과거와 이질적인 현재를, 현재와 이질적인 과거를 그대로 인정하면서 오히려 어둠 속에 숨겨진 과거의 진실을 찾아나간다는 것이다. 그래서 감각이 소생시키는 과거의 진실들과 삶의 비밀들이 우연적이지만 필연적인 방식으로 부딪치면서 낯설게 다가오는데, 여기

---

25) 정혜경, 앞의 책, p.202.

26) 정혜경, 앞의 책, 같은 쪽.

27) 최성실, 『육체, 비평의 주사위』, 문학과지성사, 2003.

28) 심진경, 『여성, 문학을 가로지르다』, 문학과지성사, 2005.

29) 최성실, 앞의 책, p.157.

에 오정희 소설이 갖는 독특한 매력의 비밀이 있다[30]고 해석한다. 이렇게 오정희 작품이 지닌 긍정적 의미해석만 주어질 뿐, 작품이 지닌 한계나 평가는 찾을 수 없다.

오정희 소설에 대한 이러한 해석과 의미부여 중심의 글쓰기는 심진경에게 와서도 크게 달라지지 않는다. 심진경은 평문 「오정희 초기 소설에 나타난 모성성」에서 오정희 소설과 모성의 문제를 다루고 있는데, 유년기 삼부작과 「번제」에서 모성성 거부가 중심 모티프로 나타난다고 해석한다. 그런데 이들의 모성성 거부가 단순히 어머니되기의 거부에만 머무르지 않고 생물학적 모성을 강요하는 가부장제 이데올로기에 대한 거부로 확장된다[31]고 본다. 그런데 「옛우물」에 오면 모성성에 대한 작가의식이 조금 다른 방식으로 드러난다고 해석한다. 초기작에서 생물학적 모성이 삶의 이면에 도사리고 있는 고통과 죽음으로 인식되었던 것과는 달리, 「옛우물」에서 작가는 모성이 한편으로 죽음이자 다른 한편으로 부활의 원동력이라는 모순적인 진실을 인식하는 데 이르고 있다는 것이다. 이 모순성이야말로 오정희가 인식하는 삶의 진실이며, 좀 더 구체적으로는 여성들의 삶의 진실이라고 해석하고, 이 대목에서 작가는 모성적 삶에 내재되어 있는 존재의 진실의 양면성에 대한 인식에 이르고 있다[32]고 본다. 이렇게 심진경 역시 오정희 작품이 지닌 모성성에 대해 의미부여하기에 열중이다. 이러한 해석 중심의 비평은 최성실이나 심진경의 비평에서 오정희의 작품을 다루는 데서만 나타나는 것인가? 두 비평가의 다른 평문을 통해 이를 확인해본다. 먼저 최성실의 다른 평문을 보자.

최성실의 「스펀지와 타월의 언어로 시 쓰기」를 먼저 살핀다. 이 평문은

---

30) 최성실, 앞의 책, p.158.

31) 심진경, 앞의 책, p.161.

32) 심진경, 앞의 책, p.162.

김혜순과 허수경 시인의 작품을 다루고 있는데, 김혜순 시인의 시를 스펀지로 시 쓰기로, 허수경 시인의 시를 타월로서의 시 쓰기로 각각 의미를 부여하고 있다. 김혜순의 시들에 나타나는 더럽혀진 육체는 그 더러움을 뱉어내지 않고 오히려 빨아들임으로써 더욱더 고유한 어떤 것이 되어가는데, 그 이미지가 스펀지를 닮아 있다는 것이다. 그런데 시인은 이 더러움을 깨끗한 상태로 되돌려놓고 싶어 하는 어머니로서의 이미지를 보여주고 있는데, 이를 최성실은 모성성의 생명력으로 명명하고, 이러한 시인의 모습을 '스펀지 위에 시를 쓰는 불쌍한 기계'로 해석한다.

이에 비해 허수경의 시란 더럽고 추악한 오물들을 닦고 훔치면서 깨끗하게 빨아줄 비누를 필요로 하는 타월과 같은 것으로 명명한다. 그런데 김혜순 시인이 마지막에 도달한 스펀지의 오물을 닦아줄 원초적인 생명력이 허수경 시에는 완전히 거세되어 있다고 본다. 그의 시에 나타나는 자본과 노동의 생산자로서의 여성은 더러운 오물을 대변하는 매개이지, 이를 정화시키고 새로운 꽃을 피워낼 희망의 의미를 담지하고 있지 않다는 것이다. 그래서 허수경은 여성을 순수하지도 않고 숭고하지도 않은 단지 세속과 자본의 생산논리에 더럽혀지고 더럽혀진 생산기계에 불과한 것으로 해석한다.

이러한 두 시인의 시에 대한 해석과 함께 최성실은 더럽혀지고 오염된 것은 말의 의미이기도 하면서 동시에 깨끗해져야 하는 몸의 은유라고[33] 해석함으로써 의미부여를 확대하고 있다. 그러나 이 평문의 마지막 문장이 끝날 때까지 이 두 시인의 시가 지닌 한계나 문제점의 제기는 찾아보기 힘들다. 적극적인 가치평가가 개재되지 못한 결과이다.

다음은 심진경의 「여성성, 육체, 여성적 시쓰기」를 살핀다. 이 평문은 김정란과 김혜순의 시를 다루고 있는데, 이들 시에 나타나는 여성성을

---

33) 최성실, 앞의 책, p.207.

문제 삼고 있다. 김정란의 시세계는 첫 시집 『다시 시작하는 나비』에서 나타난 여성 육체나 모성의 부정에서부터 타자로서 여성성의 발견과 수용(『매혹, 혹은 겹침』)을 거쳐 자기 희생적인 모성성의 인식과 혼돈 속에서 길어올리는 새로운 말의 탄생에 대한 열망(『그 여자, 입구에서 가만히 뒤돌아보네』)에까지 이르고 있다고 본다. 그리고 이러한 시세계는 여성성/모성성을 시의 주제이자 언술방법으로 채택하여 여성시의 한 차원을 열어 보인[34] 것으로 긍정적 평가를 내리고 있다. 그러나 김정란이 그녀의 시에서 표현하는 여성성의 자질은 대체로 사회적·상상적 질서 바깥에 존재하며 미분화, 비결정성 등의 특성과 연결되어 있는데, 이는 분화와 소외의 원리를 남성적인 것과 동일시하고 미분화, 비결정성의 원리를 여성적인 것과 동일시함으로써 여성성을 남성 중심적인 문명의 폐해를 치유할 수 있는 원리로 신비화하고 특권화한다는 점에서 남성성과 여성성에 대한 기존의 남성 중심적인 시각을 더 높은 차원에서 재생산하고 있다[35]고 그 한계를 밝히고 있다.

이어 김혜순의 시는 여성성의 주제를 겉으로 내세우지 않지만, 여성적 삶의 체험에 기반한 일련의 시편들은 자본주의적 일상 속에 놓인 여성성의 운명과 가능성을 되새기게 해준다고 해석한다. 그리고 김혜순의 시에서 여성의 육체가 단순히 세계에 대한 자기 파괴적인 응전의 도구에서 소통의 도구로, 나아가 생명력에 기반한 여성적 삶의 순환성에 대한 인식으로 나아가는 매개가 된다는 점에서 그녀의 시가 여성성의 시적 인식에 관한 한 진전된 모습을 보여주고 있다[36]고 평가한다. 또한 그것이 여성적 삶의 역사성에 대한 인식과 자신 안의 타자, 나아가 다른 여성들과

---

34) 심진경, 앞의 책, p.73.
35) 심진경, 앞의 책, p.73.
36) 심진경, 앞의 책, p.83.

의 따뜻한 유대에 대한 지향으로 확장되고 있다는 점도 주목할 사항으로 평가한다. 그러나 김혜순의 시에서 모성 체험을 바탕으로 이루어지는 여성적 타자와의 만남과 유대, 그리고 그 속에서 형성되는 행복한 여성성의 세계가 대부분 가족적인 틀의 경계를 벗어나지 못하고 있다는 점은 한계[37]로 지적하고 있다.

이렇게 심진경은 이 평문에서 김정란과 김혜순 시인의 시가 지닌 여성의 문제를 두고 긍정적인 의미해석과 함께 부정적인 한계를 평가하는 모습을 보이고 있다. 이러한 평가가 가능한 이유는 이 평문에서 다루고 있는 여성성에 대한 잣대 확보가 이루어졌기 때문이다. 여성성에 대한 나름의 시각을 분명히 확보하고 있기에[38] 이런 평가가 가능하다는 말이다.

정혜경이나 최성실에 비해 심진경은 해석과 함께 평가의 의지를 엿보게 하는 평문을 선보이고 있는 셈이다. 그러나 전반적으로 이들의 평문이 보이는 모습은 적극적인 평가보다는 텍스트의 해석에 기울어져 있는 것이 사실이다. 이러한 비평적 특징을 어떻게 해명할 수 있을까?

4. 가치의 상대주의

2000년대에 새롭게 활동하고 있는 신진 비평가들의 비평양상이 평가보다는 해석 위주의 평문으로 흐르고 있는 근원적인 이유가 어디에 있을까? 문학비평이란 행위 자체가 텍스트의 해석에서 출발하기에 해석 중심

---

37) 심진경, 앞의 책, p.84.

38) 심진경은 김영찬과 함께 리타 펠스키의 저서 『근대성과 페미니즘』을 번역하였다. 이 책에서 제시된 페미니즘이 지닌 한계를 김정란의 시가 지닌 한계를 논의하는 근거로 삼고 있다. 문학 이론에 대한 공부가 문학 텍스트를 평가할 수 있는 토대를 형성하는 것은 자연스런 현상이다.

에 머물 수 있는 요소는 충분히 있다. 그러나 이러한 현상의 근원을 따져 볼 필요는 있다. 일차적으로는 이들 신진 비평가들의 평문이 해설 위주의 서평이나 서평에 준하는 평문이 많다는 점도 눈여겨볼 만한 한 가지 이유는 된다. 그러나 서평 역시 평가가 필요하다는 점에서, 그리고 본격 비평도 이들의 평론집에 선을 보이고 있다는 점에서, 이를 본질적인 이유로 들기에는 충분하지 않다. 또 다른 이유로 이들이 이제 비평작업을 시작한 입장이어서 판단할 수 있는 충분한 고도가 확보되지 못했다는 점을 들 수도 있을 것이다. 그러나 평가의식만 뚜렷하고 이를 실천한다면, 비평가의 현재 고도에 따른 평가가 있을 수 있다는 점에서, 이것도 완벽한 이유로 보기는 힘들다.

또 다른 이유를 들면, 이들의 비평집 평문 속에는 자신의 비평적 입지를 분명하게 보이는 이론 비평이 거의 없다는 점을 내세울 수 있다. 이론비평은 실제비평의 근거가 되면서 텍스트 분석의 잣대가 될 수 있다는 점에서 평가를 위한 중요한 사항이 될 수 있다. 그러므로 이는 상당한 근거가 될 수는 있지만, 이것만으로 단정하기는 힘들 것 같다. 이론비평의 입론 없이도 평가가 이루어지는 경우가 많기 때문이다. 그렇다면 다른 근원적인 이유를 찾을 수 있을까? 그 이유로 필자는 이 시대 가치의 상대주의가 미친 영향에 주목하고 싶다. 가치의 상대주의에 따르면 모든 가치는 상대적이다. 그래서 객관적이거나 절대적인 가치란 존재하지 않는다. 절대적인 진리를 인정하지 않는 것이다. 이럴 때, 다양한 해석은 존재하지만 가치평가가 그 자리를 찾기는 힘들다. 2000년대 새롭게 활동을 펼치고 있는 신진 비평가들의 평문에서 적극적인 가치평가의 모습을 볼 수 없는 것은 앞서 제시된 이유들에도 그 원인이 있겠지만, 더 근본적인 이유는 가치의 상대화로 인한 해석 다원주의로 지향한 결과가 아닐까.

디지털 문화 시대의 디지털 스토리텔링
-스토리텔링과 디지털 스토리텔링 사이에서

1. 디지털 문화의 시대

인류의 역사를 매체 발전의 역사 속에서 바라볼 때 보통 4단계로 나누어 설명한다. 첫째가 문자의 시대, 두 번째가 인쇄 미디어의 시대, 세 번째가 전자 미디어 시대, 네 번째가 디지털 미디어 시대이다. 지금 우리는 디지털 미디어 시대에 살고 있다. 디지털 미디어의 특징은 쌍방향의 상호작용 커뮤니케이션을 가능하게 한다는 것과 디지털 정보를 사용한다는 것이다. 이러한 속성으로 인해 디지털 미디어는 인쇄매체나 전자매체가 그랬던 것 이상으로 인간의 의식구조와 문화를 근본적으로 바꾸어놓고 있다.

디지털 기술은 지금까지 별개로 인식되어 칸막이가 되어왔던 다양한 예술 장르들을 멀티미디어화하며 통합해나가고 있다. 뿐만 아니라 디지털 기술이 만들어낸 새로운 미디어들은 그동안 분리되어왔던 일과 놀이, 삶과 예술, 현실과 환상, 창작과 향유, 대중문화와 고급문화 등의 구분을 없애면서 이들의 경계를 지워나가려 한다.

단순히 예술이 미디어를 이용하는 차원이거나 미디어가 예술에 예속되는 차원이 아닌 근본적인 변화가 일어나고 있는 것이다.[1] 기술과 매체가 예술의 신경이 되고, 혈관이 되고 몸이 되는 이 시대적 변화 속에서 새로운 기술과 매체에 의해 예술이 잠식당하고 있다고만 생각하는 것이 정당한가? 이러한 시대의 변화 속에서 전통적인 인문학에 몸을 담고 있는 자들은 어떤 자세를 취해야 할 것인가? 인문학의 위기 상황만을 탓하고 있을 것인가?

임재해는 "인문학문의 위기를 말하는 것은 인문학문 스스로 문화의 세기를 제대로 이끌어가지 못하고 오히려 끌려가거나 소외되어 있는 까닭이다."라고 말하면서 "산업화 시대에서 정보화 시대로, 아날로그 시대에서 디지털 시대로의 전환기를 맞이하여 급격한 시대변화에 능동적으로 적응하지 못하는 진부한 인문학문은 살아남기 어렵다."[2]고 주장한다.

새로운 디지털 시대로의 변화 속에는 긍정적인 측면과 부정적인 측면을 함께 지니고 있을 것이다. 긍정적인 측면을 적극적으로 수용하고, 부정적인 측면을 비판적으로 바라보기 위해서는 그 현상 자체를 우선 바로 읽어내어야 한다. 이를 위해 디지털 시대의 문화적 특성을 개관하고, 문학연구자들이 새롭게 바라보아야 할 틈새를 비집고 들어가볼 필요가 있다.

20세기의 한국 현대문학은 언어예술로서의 문학만을 창작과 연구의 대상이라고 생각했다. 그 시대에는 대부분의 지식이 문자의 형태로, 인쇄 매체를 통해 전달되었기 때문이다. 사람들은 문자화된 언어로 재현되는 의미들이 가장 중요한 학습 대상이며 교양과 비평의 대상이라고 생각했다.

---

1) 우정권 편저, 『한국문학 콘텐츠』, 청동거울, 2005, p.34.
2) 임재해, 「디지털 시대의 고전문학과 구비문학의 재인식」, 국어국문학 143, 2006, p.41.

　21세기 디지털 매체 환경에서 영상적 재현의 독립성은 확고해졌다. 최근 디지털 스토리텔링 산업의 핵심 소분야로 떠오르고 있는 FMV(Full Motion Video) 스토리텔링은 그 좋은 예이다. 현재 뮤직비디오, CF, 인(In)게임 동영상 등 영상물로서의 수요가 무한히 확대되고 있는 FMV스토리텔링은 어떤 언어적 재현도 없이 영상만으로 스토리를 전달하는 장르이다.

　21세기 한국 현대문학은 이와 같은 영상적 재현과 문자적 재현을 창작과정에서 종합하고 연구할 필요가 있다. 영상적 재현의 새로운 리터러시(literacy)가 기존의 문자적 리터러시보다 열등하다고 생각하는 것 혹은 문학의 위기, 문화 쇠퇴의 징조라고 반감을 갖는 것은 일면적인 생각이다.[3]

　영상적 재현은 문자 텍스트와 어떤 형식으로든 관계를 맺고 있다. 일찍이 롤랑 바르트는 영상-문자 관계성(Image-Text relation)을 크게 연결 확대(relay)와 정교화(elaboration)로 대별했다. 만화의 말풍선처럼 문자 텍스트가 영상의 의미를 확대하는 것이 연결 확대라면, 사진의 캡션처럼 문자 텍스트가 영상의 의미를 정확하게 설명해주는 것이 정교화이다. 스토리텔링의 진화과정에서 영화가 사진의 아들이 아니라 만화의 아들이라고 보는 것은 이 관계성 이론에 기초하고 있다. 그러므로 현대문학의 창작과 연구에서 문자적 재현과 영상적 재현이 연계될 때 디지털 매체 시대의 새로운 시학과 실용성이 나타날 수 있을 것이다. 즉 한국현대문학은 매체통합성에 대응하여 문자적 재현과 영상적 재현의 연계를 도모함으로써 문자적 재현만을 문학작품이라고 이해하던 한계를 벗어나야 한다. 이러한 연계를 통해 현대문학은 영상문학의 다양한 장르에 대한 창작과 연구로 활동영역을 확장해갈 수 있으며, 새로운 시학을 도출

---

3) 류철균, 「디지털 시대의 한국 현대문학」, 『국어국문학』 143, 2006, p.83.

할 수 있을 것이다.

2. 문학 위기 담론에 대한 적극적 대응

디지털 시대에 진입한 후, 가장 아날로그적 예술인 문학에 대한 위기감이 계속되고 있다. 소위 문학 위기설은 문학 자체로부터 빚어졌다기보다는 시대 문화적 환경의 변화가 낳은 결과이다. 소설이란 장르의 탄생이 산업혁명이란 시대적 배경이 커다란 영향을 미쳤다는 점을 상기한다면, 21세기의 문화적 상황의 변화는 새로운 장르의 출현을 예견할 수밖에 없다. 이제 우리는 산업혁명에 버금갈 만한, 혹은 그 이상의 거대한 사회변화의 과정에 있다. 디지털 정보사회라는 새로운 물결이다. 이 새로운 물결은 우리 일상의 모든 것을 바꾸고 있다.

이 같은 사회 변화는 당연히 문학에도 새로운 서사 양식의 출현을 예고하고 있다. 만약 문학이 이 요구를 외면한다면 그것은 서사예술로서 지금까지 담당했던 역할을 포기하는 것이며, 자본주의와 함께 그 종말을 같이 하게 될지도 모른다.

현존하는 문학의 위기는 변화하는 문학적 상황을 설명해내지 못하는 이론의 위기이며, 서사는 디지털로 달려가는데도 우리는 여전히 문자와 소설에 머물고 있음에서 비롯되는 위기의식이다.

그래서 우리는 아날로그식 문화의 디지털식 확장에 주목하여야 한다. 하이퍼텍스트나 게임서사는 문자와 문학적 상상력에서 출발하고 있지만 문자와 문자가 선택적 임의적으로 연결되어 서사의 진행이 디지털화되거나(하이퍼텍스트), 문자가 디지털 음영에 가려 보이지 않는다(게임서사). 이들은 지금까지 우리가 보아왔던 문학서사와는 분명 다르지만, 그

‘다름’이 단절이 아니라 확장이기에 문학 연구의 대상이 될 수 있다.

디지털 서사[4]는 문학 장르 그 자체가 아니라 새로운 형식적 가능성을 아우르는 포괄적 개념이다. 디지털 시대가 앞으로 탄생시킬 문학 장르가 하이퍼텍스트나 게임서사가 아닐 수도 있다. 그렇지만 새롭게 등장할 문학양식을 이해하는 데 디지털 서사는 분명 유효한 키워드이다. 하이퍼텍스트나 게임을 문학으로 보자는 것이 아니라, 그들에게서 보이는 디지털 서사의 시학적 특징을 연구함으로써 앞으로 진행될 문학의 진화에 대한 학문적 단서를 마련해보자는 것이다.

지금까지의 문학 연구는 ‘문학은 문자예술이고, 서사 양식의 변화는 문자를 통한 스토리텔링 방식의 변화와 연동된다’는 명제로부터 자유롭지 못하였다. 문학의 매체가 문자라는 사실은 여타 서사예술(영화, 드라마, 애니메이션 등)과 문학을 구분짓는 가장 효과적인 방식이었지만, 역으로 문자에 강박당함으로써 문학 연구의 대상을 문자 텍스트로 한정하는 결과를 가져왔다. 스스로 연구의 대상과 범위를 좁힘으로써, 매체로서의 문자의 영향력이 디지털에 의해 위협받고 있는 21세기에 문학 연구가 위기를 맞고 있는 것이다.

디지털 시대 문학 연구가 탄력성을 갖기 위해서는 무엇보다도 문자의 강박에서 벗어나야 한다. 그러기 위해서는 문학 연구가 서사 연구로 확장될 필요가 있다. 서사 연구의 핵심이 만들어진 이야기(서사물)가 아니라 이야기를 만드는 방식(서사양식)에 있다면, 그 결과물이 굳이 문자일 필요는 없기 때문이다. 국문학 연구의 한 경향으로 영화나 드라마, 애니메이션 같은 문자 이외의 매체 서사에 대해 문학이론을 적용한 연구방법

---

4) 이용욱은 이 글에서 디지털상에 나타나는 서사를 ‘디지털 서사’라고 이름짓고 있다. 이는 앞으로 사용할 디지털 스토리텔링과 크게 다르지 않은 개념으로 보인다. 이용욱, 「디지털 시대, 문학연구 방법론의 새로운 모색」, 『국어국문학』 143, 2006, p.191.

론이 등장하였고, 인터넷상에 디지털 문학 텍스트에 대한 관심이 사이버 문학 이론으로 연결되기도 하였다.

그러나 여전히 우리는 디지털 서사를 문학 연구 대상으로 삼는 데 주저하고 있다. 디지털 문학 텍스트와 디지털 서사는 다르다. 디지털 문학 텍스트는 문자(비록 비트로 표시되지만)로 쓰인 것이지만, 디지털 서사는 문자와 여타 매체와의 혼성(hybrid)이다. 디지털 문학텍스트는 서사물이지만, 디지털 서사는 서사 양식이다. 디지털 서사는 문자만으로 이루어진 것도 아니며, 서사의 완결성은 환상에 불과하고 단지 그곳으로 가기 위한 기존의 서사 이론으로는 도저히 해석할 수 없는 기괴한 양식으로 우리에게 인식되고 있다.[5] 그러므로 디지털 서사를 문학 연구 대상으로 삼기 위해서는 문학 연구 방법론의 새로운 패러다임이 구축되어야 한다.

3. 스토리텔링과 디지털 스토리텔링

1) 스토리텔링의 정의

스토리텔링이란 말은 지금은 여러 가지 형태로 사용되고 있다. 그러나 그 원형은 구전되는 이야기에서 출발한다. 스토리텔링은 말, 형상, 소리를 통해 사실이나 허구적인 사건들을 전달하는 오래된 기술이다. 스토리텔링의 가장 이른 형태는 몸짓과 표현이 함께 결합된 구어의 형태로 볼 수 있다. 또한 벽에 그려 불완전하게 남아 있는 벽화도 하나의 스토리텔링으로 볼 수 있다. 문자가 발명되기 전까지는 구어 중심의 스토리텔링이 이루어져온 것이다. 이는 구전된 이야기들이 스토리텔링의 형태로 존재하는 것에서도 알 수 있다. 그래서 세계의 여러 다양한 문화 속

---

5) 이용욱, 앞의 논문, p.193.

에서 형성된 스토리텔링의 문서들을 우리는 볼 수 있다. 스토리텔링의 원형으로 볼 수 있는 스토리텔링의 기록들은 여러 언어로 많이 남아 있다. 그 언어들은 산스크리트어, 고전 독일어, 라틴어, 중국어, 그리스어 등이다. 스토리텔링의 기원은 고대이다. 그 최초의 것 중의 하나는 이집트의 피라미드를 세웠던 키아프스(Cheops)의 아들이 그의 아버지와 즐겼던 이야기를 파피루스에 기록한 것이다. 슈메리언 왕과 관련된 길가메시의 서사시도 자주 인용되는 서사시 중의 하나로, 스토리텔링의 역사를 말할 때 논의의 대상이 된다.

문자가 발명되자 스토리텔링의 중심이 되는 이야기는 기록되고 전사되면서 세계의 넓은 영역으로 퍼져나가기 시작했다. 그리고 기술이 발전하면서 이야기는 나무나 돌에 새겨져 이미지로 표현되기도 했다. 또한 종이나 캔버스에 인쇄되거나 그려지기도 하고, 영화로 남겨지기도 했으며, 이제는 디지털 형태로 저장하게 되었다.

전통적으로 구전되는 이야기는 오직 기억에 의해서 세대에서 세대로 전해져왔다. 그런데 기록할 수 있는 매체가 생겨나면서, 기억의 중요성이 덜하여졌다. 현대에 와서는 정교한 멀티미디어 스토리텔링의 토대 위에서 거대한 오락 산업이 생겨났다.

2) 전통적인 스토리텔링의 현재성

구술되는 스토리텔링은 고도로 예술적이고 인간적인 가치를 지닌 강력하고 아름다운 언어적 연행이 연출된다. 그런데 이러한 언어적 연행은 일단 문자로 기록되어버리면 불가능하게 된다. 그러나 비록 그렇다 하더라도 쓰기가 없었다면 인간의 의식은 그 잠재능력을 더 한층 발휘할 수 없으며, 그 밖의 아름답고 힘찬 작품을 낳을 수 없다. 이런 의미에서 구술성은 쓰기로 나아갈 필요성이 있다. 그러나 현실적으로 스토리텔링의 구술성이 완전히 사라진 것은 아니다. 스토리텔링의 구술적 형태는 여전히 지속되고 있다. 모든 사람들이 이야기를 하는데, 그중 많은 사람들이 이야기 기술을 예술의 차원으로 끌어올렸다. 미국에서 계속되고 있는 스토리텔링 페스티벌이 그 한 예이다. 스토리텔링 예술 형태의 요소는 시각화와 소리, 몸짓을 포함한다. 스토리텔링 예술은 다른 예술 형태 즉 행위, 구어적 해석, 퍼포먼스 영역으로부터 여러 가지 방법을 끌어내고 있다.

1970년대에 미국에서는 소위 스토리텔링 르네상스가 시작되었다. 그 결과 많은 연행자들이 전문적인 스토리텔러가 되었다. 또 다른 하나의 결실은 스토리텔링의 영구화와 보존을 위한 국가적인 협회가 만들어졌다는 것이다. 지금은 그것이 국가적인 스토리텔링 네트워크가 되었다. 이런 전문적인 기관이 텔러들이나 페스티벌 계획자들에게 많은 도움을 주고 있다. 2007년 현재 수십 개의 스토리텔링 페스티벌이 있으며, 세계적으로 수백 명의 전문 스토리텔러들이 있다. 이 전문 스토리텔러들은 이곳저곳의 스토리텔링 페스티벌에 참여해서, 워크숍을 통해 스토리텔링 학교에서 배운다.

3) 어린이를 위한 스토리텔링

스토리텔링의 현재성 중의 하나는 자라나는 어린이들에게 구두로 이야기를 들려주는 형태이다. 스토리텔링의 자료로 출판된 이야기들에 의존해 어린이들에게 이야기를 들려주는 것이다. 이것 역시 하나의 스토리텔링이다. 일반적으로 이 경우에는 책에 인쇄된 이야기를 다시 재생해서 들려주는 경우가 많다. 이런 경우는 다음과 같은 목적을 가진다.

(1) 스토리텔링에 공유된 경험을 나누고 창조함으로써 어린이들이 직접적인 경험을 넘어서는 사건을 해석할 수 있는 능력을 개발할 수

있도록 돕는다.

(2) 어린이들에게 구어의 형태를 소개한다. 어린이들이 읽기를 잘하려면 구어에 대한 다양한 경험이 필요하기 때문이다.

(3) 어린이들의 듣기 능력을 개발한다.

(4) 어린이들의 책과 읽기에 대한 긍정적인 태도를 계발시킨다. 스토리텔링은 어린이들에게 놀라운 책의 세계를 소개해주는 훌륭한 수단이 된다. 어린이들의 손에 책을 들려주어 책을 읽게 하는 것은 이야기를 들려주는 것과 비슷하다.

(5) 다른 사람들의 행복에 대해 즐거워하고, 불행에 대해 슬퍼하는 경험을 공유함으로써 사회적 성숙에 기여한다.

(6) 어린이들의 정신적 건강에 도움을 준다.

(7) 어휘력 신장에 도움을 준다.

(8) 즐거움을 제공한다.

(9) 문화적 전통을 이해할 수 있게 한다.

4. 디지털 스토리텔링

20세기 후반부터 등장하기 시작한 새로운 전자매체는 우리의 글쓰기 환경을 많이 바꾸어놓았다. 그래서 전통적인 스토리텔링의 방식도 바꾸어놓았다. 구어나 문어를 통해 이루어지던 스토리텔링이 이제는 전자매체에 의해 새롭게 전환되기 시작했다. 수동적이고 일방향적이던 스토리텔링의 상호작용성이 가능하게 되었다. 이렇게 새로운 매스미디어의 등장은 과거의 스토리텔링 미디어들이 가지고 있던 토대를 허물고, 새로운 양식의 스토리텔링이 필요함을 제시하고 있다. 디지털 기술에 접목되는 스토리텔링을 요청하고 있다. 이것이 디지털 스토리텔링이다.

디지털 스토리텔링이란 신조어는 1995년 미국 콜로라도에서 열린 디지털 스토리텔링 페스티벌을 계기로 사람들에게 널리 알려지기 시작했다. 그 뒤 이 용어는 디지털 콘텐츠 산업에서 가장 큰 시장인 게임산업에 대한 연구가 본격화되면서 자리 잡기 시작하였다. 그러나 실제로 이 용어의 실체가 무엇인지에 대해서는 아직도 논란이 많다.

우선 이 개념은 기존의 이야기에 기술이라는 측면을 덧붙인 개념으로 폭넓게 정의되고 있다. 인류의 위대한 유산인 문화와 정신의 측면에서만 다루어지던 이야기의 세계에 기술과 매체라는 것을 부가하여 그 의미를 찾는 것이다. 새로운 표현양식이 새로운 내용을 만들어내는 것, 여기서 우리는 디지털 스토리텔링의 의미를 찾을 수 있다. 기술과 매체는 단순히 형식과 도구가 아니라, 사람들의 인식을 변화시키는 핵심적인 기제인 것이다. 그래서 스토리가 아니라, 스토리텔링이라고 했을 때는 이야기를 구성하는 매체의 성격, 담론이라고 할 수 있는 부분이 포함되는 것이다.

1) 디지털 스토리텔링의 두 영역

디지털 스토리텔링의 유형을 여러 가지 방법으로 나누어볼 수 있지만, 이인화는 디지털 스토리텔링을 크게 엔터테인먼트 스토리텔링과 인포메이션 스토리텔링으로 나누고 있다.[6]

① 엔터테인먼트 스토리텔링

엔터테인먼트 스토리텔링은 디지털 스토리텔링 중 가장 큰 부분을 차지하는 디지털 콘텐츠들을 주로 제작하는 스토리텔링으로 디지털 영화, 디지털 애니메이션, 컴퓨터 게임, 디지털 방송, 디지털 음악, 디지털 출판

---

6) 이인화 외 공저, 『디지털 스토리텔링』, 황금가지, 2003, pp.42-46 참조.

등이 여기에 해당된다. 엔터테인먼트 스토리텔링을 통해 제작되는 디지털 콘텐츠들은 상업성이 강한데, 이는 대부분의 디지털 콘텐츠들이 상품화돼서 소비를 지향하고 있기 때문이다. 이러한 상업성과 뗄 수 없는 엔터테인먼트 스토리텔링의 성격은 소비자 지향적인 콘텐츠를 생각할 수밖에 없고, 상업적으로 성공해야 한다는 부담을 안고 있다.

엔터테인먼트 스토리텔링의 하위 장르들은 각각의 매체적 성격에 따라 그 구성 원리가 구분된다. 디지털 콘텐츠는 보통 전달되는 방식에 따라 서술, 묘사, 체험의 세 가지 요소가 결합되어 나타나는데, 엔터테인먼트 스토리텔링은 이 요소들을 매체의 환경에 맞게 결합시킨다. 예를 들면, 디지털 영화나 애니메이션 같은 서사 양식의 성격이 강한 장르에서는 서술과 묘사의 결합이 두드러지지만, 컴퓨터 게임에서는 서술되어야 할 부분을 체험으로 대신하는 경우가 많다. 컴퓨터 게임에서는 사용자의 선택 가능성과 자유를 확대해줄수록 서술해야 할 필요성이 줄어들기 때문이다. 물론 인터랙티브 영화처럼 사용자의 선택에 따라 체험의 요소를 부각시킨 콘텐츠가 존재하기도 한다. 그러므로 이러한 요소들의 결합은 어떤 절대적인 수치로 정해져 있는 것이 아니라, 콘텐츠의 내용과 주제의 성격에 따라 적절히 조정되어야 할 것이다. 그러므로 엔터테인먼트 스토리텔링에서 디지털 스토리텔링은 과거의 선형적인 서사 양식의 전통과는 달리, 독자가 주어진 이야기를 가공, 변형, 체험할 수 있는 여지를 만들어주어야 한다.

② 인포메이션 스토리텔링

인포메이션 스토리텔링은 주어진 정보를 바탕으로 이를 가공, 배치, 편집, 디자인하는 과정을 거치는 스토리텔링으로서 디지털 광고, 브랜드 이미지, e-러닝, 디지털 박물관, 디지털 다큐멘터리, 디지털 자서전 등이 여기에 해당된다. 엔터테인먼트 스토리텔링이 허구적인 이야기를 창조하는 것에 비해 인포메이션 스토리텔링은 현실을 바탕으로 논픽션적인 이야기를 만들어내는 것이다. 따라서 인포메이션 스토리텔링은 주어진 정보를 스토리로 엮어내는 편집적인 성격이 강하게 부각된다.

인포메이션 스토리텔링은 엔터테인먼트 스토리텔링에 비해 소비적인 성격이 강하게 부각되지 않는다. 이를테면 광고는 상품화되어 소비된다기보다 상품화된 곳을 디자인하는 것이기 때문에 일종의 메타-상품 스토리텔링에 속한다. 따라서 인포메이션 스토리텔링은 e-러닝과 같은 에듀테인먼트 콘텐츠의 경우와 같이 몇몇의 경우를 제외하고는 그 자체가 상품화되는 경우가 그리 많지 않다.

인포메이션 스토리텔링은 기본적으로 정보의 전달이 콘텐츠의 기본 목표가 되기 때문에 수용자의 인지모델을 위한 연구가 필요하다. 정보는 기본적으로 완전히 모르는 주제를 전달하는 것이 아니라, 수용자가 문맥을 고려해 맥락을 연결시킬 수 있도록 배려해야 한다. 또한 인포메이션 스토리텔링에서는 정보의 전달과 더불어 정보의 선별이 중요해진다. 현대 사회에서는 수많은 정보의 홍수 때문에 어떤 정보를 취사선택해야 할지 난감해지는 경우가 많다. 인포메이션 스토리텔링은 필요한 정보를 사용자 중심으로 디자인해서 가공해 제공하는 것을 목표로 한다. 따라서 단순한 정보의 제공보다는 인터페이스 디자인을 통해 정보를 선별하고 압축해서 제공할 필요가 있는 것이다.

2) 디지털 스토리텔링의 특징

전통적인 스토리텔링을 넘어서 있는 디지털 스토리텔링은 다음과 같은 몇 가지 특징을 가지고 있다.

첫째, 디지털 스토리텔링은 유연하고 탄력적으로 만들어진다. 디지털 스토리는 컴퓨터의 다양한 기능을 이용해서 복합적인 플롯을 만들고, 동일한 사건의 다양한 버전을 보여줄 수 있다. 청자는 이야기의 한 인물을 맡기도 하고, 극중 인물과 상황에 대해 토론할 수도 있다. 컴퓨터와 멀티미디어 기술 덕택에 청자의 흥미에 맞게 수정된 독특한 배경을 만들 수 있는 것이다.

둘째, 디지털 스토리텔링은 보편성을 갖고 있다. 컴퓨터 가격이 하락하고 인터넷 보급의 확산에 따라 사람들은 다양한 미디어로 이야기할 수 있는 수단을 갖게 되었다. 아직 모든 사람에게 보급된 것은 아니지만, 분명히 이런 방향으로 나아갈 수밖에 없을 것이다. 일반 사람들도 이제는 도구나 기계를 이용해서 전 세계 청자를 상대로 개인적이고 예술적인 목적으로 이야기를 할 수 있게 되었다. 자신이 제작자이고 감독이 될 수 있는 장을 열어가고 있다.

셋째, 디지털 스토리텔링은 다른 미디어와 달리 상호교환할 수 있다. 영화, 비디오, TV쇼, 산문 등과는 달리 일단 디지털 스토리가 웹상에 뜨면 창작자와 청자 간의 구분이 없어진다. 디지털 스토리 작가는 청자를 초대해서 비슷한 경험을 공유하기도 한다. 이런 경험들이 본래 이야기에 첨가되어서 또 다른 독특한 이야기로 변형된다. 본질적으로 디지털 스토리텔링은 모두가 이야기 구성 과정의 참여자가 될 수 있다.

넷째, 디지털 스토리텔링은 공동체를 형성하는 힘이 있다. 워렌 헤그(Warren Hegg)는 디지털 스토리텔링 운동 덕택에 많은 사람들이 인생의 힘과 스토리의 힘을 표현하기 위해 컴퓨터를 사용하고, 그 이야기를 통해 공동체를 형성한다고 주장한다.

다섯째, 디지털 스토리텔링은 전통적인 스토리텔링에서 성공했던 것과 똑같은 특징들도 공유한다.

3) 디지털 스토리텔링의 사회적 조건

디지털 스토리텔링은 3차원 그래픽 기술, 3차원 사운드 기술, 분산 가상환경 기술 등 가상현실을 만들어내는 기술을 누구나 활용할 수 있는 시대의 산물이다. 이러한 시대적 배경 속에 출현한 디지털 스토리텔링은 세 가지 사회적 조건을 가지고 있다고 본다

첫째, 디지털 스토리텔링은 이야기 예술을 넘어 콘텐츠 산업 전체에 적용된다. 정보화 혁명은 인간두뇌의 한계를 넘어서는 정보의 폭증을 야기했다. 이러한 상황은 스토리에 대한 사회적 요구를 그 어느 때보다 증가시켰다. 정보의 홍수 앞에 위축된 사람들은 사건을 겪은 어떤 사람의 경험을 중심으로 한 번 걸러진 지식, 알기 쉽고 느끼기 쉬운 지식을 갈망하고 있다. 그것은 바로 스토리이다. 정보화 시대의 스토리는 영화나 소설 같은 좁은 의미의 이야기 예술을 넘어 거의 모든 디지털 콘텐츠로 확산된다. 상품들의 홍수 속에서 자신의 브랜드 이미지를 기억시키기 위한 브랜드 스토리텔링, 웹 커뮤니티를 창조하고 운영하기 위한 컴퓨터 매개 커뮤니케이션 스토리텔링, 전시공간 속에 생기를 더하는 테마 파크 스토리텔링과 웹 뮤지엄 스토리텔링, 기업 이미지 스토리텔링 등이 그러한 예이다.

둘째, 디지털 스토리텔링은 집합 지능에 의해 창작된다. 지난 세기 우리가 익숙했던 소설은 자본주의적 근대화의 산물이었다. 사회를 움직이는 힘이 토지자본으로부터 산업자본으로 이동하자 토지에 근거한 집단들이 해체되고 인간은 개인으로 단자화되었다. 21세기 정보화 혁명은 이 같은 상황을 바꿔놓았다. 사회운동의 힘이 산업자본으로부터 정보통신 자본으로 이동하면서 산업사회가 만든 개인의 공간이 해체되는 새로운 국면들이 나타났다. 구텐베르크의 인쇄술과 더불어 나타났던 활자 매체 환경의 우주 속으로 사람들이 들어온 것이다.

그런데 사람들은 이제 수십 개의 디지털 자아와 사이버 육체를 갖는 가상 주체로 사회적 삶을 영위한다. 인간은 개인으로 단자화되는 것이 아니라, 개인에서 해체되고 재구성된 뒤 다시 인터넷을 통해서 실용적·친교적 공동체와 연결된다. 이것이 이른바 네트워크화된 개인주의의 사회이다. 이러한 시대의 가장 중요한 문제는 개인의 정체성 인식이 아니라 아름다움에 대한 취향과 진리와 정의에 대한 자기 윤리를 네트워크 속에서 구현하고 공유하는 것이다.

그 결과 정보화 시대의 디지털 스토리텔링은 단일한 작가, 단일한 등장인물, 단일한 화자의 통일된 목소리와 결별한다. 디지털 스토리텔링은 주어지는 이야기부터 여러 명의 개발자들에 의해 개발되며 무수히 많은 사용자들의 참여로 완성된다. 그리고 그 스토리는 항상 인터넷의 편재성과 동시성, 물질적 개방성에 열려 있게 된다.

인간은 어떤 면에서는 모두가 한 사람의 소설가라고 할 수 있다. 인간은 항상 사물에 자신의 심정과 상상을 투사시켜 더욱 친근하고 인간적인 이미지로 사실의 변형을 추구한다. 디지털시대의 사회적 조건은 이같은 인간의 창조성을 격려하면서 집합 지능에 의한 새로운 삶의 비전들을 만들어낼 것이다.

셋째, 디지털 스토리텔링은 디지털 사회의 인간화와 민주화를 추구한다. 모더니즘 이후의 20세기 예술은 일상적인 인간의 감성적인 이해보다 예술가 개인의 독창적인 표현을 옹호하며 전문화의 길을 걸어왔다. 그 결과 예술은 대중을 소외시켰고, 예술사의 소양을 가진 특정 관객만이 이해할 수 있는 난해하고 비인간적인 영역이 되어갔다. 내면탐구와 언어 실험의 양상이 두드러졌던 20세기 문학 역시 복잡하고 난해한 현실에 대응한다는 미명 아래 스스로 복잡하고 난해한 현실이 되어갔다고 말할 수 있다.

디지털 스토리텔링은 이 같은 한계를 넘어 예술적 커뮤니케이션의 수평적 확장과 민주적 상호작용을 촉진한다. 모든 인간적인 욕망들의 사랑스러움, 착한 감정들의 진실함, 인간정신의 자유와 인간의지의 숭고함을 추구하는 이야기 등 예술의 꿈은 디지털 스토리텔링에 이르러 완전한 구현의 무대를 발견했다고 말할 수 있다.

디지털 스토리텔링에서는 수많은 디지털 자아들이 자신들의 취향에 맞는 사람들과 연대하여 함께 새로운 스토리를 창조한다. 이러한 연대와 창조는 자칫 배금주의와 물질만능주의, 말초적 욕망이 지배하는 삭막한 정보의 사막이 될 수도 있는 디지털 사회에 강력한 길항작용을 한다. 인류가 오랜 노력 끝에 도달한 정보화 사회는 디지털 스토리텔링과 더불어 비로소 피가 있고 살이 있고 영혼이 있는 인간의 사회, 더 민주화된 사회로 발전해갈 것으로 예견하고 있다.

4) 개별논자들의 디지털 스토리텔링에 대한 입장

앞서 논의된 디지털 스토리텔링에 대한 이해를 바탕으로 디지털 스토리텔링에 대한 개념을 규정하기 위해서 그동안 제시된 몇 사람의 논의를 살펴본다.

정혜승은 디지털 스토리텔링은 이야기를 효과적으로 전달하는 데 있어, 글, 신체언어, 음식, 미술, 음악, 공예, 그리고 종교 의식 등을 이용했던 전통 스토리텔링 방식과 크게 다르지 않다고 말한다. 멀티미디어 틀을 사용하여 제작한 사진, 비디오 클립, 음악, 사운드(음향효과, 목소리) 그리고 텍스트 등을 통하여 이야기를 전달한다는 것에 그 차이가 있다는 것이다. 다시 말해, 디지털 스토리텔러들은 컴퓨터 안에서 멀티미디어 어플리케이션(application)과 새로운 테크닉을 이용하여 그들의 이야기를 전달하는 예술가[7]란 것이다.

그래서 그는 전통적인 스토리텔링과 비교되는 디지털 스토리텔링의 특징을 다양성, 유연성, 보편성, 상호작용, 그리고 공유에 있다고 본다. 디지털 스토리텔링은 전통적인 선형의 이야기 방식에서 벗어나 이야기 진행 방향의 다양성, 하나의 사건 속에 다수의 줄거리(plot), 그리고 복수의 버전(Version)을 제공할 수 있다는 것이다. 새로운 멀티미디어 기술들에 의해 시각적·청각적 효과들이 더욱 다양해진 것은 물론이고, 작가의 설정이나 독자들의 요구에 따라 변화하는 유연성을 가지는 특징을 내세우고 있다.

여기에 비해 최혜실은 자크 데리다(Jaques Derrida)의 에크리튀르(écriture) 개념을 원용하여 구술문학이나 문자문학의 구분보다 앞서고, 그 구분을 가능하게 하는 근원적인 개념으로서 스토리텔링을 제시한다.[8]

스토리텔링은 우리가 지금까지 텍스트 중심의 서사학에서 정의되어 온 개념들과 다른 성격을 띠게 된다고 본다. 학계에서 그간 연구되어 학술용어로 정착된 서사학(narratology)이란 용어는 사실 게임이나 애니메이션에 쓰기에는 무리가 있다는 것이다. 기존의 서사학이 텍스트에서의 이야기 구조에 집중되어 디지털 매체에 적용되기 힘든 부분이 있기 때문이다. 그는 예를 들어 다음과 같이 설명한다. 스토리와 서술을 구분하여 인과관계가 있도록 잘 짜여진 이야기가 예술적인 서사라고 보는 견해는 디지털 매체에는 맞지 않다는 것이다. 또 이야기에 시작과 끝이 있다는 개념도 맞지 않다는 것이다. 게임에서 시작과 끝은 게임 사용자에게 임의

---

7) 정혜승, 「인터넷 환경에서의 디지털 스토리텔링에 관한 연구」, 『디자인 포럼』 21, 동덕여대 디자인연구소, 1998, p.239.

8) 최혜실, 「디지털 문화환경과 서사의 새로운 양상」, 『구비문학 연구』 16, 한국구비문학회, 2003, p.7.

로 주어진 것이기 때문이다. 이런 점 때문에 좀 더 원형적인 스토리텔링이란 개념이 필요하다고 본다. 이야기가 종이 매체에 표현될 경우 문학이 되고, 영상매체에 표현될 경우 영화가 되며, 디지털 매체에서 표현될 경우 디지털 서사, 즉 디지털 스토리텔링이 된다는 것이다. 문자서사에서 영화서사로 가면서 이야기는 매체에 의해 다른 방식을 취한 것처럼 다시 디지털 매체와 만나게 되고, 또 다른 형식을 보이고 있다는 것이다. 그래서 그는 이야기라는 상위범주가 있고, 그 하위에 여러 이야기 방식이 있다[9]고 보고 있다. 그래서 전통적인 서사학 대신 스토리텔링이란 개념을 제안하고 있다. 이 개념은 영화, 비디오, 게임, 광고, 애니메이션 디자인, 테마파크의 이야기 운용방식을 분석하고, 새로운 미학을 도출할 수 있는 방법론의 틀로서 유용하다고 본다.

그리고 그는 디지털 스토리텔링의 종류를 4개의 분야로 나누고 있다. 그 첫째로 네트워크 문학, 둘째는 하이퍼텍스트 문학, 셋째는 컴퓨터 게임 중 서사성이 강한 장르들, 넷째는 인터랙티브 영화와 홀로그램을 들고 있다.[10]

또한 권영운은 디지털 스토리텔링을 스토리텔링의 환경과 방식이 아날로그에서 디지털로 전환된 상태에서의 다양한 '이야기 하기'로 정의하고 있다. 보다 구체적으로 말해, 한 사람의 이야기를 다양한 매체, 즉 디지털 환경에서 디지털 소프트웨어에 의해 제작된 영상, 텍스트, 음성, 사운드, 음악, 비디오, 애니메이션을 통해 서로 공유하는 과정이라고 본다.[11]

이렇게 많은 논자들이 디지털 스토리텔링의 특징과 형태를 논의함으

---

9) 최혜실, 앞의 논문, p.8.

10) 최혜실, 「디지털 스토리텔링」, 『정보과학지』 제21권 제2호, 2003, p.14.

11) 권영운, 「디지털 스토리텔링 특성의 광고 적용 가능성」, 『영산논총』 11, 영산대학 2003, p.393.

로써, 현재 쇠퇴해가고 있다고 학자들이 지적하고 있는 문학의 영역을 확장하고, 문화의 새로운 중심으로 나설 수 있는 계기 마련도 가능하다는 입장을 보이고 있다. 왜냐하면 과거의 역사, 문학, 신화와 같은 이야기가 현재에 새롭게 태어날 수 있는 길이 디지털미디어의 환경에 의해 이루어지고 있다고 보고 있기[12] 때문이다.

5. 문학 연구자들이 디지털 스토리텔링에 접근하는 길

전통적으로 문자 중심주의에서 완전히 벗어나지 못한 문학 연구자들이 디지털 시대의 디지털 스토리텔링에 접근할 수 있는 길은 없을까? 현재 우리가 고민해야 할 일차적인 과제이다. 디지털 스토리텔링을 두고, 멀티미디어론, 영상학, 이미지학, 디지털 기술론 등을 전공하지도 않은 인문학 연구자들이 바로 이 시대의 디지털 스토리텔링을 분석하고 해명한다는 것은 연목구어나 마찬가지다.

그러므로 우리는 우선 전통적인 문자 중심의 스토리텔링에서 익혀온 이야기 분석 방법론을 바탕으로 디지털 스토리텔링에 접근하는 지름길을 선택할 수밖에 없다. 즉 스토리텔링과 디지털 스토리텔링 사이에서 일차적으로 우리의 입지점을 세우는 지난한 작업을 할 수밖에 없다. 그런데 이 작업이 무모하지만은 않다고 생각되는 이유는 디지털 스토리텔링에 사용된 모든 콘텐츠들이 기존 인류가 만들어 놓은 이야기들의 원형을 활용하고 있다는 점 때문이다. 문학 연구자들이 전통적으로 다루어오던 작품들이 디지털 시대의 디지털 스토리텔링의 원천이 되고 있다는 것이다.

---

12) 우정권 편,『한국문학 콘텐츠』, 청동거울, 2005, p.81.

　따라서 문학 연구자들은 원천의 이야기와 디지털 스토리텔링으로 전환된 다양한 디지털 스토리텔링 장르들 사이에 나타난 변형물들을 새로운 시각으로 논의할 수 있는 시선을 확보할 수 있을 것이다. 다음에 예시되는 거친 논제들이 그러한 경우들로 가능하지 않을까? ①시에 나타난 디지털 스토리텔링적 요소와 소설에 나타난 디지털 스토리텔링적 요소 ②컴퓨터 게임에 나타난 문학적 특성 ③애니메이션에 나타난 원형적 심상 ④텔레비전 드라마에 나타난 통속적 서사 전략 ⑤사이버상의 글쓰기에 나타난 구술성의 문제 ⑥영화 〈웰컴 투 동막골〉에 나타난 유토피아 지향의 욕망구조 ⑦게임 〈리니지〉에 나타난 영웅의 왕국 찾기 과정의 의미 ⑧문학적 공간과 디지털 스토리텔링 공간의 거리 ⑨영상광고에 나타난 이야기의 분석 ⑩전자책 문학작품의 현실적 의미와 한계 등.

　그리고 이를 바탕으로 본격적인 디지털 스토리텔링 문법을 읽어가는 단계로 진입하는 것 또한 가능하리라고 본다.

「오세암」에 나타나는 동심의 서사구조
-설화, 동화, 애니메이션을 바라보는 하나의 시각

1. 머리말

「오세암」은 647년에 창건된 강원도 백담사의 부속암자인 관음암을 1643년에 설정대사가 중건하면서 얽힌 관음설화에서 비롯된다. 그러므로 이 설화는 창건연기설화의 일종으로 볼 수 있다.[1] 이 관음설화는 1984년 동화작가 정채봉에 의해 전래동화[2]로 재구성되었고, 2003년에는

---

[1] 창건연기설화는 창사설화(創寺說話) 창건설화(創建說話)라는 명칭을 쓰고 있으나, 사찰이 건립된 인(因)과 연(緣)을 설명해주고 있다는 점에서 창건연기설화라는 명칭을 쓴다. 사찰을 중심으로 전승되는 창건연기설화는 사찰의 신성함을 선포하기 위한 노력이며, 이를 통해서 사찰은 성소(聖所)로서의 권위를 지니며, 이러한 설화가 구비전승되면서 사찰의 신성을 끊임없이 유지, 확장시키는 역할을 한다. 양상현, 「창건연기설화 : 사찰건축에 신성을 부여하는 언술적 방편」,『대한건축학회논문집』제21권 2호(통권 196호) 2005, p.108.

[2] 전래동화의 개념은 광의와 협의로 구분할 수 있다. 순전히 어린이만을 위하여 전래된 동화와 개화기 이후, 문자 그대로 전해지는 이야기에 동화적 요소를 부가시켜 정착된 작품으로 나눌 수 있다. 협의의 전래동화는 구전되던 이야기들이 아동만을 위해 재창작된 작품인 반면에 광의의 전래동화는 동화적 요소를 가진 작품 중에서 동심에 위배되지 않으며 비교육적 측면을 가지지 않는 이야기까지 포함된 것이라고 할 수 있다. 즉 전래동화는 설화를 그 원천으로 하되, 설화 중에서도 아동을 독자 대상으로 형성된 작품류와 성인을

애니메이션으로 영상화되고, 또한 만화, 뮤지컬 등의 문화콘텐츠로도 활용되었다. 이는 하나의 이야기가 다양한 형태로 활용되는, 디지털 시대의 문화적 특성을 보여주는 전형적인 '한 원작의 다양한 활용(one source multi-use)'의 한 예로 볼 수 있다. 그런데 모든 콘텐츠는 그것을 담아내는 형식(미디어)에 의존적일 수밖에 없으며, 그 형식과 콘텐츠는 상호의존적이다. 오세암의 설화가 구전이란 음성언어 형식에 의해 전달될 때와 동화라는 문자언어 형식의 몸을 입을 때, 그리고 애니메이션이란 영상매체 형식에 담길 때는 같은 이야기라 해도 스타일과 의미가 바뀐다. 다시 말하면 콘텐츠는 불변하고 콘텐츠가 구현되는 미디어 유형만 변한다고 할 수는 없다. 미디어와 콘텐츠 양자의 결합물, 즉 미디어 텍스트가 변하는 것이다. 이를 텍스트학적 의미로 말한다면, 일정한 커뮤니케이션 기능을 담당하는 미디어유형을 통해 실현된 언어적·비언어적 의미소지체들의 유기적 결합인 미디어 텍스트의 의미가 변한다고 이해할 수 있다.[3]

  그래서 「오세암」 설화가 정채봉 작가에 의해 어떠한 모습으로 동화 속에서 재창조되고, 이 재창조된 동화를 대본으로 창작된 애니메이션에서는 다시 어떠한 변화를 보이는지를 살피는 작업은 문화콘텐츠의 제작이란 측면[4]에서 시사하는 바가 크다. 그래서 이 글에서는 「오세암」에 얽힌

대상으로 한 작품이라고 할지라도 동화적 요소가 충분하고 아동의 정서에 위배되지 않는 이야기라고 할 수 있다. 정희정, 「구비설화의 전래동화로의 재창작 방법」, 『어문연구』 52, 2006, p.181.

3) 오장근·김영순·백승균, 『텍스트와 문화콘텐츠』, 한국문화사, 2006, p.18.

4) 문화원형을 현대인들의 특성에 맞도록 문학콘텐츠화 하는 일이나 문화원형을 스토리텔링화하여 동화나 애니메이션 또는 영화로 만드는 일은 문화콘텐츠를 통해 문화산업을 만들어가는 일차적인 과제이다. 이를 위해 문화콘텐츠진흥원에서는 1)문화콘텐츠 시나리오 소재 개발분야, 2)문화콘텐츠 시각 및 소재 개발분야, 3)전통문화·민속자료 소재 콘텐츠 개발분야로 나누어 개발하고 있다. 애니메이션 「오세암」의 경우는 설화를 재구성하여 디지털 표현양식에 맞는 디지털 콘텐츠를 만드는 것으로 이는 문화콘텐츠 시나리오 소재개발 분야에 속한다. 김의숙·이창식 편, 『문학콘텐츠와 스토리텔링』, 도서출판 역락, 2005,

설화가 어떻게 전래동화로 구성되며, 재구성된 전래동화에서 다시 애니메이션으로 영상화되는 과정에서 생겨나는 서사구조의 변이들을 살펴보고자 한다.[5] 이 변이는 첫째, 설화에서 동화로 옮겨지는 과정에서 나타나는 구전적인 스토리텔링이 문자화되는 양상에서 드러나는 특성이며, 둘째, 문자화된 동화에서 애니메이션이라는 영상으로 바뀌면서 드러나는 스토리텔링의 변화이다. 표현의 매개가 음성언어에서 문자언어로, 문자언어에서 다시 전자영상언어로 바뀌는 과정에서 나타나는 스토리텔링의 변화에 주목해봄으로써 새로운 미디어의 출현은 스토리텔링의 내용과 형식의 변화에 어떠한 영향을 미치고 있는지를 「오세암」의 스토리텔링을 중심으로 살펴보고자 한다. 그런데 이 변화의 양상은 수용자를 어떻게 상정하고 있느냐에 따라 상당히 달라지는 모습을 보인다. 그래서 「오세암」이란 설화가 현대의 동화로, 그리고 애니메이션으로 전화하면서 수용자의 상정에 따라 창건연기설화가 지닌 설화 본래의 연원적인 욕망이 서사구조에 어떻게 투영되어 나타나고 있는지를 살펴보고자 한다.

설화는 그 설화가 발생하던 당대의 사람들의 욕망의 실현이란 점에서 창건 연기설화인 「오세암」은 오세암의 신성성을 확보하고, 이를 유포하여 포교의 방편으로 삼고자 하는 욕망을 지니고 있었다고 본다. 즉 설화는 불특정 다수의 대중을 수용자로 해서 구전되었다면, 동화에서는 그 수용자가 1차적으로는 아동일 수밖에 없다. 그리고 애니메이션에서는 아동과 어른을 함께 그 수용자층으로 겨냥할 수 있다. 특히 「오세암」에 등

pp.41-42, p.116 참조.

5) 같은 소재를 원천자료로 할지라도 영화, 애니메이션, 게임, 뮤지컬, 광고, 만화 등 매체의 성격에 따라 원천서사를 달리 각색하여 스토리텔링을 만들어야 하기에 변이는 필연적으로 나타난다. 그러므로 매체에 따라 스토리 형식이 어떻게 달라지는가를 추출하여 규칙을 만들어낼 수 있다면 원천서사를 토대로 다양한 스토리텔링을 만들어내는 데 기여할 수 있으리라 본다. 함복희, 「설화의 문화콘텐츠화 방안 연구」, 『어문연구』 제35권 2호, 2007, p.161.

장하는 중심인물이 어린이라는 점에서, 동심의 욕망이 동화와 애니메이션 수용자의 설정에 따라 어떻게 스토리텔링되고 있는지에 초점을 맞추어 논의해보고자 한다.

2. 불심과 동심 실현의 서사적 욕망

「오세암」 설화의 발원은 설정 스님이 오세암을 중수한 후의 일로 전해진다. 그 대강의 줄거리는 다음과 같이 요약할 수 있다.

> 스님의 다섯 살 난 조카가 있었는데, 겨울 식량을 준비하러 아이를 암자에 혼자 두고, 양양으로 향했다가 눈이 너무 많이 와 겨울 내내 암자로 돌아가지 못했다. 눈이 녹은 봄에 돌아가 보니, 죽은 줄 알았던 조카가 승방에서 염불을 하며 살아 있었다. 어떻게 된 일이냐고 물으니, 인자하신 어머니가 와서 먹을 것을 주고 보살펴주어 죽지 않고 살았다고 했다. 스님이 기이하게 생각했는데, 그 순간 흰옷을 입은 부인이 관음봉에서 내려와 조카의 이마를 어루만지고는 파랑새로 변해 날아가 버렸다. 그래서 다섯 살 어린 동자가 득도하였다고 하여 이 절 이름을 오세암이라 부르게 되었다.

이러한 창건연기설화는 그 전승주체가 당해 사찰의 승려집단을 중심으로 하여, 재가 신도이거나 불교에 우호적인 화자들이었기에 구전되어 지금까지 전승되었다. 이 전승자들은 이 이야기의 신성성과 진실성을 의심하지 않으며, 더 나아가 이를 적극적으로 유포하여, 포교의 방편으로 삼고자 하는 의지를 지닌다. 이러한 구비 전승력에 의해 사찰은 성소로서의 권위를 지니며, 또한 설화가 구비전승되면서 사찰의 신성성을 끊임 없이 유지·확장시키는 기능을 발휘한다. 이것이 구전 설화가 지니는 스토리텔링의 힘이다. 즉 이 설화는 오세암이 관음보살의 영험이 나타난 장소라는 것을 전파하기 위해 만들어진 이야기란 것이다.

그런데 이러한 설화는 문학적으로 완전무결하지 못한 여백성을 갖고 있어, 현대작가는 이 여백성에 자신의 사상과 예술적 개성을 가미시켜 또 다른 한 편의 세계를 재구성하게 된다. 설화에 보이지 않는 서사를 삽입시키기도 하고, 설화를 새롭게 해석하기도 하여 서사의 진행을 보다 현실적이고 필연적으로 만들어간다. 즉 서사구조의 확장을 통해서 재미 또는 교훈을 강화해간다.

정채봉 작가는 이 「오세암」 설화가 지닌 여백성을 「오세암」 동화로 재구성하였다. 그런데 설화는 본래 그 시대 사람들의 욕망의 산물이며, 그 욕망은 어른들의 욕망이란 점에서 설화의 동화로의 재구성에 어려움이 있다. 동심을 바탕에 깔고 있는 설화가 많이 있지만, 「오세암」 설화는 성불한 주체가 5세의 동자라는 것 외는 동심의 차원을 찾아볼 수 없다. 모든 절이나 암자가 창건되면서 지니는 설화는 신도들을 위해 절이나 암자가 지니는 영험을 내세워야 하기에 창건설화에는 언제나 종교적 욕망이 개재된다. 특히 관음신앙에 기초한 절이나 암자인 경우 관음보살의 영험을 일반인들에게 널리 알려 그들의 기도처가 되게 해야 하는 현실적인 목적이 있다. 이 목적이 오세암이란 설화를 창출한 원동력이라 할 수 있다. 이러한 목적은 어른들의 종교적 욕망의 발현이라고 할 수 있다. 즉 설화가 보여주는 세계는 이 이야기의 수용자가 일반 어른들임을 전제하고 있다는 것이다. 그러므로 이 설화가 원래 지닌 어른의 종교적 욕망이 동화에서는 어떻게 변형되고 있는지가 관심의 대상이 된다. 동화 「오세암」 서사에서 관심을 가지고 보아야 할 부분은 구전 설화가 지닌 어떤 부분이 동화에서 새롭게 재구성되고 있느냐 하는 점이다. 즉 불특정 다수를 겨냥했던 설화 「오세암」이 동화에서는 어린이를 어느 정도로 수용자로 배려하고 있느냐 하는 점이다.

동화 「오세암」에는 구전설화가 지닌 관음신앙에 바탕한 불교의 영험세계를 전수하고자 하는 어른의 욕망에다, 일찍 어머니를 잃은 길손이가 어머니를 만나고자 하는 어린이의 욕망을 구체화하고 있다. 정채봉 작가는 원래 오세암 설화가 지닌 관음 신앙에다가 어린이의 순수한 동심인 어머니에 대한 그리움을 이야기의 새로운 모티브로 보탬으로써 동화의 차원으로 이야기를 전환시키고 있다. 그런데 일반적으로 어린이를 위한 옛이야기는 어린이가 원하는 방식으로 어린이를 위하는 것이 아니라, 어른이 원하는 방식으로 어린이를 위하는 내용으로 꾸며진다. 즉 많은 동화들이 어린이의 욕망을 이야기하기보다는 어린이에 대한 어른의 욕망을 이야기한다.[6]

그러므로 전래동화라고 할 수 있는 「오세암」도 어떤 형태로든 원래 설화가 지닌 어른의 욕망이 나타날 수밖에 없다. 그러나 동화는 어린이의 욕망을 온전히 배제할 수가 없다. 어린이의 욕망이 투영되지 않은 동화는 동화로서의 가치를 지닐 수 없기 때문이다. 어린이의 욕망은 설화에 나타나듯이 성불하는 것이 아니다. 성불한 아이가 있었다는 오세암에 대한 전설적인 이야기는 어른들의 욕망이다. 그래서 정채봉 작가는 설화 「오세암」을 근간으로 동화의 서사구조를 새롭게 구성하고 있는 것이다. 그 서사구성 원리는 설화 「오세암」이 지닌 어른의 욕망과 맞설 수 있는 어린이의 욕망을 구체화하는 것이다. 이것이 동화 「오세암」이 수용자층

---

6) 이지호, 『옛이야기와 어린이문학』, 집문당, 2006, p.362.
7) 길손이와 감이가 내보이는 중요한 대화나 행위를 어른과 아이의 차원으로 편의상 도식화하면 다음과 같다.

을 어린이로 상정하고 있는 이유이다. 이를 실현하기 위해 정채봉 작가는 동화에서 잃어버린 어머니를 찾아 만나는 것으로 설정하고 있다. 인간의 욕망은 결핍으로부터 비롯되는데, 어린 아이에게 있어 어머니의 부재는 가장 근원적인 결핍의 하나이기 때문이다. 길손이가 부재하는 어머니를 만나기 위해 나아가는 과정 속에서 성불에 이르게 되고, 그 성불은 어른들의 욕망을 실현시키는 결과를 낳게 된다.

그러므로 동화 「오세암」의 서사분석에서 주목해야 할 부분은 주인공의 행위에서 나타나는 어른과 어린이의 욕망의 경계를 확인하는 일이다. 이는 동화의 수용자로 설정한 아이가 지녀야 할 순수한 동심이 무리없이 잘 드러나고 있느냐 하는 문제에 초점을 맞추어 살펴볼 필요가 있다는 말이다. 정채봉의 동화 「오세암」은 11개의 작은 단락으로 짜여 있다. 단락의 흐름에 따라 주인공 길손이가 나누는 대화와 행위를 중심으로 그가 엿보이는 욕망이 어른의 수준인지, 순수한 아이의 차원인지를 분석함으로써 동화 「오세암」의 서사적 구조의 특징을 읽어낼 수 있다. 동화에 나타나는 주인공의 대화와 행위가 인간의 무의식적 욕망을 드러내는 중요한 두 지표이며, 스토리텔링을 구성하는 중심요소이기 때문이다. 그런데 동화 「오세암」에 나타나는 중요한 언행들을 분석해보면,[7] 아이의 차원을 넘어서는 대화가 먼저 나타난다.

첫 단락의 대화 중 아이의 수준을 넘어서는 내용은 감이와 길손이가 스님을 처음 만나 서로 주고받는 장면에서 나타난다. 누나 감이가 자신

순서 (공간)	작은 단락명 (등장인물)	종교적 경향이 개재되거나 어른스러운 언행	순수한 아이다운 언행
1 (포구,산자락 마을)	바다보다 넓게 내리는 눈(스님, 길손이, 감이)	"스님이야, 머리에 머리카락 씨만 뿌려져 있는 사람이야." "머리카락 씨만 뿌려져 있다고? 고녀석 참…"	

들에게 접근한 자가 누구냐고 물었을 때, 길손이는 스님이라고 대답하고
는 스님을 '머리에 머리카락 씨만 뿌려져 있는 사람'이라고 형용하고 있
다. 이러한 대답은 다섯 살 난 아이의 수준에서는 불가능한 언어적 표현

2 (절)	바람의 손자국, 발자국(스님, 길 손이, 감이)	"부처님 눈에는 바람이 보여?" "스님 나도 마음의 눈을 뜨고 싶어. 바람도 보고 하늘 뒤랑 도 보고 싶어. 그래서 우리 감 이 누나한테 이 바깥세상을 더 잘 말해주고 싶어."	밤에 오줌 싸는 일은 사흘에 한 번꼴. 조용해야 할 선방으로 짐 승을 몰아와서 우당탕거리는 일 은 이틀에 한 번꼴. 법회 때 한가 운데 앉아 있다가 방귀를 뿡 소리 나게 뀌지를 않나. 불개미를 잡아 와서 스님들의 바짓가랑이 속으 로 들여다 보내지를 않나.
3 (절 , 관음암)	물초롱 속에 구름 을 넣어서(스님, 길손이)	"스님 바보야. 내가 물 가져가 는 것 같아?" "그럼 물이 아니 고 무엇이냐?" "흰구름을 넣어 가지고 가는 거야. 요 앞날 개 울에서 건져 왔거든."	
4 (관음암)	입김으로 피운 꽃 (스님, 길손이)	"누나 꽃이 피었다. 겨울인데 말이야. 바위틈 얼음 속에 발 을 묻고 피었어. 누나 병아리 의 가슴털을 만져본 적이 있 지? 그래 그처럼 꽃이 아주 아주 보송보송해. 저기 저 돌 부처님이 입김으로 키우셨나 봐." "앉아 있기만 하면 뭣해! 벽에 뭐가 있어? 솜다리꽃 하나도 피우지 못하구서!"	벌집을 찾아다니는가 하면 다람 쥐굴을 파헤쳤다. 어떤 날은 벌한 테 쏘여서 머리에 혹이 났고, 어떤 날은 뱀굴을 다람쥐굴로 잘못 알 고 건드렸다가 혼이 난 적도 있었 다. "스님 나하고 좀 놀아."
5 (관음암 골 방)	살며시 웃는 얼굴 (길손이)		"누나, 방도 무섭게 생겼지? 문에 먼지가 가득해. 그래도 한번 들어 가 볼까? 누나가 여기서 지키고 있을래? 나 금방 들어갔다 나올 게." 길손이는 그림을 향해 절을 하였 다. "안녕하세요. 전 길손이에요. 오늘 너무 떠들어서 미안해요." 길손이는 얼른 밖으로 나왔다. 문 짝을 전처럼 기대놓다 말고 다시 골방 안으로 들어갔다. "제가 내 일부터 놀러 와도 돼요?" 한참 있 다가 길손이의 목소리가 다시 흘 러나왔다. "그럼 내일 또 올게요. 안녕!"

이다. 스님을 정의하기를 '머리에 머리카락 씨만 뿌려져 있는 사람'이란 언어적 표현은 재미있는 표현이기는 하지만, 다섯 살 난 아이의 사고나 언어 활용의 차원을 넘어서 있기 때문이다. 즉 문제적 아이로 길손이가 형용되고 있다. 길손이의 이 말을 듣고 스님이 '고녀석 참'이라고 반응한다는 자체가 이를 반증하는 부분이다. 문제적 아이로 지목될 수 있다는 말은 작가의 무의식 속에는 길손이를 보통의 아이가 아닌 선으로 인식하고 있음을 드러내는 부분이다. 문제적 아이란 평범한 선을 넘어서 있음을 암시하며, 이는 아이의 입을 통해 어른의 시선이 드러나는 장면이

6 (관음암 골방)	엄마라고 불러도 돼요(길손이)		"엄마라고 불러도 돼요? 나는 엄마가 없어요. 엄마 얼굴도 모르는 걸요. 정말이어요. 내 소원을 말할게요. 아무한테도 말하지 말아요. 약속하지요? 내 소원은… 내 소원은… 저… 엄마를… 엄마를 가지는 거예요. 저… 엄마… 엄마… 엄마라고 불러도 돼요?
7 (관음암)	마음을 다해 부르면(스님, 길손이)	"내일 내가 없는 동안 무섭거나 어려운 일이 생기면 관세음보살, 관세음보살 하고 관세음보살님을 찾거라, 알겠지?" "그러면 관세음보살님이 오셔?" "오고말고 네가 마음을 다하여 부르면 꼭 오시지."	"싫어. 나 혼자 있지 않을 테야." "나 혼자는 무섭단 말이야."
8 (장터. 농부 집)	쌓인 눈이 마루에 닿다(스님, 농부)		
9 (절에서 관음암에 이르는 길)	관세음보살 관세음보살(스님, 감이)	"스님 냄새가 나요." "사향노루 냄음 말이냐?" "아냐요. 우리 길손이 냄음이어요." "허허. 고녀석 참…." "스님 무슨 소리가 들리지 않으셔요?" "새 우는 소리 말고 목탁 두드리는 소리가 들리지 않으셔요?" "가만히 들어봐요. 관세음보살, 관세음보살 하잖아요."	

기도 하다. 이러한 어린이 속에 어른이 잠재해 있는 듯한 길손이의 언행은 절에 와서 스님과 나누는 대화에서도 그대로 이어져 나타난다.

"부처님 눈에는 바람이 보여"라는 질문을 시작으로 마음의 눈까지 이

| 10
(관음암) | 꽃비 내리다(스님, 감이,길손이, 관세음보살) | "이 어린아이는 곧 하늘의 모습이다. 티끌 하나만큼도 더 얹히지 않았고 덜하지 않았다. 오직 변하지 않는 그대로 나를 불렀으며 나뉘지 않은 마음으로 나를 찾았다. 나를 위로하기 위하여 개미 한 마리가 기어 가는 것까지도 얘기해주었고, 나를 기쁘게 하기 위하여 노래를 부르고 춤을 추었다. 꽃이 피면 꽃아이가 되어 꽃과 대화를 나누고, 바람이 불면 바람아이가 되어 바람과 숨을 나누었다. 과연 이 어린아이보다 진실한 사람이 어디에 있겠느냐. 이 아이는 이제 부처님이 되었다."
그때였다. 감이의 환희에 찬 목소리가 터진 것은. "스님 파랑새가 날아가고 있어요!"<br>"네 스님 모든 게 보여요. 햇빛도 보이고, 스님도 보여요. 마루에 잠이 들어 누워 있는 길손이도 보여요."
"아아, 부처님." 스님은 길손이한테 계속해서 절을 하였다. | "엄마가 오셨어요. 배가 고프다 하면 젖을 주고 나랑 함께 놀아주었어요." |
| 11
(관음암) | 연기 좀 붙들어줘요(스님, 감이, 장례식에 모인 사람들) | 사흘 후에 길손이의 장례식이 있었다. 기적이 일어났다는 소문이 퍼졌기 때문에 여러 절과 마을에서 수많은 사람이 몰려들었다. 이 암자가 생기고 이처럼 많은 사람들이 모인 것은 처음이었다. 사람들은 모두 골방으로 가서 길손이가 만나본 탱화 속의 관세음보살님을 향하여 자꾸자꾸 절을 하였다. 감이만이 울면서 중얼거리고 있었다.
"저 연기 좀 붙들어줘요, 저 연기를 좀 붙들어줘요…." | |

야기할 수 있는 아이의 눈은 다섯 살 난 아이의 시선으로 보기는 힘들다. 순진한 아이의 상태가 아니라, 비범한 아이 혹은 특별한 아이로 인식할 수밖에 없다. 이러한 비범한 아이의 모습은 관음암으로 공부하러 떠나는 세 번째 단락에서도 엿보인다. 초롱에 흰구름을 넣어 간다는 발상은 다섯 살 난 아이의 생각치고는 너무나 엉뚱한 뜻밖의 생각이다. 그래서 스님도 '고녀석 참'이란 반응을 계속 보이고 있다. 이 반응 속에는 아이의 수준을 넘어서는 언행이 이루어지고 있음을 내비치고 있다. 이런 정도의 언행을 토대로 한다면, 길손이는 분명 별난 아이임에 틀림없다. 별나다는 의미 속에서는 앞서서 확인한 바와 같이 보통의 아이가 아닌 문제적 아이라는 의미가 함축되어 있다. 몸은 아이이지만 생각은 아이로 보기 힘든 면을 보이고 있다는 것이다.

그러므로 이러한 아이의 창조가 왜 이루어지는지에 대한 해명이 필요하다. 이 별난 언행을 보이고 있는 아이를 동화 속의 환상적인 인물의 하나로 볼 것인가? 아니면 또 다른 차원에서 해명해야 할지가 문제이다. 그런데 동화 전체에서 보이는 분위기로 보아 길손이를 동화 속의 환상적인 인물의 하나로 보기는 힘들다. 또 다른 측면에서 현실적인 아이의 천진난만한 언행이 전개되고 있기 때문이다. 그렇다면 이러한 언행은 아이의 욕망보다는 어른의 욕망이 개재되어 나타나는 현상으로 보는 것이 좋을 것 같다. 즉 어른이 아이의 입을 통해 발언하고 있는 것이다. 여기서 전래된 설화가 동화로 전환될 때, 언제나 전래동화 속에는 진정한 의미에서의 어린이는 존재하지 않는다는 상황과 만나게 된다. 즉 어른보다 더 어른스러운 어린이를 이상적인 어린이로 제시하려는 어른의 욕망에서 태어난 관념적인 어린이를 만나게 된다. 특히 이런 이유 중의 하나는 「오세암」이 지닌 종교적 성향이 동화 속에서도 여전히 작용하고 있기 때문이다.

그러면 길손이가 보이는 행위는 전부 어른 아이의 모습만 드러내고 있는가? 순수한 동심이 전혀 나타나지 않는다면 동화로서의 의미는 찾을 수 없다. 정채봉 작가가 동화 속에서 새롭게 제시해놓은 순수한 아이의 모습은 동화 「오세암」에서 어떻게 나타나고 있는가? 두 번째 단락에서 보이는 스님들에게 비친 길손이의 언행에서, 우선 장난꾸러기 아이의 천진난만성이 나타난다. 이는 아이들이 본능적으로 가질 수 있는 놀이차원의 행동들이다.[8]

길손이가 '선방으로 짐승을 몰아와서 우당탕거리는 일이나 불개미를 잡아 와서 스님의 바짓가랑이에 들여다보내는 일' 등의 행위를 바라보면, 앞선 언행과는 대비되는 양상을 발견할 수 있다. 어른 같은 아이의 언행을 넘어, 장난꾸러기 아이의 모습을 쉽게 떠올리기 때문이다. 다섯 살 아이로서는 좀 심한 장난이기는 하지만, 그래도 천진한 아이의 모습이 나타난다. 아이들의 차원에서 자연스런 놀이 차원의 행위가 엿보이기 때문이다. 이런 아이 수준의 언행의 특징은 여기에 종교적 의도나 해석이 가미되지 않고 있기 때문에 더욱 순수하게 다가선다. 위의 언행은 스님이 바라본 길손이의 행동들이며, 직접 길손이가 보여주는 언행을 통해 동심을 보여주는 장면은 관음암에 공부하러 온 4, 5, 6 단락에 와서 더욱 구체적으로 나타난다.

절에서 벌였던 아이의 장난이 암자에서도 그대로 계속되고 있음을 본다. '벌집을 찾는 것이나 다람쥐 굴을 파헤치는 것' 등은 아이들의 일상에서 볼 수 있는 가장 일반적인 놀이 차원의 행동들이다. 특히 이러한 일상의 언동 속에서도 외로움을 느껴 정진하고 있는 스님에게로 와서 "스

---

8) Gross는 그의 저서 『동물의 놀이』와 『인간의 놀이』에서 놀이는 아동기의 전유물이며 아동기는 놀이를 위하여 존재한다고 주장하였다. 이재숙, 『유아를 위한 놀이의 이론과 실제』, 창지사, 2004, p.33 재인용.

님 나하고 좀 놀아"라고 애걸하는 모습에서 순진한 아이의 모습을 엿볼 수 있다. 아이들에게 있어, 일차적이고 원초적인 욕망 중의 하나는 강압되지 않은 자유로운 상태에서의 놀이[9]이기 때문이다. 이런 아이의 아이됨의 모습과 함께 길손이가 보여주는 의식 혹은 무의식적 차원의 아이의 욕망은 스님이 들어가지 못하게 한 골방에 출입하면서부터 더욱 선명해진다.

길손이 암자에 스님과 함께 공부를 하러 올라왔지만, 어린아이에게 공부란 지겹고도 힘든 일상일 뿐이다. 스님의 마음공부와 길손이의 공부가 같은 차원일 수는 없다. 암자에서 보내는 길손이의 일상이 늘 자연과 함께하는 삶이지만, 호기심 많은 아이에게는 이러한 삶도 곧 싫증 나는 상태가 될 수밖에 없다. 누나와도 헤어져 혼자된 외로움에 시달리는 길손이에게 최대의 관심사는 엄마에 대한 생각이다. 길손이가 보일 수 있는 원초적 욕망은 앞서 확인한 바와 같은 천진난만한 아이로서의 언행과 함께 엄마를 향한 것이다. 그런데 아이로서의 천진난만한 언동을 보인다는 점은 현실적인 욕구 실현 차원의 욕망이지만, 엄마에 대한 갈망은 더 근원적인 갈구의 대상이 된다. 그 엄마를 대신할 수 있는 대상으로 골방 벽에 붙어 있는 보살상 그림을 만난 것이 이 동화 서사구조에서는 새로운 전환점이다. 길손이 보살상과 나누는 독백의 대화는 자신이 만나고자 하는 엄마에 대한 욕망을 초월적으로 현실화하는 계기를 마련해줄 뿐만 아니라, 이를 계기로 아이가 부처로 성불하는 과정으로 나아가기 때문이다.

그러나 높은 암자에 홀로 된 한 아이가 아무런 돌봄도 없이 엄마를 부

---

9) 현실적으로 초등학생들을 대상으로 한 설문에서 아이들이 가장 좋아하는 것 즉 아이들의 현실적인 욕망의 최우선 순위는 자유롭게 노는 것으로 나타났다. 송준섭, 「세상의 기준은 아이들의 욕망도 길들인다」, 『당대비평』 25, 2004, p.270.

르다가 죽어가는 희생제의를 통해 종교적 승화로 이어지는 결말구조는 여전히 설화 「오세암」의 근본 주제에서 크게 벗어나지 못하는 서사구조로 볼 수 있다. 즉 정채봉 작가가 동화 「오세암」을 통해 아이의 욕망을 서사의 한 축으로 재구성하고 있지만, 그 흐름은 설화가 지닌 어른의 욕망 구조를 완전히 허물지 못하고 있다는 것이다. 즉 아이들을 수용자로 상정한 동화쓰기를 기도했지만, 여전히 설화가 지닌 어른들을 수용자로 생각할 수 있는 요소들이 내재해 있다는 것이다.

이런 측면에서 정채봉 작가는 동화 「오세암」을 설화로부터 재구성하는 과정에서 동화의 앞 부분에 나타나는 길손이의 어른스러움을 후반부로 오면서 점차 아이다운 모습으로 길손이의 성격을 창조하고 있지만, 동화의 마지막은 길손이를 부처의 반열에 서게 한 설화 「오세암」의 분위기에서 완전히 벗어나지 못하고 있다. 동화의 마지막 부분에서 감이가 눈을 뜨는 이적이 일어나고, 관음보살이 현현해서 길손이를 부처로 명명함으로써 길손이의 장례식에 엄청난 사람들이 관음보살의 영험 소식을 전해 듣고 관음암에 몰려오게 하는 장면은 동화의 이러한 서서구조를 밑받침하는 부분들이다. 어른들의 욕망을 아이들의 욕망과 결합시킴으로써 동화의 차원을 모색해보고 있지만, 동화의 마지막에서 길손이를 성불시키고 감이의 눈을 뜨게 하는 이적을 만들어냄으로써 아이의 이야기이면서도, 또한 아이의 이야기의 경계를 넘어서고 있다.

결국 설화를 동화로 재구성한 「오세암」은 창건연기설화에 기인한 어른들의 종교적 욕망이 순진한 아이의 어머니에 대한 그리움을 종교적 승화로 끝내는 장면으로 그리고 있다고 할 수 있다. 「오세암」 창건연기설화가 원래 가지고 있는 어른을 위한 이야기의 특성에서 완전히 벗어나지 못함으로써 동심은 불심에 의해 무화되고 있는 것이다. 이는 이 설화가 원래 아이들을 위한 설화가 아니고 어른들을 위한 이야기로서, 아이가 주체가 되었다는 점을 내세워 동화로 재구성했기에 나타날 수밖에 없는 근본적인 한계일 수도 있다. 이를 수용자적 측면에서 보면, 어린이를 주된 수용자로 상정한 동화를 기획했지만 결과는 어른들이 함께 수용해야 할 요소도 만만찮게 드러나고 있다는 것이다.

그러면 이런 아이의 동심과 어른들의 불심이 부조화스럽게 결합되어 있는 「오세암」 동화를 애니메이션 〈오세암〉에서는 어떤 모습으로 변형을 시도하고 있는가?

3. 동심의 디지털 서사화

애니메이션 〈오세암〉은 그 원 시나리오가 1,100컷으로[10] 75분용의 만화영화로 만들어졌다. 제작기[11]에 나타나는 기획의도를 살펴보면, 동화 「오세암」을 토대로 무엇을 새롭게 의도하고 있는지를 쉽게 파악할 수 있다. 제작의도에서 가장 우선적으로 제시한 내용은 아동들뿐만 아니라 모든 층에게 가장 친근한 소재인 동심을 통해서 한국형 가족애니메이션의 모델을 창출한다는 것이다. 이는 수용자의 측면에서 볼 때는 어린이와 어른이 함께 공유할 수 있는 애니메이션을 지향하고 있음을 말한다. 즉 동화에서 지향했던 어린이를 수용자로 상정했을 때 실현시키지 못한 동심의 회복을 통해 동심과 불심의 조화를 어느 정도는 구체화해보겠다는

---

10) 〈마고 21〉에서 기획·제작한 〈오세암〉의 시나리오와 실제 상연된 애니메이션을 비교해 보면, 시나리오에는 있는 장면이나 대화들이 실제 애니메이션에서는 상당히 많이 빠져 있다. 특히 후반부 관음암에서의 길손이의 언행들이 애니메이션에서는 생략되거나 변형된 부분들이 많다. 그러므로 이 컷 수는 실제 애니메이션에서는 줄어든다. 이는 애니메이션 제작 과정의 문제로 다른 차원에서 논의되어야 할 부분이다.

11) 애니메이션 〈오세암〉은 원작이 정채봉이며, 각색은 성백엽, 이서경, 최민용 등이 맡았다.

의지로 읽을 수 있다. 이 소재를 구체화하기 위해서 어머니에 대한 그리움을 정서의 차별성으로 내세우고 있다.[12] 동화「오세암」에서 동심이 나타나지 않은 것은 아니지만, 상당한 부분 어른의 욕망이 투영되어 나타나는 동심이란 점에서 동심보다는 불심이 더 강화된 모습을 지우기 힘들었다. 이러한 동화「오세암」이 지닌 문제를 애니메이션에서는 동심과 불심의 조화로 기획했다는 점에서, 이 기획의도가 어느 정도 실현되고 있는지를 확인하는 작업은 애니메이션〈오세암〉서사 분석의 주요한 과제이다. 즉 기존 동화「오세암」에서 나타나는 동심이 드러나는 장면들을 어떻게 변용하고 있으며, 그리고 동화에 등장하지 않는 어떤 서사를 새롭게 삽입하고 있는가 하는 등의 애니메이션 서사분석[13]이 필요하다는 말이다.

우선 동심을 실현하기 위해서 새롭게 추가되고 있는 요소들을 살펴보자. 그 첫째가 새롭게 캐릭터를 추가하고 있다는 점이다. 즉 애니메이션에서는 원작 동화에 등장하지 않은 일지 스님을 추가하고, 아울러 바람이라는 강아지를 설정하고 있다. 일지 스님이 애니메이션에 등장해서 길

---

12) 〈마고 21〉이 애니메이션〈오세암〉을 한국형 가족애니메이션의 모델로 제시하기 위해 내세운 다섯 가지의 차별성은 다음과 같다. 1)소재의 차별성: 동심 2)스토리의 차별성: 서정적, 감동적 스토리 3)정서의 차별성: 어머니, 그리움 4)표현의 차별성: 캐릭터, 배경, 컬러 5)사운드의 차별성: 서양악기와 전통악기의 접목

13) 애니메이션은 시나리오와 같은 주제적 측면과 시각적·청각적·조형적 재질 등의 구성적 측면으로 이루어져 있는데, 이러한 애니메이션은 내러티브의 주제, 감독의 표현의도, 관객의 해석 등에 의해서 다양하게 분석될 수 있다. 특히, 서사구조에 중점을 둘 경우, 애니메이션은 크게 언어적 정보와 비언어에 포함되는 시청각적 이미지로 나누어 생각할 수 있다. 언어적 정보에 대한 분석으로는 화행론, 담화분석, 텍스트의 서사구조 등이 있으며, 비언어적 정보에 대한 분석으로는 사운드와 미장센 등에 대한 이미지 분석이 행해지고 있다. 이 글에서는 우선 동심을 드러내기 위해 서사구조를 동화「오세암」과 비교해서 어떻게 재구성하고 있는지에 관심을 두고 있기에 텍스트의 서사구조 분석에 논의의 초점이 있다. 권경민, 「애니메이션 서사분석을 위한 방법론적 고찰」, 『한국콘텐츠학회논문지』 vol.7 No.6, 2007, pp.119-120 참조.

을 가다가 미끄러진다든가, 길손이로부터 살찐 스님으로 놀림을 받는다든가, 강물 속에서 정진 수도하다가 옷을 잃어버리는 등의 행위를 통해 코믹한 장면을 연출하는 인물로 추가되고 있다.

코믹한 것은 항상 에너지와 생명을 가지고 있어, 애니메이션의 본질적 요구사항을 충족시켜주기 때문에[14] 이런 인물의 새로운 설정은 동화가 아닌 애니메이션이란 형식 속에서 새롭게 추가될 필요가 있는 것이다. 삽살개 바람이와 살쾡이의 추가도 이런 차원에서 논의의 대상이 된다. 이미지와 움직임이 중심인 애니메이션[15]에서 바람이의 존재는 아이들에게 가장 친근한 움직임을 제공해주는 한 주체가 될 수 있기 때문이다. 이렇게 코믹한 스님을 등장시킨다든지, 어린이들의 감성에 가까이 다가서 있는 바람이를 등장시키는 것은 길손이의 동심을 직접적으로 드러내는 장치는 아니지만, 길손이가 동심의 차원에서 언행하는 분위기를 창출할 수 있는 보조적인 매개가 된다는 점에서 의미가 있다.

그러나 이러한 요소의 삽입은 전체 애니메이션 서사의 주제의 향방을 설정하는 데는 크게 기능하지 않는다. 애니메이션의 특징을 형성하는 데는 기능하지만, 주제를 끌고 가는 힘을 지니지는 못한다는 말이다. 그러면 동화에서와는 달리 동심을 드러내기 위한 서사적 전략을 애니메이션에서는 어떻게 설정하고 있는가? 그것을 애니메이션 「오세암」에서는 두

---

14) 애니메이션에서 코미디는 애니메이션을 구성하는 중요한 요소이다. 그래서 폴 웰스는 그의 책에서 웃음을 터트리기 위한 25가지 방법에 대해 논의하고 있다. 폴 웰스, 한창완 · 김세훈 역, 『애니마톨로지』, 한울아카데미, 2001, p.212.

15) 조은하 · 이대범, 『스토리텔링』, 북스힐, 2006, p.149.

가지 장치를 통해 실현하고 있다. 하나는 애니메이션 진행 처음부터 길손이와 감이의 행적을 어머니 찾기의 행로로 설정하고 있다는 점이며, 또 다른 하나는 동화에서 나타났던 종교적 색깔을 많이 씻어내고 길손이의 언행을 철저히 아이의 차원에서 이미지화하고 있다는 점이다. 그러면 먼저 어머니 찾기의 행로로 이어지는 서사구조의 강화된 모습을 살펴보자.

동화 「오세암」에서 길손이가 어머니를 찾는 언행을 처음 보이는 장면은 작품의 후반부라 할 수 있는 6단락 '엄마라고 불러도 돼요?'에서 관음암 골방에서 그림 속 보살을 만나고부터 구체화된다. 그를 엄마라고 불러도 되느냐는 질문에서 길손이의 엄마찾기의 욕망을 드러내 보인다. 이렇게 엄마에 대한 욕망을 작품 후반부에서 드러내는 작품 전체의 구도로 본다면, 엄마 결핍에서 비롯되는 엄마에 대한 욕망을 최우선 과제로 선택하지 않고 있음을 보이는 증거이다. 엄마찾기에 대한 욕망을 동화 속에서 상당히 중요한 최우선 과제로 설정했다면, 작품 시작부터 길손이와 감이의 행로가 엄마찾기의 길이었음을 의도적으로 드러낼 필요가 있으며, 서사의 중간에서도 이러한 엄마에 대한 그리움이나 찾는 과정의 욕망이 서사 속에 개재되어 있어야 한다. 이러한 동화의 서사 구조에 비해 애니메이션에서는 작품의 첫 시작 장면인 바다에서 갈매기들의 비상을 바라보면서, 길손이가

"갈매기는 좋겠다. 날개가 달렸잖아, 그러면 바람을 타고 엄마 있는 데까지 갈 수 있을 텐데, 그치?"라고 엄마에 대한 그리움과 욕망을 드러내고 있다.

또한 애니메이션에서는 엄마에 대한 그리움과 욕망을 확인시켜주는 새로운 서사를 중간에 삽입시키고 있다. 그것은 감이를 통해 과거 엄마에 대한 기억을 회상시키는 장면 구성과 노래 삽입, 그리고 절에 찾아온 엄마 있는 아이들과의 싸움으로, 엄마 부재의 현실이 주는 아픔을 실질적으로 경험하게 하는 장면 설정 등이다.

엄마에 대한 기억의 회상은 길손이가 관음암을 떠나기 전에 두 번 이루어지는데, 한 번은 감이가 길손이에 들려주는 엄마와 함께 집 평상에서 행복한 시간을 보내던 기억이며, 또 다른 하나는 감이 혼자서 회상하는 장면으로, 집에 불이 나서 엄마가 감이와 길손이를 구하고 희생당하는 장면이다. 후자는 감이만의 회상이기에 길손이에게는 엄마에 대한 그리움을 촉발하는 계기가 되지는 않지만 관객들에게는 이들이 왜 고아가 되었으며, 그들이 찾고 있는 엄마에 대한 정체성을 확인시켜준다는 점에서 서사적 흐름에 중요한 요소가 되고 있다.

그리고 「섬집아기」와 「나뭇잎 배」 노래는 애니메이션에서 중요한 요소의 하나인 사운드를 통해 엄마에 대한 그리움을 정서적으로 전달해주고 있다는 점에서, 동화에서는 볼 수 없는 애니메이션의 특징으로 볼 수 있다. 이러한 엄마에 대한 회상이나 관련된 노래가 엄마에 대한 그리움을 점층시켜주는 서사적 요소가 되기도 한다.

하지만, 애니메이션 〈오세암〉에서 길손이에게 결정적으로 엄마에 대한 그리움을 촉발시키고 새로운 단계의 엄마찾기를 욕망하게 된 계기는 절에 엄마와 함께 온 아이들과의 싸움 사건이다. 얻어 온 감자를 빼앗고, 도토리 줍는 누나 감이를 괴롭히는 아이들과의 코피 흘리는 싸움은 길 손이에게 엄마가 없음이 얼마나 서럽고도 아픈 경험인지를 새로이 인식 하게 했기 때문이다. 길손이에게 맞아 코피를 흘리며 우는 아이를 달래 며 코피를 닦아주는 그 아이의 엄마를 보면서, 길손이 자신의 엄마를 환 상하는 장면을 삽입하고 있는 이유가 거기에 있다.

엄마의 부재에 대한 결핍을 환상적인 차원에서라도 충족시킴으로써 엄마에 대한 길손이의 욕망의 크기를 보여주고 있는 것이다. 길손이는 나쁜 아이들에게도 엄마가 있는데 나에게는 엄마가 없다는 사실을 인정 할 수 없는 현실을 견딜 수 없어 한다. 싸움사건 이후 길손이 혼자 산에 올라 엄마를 외쳐 부르는 장면은 이런 욕망이 절정으로 치달은 상태이 다. 이렇게 엄마에 대한 그리움이 절정의 상태에 달했을 때, 설정 스님이 길손이를 만나 마음속에 있는 엄마를 만나는 길을 일러줌으로써 마음의 눈을 뜨는 공부를 시작하게 되는 계기를 마련한다. 즉 마음공부를 위해 암자로 떠날 수 있는 결심을 하게 된다. 엄마를 만나고자 하는 동심의 욕 망이 떨어질 수 없는 누나와의 이별을 가능하게 한 것이다.

애니메이션 서사구조에서 동심을 드러내기 위한 장치로 동화와는 다 른 차원에서 보이는 장면은, 길손이 절에 온 이후에 벌이는 아이다운 언

행이다. 동화에서는 이 언행을 스님이 설명하는 것으로 서술하고 있지만, 애니메이션에서는 길손이의 언행을 구체적으로 장면화하여 보여줌으로써 아이다움을 실감나게 영상화하고 있다. 이런 아이다움의 언행은 절에서뿐만 아니라, 관음암에 올라가서 겪은 일상에서에서도 그대로 나타난다. 특히 토끼, 꿩, 다람쥐 잡기, 썰매타기 등에서 보여주는 장면은 동심의 상태를 여실히 보여준다.

그리고 이러한 아이다움의 표현은 또 다른 서사구조의 재배치에서도 나타난다. 동화에서는 길손이가 스님에게 질문한 마음의 눈을 뜨는 방법이 엄마에 대한 그리움의 사건과 관계없이 길손이가 절에 도착한 직후인 앞부분에 나타나지만, 애니메이션에서는 엄마의 결핍을 느끼고 엄마를 찾아야겠다는 현실적인 욕구가 발현된 절을 떠나 관음암으로 출발하기 직전에 배치되고 있다는 점이다. 이러한 서사의 재배치는 전후 문맥상 필연성 없이 제시된 동화에서의 발화보다는 훨씬 설득력을 가질 뿐만 아니라, 이후에 엄마를 만나기 위해서는 마음의 눈을 떠야 하기에 마음 공부를 해야겠다는 결심에 이르게 되는 과정도 자연스러워 보인다.

또한 애니메이션에서의 마지막 장면에서 동화에서 나오는 감이가 눈을 뜨는 장면을 배제하고 꿈속에서 감이와 함께 엄마를 만나는 것으로 처리하고 있다는 것은, 애니메이션의 주제가 철저히 엄마를 찾아가는 아이들의 욕망을 실현하는 서사구조의 결과라고 본다.

즉, 동화의 결말에서는 감이가 관음암에 스님과 함께 올라와서 관음보살의 현현을 경험하고, 그 영험에 의해 감이가 눈을 뜨게 되고, 사흘 후 길손이의 장례식 때는 이 기적의 소문 때문에 수많은 사람들이 관음암에 몰려온 것으로 서사가 구성되고 있으나, 애니메이션에서는 길손이와 감이가 함께 꿈속에서 엄마를 만나는 장면으로 처리되고 있다. 이러한 애니메이션의 결말 처리를 동화의 결말과 비교해보면, 종교적 색채를 많이 씻어낸 것만은 확실하다. 종교적 분위기를 느끼게 하는 길손이의 목탁소리, 관음보살 현현 등의 장면이 환상적으로 처리되고 있지만, 이 장면들을 절정으로 처리하지 않고 끝까지 엄마를 찾아 만나는 욕망을 꿈속에서라도 실현하는 장면으로 처리하고 있기 때문이다.

이는 애니메이션이 처음 의도한, 엄마를 찾아가는 동심을 중심으로 서사구조를 디지털 스토리텔링한 결과로 볼 수 있다. 그래서 동화에 비해서 애니메이션에서는 동심이 불심보다 훨씬 비중 있게 구체화되었다고 평가할 수 있다. 즉 가족애니메이션 모델을 실현한다는 제작의도에 비추어 본다면, 동심을 구체화하는 데는 성공했다고 할 수 있겠지만, 어른들이 공유할 수 있는 부분은 동화에 비해 상당히 떨어진다고 볼 수 있다.

그렇다고 애니메이션「오세암」에서 어른들의 불심을 드러내는 내용들이 서사화된 장면들이 전혀 없는 것은 아니다. 스님들의 예불이나, 절을 찾아 기도하거나 탑돌이 하는 불신자들, 길손이가 관음암으로 떠나기 전날 밤 탑돌이 하는 감이의 기도 등은 불심을 전달해주는 장면들이다. 또한 길손이와 감이가 절에서 생활하고 있으며 길손이는 스님과 함께 수도정진을 위해 관음암으로 다시 떠나 생활하기 때문에 그들의 삶의 공간이 절의 종교적 분위기로부터 전혀 자유로울 수가 없다. 그러나 이런 절이라는 종교적 공간과 이곳에서 일어나는 행위들을 후경화하여 배경으로 처리하고 있기에 종교적 불심이 동심을 무화시키지는 못하고 있다. 즉 아이와 어른이 함께 공유할 수 있는 가족애니메이션 모델을 제작하고자 한 수용자 측의 관점에서 본다면, 완전한 조화를 실현했다고 보기에는 힘들다.

4. 맺는 말

지금까지 설화로부터 시작된「오세암」이야기가 동화와 애니메이션에서 수용자 지향에 따라 어떻게 동심이 구체화되고 있는지를 살펴보았다. 설화「오세암」은 어른들의 욕망이 투영된 이야기이다. 그리고 이 설화는 불특정다수를 지향하는 구전되는 이야기이기에 영험을 지닌 절 이야기로서의 특성만 드러난다. 이 설화가 동화로 재구성된 동화「오세암」에서는 어린이를 지향했지만 어른들의 욕망과 함께 아이들의 욕망이 혼재되어 나타난다. 그런데 그 비중은 동심보다는 불심에 무게 중심이 기울어져 있는 것으로 분석되었다. 이는 옛이야기를 동화로 재구성할 때 나타나는 한계로서, 아이의 욕망 자체를 통해 이야기를 구성해가기보다는 아이에 대한 어른의 욕망을 이야기함에서 비롯되는 결과이다. 즉 동화「오세암」속에는 아이를 이야기의 주체로 내세웠지만, 설화가 지닌 불교의 영험을 전달해야 한다는 불심을 완전히 불식시키지는 못했다는 것이다. 아이들을 지향했던 동화의 수용자 상정은 완벽하게 실현되지 못하고 어른들이 함께 읽을 수 있는 동화의 성격을 지니고 있다.

여기에 비해 애니메이션 〈오세암〉은 서사구성 자체를 가족애니메이션 모델을 지향함으로써 처음부터 아이들과 어른이 함께 수용할 수 있는 의도로 제작되었다. 이를 위해 동화에서 부족했던 동심을 표현하기 위한 엄마찾기에 집중함으로써 어린이를 위한 애니메이션 실현은 어느 정도 이루어졌다고 본다. 그러나 이 애니메이션을 원래 기획하면서 내세운 한국형 가족애니메이션의 모델로서 성공했느냐 하는 점에서는 모든 것을 긍정하기는 힘들다. 동화와 애니메이션의 서사구조를 비교해보면, 기본적인 스토리의 흐름은 크게 바뀐 점이 없다는 점에서 애니메이션만이 지닐 수 있는 상상력을 토대로 한 환상적인 세계를 창출하지 못하고 있고, 어른과 아이가 함께 공유할 수 있는 지점을 명확히 제시하지 못하고 있기 때문이다. 동화「오세암」을 바탕으로 새롭게 재구성된 애니메이션 〈오세암〉이 필요했다는 말이다.

2부

생명의식과 생태학적 삶

김동리 소설 다시읽기
-죽음에 내재된 생명의식

　한국문학에서 김동리 소설이 차지하는 자리는 넓고 깊다. 그래서 김동리 소설이 한국소설사에서 위치한 자리의 성격을 해명하고, 자리매김하고자 하는 많은 시도들이 그간 진행되어왔다. 사상적 측면, 기법적인 측면, 미학적인 측면, 신화원형적 측면, 심리적인 측면 등 다양한 시각에서 김동리 작품은 분석되고 평가되었다. 더 이상 논의의 틈새를 열기 힘들 정도로 개별 작품별로, 혹은 유형별로, 또한 총체적인 관점에서 풀어낸 김동리 작가·작품론들이 백화난만한 상태이다. 그러므로 여기에 수록된 17편의 단편을 두고 다시 김동리의 문학세계를 새롭게 논한다는 것은 제한적일 수밖에 없다. 여기에 실린 작품은 1935년 그의 데뷔작인 「화랑의 후예」[1]에서부터 「저승새」[2]까지로 거의 그의 전 문학생애에 걸쳐 있는 작품들이기 때문이다.

　그러나 제한된 조건 속에서도 그의 소설에 나타난 죽음에 관심하면서, 그 죽음이 지닌 생명의식에 주목함으로써 김동리 소설 다시읽기를 시도

---

1) 〈조선중앙일보〉, 1935.
2) 『한국문학』, 1977.

해보고자 한다. 죽음에 관심하는 이유는 김동리 스스로가 자신의 문학적 출발이 죽음으로부터 시작되었음을 수필집『고독과 인생』에서 밝혀 놓고 있기 때문이다.

> 내가 문학을 하게 된 동기는 죽음을 생각하고 그것을 두려워한 결과라고 하겠다. 그래서 그런지 나의 작품의 대부분은 죽음으로서 끝을 맺는다. 초기의 작품에서만도「무녀도」,「바위」,「황토기」가 모두 그렇고 나중의 장편『사반의 십자가』역시 그렇다. 죽음에 대한 집착은 나의 문학을 종교와 결부시켜 놓은 것인지 모른다.

이렇게 김동리의 문학적 출발의 동기가 된 죽음 문제가 작품에서 어떻게 드러나고 있으며, 그 죽음의 의미가 단순히 죽음 자체의 추구로만 끝나고 있는지에 대한 해명은 김동리의 작품 세계를 다시 읽기 위한 하나의 실마리가 된다.

먼저 김동리의 데뷔작인「화랑의 후예」를 살펴보자. 이 작품에는 인물의 죽음이 직접적으로 드러나지는 않는다. 그러나 '황진사'로 대표되는 주인공이 펼치는 삶의 모습이 풍자스럽고 아이러니하게 제시되면서, 죽음의 원형적 그림자를 떠올린다는 점에 주목할 필요가 있다. 황진사는 자신의 말대로라면, 그 유명한 황후암의 육대 종손이며 신라 화랑의 후예이다. 그런데 황진사의 현재적 모습은 그러한 후손의 이름에 걸맞은 생활인의 모습을 보여주고 있지 못하다. 쇠락하고 몰락한 후손의 한 전형으로 여겨질 뿐이다. 오스발트 슈펭글러(Oswald Spengler)는 순환하는 인간의 문화사를 성장·성숙·쇠퇴·죽음·재생이라는 관점에서 바라보았으며, 이를 노드롭 프라이(Northrop Frye)는 순환하는 상징으로 수용하여 원형으로 재구성하였다. 그 원형이 일 년을 4계절(봄, 여름, 가을, 겨울)

로, 하루를 네 시기(아침, 정오, 저녁, 밤)로, 인생을 네 시기(청년, 장년, 노년, 죽음) 등으로 나눈 것이다. 영웅적 삶을 살던 선조의 이름만 내세우며, 그들의 삶에 비해 전락한 인간상을 보여주는 '황진사'를 통해 죽음의 원형적 그림자를 느끼게 한다. 이러한 전략의 배후에는 선조들의 이름에 걸맞은 자신을 지켜가려는, 이전 시대의 명성가문을 회복하려는 재생에의 생명력이 잠재해 있음을 작중인물 '황진사'의 의식에서 읽어낼 수 있다.

김동리는 그의 두 번째 등단 작품인 「산화」에서부터 본격적인 죽음을 보여준다. 어렵게 삶을 영위하고 있는 뒷골목에서 제대로 먹지도 못한 가운데 병든 소를 먹고 죽음에 이르게 된 뒷실네 가족들의 비극적 삶이 서사의 중심축을 이룬다. 그러나 이 죽음은 뒷실네 가족만의 죽음이 아니라, 윤참봉네의 병들어 죽은 소를 먹은 온 마을의 사람에게로 번져간다. 죽음이 온 마을을 덮치고 있는 상황 속에서 숯굴에서 시작된 산불이 번져나가는 모습을 보임으로써 죽음과 불길이 인간이 감당할 수 없는 기세로 전개되고 있음을 마지막 장면에서 인상 깊게 그리고 있다.

여기에 등장하는 죽음의 이미지와 불의 이미지는 상반되면서 또한 동질적인 원형적 이미지를 공유한다는 점에서 김동리의 다른 작품을 읽어나가는 데 중요한 원형적 이미지로 작용한다. 즉 불은 생명을 태워 없애는 죽음의 이미지와 같은 차원에 놓이기도 하지만, 붉은 불은 붉은 피의 이미지와 동질적인 차원에 놓인다는 점에서 생명의 이미지와도 통한다는 것이다. 이런 피의 이미지가 김동리 소설에서 중요한 이유는, 피를 중심으로 한 생명의 이미지가 「황토기」, 「바위」, 「두꺼비」에서 거듭되고 있기 때문이다. 「황토기」에서는 피와 불의 이미지가 생명임과 동시에 죽음의 이미지를 동반하고 있다. 분이가 설희를 칼로 찔러 피를 흘려 죽음에 이르게 하는 장면이나, 억쇠가 뜰 가운데 타고 있는 화톳불을 바라보는 순간 설희가 생을 마감하는 장면에서 이런 불과 피의 이미지는 강하게 나타난다. 「바위」에서 문둥병이 들어 거지로 떠돌아 다니며 아들을 찾아 헤매는 그녀가 복바위에서 죽음을 맞는 순간에 그녀가 살던 토막이 불타는 장면을 바라보게 된다. 그녀의 토막이 훨훨 타오르는 불길을 바라보는 순간, 그녀는 불길에 타듯 복 바위에 쓰러져 죽음을 맞게 된다. 여기서는 불은 생명을 태워 소멸시키는 불의 이미지로 작용하고 있다.

「두꺼비」에서는 피의 이미지가 나타난다. 작품의 마지막 장면에서 주인공 종우의 머릿속을 왕래하는 것은 정희도, 그의 삼촌도, 누이동생도 아니고 눈에 보이지 않는 어떤 검은 수레바퀴였는데, 그 수레바퀴는 문득 붉은 피가 묻어 돌아갔다고 서술한다. 그리고 그 피에서는 결핵균을 가득 가진 두꺼비 새끼들이 무수히 준동하고 있었다고 말한다. 생명의 붉은 피에 죽음의 결핵균이 함께하는, 생명과 죽음의 이미지가 공존하고 있는 장면을 보여주고 있다. 작가의 의도는 그 죽음 속에서도 다시 생명을 이어가는 생명의 영속성을, 능구렁이에 먹힌 두꺼비를 통해 상징적으로 보여주고 있다. 이러한 생명의식과 함께 「산화」에서 보여주는 또 다른 하나의 생명의식은 죽음을 맞는 주체들이 죽음 직전에 보여주는 생명의식이다.

이 생명의식을 김동리는 눈을 통해 드러내고 있다는 점에서 특이하다. 뒷실이 아들 한쇠가 바라본 "방 안에는 그의 할머니와 아버지와 어머니가 모두 드러누운 채 두 눈에 야릇한 광채를 띤 채 끙끙대며 앓고 있다"는 장면은 죽음 앞에서 인간이 내보이는 마지막 생명력의 한 편린이다. 죽음 앞에서 인간이 내보이는 마지막 생명에의 생기를 "두 눈에 야릇한 광채"로 명명하고 있다. 죽음을 맞는 인간들이 내보이는 마지막 생명의 빛을 눈의 야릇한 광채로 표현하고 있다는 점에 김동리 작가의 생명의식의 한 특징을 읽어낼 수 있다. 이러한 죽음 앞에서 인간의 마지막 생명력의 확인은 「혈거부족」에 등장하는 순녀의 남편이 해방이 되어 만주의 삶

을 정리하고, 고향으로 돌아오면서 보여주는 장면에서도 똑같은 모습을
하고 등장한다.

고향에 돌아간다.
두 눈에 불을 켜듯 하여 있는 그 야릇한 광채는 이렇게 말하고 있는듯하
였다. 그의 전 생명, 그의 전 의욕, 그의 전 희망은 일념, 고향에 돌아간
다는 야릇한 광채가 되어 그의 두 눈에 불을 켜고 있는 듯하였다…. 그
러나 순녀가 그것을 실천에 옮기기 전에 행인지 불행인지 남편의 두 눈
에서 불을 켜고 있던 그 야릇한 광채는 점점 사라져가고 말았던 것이
다….

한 인간의 생명, 의욕, 일념, 희망이 총체적으로 표현되는 매개가 눈임
을 보여주고 있다. 작가는 인간의 눈을 통해 인간의 마지막 생명력을 확
인하고 있다.

김동리의 죽음을 통한 생명의식의 또 다른 한 양상은 죽음은 하나의
씨앗이 되어 새로운 생명의 터를 마련하는 계기가 되고 있다는 점이다.
「무녀도」에서 이러한 죽음의 모습을 만난다. 「무녀도」에 나타난 욱이와
모화의 죽음은 김동리 소설에 나타나는 죽음의 의미를 파악하는 데 있
어 중요한 터를 마련한다. 이 점에서 욱이와 모화의 죽음을 어떻게 해석
할 것인가는 매우 중요한 대목이다. 욱이는 무당인 모화와 종교적 갈등
으로 인해 모화의 칼에 입은 상처로 죽음에 이른다. 그러므로 이 죽음은
일차적으로 기독교 신앙과 샤머니즘의 종교적 갈등구조로 해석해볼 수
도 있다. 그러나 이 욱이의 죽음이 지닌 또 다른 의미는 죽음 이후에 그
지역에 교회가 세워진다는 사실에 주목하여 해석할 필요가 있다. 즉 욱
이의 죽음은 기독교의 씨앗이 뿌려지는 계기로 설명할 수 있다. 욱이는

모화와 갈등을 빚은 이후에 그를 지도하던 평양에 있는 현목사와 이 장로에게 편지를 보내 교회가 없는 이 지역에 교회가 세워질 수 있기를 기도하며 도움을 청하는 편지를 띄웠다. 결국 얼마 지나지 않아 이곳에 교회가 세워지고, 교회가 부흥하는 역사가 전개된다. 그러므로 욱이의 죽음은 죽음으로 끝나버린 것이 아니라, 종교적인 차원에서는 새로운 생명을 잉태한 계기를 마련한 것이다.

모화의 죽음 역시 단순한 죽음이 아니다. 매년 한 사람씩 빠져 죽는다는 예기소에서의 마지막 굿을 끝으로, 물속으로 사라진 모화의 죽음은 기독교에 의한 샤머니즘의 소멸로만 해석할 수 없는 여지를 남기고 있기 때문이다. 작가의 의도 속에는 여전히 샤먼이 지닌 영험을 버리지 않는 형국을 보여주고 있다. 모화의 굿 이후 낭이의 상태가 나아진 것으로 보이는 장면이나 모화가 물속으로 사라진 공간이 예기소라는 물의 공간이란 점에서, 그녀의 죽음은 딸 낭이의 세상이었던 수국으로 돌아간 것으로 해석할 수 있기 때문이다. 모화가 죽은 이후 낭이는 굿의 영검으로 그녀의 말소리가 전에 없이 알아들을 만하게 나아졌다는 사실을 작품의 마지막 부분에 배치해놓고 있다. 이는 모화의 굿과 죽음이 결코 무의미한 것이 아님을 작가가 애써 보여주고 있는 장면으로 읽힌다. 그러므로 욱이와 모화의 죽음은 죽음 그 자체로 끝나지 않았다. 욱이는 교회를 남겼고, 모화는 수국용신님의 딸인 낭이의 벙어리 입을 여는 결과를 남겼다. 죽음은 죽음을 넘어 새로운 생명의 세계로 이어져나감을 보게 된다.

특히 모화의 죽음은 수국으로의 회귀라는 점에서 김동리의 죽음과 생명관을 엿보게 하는 장면이다. 이는 자연으로 돌아감이며, 더 나아가서 새롭게 환생하는 생명의 영속성을 엿보게 한다. 즉 죽음 자체가 한 생명체의 끝이 아니며, 죽음과 생명의 경계라는 것이 그렇게 큰 의미를 지니는 것이 아님을 암시해주고 있다는 점이다. 이런 자연 속에서의 죽음과 생명의 경계허물기는 「먼산 바라기」에서 더욱 선명한 모습을 보인다.

「먼산 바라기」에 등장하는 쉰에서 예순 사이의 영감의 삶과 죽음에서 이런 모습을 볼 수 있다. 소위 먼산 바라기 영감은 벙어리인 조카 처녀와 동네에서 외따로 떨어져 있는 도깨비굴 같은 오두막에서 생활하고 있다. 그가 보여주는 삶의 특징은 벙어리가 아니면서 동네 사람 누구와도 말을 하지 않는다는 점, 일을 하지 않는다는 점, 뒤를 볼 때는 언제나 산속으로 들어가서 한다는 점 등이다. 이러한 삶의 모습은 분명 보통 사람들에게서 볼 수 없는 특이한 삶의 방식이다. 이런 삶의 방식 속에 내재해 있는 세계관은 자연 속에서 자연처럼 살아가고자 하는 의욕의 실현으로 해석해볼 수 있다. 화자 자신이 지니고 있었던 염인증(厭人症)의 심리적 기제가 먼산 바라기 영감을 통해 드러나고 있다고도 볼 수 있다. 심한 염인증에 걸려 사람의 얼굴도 보기 싫었고, 누구의 음성만 들어도 공연히 가슴이 철렁하곤 했던 화자가 산에만 들어가면 마음이 편해지고, 산을 유일한 안식처로 삼고 있기 때문이다.

　문제는 그렇게 자연과 더불어 자연처럼 살고자 했던 먼산 바라기 영감의 죽음에서 드러난다. 영감은 눈이 많이 내리던 전날 아침, 평소에 다니던 산신각이 있는 당집골로 갔고 결국은 두세 길이 넘게 눈이 쌓인 당집골에서 죽음을 맞았다. 일반 사람들은 가기를 꺼리는 당집 골짜기로 찾아들어 평소에도 당집 앞에서 무엇을 혼자말로 중얼대던 영감이 이곳을 찾아 스스로 죽음을 맞이한 것은 자연 속으로 돌아감을 의미함과 동시에 당집이란 신령한 공간으로의 회귀로 볼 수 있다. 이는 「무녀도」에서 모화가 스스로 물속에 빠져들어 수국으로 회귀하는 양상과도 닮아 있다. 샤머니즘적 세계관에 의하면 이들의 죽음은 죽음이 아니라 또 다른 세계로의 회귀일 뿐이다. 이러한 회귀의 전형적인 모습을 「달」에서 다시 만난다.

「달」에 등장하는 정국과 달이는 사랑하는 사이였지만 두 사람 사이에 장애가 생기자 정국이 먼저 물에 몸을 던져 죽고 만다. 사랑하는 정국을 잃은 달이 역시 2년 후에 강물에 투신하고 만다. 달이의 시신을 찾기 위해 그의 외삼촌을 중심으로 강바닥을 훑지만, 끝내 달이를 찾지 못한다. 그 대신 숲 위에 둥실 올라온 달을 통해 달이의 얼굴을 확인한다. 달로 환생한 달이의 모습을 보여주고 있는 것이다. 이러한 달이의 환생은 달이의 출생과 연관시킬 때, 별스런 이야기는 아니다. 달이는 그 어머니 모랭이 무당이 꿈에 달을 품고 낳은 아들일 뿐만 아니라 달이를 잉태하게 되는 과정에서도 보름 지난 둥근 달이 있는 날 밤, 화랑과의 만남이 있었기 때문이다. 그 밤의 순간을 "여자의 몸엔, 손끝까지, 그 희고 싸늘한 달빛이 흘러내려, 마침내 여자의 몸은 달 속에 혼곤히 잠기고 말았고, 그리하여 잠이 들었던 것이었다."라고 서술하고 있다. 달이의 출생은 달과 필연적인 관계를 맺고 있음을 보여준다. 그러므로 그의 죽음 역시 달과 무관할 수가 없다. 이러한 달이의 출생과 죽음은 달의 생성과 소멸처럼 지속되는 달의 원형적 이미지의 모습을 보인다. 이는 죽음이 죽음으로 끝남이 아니라 환생으로 이어지고 있음을 확인할 수 있는 생명의식이라고 본다. 「달」과 동일한 차원에서 죽음의 문제를 다루고 있는 작품이 「저승새」이다.

「저승새」는 만허 스님이 이전에 사랑했던 남이가 죽어 저승새로 나타나고 있다는 점에서 달이가 죽어 달로 환생하는 서사구조와 닮아 있다. 삼십오 년가량 매년 나타나는 저승새가 만허 스님이 사라지고 난 뒤에는 다시 나타나지 않는다는 사실은 저승새가 단순한 새가 아니고 만허 스님이 사랑했던 남이의 분신이었다는 점을 분명히 보여주는 장면이다. 일반적으로 무속적 생사관에서 인간은 사후에도 저승에서 영원히 산다고 생각한다. 또한 죽은 후에도 종을 달리하여 이 세상에 다시 태어날 수 있다고 생각한다. 전자를 영생, 후자를 환생으로 명명한다면, 무속적 죽음관 속에는 이 양자가 모두 포함되어 있다. 특히 무속적 관념 속에는 죽은 사람이 새나 나비가 되어 이승으로 환생한다고 생각했다. 무속에서 새나 나비를 신성시하는 이유가 여기에 있다. 그러므로 「저승새」에 나타나는 저승새의 존재는 이런 관점에서 논의되어야 하는 것이다. 이 작품에 드러나는 죽음의 문제는 죽음으로 끝나는 것이 아니라, 죽음이 환생으로 이어져가고 있음을 보여주고 있다. 이러한 생명의 환생이 불교적 세계관에 의해 더욱 확실하게 드러나고 있는 작품이 바로 「등신불」이다.

「등신불」은 화자가 찾아간 정원사에 안치되어 있는 등신금불에 대한 서사이다. 만적 스님이 소신공양으로 성불한 등신금불이 지닌 영검의 이야기를 전하고 있다. 어디까지나 인간을 벗어나지 못한 고뇌와 비원이 서린 듯한 얼굴을 지닌 등신금불이, 그럼에도 불구하고 과거의 어떤 대각(大覺)보다 더 큰 영검이 많은 사연을 전해줌으로써 소신 공양을 통한 죽음은 영원한 생명성을 지니고 있음을 보여준다. 왜냐하면 불교에서 생각하는 죽음은 생사즉열반(生死卽涅槃)이라는 교의 속에서 죽음은 곧 열반으로 인식되어 있기 때문이다. 이를 통해 삶에도 번민하지 않고, 죽음에도 번민하지 않는 생명을 추구하고 있는 것이다.

김동리가 그의 문학적 생애를 시작하면서 죽음을 중심 주제로 삼았다는 것은 바로 죽음을 어떻게 초극할 것인지에 대한 인간 삶의 근원적인 문제에 집착하고 있었음을 의미한다. 그러므로 그의 작품에 등장하는 주인공들은 죽음 직전에 생명의 광채를 발하는 눈을 통해 생명의 의식을 보여준다. 이러한 생명의식은 결국 무속적 세계관 나아가 불교적 세계관 속의 죽음관을 통해 영원한 생명성을 획득하고자 하는 의지로 나아가고 있다고 본다. 이것이 김동리의 작품에서 읽어낼 수 있는 생명의식의 한 특징이다.

박재삼 시인의 세계인식의 한 양상
-이원적 세계의 조화

1.

　시인들에게 있어 현실세계를 어떻게 바라보느냐 하는 문제는 아주 중요한 사항이다. 세계를 바라본다는 것은 세계를 해석하는 행위이기 때문이다. 세계해석의 행위 속에는 세계를 이해할 뿐만 아니라, 판단하는 행위 역시 포함되어 있다. 특히 세계와 자아와의 관계 속에서 자아의 세계화를 특징으로 삼고 있는 서정시의 경우 시인의 세계해석은 그 시인의 시세계의 바탕을 이루고 있다는 점에서 이를 해명해보는 작업이 매우 중요하다. 박재삼 시인의 경우, 지금까지 그를 전통서정시인의 중요한 맥을 이루는 시인으로 평가해왔다. 이러한 평가에 대해 토를 달 사람은 별로 없다. 분명 그의 시세계가 보여주는 모습은 이를 크게 벗어나지 않기 때문이다.

　그런데 그의 시세계가 보여주는 전통서정성의 밑바탕에 깔린 세계인식은 무엇일까를 좀 더 천착해볼 필요가 있다. 서정이란 자아의 세계에 대한 정서적 반응이란 점을 염두에 둔다면, 이러한 서정성에 작동하고

있는 근본적인 세계인식의 틀은 무엇일까 하는 것이 하나의 과제로 제기
되기 때문이다. 그래서 본고에서는 박재삼 시인의 시에 나타나는 세계인
식의 한 양상을 정리해보고자 한다.

2.

한 시인의 세계인식의 한 양상을 파악하기 위해서는 어떤 방법으로 이
를 실현할 것인가가 우선 문제로 제기된다. 세계인식의 양상은 우선 세
계 속에 존재하는 유형 혹은 무형의 대상을 통해서 나타난다. 그러므로
세계인식의 양상을 파악하기 위해서는 우선 시인이 시에서 주목한 대상
을 선정할 필요가 있다. 어떠한 대상을 선택할 것인가? 여기에는 여러 가
지 방식이 있을 수 있으나, 우선 시인이 즐겨 상용하고 있는 하나의 시어
를 통해 이에 접근해볼 수 있다. 시인이 즐겨 사용하는 하나의 시어는 그
시인이 그 대상을 통해 파악한 세계의 한 모습이거나 하나의 개념이 되
기도 한다. 그러므로 시인이 그 대상을 명명하고 인식하는 태도를 통해
세계인식의 한 양상을 분명히 이해할 수 있기 때문이다.

박재삼 시인이 그의 15권의 시집을 통해 즐겨 사용하는 시어는 많지
만, 그의 시적 토대를 함축하고 있는 시어는 '바람'이라 할 수 있다. 바람
은 시인을 키워온 바탕이었고, 그 바람은 여전히 시인에게 삶의 한 조건
으로 주어져 있기 때문이다.

결국 우리는
바람 속에서 커 왔고나
그 바람은 먼 여행을 하고

지금도 안 끝나고 있다.

— 「바람에 대하여·1」 부분

그런데 이 바람이 시인에게 겨울에는 땅 밑으로 기어들지만, 봄에는 할미꽃 모가지를 타고 올라오는 생명과 같은 생기(「바람 앞에서」)로 인식되기도 하지만, 하나의 측면만 보여주지 않는 양면성을 가진 대상으로 노래되고 있다.

네 머리카락을
잔잔히 가르면서
아름다운 희롱으로
흐르던 바람이

내게 와서는
무슨 원수가 졌다고
왜 이렇게 허리께만
감고 돌며 쌀쌀하게 구는가.

소녀여, 너는 꿈이 있어서
그 꿈결 가까운 곳 앞머리를
무지개빛으로 수를 놓던
선연한 바람이었거늘

내 가장 쓰리고 아픈 곳
허리께를 쓰다듬어 주기는커녕

칼날을 세우고 와서는

난도질만 하누나.

—「바람을 받으며」 부분

　동일한 바람이지만, "네 머리카락을" "아름다운 희롱으로/흐르던 바람
이/내게 와서는" "쌀쌀하게 구는" 바람이 되고 있다. 이러한 바람의 이중
적인 감각은 다시 너에게는 "무지개빛으로 수를 놓던/선연한 바람"이었
다가 내게는 "쓰리고 아픈 곳"을 "난도질"하는 칼날이 되고 있다. 바람이
라는 동일한 대상이지만 너에게는 긍정적인 것으로 나에게는 부정적인
대상으로 감각되고 있다. 이는 세계 속에 존재하는 대상들이 지니는 양
면성을 드러내는 장면이다. 즉 바람이 긍정적인 대상으로도 부정적인 대
상으로도 작용할 수 있다는 양면적인 세계 인식이 드러나고 있다. 바람
이라는 한 대상을 통해 박재삼 시인이 보여주는 이러한 세계인식은 그의
시편에서 여러 양상으로 변주되어 나타나면서, 그의 세계인식의 중요한
한 양상이 되고 있다.「추억에서·32」에서, 미역귀를 얻어먹고 난 뒤의 작
은 경험을 통해서도 이러한 세계인식은 동일한 양상을 보여주고 있다.

시계도 없이 지금은

午砲가 불고 나서 두 시쯤 되었겠다고

짐작으로 알고 있고

하늘에 구름은 너무도 맑아

나들이하기에 좋은 날

군것짓할 것도 없으면

사립을 밀어붙이고 해변가에 나와

미역 말리는 옆에나 가서

미역귀나 얻어 먹고
그 건건찝찔한 맛에 이어져
세상은 온통 짜기만 하다고
속으로 지레 치부하였다.

그러나 툭 트인 바다와 하늘에서는
그렇지만은 않다고 무슨
타이르는 듯한 속삭이는 듯한
만천 소리를 쟁쟁한쟁 하고 있었다
—「추억에서·32」 부분

　처음에는 미역귀에서 감각하는 건건찝찔한 맛이 세상의 맛인 줄 알았
으나, 세상이 그렇지만은 않다는 것을 새롭게 인식하고 있다. 앞선 시에
서는 바람이라는 동일한 대상이 너와 나에는 각각 달리 감각되고 있음
을 보여주었으나, 이 시에서는 시선을 달리함으로써 감각이 달라지고 있
는 현상을 보여주고 있다. 처음에는 세상을 짠 것으로만 인식했으나, 그
렇지만은 않다는 인식을 통해 세계를 새롭게 인식하고 있다. 이러한 세
계인식은 어쩌면 단순한 이원적 세계인식이기는 하지만, 가장 원초적인
세계인식이란 점에서 박재삼 시인의 세계인식의 순수성을 보여주는 장
면이기도 하다. 이러한 이원적 세계인식이 다음 시 「합병증처럼」에서는
세상은 기쁨과 슬픔이 공존하는 세계임을 보여준다.

　앞집 뜰에 시방
넝쿨장미가 빨갛게 피어
온 천지를 눈부시게 하고 있다.

그러나 그 꽃은
세상은 이렇게 빛나고 살기 좋은 곳이라고
기쁨에만 넘쳐 있을까.

내가 보기로는
남모르는 가장 아픈 비밀을
땅에서 줄기로
거기에서 또 잔가지로
꽃을 완전히 피워서는
물기를 곁들여
간신히 끌어올려서
이제는 할 일을 다한 듯 주저앉아
드디어 울고 있는 것은 아닐까.

고혈압에 위궤양이 온 나는
그 합병증처럼
또 하나의 꿈 같은 현실을
엉뚱하게 병으로 몰아 넣는 것인가.
아, 그래서 세상은
기쁘면서 슬픈지고.

—「합병증처럼」 전문

    아름다운 장미의 모습처럼 겉으로는 아름답고 좋은 것으로 보이지만 속으로는 남모르는 아픈 비밀을 간직하고 있을 수도 있다는 인식은 시인의 세계인식의 전형을 보여주는 부분이다. 장미라는 대상을 통해 세계

가 지닌 이중성을 인식한 시인은 나아가 자신이 지니고 있는 합병증을
이에 결부시킴으로써 세계의 이중성을 다시 확인하고 있기 때문이다. 시
인 밖에 존재하는 대상을 통해서만의 세계인식이 아니라, 그 세계인식을
자신을 통해 확인하고 있다는 점에서 그 확실성을 스스로 확증하고 있
다. 기쁨과 슬픔으로의 세계인식은 다음 시「神은 낮게 곡선을 그으며」
에서 또 다른 차원의 직선과 곡선의 세계인식으로 나아가고 있다.

> 문명에 길든 것은
> 모두 날카로운
> 직선을 이루고 있건만,
> 거기에 때가 묻지 않은 것은
> 가령 눈 덮인 경치와 같이
> 얼마나 순박한 곡선을 긋고 있는가.
>
> —「神은 낮게 곡선을 그으며」 부분

앞선 시에서는 인간이 지닌 기쁨과 슬픔의 감정이란 차원에서 이원적
세계인식을 보여주었지만, 여기서는 문명과 자연이란 두 세계를 통해 직
선과 곡선이란 세계인식을 보여준다. 문명은 날카로운 직선의 세계라면,
자연은 순박한 곡선의 세계를 이루고 있다는 세계인식이다. 신이 허락
한 곡선의 세계와 인간이 만든 직선의 세계를 대비시켜놓고 있다. 이 두
세계의 대비는 단순한 직선과 곡선의 대비를 넘어 때묻은 세계와 눈덮
인 세계로 나아가기도 한다. 이러한 두 세계에 대한 인식이「바둑을 두다
가」에서는 순리와 역리의 세계를 보여주기도 한다.

> 그대는 바둑을 두되

물처럼 순리처럼

법대로 흐르는 것을 따르지만

모든 수가

그렇게만 되는 것은 아니네

가다가 한 수를

삐끗 잘못 두는 바람에

자연스럽게 운영되는 것이

무서운 비바람을 만나

어지럽게 헝클어지기도 하느니

요컨대

하늘의 한결같은 운행에

어긋나는 것도

결국은 운명처럼 귀결되네.

—「바둑을 두다가」 전문

　바둑을 두면서 삶의 이치를 새롭게 발견하고 있다. 물처럼 순리로 법대로 흐르는 세상도 있지만, 모든 세상사가 다 그렇게만 되는 것이 아님을 노래하고 있다. 바둑의 한 수를 잘못 두면서 세상사가 헝클어지기도 하듯이 세상의 삶 역시 순리만 존재하는 것이 아님을 인식하고 있다. 순리가 아닌 것도 운명처럼 받아들여야 하는 세상사임을 분명히 보여주고 있다. 그래서「아름다운 調和」에서는 젊음과 늙음이 어우러져야 함을 강조한다.

그래서 이 세상은
젊음만이 있어서
되는 것이 아니고
적당한 늙음도 어우러져서
살기가 편한 곳으로
항상 나아가고 있음이여.

—「아름다운 調和」 부분

시인이 궁극적으로 노래하는 세계가 여기서 나타난다. 그것은 세계의
조화이다. 여기서는 젊음과 늙음이지만 이 시인이 지금까지 보여준 것처
럼 기쁨과 슬픔, 직선과 곡선, 순리와 역리 등 모든 세계가 지닌 이원적
양면적 세계의 조화를 추구함이 시인이 지향하는 궁극적인 세계임이 드
러난다. 세계가 지닌 이 양면적 세계 중 어느 한쪽으로의 기울어짐이 아
니라, 두 극단의 세계를 함께 포용하고 수용해가는 자세가 시인이 추구
해가는 세계인식의 입장이라는 것이다. 이러한 세계인식은 중용적인 세
계인식이라 할 만하다. 중용의 세계인식은 어느 한 쪽의 세계를 포기하
는 것이 아니라, 두 세계를 함께 안고 가야 하는 세계인식이기에 그에게
는 더 아픔이 많았을 것이다. 이것이 한(恨)의 정서가 그의 시의 주조를
이루고 있는 이유 중의 하나라고도 할 수 있다. 그러나 그가 노래한 한의
세계는 아름답다. 이원적인 세계의 조화를 추구하며, 그 조화가 세상을
아름답게 만든다고 믿고 있었기 때문이다.

우주의 크낙한 질서 한옆에는
이렇게 허접쓰레기 같은 일도
끼어야 하는 것인가.

한 사람을 사랑하는 일도

더러는 쉬어야 하고,

우리는 꼭

요긴한 일만 해서 되는 것도 아니고

아무 소용 없는 일도 섞여야

그 조화에 묻혀

세상이 더욱 아름다워지느니라.

―「질서의 한 옆에는」 부분

요긴한 일과 아무 소용이 없는 일이 서로 섞여 조화를 이룰 때, 세상이 더욱 아름다워진다고 노래한다. 조화란 언제나 같음과 다름을 다 고려해야 하는 것이므로, 항상 대립과 모순의 갈등상황을 조화로 이끌어주고, 불안, 불평, 불만의 상황을 평화로 인도해준다. 그래서 시인은 이 상태에서 세상이 더욱 아름다워진다고 노래한다. 이런 상태는 지나침도 부족함도 없는 상태로 최선의 상태 혹은 최적의 상태를 의미한다. 결국 박재삼 시인은 궁극적으로 이 상태를 지향해왔다고 할 수 있다.

생태학적 삶의 실천과 그 시적 사유

-장영희 시인의 생태시

1.

　장영희 시인은 산을 좋아한다. 좋아하는 정도를 넘어 산악인에 가깝다. 전국의 유명한 산은 거의 섭렵한 것으로 안다. 산만 좋아하는 것이 아니라, 자연을 찾아 이곳저곳을 찾아나선다. 그것도 승용차가 아니라, 자전거로 다니는 거리가 상당하다. 이번 시집 속에서도 많은 기행시를 만나는 것은 이런 장 시인의 삶의 결과이다. 장 시인은 도회의 삶을 살면서도 이 공간을 벗어나기를 애쓴다. 도시문명이 삶을 더 힘들게 하고, 인간다운 삶을 빼앗아가고 있기 때문이다. 속도에 짓눌려 사는 삶의 고통을 누구보다 예민하게 감각하며 살기에 이를 초극할 수 있는 방법을 찾아 나선 것이다. 그가 학위 논문을 생태시 연구로 마무리한 이후로 그의 시적 사유도 예전보다 훨씬 더 강하게 생태학적 사유를 내보인다. 시적 사유와 실천이 그의 몸의 일부가 된 자전거의 두 바퀴처럼 맞물려 돌아가고 있다. 어느 정도 맞물려 돌아가고 있는지를 확인하는 일은 그렇게 쉬운 일은 아니다. 그러나 그가 그동안 남긴 시편들을 통해 이를 확인하는 일은 가능한 일이다. 몇 편의 시편을 통해 이를 해명해보고자 한다.

2.

　　인간의 존재성은 시공간에서 펼쳐지는 삶 속에서 확인된다. 이는 인간이 시공간을 초월할 수 없다는 것을 의미하기도 한다. 인간존재의 본질을 시간과 공간의 차원에서 모색해온 이유도 여기에 있다. 이는 바로 한 인간이 생태학적인 삶을 살아가기 위해서는 시공간의 차원에서 생태학적 사유와 실천을 보여주어야 한다는 것이다.

　　그런데 인간의 문명은 시간을 초월하려는 욕망을 부추켜온 역사다. 자연의 시간을 넘어선 문명의 시간을 추구해온 것이다. 그 문명의 시간은 시간의 속도를 요구하게 되었고, 그 결과로 현대인들은 시간의 노예로 전락했다. 그래서 모두가 빠름과 속도에 길들여져 있다. 그런데 생태학적인 삶이란 우선 이 문명화되어가는 시간으로부터 자유로워지는 것이다. 소위 빠름에 맞서는 느림이란 미학이 생태학적인 삶의 토대로 여겨지는 이유가 여기에 있다. 그리고 공간의 차원에서는 한 공간에 고착함으로써 빚어질 주체중심(인간중심)주의를 초극하기 위해 다른 존재들과의 관계를 확장해나간다. 모든 것은 모든 것과 더불어 관계한다는 생태계의 가장 근본적인 과제를 공간의 확장을 통해 실현하고자 하는 것이다. 우선 시간 개념과 관련된 장 시인의 시편을 읽어보자.

　　어느 봄날 수술과 암술이

　　벌 나비 만나 눈빛 주고받고

　　하늘 여행 다니는 바람과 어울려

향기롭게 사랑하면
튼실한 씨앗 품을 수 있지.
그 사랑 깨달으려면 아주 천천히 가면서
느리게 살아야 한다.
너울너울 춤추며 산 넘고 물 건너는
빛나는 민들레 작은 씨앗
그 질긴 생명의 경이로움 알려면
꼭 그만큼 천천히 걸어야 한단다.

번쩍, 하고 지나가는 관계 속에서는
다사로운 말 한마디 나누지 못하고
사랑 한 올 나누지 못한다.
쏜살같이 살면
마음의 눈으로 봐야 할 것
볼 수 없단다.
마음이 절름발이일수록
생각이 외곬으로 기울수록
느리게 살아야 하는 의미를
가슴에 새겨야 한단다.
아이야, 너도 느리게 살아봐.

—「너도 느리게 살아봐」 전문

아이에게 가르치는 형식의 어조로 풀어내고 있는 생태학적 삶의 시간
개념은 느림이다. 사랑의 본질을 깨닫기 위해서도 느리게 살아야 하며,
생명의 경이로움을 제대로 깨닫기 위해서도 느리게 걸어야 한다고 주문

한다. 그래서 느림과 상대적인 시간개념인 '번쩍' 하고 지나가는 관계 속
에서는 사랑을 제대로 할 수 없다고 못 박는다. 또한 쏜살같이 살면 마
음의 눈으로 봐야 할 것을 볼 수 없기에 마음이 절름발이가 되어 제대로
된 삶을 살 수 없다고 훈계하며, 느리게 사는 삶을 권면하고 있다. 궁극
적으로는 물리적 시간이나 객관적 시간 의식에서 벗어난 심리적이고 개
인적인 시간의 향유를 소망하고 있음이다. 현대문명의 시간 개념에서 전
혀 자유롭지 못한 아이에 대한 일방적인 주문이란 점에서 시의 구조가
단순화되어 있는 약점은 있지만, 시인이 하고픈 생태학적인 삶에 대한
메시지는 분명하게 전달하고 있다. 시인이 가진 생태학적인 삶에 있어서
의 시간개념이 자신과 가장 가까이 있는 아이에게는 이렇게 전달되고 있
지만, 그의 시선이 현대문명 속으로 투시되면서는 또 다른 차원으로 번
져나고 있다.

느리게 걸어가도 시간은 늘

그대로 흘러가지만

사람들은 다가올 시간을

먼저 만나고 싶은 것인가

광안리 앞바다 물새와 바람

어깨 위에나 부서지던 햇살이 주인이던

그 쪽빛 잔디 위에

7.42km 공룡*이 드러누우니

참 빨라졌지만 보이던 게 보이지 않는구나.

볼 수 있던 것을 볼 수가 없구나.

—「느림·1」 전문

먼 길을 돌아가지 않고 쉽게 지름길로 가기 위해 바다 위에 놓여진 광안대교를 바라보며, 현대인들의 시간관에 시비를 건다. 광안대교를 통해 전보다 더 빨리 사람을 만나고, 더 빨리 목적지까지 갈 수 있어 시간상으로는 편리해진 것 같지만, 전에 볼 수 있던 것을 다시 볼 수 없게 되었다고 토를 달고 있다. 물새와 바람 그리고 햇살이 주인이던 광안리 앞바다에 다리가 놓이면서 자연은 사라졌다는 것이다. 광안대교가 형성한 인공미를 다이아몬드 브리지라 명명하고 있지만, 시인의 눈에는 그것이 자연을 삼켜버린 공룡으로만 비치고 있다. 빠름에 익숙해져 편리함만 좇아가고 있는 현대인들이 놓치고 있는 것이 무엇인지를 다시 한 번 생각하게 한다. 문명화 속에서 사라지고 있는 더 귀중한 것들을 생각해야 함을 넌지시 암시하고 있다.

앞선 시에서도 확인한 바대로 사랑이나 생명 등 인간 삶에 있어서 본질적인 것들은 빠른 속도 속에서는 제대로 확인할 수 없는 것같이 질주하는 문명화 속에서 우리가 놓치고 있는 것을 보아야 한다는 것이다. 그것은 느림의 시선으로만 가능하다는 것이 생태학적 삶의 또 다른 원리이다. 느림의 이미지는 시간으로만 표상되는 것은 아니다. 지상에 난 길들은 모두 시간 이미지의 또 다른 은유이다. 빠른 시간을 상징한 길이 직선이라면, 느린 시간은 곡선으로 나타난다. 시인이 문명화되면서 사라진 곡선을 찾아 나서는 이유가 여기에 있다.

온 누리에 곡선이 많았던 어린 시절
구불구불 논길을 걸으며
쇠비름, 질경이, 구절초를 보고

왕버들 춤추던 곡선의 실개천에서
피라미, 버들치, 메기를 보고
곡선의 초가지붕과 다랭이논에서
등 굽은 무지렁이 두꺼운 손마디 볼 수 있었다.

우리 엄마 젖무덤에는 곡선의 아름다움 출렁이고
그 젖 먹고 자란 내 몸 어느 한 부분도
곡선 아닌 것이 없어
곡선의 세상에서 만난 자연은
가슴 저 밑바닥에서 나를 키운다.

곡선의 길을 걸으면 저 너머
무엇이 있을까 생각하는 시간이 있지만
직선의 도로를 달리면 모든 게
하얗게 드러나 생각할 겨를이 없다.

직선의 삶만 있는 디지털 시대
쉽고도 간편한 관계를 위해서는
직선이 좋을지 모르지만
직선의 도로만 있고 곡선의 길이 없는 세상
사람의 참삶도 사라져간다.

사람과 사람 사이, 사람과 자연 사이
보일 듯 말 듯한 곡선으로 이어지고
인정도 사랑도 세상 모든 것들도

곡선으로 만나야 하는 것을
기어이 창대 같은 직선으로 만나려는 심사를
어쩔 수 없어 쓸쓸하다.

곡선으로 만나고 곡선으로 말하는
그대가 그리워 나는 떠난다.
우리가 잃어버린 곡선을 찾아서.

—「잃어버린 곡선」 전문

빠름만을 추구하는 현대인들의 삶 속에서 느린 시간의 상징물인 곡선을 찾는다는 것은 쉽지 않다. 모든 것이 빠름의 원리에 의해 직선으로 전환되었기 때문이다. 시적 화자는 유년시절에 삶의 공간을 차지했던 자연 속의 곡선의 길들을 회상하며, 직선화된 디지털 시대를 비판한다. 참 인간적인 삶이 곡선과 함께 사라졌기 때문이다. 삶과 사람 사이, 사람과 자연 사이, 인정도 사랑도 곡선으로 만나야 진정성을 가질 수 있다는 것이다.

그런데 이런 느림의 시간원형은 자연의 시간으로부터 비롯된 것이며, 그 자연 중에서도 식물의 생장 시간이 이를 가장 적절히 보여준다는 점에서 나무의 시선은 생태학적 삶에서 주요한 이미지가 된다. 즉 곡선의 시간 개념은 자연의 시간 개념이란 점에서 자연 속의 나무의 시선으로 번져나면서 또 다른 차원의 생태학적 삶의 자세를 엿보인다. 그것은 자연의 시간 개념으로 생태학적 삶을 노래하던 시선을 이제 공간으로 확산시키는 매개 구실을 하고 있기 때문이다.

너는 사자의 눈으로 갈색 공간에

다소곳이 앉아 커피향에 젖어 있는

연초록 토끼를 바라보고 있지만

나는 나무의 눈으로 너를 본다.

날카로운 송곳니와 맷돌 같은 어금니로

끝이 없는 식성을 드러내고

돌진의 순간을 기다리는 사자

먹이를 획득한 환희의 순간을 사랑하는

사자는,

공존의 진리를 모른다.

나무의 눈은

그늘 드리워주고 싶은 소망과

향기 나누고 싶은 소망과

함께 있고 싶은 소망을

그윽하게 품고 있다.

나는

나무의 눈으로 너를 본다.

—「나무의 눈으로 너를 본다」 전문

사자의 눈과 나무의 눈으로 단순화시킨 시의 명료성이 조금은 단조로 워 보이지만, 그 메시지는 분명하다. 사자의 눈은 결국 자신밖에 모르는 삶의 태도를 은유한다면, 나무의 시선은 나 밖의 타자를 위한 삶을 살아 가고자 하는 공존의 삶의 원리를 실천하고자 하는 태도이다.

공존의 논리는 나만의 삶이 아니라, 나 밖의 다른 존재들과 함께 더불 어 함께 살아가야 한다는 생태학적 삶에서 가장 기초가 되는 관계성에 서 출발한다. 이 관계성은 사람과 사람 사이, 사람과 자연 사이, 사람과 생물 사이, 사람과 무생물 사이 등 무수한 주체들과 연계된 공감의 관계성이다. 인간과 자연이 분리되지 않고 한 생물권으로 유기적 관계성을 형성하고 있는 상태를 말한다. 그럴 때 자연의 아픈 소리를 인간이 들을 수 있으며, 그 아픔에 동참하고자 하는 공감을 자연스럽게 불러일으키게 된다. 우선은 그 관계성을 자연과의 사이에서 확인해본다. 시인은 갈대 우는 소리에 공감하며 같이 아파함으로써 자연과의 관계성을 노래하고 있다.

서낙동강 대저마을
갈대 우는 소리를 들으면
온몸 수백 군데 마디마디가 저리다.
내 삶 언저리 때때로
저리 처절하게 운 적 있었노라.
뼛속까지 스며드는 고통과 슬픔
털어버리려 몸서리친 기억은
저 푸른 물 따라 흘러가지만
계절 따라 다시 돋아나는 갈대 싹처럼
늘 새로운 상처
해묵은 것들은 언제나 많은 이야기를 한다.
서낙동강 대저마을에서
흔들리는 갈대들 여린 어깨 껴안으면
잘 살아야지,
가슴 속 숯불 이글거린다.

—「대저마을에서」 전문

* 부산시 강서구 대저동 서낙동강 강변에 있는 마을

갈대 우는 소리에 민감하게 반응하는 시인의 몸, 그 몸속에 각인된 아픔을 불러낸다. 갈대의 아픔과 시인의 아픔이 함께 공감대를 형성하고 있는 순간이다. 아픔을 전달해준 갈대의 여린 어깨를 껴안으며, 시인은 자신의 삶을 다시금 추스르고 있다. 갈대의 생명과 사람의 생명이 다른 것이 아니라 하나로 통할 수 있는 장면을 연출하고 있다. 일반적으로 시인들이 자연을 의인화해서 서정을 노래하는 모든 시들이 이런 공감성을 바탕으로 하지만, 생태학적 관계성이란 서정시가 세계를 자아화하는 과정과는 변별되는 부분이다. 일반적 서정시는 철저히 인간중심주의가 살아 있어서 여전히 자연은 똑같은 주체가 되지 못한다. 시인의 입장에서 해석된 자연일 뿐이다. 그러나 생태학적 관계성에 바탕한 서정시는 사람과 자연의 주객관계가 분명히 나타나지 않는다. 하나로 혼융되어 나타날 뿐이다. 위 시에서는 자연의 소리에 인간이 공감함으로써 생태학적 관계성을 확인할 수 있다면, 다음 시에서는 시적 화자가 자연 속에 다가섬으로써 공감의 관계성을 형성하는 모습을 볼 수 있다.

나이 먹지 않는 그리움을
이고, 지고, 감고
천황산 사자봉을 오르면
귓가 스치는 계절이 흐르는 소리
젊은 날 실연의 기억이
새삼스레 가을 나뭇잎비 되어
후드득후드득 어깨 위에 떨어지고
어느샌가 모르는 사이에

가슴 속 깊은 곳까지 푹 젖는다.

보랏빛 추억은 살짝만 건드려도

손톱 밑에 박힌 가시처럼 아프다.

혼자 오르는 갈참나무 숲길 곁으로

가만히 다가서는 그대

숲에 빠져서

자궁 속 전설을 듣는다.

내가 온 곳이며

내가 가야 할 곳.

—「천황산을 오르며」 전문

천황산 사자봉을 오르며 젊은 날의 실연의 기억을 떠올리고, 그 기억이 가을 나뭇잎비 되어 가슴속까지 젖는다. 그리고 숲길 곁으로 그대가 다가서는 환상에 젖고 숲에 빠져서 자연과 사람은 하나로 변한다. 이렇게 자연과 사람이 분리된 두 주체가 아니라, 하나가 되어가는 과정을 통해 시인은 모든 생명체들이 공존하는 공간을 확보한다.

땅속에서는 고구마 붉어 가고

숲에서는 저절로 밤 익고

남달리 솔은 푸르고

우렁찬 솔 싹은 소리가 없는데

산딸기는 흐드러져 임자 없이

길손을 기다리며 고라니 가족 함께 산다.

실핏줄이 다 보이는 나무들은

서로 기대어 어수선한 세월의 오후를

가만가만 건너고

모든 것은 저절로 자라고

눈에 보이지 않는 끈으로 이어져

어깨 겯고 함께 산다.

잠자리 한 마리 사뿐 날갯짓하니

온 마을이 출렁이고

나그네 가슴 속에선

물결이 일렁인다.

—「물만골 · 3」 전문

모든 생명체들이 자연스럽게 자기 생명을 이어가고 있는 몸짓들을 대상으로, 한가한 '물만골' 한 공간을 스케치하고 있다. 땅속에서 고구마는 붉어가고 있고, 숲에서는 밤이 익고, 소나무는 푸르고, 산딸기는 흐드러져 있고, 고라니가 길손을 기다리고, 나무들은 서로 기대어 서 있는 모습에서 모든 생명체들이 보이지 않는 끈으로 이어져 있다고 노래한다. 생태학적 관계성이 그물망처럼 펼쳐져 있는 자연마을을 그려내고 있다. 그런데 중요한 것은 이러한 정태적인 공간에 잠자리 한 마리 사뿐 날갯짓함으로써 온 마을이 출렁이고 시적 화자의 가슴도 함께 출렁인다는 공감대의 형성이다. 공존의 논리가 온 마을 전체를 덮고 있는 장면이다.

공간의 차원에서 생태학적 사유를 점검할 때, 중요한 요소 중의 하나가 한 공간에 머물지 않고, 또 다른 공간으로 순례하는 순례의 정신이다. 이 정신은 생태학적 사유에서 근본이 되는 관계성을 확장하기 위한 필요충분조건이다. 유일한 관계성은 그만큼 생태학적 사유나 실천이 단순할

수밖에 없다. 그래서 생태학자들은 세계의 복잡성을 다양한 관계성으로
풀어나가고자 한다. 이곳에서 저곳으로, 그리고 이 대상에서 저 대상으
로 옮겨가면서 다양한 주체들의 관계성을 확인하고, 이들의 생태학적 관
계성은 온 세계가 하나의 관계성 속에 있음을 확증한다. 그러므로 생태
학적 측면에서 기행은 단순한 여행이 아니다. 이곳과 저곳을 통해 생태
학적 관계성을 확인하는 하나의 과정이다.

> 하동에서 구례까지
> 을유년 여름이 누워 있다.
> 칠월 한창 빛나는 마지막 더위는
> 머리맡에도 땀띠가 솟게 하고
> 자꾸 엿가락이 되려 하는 나의 넋.
>
> 내 삶의 소금인 나무들은 음유시인처럼
> 짙은 초록색 두루마기를 입고
> 길가에 서서 산문시를 쓰고 있다.
> 시인은 진양조장단으로 노래 부르고
> 사람들은 아무 상관없이
> 휘몰이로 달린다.
>
> 곰곰 생각했다.
> 이 길에서 무엇을 얻고 무엇을 버릴 것인가
> 여행은 얻는 것보다
> 버리는 것이 많아야 하는데
> 많이 얻으려 조바심하는 것은 아닌가.

길에서 길을 물었다.

을유년 칠월 하동에서 구례까지

꿈을 꾸면서.

—「여름 기행·1-꿈길, 하동에서 구례까지」 전문

하동에서 구례까지 이어지는 꿈길을 통과하면서, 시인은 길을 통해 생태학적 시간의식을 우선 드러내고 있다. 휘몰이로 달려가는 일반 삶과는 다른 진양조 장단의 시간 의식이다. 그리고 많은 「여름 기행」 연작시를 통해 다양한 생태학적 관계성을 확인하였지만, 기행 첫 시에서 확인하는 생태학적 사유의 중요한 하나는 버리는 것에 대한 깨달음이다. 생태학적인 관계성을 위해 충만하게 채우는 것이 필요한 것이 아니라, 비우기 위해 버려야 함을 새롭게 인식하고 있다. 주체를 비울 때, 타자와의 관계성이 더욱 충만해진다는 생태학적 존재의 역설적 본질을 노래하고 있다. 길은 길로써 이어져 있는 길의 생태학을 통해 생태학적 삶의 길을 묻고 있다. 그 길에서 또 다른 하나의 생태학적 사유와 만난다. 그것은 작은 것의 새로운 발견이다.

외로운 들꽃 한 송이

참 작다, 홀아비바람꽃처럼.

큰 것들에 마음 빼앗긴 우리

이제 작은 것을 사랑할 시간이다.

작은 것들에게 사랑 퍼주지 못하면

큰 것에서도 아름다움을 모른다.

간이역이 주는 편안함 속에서
시간은 천천히 추억과 함께 흐르고
추억의 맛은 어린 시절 박하사탕 같다.
추억은 간이역에서 달처럼 자란다.
작은 들꽃 한 송이
향기 머금고 자라고 있다.

—「여름 기행·2-들꽃 한 송이, 구례구역*」 전문

* 전남 순천시 황전면 선변리에 있는 전라선의 철도역. 전남 구례로 들
어가는 길목이라 하여 '구례구'라고 이름 지었지만, 실제로는 구례군이
아니라 순천시에 있다.

두 번째 기행시에서 발견하는 생태학적 사유는 큰 것에 마음 빼앗겼던
우리의 마음을 작은 것으로 돌려놓게 한 점이다. 작은 들꽃 한 송이에 관
심을 주고, 작은 간이역에서 편안한 시간을 향유할 수 있다는 것, 이것은
자연과 사람이 공존하는 순간을 경험하는 시간이며, 삶의 진정성을 증명
하는 한 장면이다. 이러한 순간을 언제나 향유하면서 살아갈 수 있다면,
그것은 너무나 큰 축복이다. 이 순간들을 경험하기 위해 시인은 도회 한
복판에 자리한 자신의 삶의 공간을 벗어나 이곳저곳을 기행하고 있는 것
이다.

그런데 이러한 기행을 통한 생태학적 관계성의 확장도 중요하지만, 가
장 중요한 생태학적 사유의 핵심은 생명 자체에 대한 관심이다. 그 생명
자체를 상징하는 씨앗의 발견은 장영희 시인에게 있어 생태시의 근원적
동인이 되고 있다.

일찍이 이보다 더

힘센 이를 본 적이 없다.

씨앗 한 알은 붓 한 자루와 같아

형태는 미약하나 바다 같은 힘이 있다.

민들레 물오리나무 바위도 되고

비둘기 흰여우 체로키 인디언도 되며

태풍보다 힘세고 치우천왕보다 힘센 너.

힘센 것들에게 늘 고개 숙이면서도

언제 씨앗 경배한 적 있는가.

죽음을 이기고 피어나는

씨앗은 힘세다.

—「씨앗·1」전문

　세상에서 가장 힘이 센 존재로 씨앗을 규정한다. 그것은 그 무엇도 감당할 수 없는 죽음을 이기고 피어나는 근원적 힘이 있기 때문이다. 그러한 씨앗에 대해 무심했던 우리를 향해 "힘센 것들에게 늘 고개 숙이면서도/언제 씨앗 경배한 적 있는가"라고 질타한다. 씨앗의 힘의 본질은 무엇인가? 그것은 바로 씨앗이 지닌 생명성에서 비롯된다. 생명은 죽음을 넘어서는 근원적인 힘이다. 이 힘의 발견과 노래가 생태시의 궁극적인 지점이란 점에서 "씨앗"의 발견과 노래는 그만큼 의미심장하다.

　그런데 이 생명 자체의 발견과 노래도 중요하지만, 그 생명을 존재하게 하는 삶의 자세도 중요하다. 생명을 생명이게 하고, 그 생명을 이어가게 하는 길은 무엇일까? 생태학적 삶에 있어서 이것이 매우 중요하다. 이는 더불어 살아가기 위해 나를 버리는 것이다. 공존의 논리를 실현하기 위한 실천이다. 그리고 이 버림은 궁극적으로 모든 존재들이 생태학적 시공간의 삶을 살게 하는 토대가 된다. 나를 버린 시공간 속에 타자들이 들어서게 되고, 그로 통해 주체와 타자는 더 큰 주체로 나아가는 생태학적 관계성의 확장을 계속할 수 있기 때문이다.

장 시인이 진정한 생태학적인 삶을 위해 '나를 버린다'는 선언을 할 수 있다는 것, 그리고 이런 자세로부터 지금까지 장 시인이 노래하고 추구한 생태학적 삶의 한 전형적인 순간을 다음 시에서 만날 수 있다는 것은 행운이다. 이 시집에서 가장 의미있는 생태시로 선택된 마지막 인용시가 보여주는 생태학적 사유의 온전함 같이 그의 생태학적 삶의 실천도 온전해지길 기대한다. 삶의 실천이 그의 시적 사유를 더욱 윤택하게 해줄 것이기 때문이다.

태고부터 이 누리에

빛이 있으라 하신 그분의 말씀으로

수천수만의 색깔이 목숨 얻어

알맞은 자리에 있게 되고

그렇게 자연과 인간 더불어 살아가는

황홀한 이 자리

수목들은 이른 봄부터 여름 내내

나부끼며 춤추던

시퍼런 오만의 기운 잠재우고

바야흐로 힘센 자기를 버리고

그 자리에

오색의 또 다른 새로운 자기가 자라나

거침없던 욕망이 물러가고 겸손이 왔다.

부질없던 교만은 가고

시나브로 사랑이 붉게 터졌다.

가야 할 것들을 이끌고 가는

오색의 만장 너울거리는데

느리게 느리게 굴러가는 시간의 수레바퀴

시작도 끝도 없이 흐르는 우주의 시간 속에

잠시 여기서, 지금

마지막 붉은 심장을 주고

새봄 새싹으로 돌아오리라는 약속을 듣는다.

숨붙이 더불어 살아가는 세상과

삼라만상이 오가는 진리를 생각하며

돌고 도는 세상 어느 언저리에서, 나도,

빛나는 단풍잎 하나 피울 수 있기를 소망하며

즐거이 나를 버린다.

―「나를 버린다」 전문

왜 지금 무원 김기호 시조 시인을 다시 논하는가

　무원 김기호 선생은 1912년 거제시 하청면에서 태어나, 1933년에 동래 공립고등보통학교를 졸업하고, 1935년에는 경성사범 연습과를 졸업한 후, 1935년에 수영공립보통학교 교사를 시작으로 교육계에 투신하였다. 이후 부산 남부민공립보통학교 교사를 거쳐, 좌천 우편국장을 역임했다. 해방이 되자 고향에 돌아와 사재를 털어 1946년 하청고등공민학교를 설립하였으며, 1951년에는 이 학교를 하청중학교로 창설하고 교장이 되었다. 1953년에는 하청고등학교를 창설하고 교장이 되었으며, 이후 평생 고향을 떠나지 않고 후진들의 교육에 헌신하였다.

　무원 선생은 이렇게 교육자로서의 외길만을 걸어간 것이 아니라, 1955년 동아일보 35주년 기념 현상문예에 시조 「옹화부」가 당선되었으며, 1957년에는 동아일보 신춘문예 시조부문에 「靑山曲」이 당선되어 문인의 길도 함께했다. 이후 다작은 아니지만 지속적으로 선생의 고결한 품격을 닮은 시조들을 발표하여, 1965년에 시조집 『풍란』을 펴냈다. 선생은 평생 단 한 권의 시조집만 펴냈지만, 이 시조집에 실린 작품들이 풍기는 고결한 정신의 높이는 몇십 권의 시집을 낸 시인들의 높이를 넘어서 있다.

그가 평생 교육자로서 청렴하게 살다간 정신의 높이가 이 한 권의 시집에 고스란히 자리하고 있기 때문이다. 선생의 이러한 시 정신은 옳고 그름이 혼재되어 있고, 개인적 욕망의 굴레에서 자유롭지 못한 후기산업시대를 살고 있는 이 시대의 현대인에게 분명한 사표가 된다. 이에 무원 선생이 남긴 작품들이 이 시대에 어떤 의미로 자리하고 있는지를 살펴보고자 한다.

자연중심의 생태학적 사유와 삶의 실천

무원 선생의 시조집 『풍란』에는 자연을 시적 소재로 삼은 작품들이 많다. 「청산곡」, 「청죽」, 「야국」, 「민들레꽃」, 「거목 앞에」, 「갈섬」, 「바위」, 「풍란」, 「대화」 등에서 자연을 노래하고 있는 것을 본다. 이러한 자연을 시적 대상으로 삼은 시들을 통해서 무원 시조 시인의 자연관을 엿볼 수 있다. 그런데 무원 선생이 보여주는 자연의 모습은 전통적 시조가 보여주는 자연관과는 조금 다른 모습을 보인다. 전통적인 시조가 보여주는 자연은 일반적으로 시적 화자가 자연과 적절한 거리를 가지고 그 자연을 완상하는 어조를 내보인다. 그리고 그 자연 속에 시적 화자의 인생관을 일방적으로 투영시키고 있는 모습이다.

이처럼 전통 시조에서 보이는 자연의 모습은 여전히 자연을 노래하는 인간이 세계의 중심에 놓여 있다. 그래서 노래하는 시인의 눈에 비친, 시인이 해석한 자연만이 드러날 뿐이다. 그런데 무원 선생이 보이는 자연의 모습은 인간이 자연 속에 자리해 있다. 즉 인간 중심이 아니라, 자연 중심의 사유를 내보이고 있다는 말이다. 자연이 세계의 중심에 자리하고 있어, 자연은 그 각각이 하나의 주체로서 존재하는 모습을 보인다. 「청산곡」과「대화」를 통해 이를 살펴본다.

　　청산은 말없어라 얼마로 깊은 하늘

　　가거나 또 오거나 백운도 쉬엄쉬엄

　　청산은 말이 없어라 내 청산에 오도다.

　　청산은 말 없어라 일월이 지고 새고

　　억겁 또 소유란들 청산은 말없어라

　　슬카장 가슴을 열어라 내 청산에 오도다.

―「靑山曲」 전문

　이 작품은 무원의 데뷔작이다. 이런 측면에서 이 작품은 무원 선생의 시적 발원지라 할 만하다. 그러므로 이 시는 무원 선생의 시적 토대를 그대로 보여준다고 할 수 있다. 그가 첫 데뷔작으로 청산을 노래하고 있다는 사실은 그의 시적 관심이 자연에서 출발하고 있음을 말한다. 즉「靑山曲」을 통해 시인은 그의 시적 사유의 토대와 자연관을 노래하고 있다. 다시 말하면, 청산을 노래함으로써 시인의 자연에 대한 입장을 표명하고 있다. 우선 청산이 보여주는 특징은 '말이 없다'는 사실이다. 이를 시인은 각 연에서 두 번이나 반복하고 있다. 이는 청산이 지닌 본질의 하나로 시인은 청산의 침묵을 인식한 것이다. 1연에서 깊은 하늘의 백운도 쉬엄쉬엄 가거나 오거나 하는 움직임을 보이나, 청산은 그렇지 않다는 것을 대비시킴으로써 청산의 본질을 부각시킨다. 그러면 "청산은 말 없어라"에 함유된 의미는 무엇일까?

　이는 1연에서 노래되는 청산과 대비된 다른 대상들과의 문맥적 관계 속에서 해명되어야 한다. 1연에서 노래되고 있는 대상은 깊은 하늘과 그 하늘 공간을 오가는 백운이다. 즉 1연에서는 하늘이란 공간 속에서 움직이는 백운과 대비해서 청산이 노래되고 있다. 하늘이란 공간적 차원에서 백운의 움직임이 나타나나, 청산은 오직 침묵으로 일관하고 있다는 의미가 일차적으로 드러난다. 백운은 하늘이란 공간에서 왔다가 사라져가는 모습을 보여주고 있지만, 청산은 오직 침묵 속에 그 변하지 않는 자태를 보여주고 있다는 것이다. 하늘이란 공간적 차원에서 청산의 침묵을 노래한 시인은 2연에서는 시간 차원에서 이를 다시 노래하고 있다.

2연의 "일월이 지고 새고/억겁 또 소유란들 청산은 말이 없다"고 노래한다. 이는 달리 말하면, 시간의 변화에도 불구하고 청산은 침묵으로 일관하고 있음을 강조함이다. 청산의 불변성을 "청산은 말 없어라"라고 노래하고 있는 것이다. 그 변하지 않는 청산에 시적 화자는 "내 오도다"라는 사실을 제시함으로써 시적 화자가 청산에 다가서고 있음을 보인다. 여기에서 주의깊게 살펴야 할 시어는 "오도다"라는 서술이다. 일반적으로 청산이 인간 앞에 존재해 있으면, 그 청산을 향하여 시적 화자가 나아가는 것이 관습적 행위이다.

그런데 시인은 "내 청산에 오도다"라고 노래한다. 이를 해명하기 위해서는 시적 화자인 "내"와 "청산" 두 주체 사이의 관계성을 밝혀야 한다. 즉 "청산"이 중심주체냐 아니면 "내"가 중심주체냐 하는 문제이다. '내가 청산에 오도다'라는 표현 속에는 청산이 중심이 되어 있음이 드러난다. '청산이 내게 오도다'라는 표현과 비교해보면 이는 분명히 드러난다. '청산이 내게 오도다'라는 표현 속에는 분명히 내가 세계의 중심을 이루고 있음을 알 수 있다. 중심인 내게 청산이 다가온다라고 해석할 수 있기 때문이다. 그러므로 "내 청산에 오도다"라는 표현 속에 나타나는 세계의 중심은 청산이 된다. 청산으로 내가 다가가고 있음을 노래하기 때문이다. 단순이 몸만 청산에 다가서는 것이 아니라, 한껏 가슴을 열어 다가서는 의지를 보인다.

　이러한 청산과 나와의 관계에서 보여주는 자연의식은 흔하게 볼 수 없는 생태의식이다. 근대성을 경험한 많은 현대인들은 인간중심주의에서 벗어나기가 쉽지 않기 때문이다. 인간이 자연을 수단화하고 훼손함으로써 생태계의 질서를 흔들어버린 근원적 사유가 인간중심주의에서 비롯되었다는 것은 더 이상의 설명이 필요없다. 자연을 자연 그대로 독립된 하나의 중심주체로 인정하지 않고 언제나 인간중심으로 인식하고 자연을 타자화한 결과가 현재 우리가 겪고 있는 생태계 파괴로 인한 지구촌 위기로 나타났다. 그런데 무원 선생은 일찌감치 청산을 대하면서, 인간 중심이 아닌 철저한 자연 중심의 사유를 내보임으로써 인간이 자연을 어떻게 인식해야 할지에 대한 명확한 자연관을 펼쳐보인다. 이러한 자연관은 시「대화」속에서 더 내밀하고 구체적인 장면으로 제시되고 있다.

　　밤나무 곁에 앉으면
　　내 마음 새 순 돋고

　　말없는 속삭임
　　내 핏줄에 흘러들어

　　落日도
　　머뭇거리며
　　靑山이 반짝 윤이 난다.

　　가뭇이 季節을 돌아
　　이제 네게로 왔구나

나는 한갓 草莽의 시인
너는 奧義를 微風에 끄덕여

목숨과
목숨의 부딪침이
아 이토록 사무쳐 오랴.

雪意에 저문 두메 언덕
너는 逆風을 가누어 떨고

내 失意의 쭉지를
너 밑둥에 묻었었거니

덧없이
江流는 또 萬里인데
이 天涯의 邂逅여

—「對話」 전문

앞선 「청산곡」에서 노래한 "청산"이 자연 일반에 대한 총체적인 노래였다면, 「對話」에서는 그 청산에 자리하고 있는 구체적인 하나의 주체며 생명체인 밤나무를 등장시키고 있다. 시적 화자는 이 밤나무 곁에 앉아 마음을 활짝 열고 대화를 주고받고 있다. 자연과 합일된 관계 속에서 인간과 자연이 만나고 있다. 여기에는 밤나무와 시적 화자가 수평적인 관계 속에서 두 주체가 하나되고 있는 모습을 확인할 수 있다. 밤나무를 인간의 소욕대로 수단화하려는 모습은 전혀 만날 수 없다. "청산"은 말없는 존재이기에 여기서도 밤나무의 "말없는 속삭임"이 "내 핏줄에 흘러들"고 있음을 노래한다.

그런데 밤나무의 말없는 속삭임이 시적 화자의 핏줄에 흘러드는 순간, "청산"도 반짝 윤이 난다고 노래함으로써 시적 화자와 밤나무는 서로 생명을 나누는 관계로 엮여 있음을 확인할 수 있다. 인간이 자연을 수단화하는 모습이나 훼손하는 차원이 아니라, 자연과 인간이 똑같은 생명체로서 세계 안에 다같이 존재하고 있는 양상을 보인다. 이러한 청산과 시적 화자의 관계를 「청산곡」에서 "내 청산에 오도다"라고 노래했지만, 정말 그동안 그 "청산"의 품속에 제대로 안기지 못한 세월을 살았는데, 시인은 이제 오랜 세월을 돌아 네게로 왔다고 노래한다.

「對話」가 쓰인 해가 1970년대 후반이었음을 생각한다면, 사실 이 작품은 무원 선생의 정년이 가까운 만년에 창작된 작품이다. 그러므로 「靑山曲」이 발표된 1957년을 생각하면, 「靑山曲」과 「對話」 사이의 간극은 상당한 시간이 지난 것이다. "내 청산에 오도다"라고 노래한 이십 년의 세월이 지난 후에야 "청산"과의 진정한 만남이 이루어지고 있는 것이다. 그 만남은 너무나 깊고 오묘하기에 시적 화자는 한갓 초망에 묻힌 시인이지만, "청산"은 깊은 뜻을 미풍으로 전달해주고 있다고 노래한다. 이런 청산과 시인의 만남은 단순한 만남이 아니라, 내밀한 만남이기에, "목숨과/목숨의 부딪힘이/아 이토록 사무쳐 오랴"라고 탄성을 발하고 있다. 즉 앞서서 확인한 바와 같이 밤나무와 시적 화자의 만남이 생명과 생명이 서로 교류되는 차원임을 말한다.

이제 밤나무와 시적 화자의 인격적인 만남과 대화는 서로를 위로하고 기대는 공생의 관계로 나아간다. 그것이 밤나무인 "너는 逆風을 가누어 떨고" 있다고 시적 화자가 동정하고, 시적 화자는 "내 실의의 쭉지를/너

밑둥에 묻”는 행위로 나타난다. 이러한 밤나무와 시적 화자의 만남은 그 어떤 사람과 사람들의 절실한 만남보다 깊고 내밀하다. 그래서 시인은 이 만남을 “이 天涯의 邂逅여”라고 노래한다. 자연과 인간의 온전한 만남이란 것이 그렇게 쉽게 이루어질 수 없음을 표명함이다. 이는 인간이 자연과 온전히 하나가 되어 똑같이 생명을 나누는 관계가 실현되려면 우주의 온 생명체는 유기적인 하나의 관계망 속에 놓여 있다는 심층 생태학적인 세계인식과 실천이 필요하기 때문이다. 다시 말하면, 자연과의 온전한 대화를 위해서는 철저하게 생태중심주의적인 자연의식이 필요함을 보여주고 있는 장면이다.

그러면 무원 선생은 왜 자연과 그렇게 하나됨을 지향해왔을까? 자연은 그에게 있어 최대의 스승이었고, 진리 자체로 인식된 측면이 있었던 것 같다. 이는 우리가 자연으로부터 와서 다시 자연으로 돌아간다는 근원적 존재에 대한 근본적 사유가 전제된 것이기는 하지만, 그에게는 인간보다는 더 근원적이고 본질적인 요소를 인식시키는 대상으로 자연이 존재했던 것으로 보인다. 그의 삶이 인간사를 떠나 자연으로 도피한 자의 삶을 살았던 것은 아니지만, 자연 속에서 살아가는 인간이 진정한 인간됨을 찾는 길은 자연을 통하는 길이라고 믿었던 것으로 보인다.

1990년대 이후부터 한국시단은 생태문학의 새로운 차원을 열기 위한 모색을 실질적으로 구체화했다. 생태계 파괴에 대한 단순한 시적 전략보다는 생태계 파괴의 근원적 초극을 위한 시적 모색을 다양한 관점에서 시도했다. 그것이 바로 자연과 인간과의 관계에 있어서, 인간중심주의적 사유를 넘어서서 생태계 중심의 사유를 실현하는 심층생태학적 입장에서의 시적 발상이다. 그런데 무원 선생의 시조에서는, 이미 그의 초기시에서부터 생태계중심의 자연관을 내보이고 있다는 점은 놀라운 일이다. 이 점이 ‘왜 지금 무원 김기호 시조 시인을 다시 논하는가’에 대한 첫 번째 대답이다.

시와 삶의 하나됨의 추구

자연을 노래함으로써 자연과 하나되기를 열망했던 무원 선생은 그 자신의 일상과 시를 하나로 일치시키고자 하는 삶을 보여준다. 시와 삶의 하나됨은 참으로 이루어가기 힘든 삶의 차원이다. 소위 언행일치의 삶을 산다는 것은 일종의 힘든 고행의 길이기 때문이다. 그래서 한국 현대시사에서도 이러한 시와 삶의 모습을 보여준 시인들이 그렇게 많지 않다. 그러므로 우리는 시와 삶의 세계가 하나되지 못한 많은 시인들을 특별한 경우가 아니면 그렇게 폄하하지 않는다. 시의 세계가 펼치는 세계는 현실을 넘어서 있는 상상력이 가닿은 세계이기에 현실 삶과는 본래부터 거리가 있다고 생각한다. 그러나 시의 독자들은 시와 삶의 내용이 하나되어 살아간 드문 시인들을 남달리 인정하고 높이 평가한다. 이는 그러한 시적 행로를 남긴다는 것이 쉽지 않은 일이기 때문이다.

그런데 우리 현대시사를 점검해보면, 시와 삶의 흔적이 하나로 여겨지는 삶을 살다 간 시인들의 경우 대부분 다작이 아니었다. 그들의 생애가 단명했던 이유도 있지만, 시를 대량생산하지 않았다는 말이다. 한국인들이 가장 좋아하는 시인들 가운데 김소월, 한용운, 이육사, 윤동주 등은 한 권의 시집밖에 가지지 못했다. 김소월은 1925년 매문사에서 『진달래꽃』을, 한용운은 1926년 회동서관에서 『님의 침묵』을, 이육사는 1946년 서울출판사에서 『이육사 시집』을, 윤동주는 1948년 정음사에서 『하늘과 바람과 별과 시』를 펴냈을 뿐이다. 게다가 이육사와 윤동주는 유고시집이었다는 점을 감안한다면, 한 시인의 시와 삶은 그들이 생존했던 당대에 제대로 평가를 받지도 못했음을 알 수 있다. 이들이 일제강점기란 특수한 시대를 살았다는 점은 달리 논의되어야 하겠지만, 모든 시인들이 자신이 살았던 당대에 온전한 평가를 받았던 것은 아니다. 어떻든 이들은 어려운 시대의 삶을 살면서 시와 삶이 하나로 통합되는 삶을 살아가고자 한 시인들이다. 뿐만 아니라 이들이 단 한 권의 시집을 남겼음에도 독자들의 가슴에 시대의 흐름에 관계없이 감동을 주고 영원한 생명을 지닌 시편을 남겼다는 것은, 시의 생명은 편 수가 문제가 아니라 한 작품이라도 그 시편이 지니고 있는 시의 질적 수준이 중요함을 웅변하고 있는 것이다.

무원 선생이 남긴 단 한 권의 시조집『풍란』을 대하면, 자연스럽게 왜 그가 다작으로 많은 시조집을 남기려고 하지 않고 단 한 권의 시집만 남기고 갔을까 하는 의문을 갖게 된다. 그의 작품연보를 살펴보면, 1955년에 동아일보 35주년 기념 현상문예에 시조「옹화부」가 당선되었고, 2년 후인 1957년에는 동아일보 신춘문예 시조 부문에 시조「청산곡」이 당선되었다. 이러한 이력을 참조한다면, 등단 이후 수많은 시편을 창작해낼 수 있는 역량을 충분히 가지고 있었음에 틀림없다. 그런데도 등단 이후 약 10년이나 지난 이후인 1965년에『풍란』시조집 한 권만을 펴내었다. 여기에서 우리는 평생 한 권의 시집밖에 출간하지 않은 무원 선생의 과작의 이유를 짚고 넘어가야 할 필요가 있다.

무원 선생은 시조를 단순히 시조로만 생각하지 않고, 삶의 동반자로 생각했으며, 그의 삶을 지탱해주는 유일한 힘으로 삼았다. 시조를 창작하는 일과 교육자로서의 삶은 별개의 것이 아니었다. 이러한 정황은 그의 시집 자서에서도 그대로 나타난다. 그는 시집 자서에서 다음과 같이 밝혀놓고 있다.

이 동안 나는 학교의 중첩되는 파란을 시조로서 달래어 왔고 시조를 파
고 들어 얻은 힘으로 학교의 고된 고비를 넘기곤 하여 왔습니다.

—『풍란』 자서 중에서

　그의 삶에서 시조는 동반자와 같았고, 그래서 시조를 통해서 얻은 힘
으로 학교 일을 헤쳐나올 수 있었다고 고백한다. 이는 시조 없이는 삶을
지탱할 수 없었다는 말이기도 하다. 그래서 「인생」이란 시에서는 시를 붙
들고 우는 모습을 보인다.

이 밤도

시를 붙들고

내가 나를 울었다

—「인생」 부분

　시인이 울 수밖에 없었던 정황을 이 시에서 파악할 수는 없다. 그 사연
을 구체화해놓지 않았기 때문이다. 그러나 일반적인 사람들은 삶이 고
단하고 역경을 감당하기 힘들어 어찌할 수 없을 때 눈물을 흘릴 수밖에
없다. 그런데 시인은 이런 상황에서 혼자 흐느끼는 모습을 내보이는 것
이 아니라, "시를 붙들고/내가 나를 울었다"라고 노래하고 있다. 여기에
서 우리는 무원 선생의 힘든 창작과정을 엿보게 된다. 인생의 고단한 삶
가운데서 만나게 되는 어려움이 사람을 눈물짓게도 하지만, 이 시구에서
파악되는 눈물은 그런 눈물을 넘어서 있기 때문이다. 어려움이 있을 때
시조를 통해서 위로와 힘을 얻었다는 무원 선생의 육성을 감안한다면,
이는 자신의 인생길에서 울 수밖에 없는 상황이 전개되었을 때 혼자 우
는 것이 아니라 시라는 동반자를 붙들고 울었다는 것으로 해석할 수도

있다. 이는 그만큼 시가 시인에게는 둘도 없는 동반자였기에 가능한 해석이다. 즉 시인에게 있어 시는 삶 속에서 뗄 수 없는 동반자였던 것이다.

그러나 다른 차원에서 보면, 이 부분의 해석은 시인과 동반자였던 시를 제대로 완성시켜나가지 못하는 중에 흘리는 눈물로 볼 수도 있다. 시와 더불어 사는 시인의 입장에서 시를 창작하는 자체가 동반자로서의 삶일 수도 있지만, 시가 시인에게 온전한 동반자로 거듭나는 순간은 시가 제대로 완성되어 온전한 모습을 띠고 나타났을 때이다. 작품이 온전하게 완성되었을 때, 그 작품은 자식과 같은 생명체가 되어 시인과 동반자로서 일생을 같이하는 반열에 서게 된다. 그러므로 밤 시간에 시인은 이 온전한 한 편의 시를 완성하기 위해 전력투구할 수밖에 없다.

그러나 한 생명체 같은, 시인이 바라는 온전한 한 편의 시가 그렇게 쉽게 탄생될 수가 있으랴. 시인은 남들이 알 수 없는 창작의 고통, 그 생명이 탄생하는 과정에서 겪어야 하는 산통을 경험해야 한다. 그러나 이 산통만으로 쉽게 한 편의 시가 탄생되는 것은 아니다. 여기에 시인의 절망이 있는 것이다. 내가 바라는 완성된 아름다운 시 한 편을 내가 쉽게 창작해낼 수 없는 현실 앞에 절망할 수밖에 없는 것이다. 시를 붙들고 산고의 고통을 앓고 있지만, 한 편의 시는 완성되지 않는 이 절망의 순간에 시인은 "시를 붙들고/내가 나를 울" 수밖에 없는 것이다. 온전한 한 편의 좋은 시를 창조할 수 있으리라 생각하는 이상적인 나와, 그러한 시를 현실적으로 쓰지 못하고 있는 현실적인 나와의 갈등이 "내가 나를 울"게 만들고 있는 것이다. 이러한 창작과정의 고통의 시간을 무원 선생이 그의 시조에서 담고 있다는 것은 그의 시작이 결코 다작일 수 없으리라는 생각을 쉽게 떠올리게 한다.

시를 동반자로 생각한 시와 삶의 관계라면 수많은 시를 지어낼 수도 있을 법하다. 그런데도 무원 선생은 다작이 아니라 과작이었다. 짧은 형식의 시조를 생각한다면, 어쩌면 하루에도 몇 편을 양산할 수도 있다. 그러나 무원 선생은 그 짧은 형식의 그릇에 담는 시조를 헤프게 창작하지 않았다. 인생이 결코 만만치 않은 것처럼 한 편의 시조를 완성하는 것이 그렇게 쉽지 않다는 것을 분명히 인식한 결과로 보인다. 인생으로서 제대로 된 삶을 살아간다는 것, 그리고 그 삶의 바탕 위에서 작품이 창조되어야 한다는 철저한 문학적 자의식을 가지고 있었으며, 그 실천이 다작이 아닌 과작으로 남겨질 수밖에 없었던 것으로 보인다. 그러한 삶의 자세를 「풍란」과 「청죽」에서 만나기 때문이다.

〈1〉
회오리 잦은 머리
위태로운 벼랑 위에

한사코 뻗는 손길
허위적이 서렸어도

허허허
떠도는 구름
이 하늘이 섧구나.

〈2〉
어느 먼 여울 가에
타버린 노을인데

星河 아득히 푸른

彼岸 그 너머로

床 머리
호젓한 꿈길엔
이끼만이 차거워라.

〈3〉
흙내음 가시어진
絶處에 도사리고

두어 치 매운 몸매
망울진 사랑이여

匕首날
푸른 서슬은
안을 향한 다스림.

〈4〉
땅을 금을 그어
짓궂은 새움이나

무성한 烟月위에
우줄대는 수목이야

차라리

슬픈 凝視로

이 자리를 지켜라.

—「風蘭」 전문

　청산 속에 안겨 살기를 원했던 무원 선생은 그의 삶의 자세를 청산에 존재하는 자연의 대상을 통해 많이 노래했다. 그 대표적인 것 중의 하나가 「風蘭」과 「청죽」이다. 그러므로 이들의 노래 가운데서 무원 선생의 삶의 자세를 다시 한 번 확인할 수 있다. 우선 「風蘭」을 살펴보자.

　4편의 연작 형식인 이 시편은 풍란이 처한 자리와 외양, 그리고 자태를 통해 시인의 삶의 자세를 투영시키고 있다. 〈1〉에서는 풍란이 위태로운 벼랑 위에 위치해 있음을 먼저 노래한다. 그 위태로운 곳에 자리해서 손길을 뻗고 있다. 손길을 뻗어보지만, 떠도는 구름처럼 풍란은 그 자리를 떠나 움직일 수가 없다. 생명이 있는 모든 유기체들은 그 생명으로 인해 역동성과 유동성을 지닌다. 풍란 역시 하나의 생명체라는 점에서, 생명체가 가지는 이러한 역동성과 유동성을 외면할 수 없다.

　그러나 풍란은 자신이 뿌리내린 곳을 떠날 수 없는 존재운명을 타고났다. 그래서 허허로이 자유롭게 떠도는 구름과 대비하여 "이 하늘이 섧구나"라고 풍란 자신의 존재에 대한 비감을 드러내고 있다. 구름처럼 자유롭게 마음대로 유동할 수 없는 자신의 존재에 대한 부정적 인식을 표명하고 있는 것이다. 그래서 풍란은 〈2〉에서 "星河 아득히 푸른/彼岸 그 너머로"의 세계를 꿈꾼다. 위태로운 벼랑에 붙박여 살아가야 하는 현실을 넘어서고자 하는 또 다른 생에 대한 의욕이다. 그러나 "床머리/호젓한 꿈길엔 이끼만 차거"운 현실이 자리하고 있음을 어찌할 수 없다.

　〈3〉에서는 다시 풍란이 처한 곳이 "흙내음 가시어진/絶處"임을 노래한다. 벼랑 위 흙도 없는 그곳에 도사리고 앉은 풍란의 "두어 치 매운 몸매"

를 형상화하면서, 그 "匕首날/푸른 서슬은/안을 향한 다스림"이라 서술하고 있다. 피안 그 너머로의 세계를 향해 꿈을 펼쳐보았지만, 그것은 풍란에게 현실성이 없기에 풍란은 밖으로 향하는 관심보다는 안으로 자신을 다스리는 데 전념하고 있다는 것이다. 비수를 통해 자신을 짜르고 갈고 닦는 엄격한 자기 절제와 자기 완성을 위한 몸짓을 계속하고 있다는 것이다. 이는 바로 풍란이 처한 삶의 조건에서 자연스럽게 이루어지는 현상이다. 흙도 물도 충분하지 않은 벼랑 위 絶處에 뿌리를 내리고 생존한다는 자체가 匕首날을 자신에게 겨누는 형국이기 때문이다. 이런 생존의 조건 때문에 풍란의 자태는 "두어 치 매운 몸매"로 살아갈 수밖에 없다. 이런 자태는 〈4〉에서 보이는 "무성한 烟月 위에/우줄대는 樹木"에 비하면 외양은 초라할 수밖에 없다. 그래서 시인은 풍란에게 "차라리/슬픈 凝視로/이 자리를 지켜라"라고 주문하고 있다.

이러한 주문은 풍란을 향한 주문이라기보다는 풍란을 통해 시인 자신에게 던지는 마음의 결의라고 본다. 무성하고 화려한 수목에 비하면 풍란은 초라한 형색이지만, 그것에 연연하지 않고 굳굳하게 자신의 자리를 지키겠다는 의지가 풍란을 통해 투영되고 있는 것이다. 떠도는 구름처럼 자유롭게 움직일 수도 없고, 피안을 향한 꿈을 현실화할 수도 없고, 수목처럼 무성하여 우쭐댈 수도 없는 풍란. 이러한 풍란의 운명이 슬프기는 하지만 차라리 그 슬픈 운명을 피하려하지 말고 "슬픈 凝視로/이 자리를 지켜라"라는 시인의 노래는 시인 자신의 삶의 태도라는 것이다.

이러한 삶의 태도는 오직 비수날로 자신을 다스리는 자기 자신에 대한 엄격한 삶의 지향만을 강하게 부각시키고 있다. 이것이 「풍란」을 통해 시인이 보여주는 시와 삶의 모습이다. 시와 삶이 분리되지 않고 하나의 삶으로 통합되기 위해서는 자기 스스로를 다스리는 엄격한 자기와의 싸움이 전제되어야 한다. 이러한 시인의 삶의 지향을 「풍란」의 생리와 자태를 통해 드러내고 있는 것이다. 그러므로 무원 선생의 모습을 제일 많이 닮은 대상이 있다면 풍란이라 해도 무방할 것이다. 무원 선생은 「풍란」을 통해서 자신의 삶의 한 모습을 드러내고 있을 뿐만 아니라, 「청죽」을 통해서 절개를 노래함으로써 시와 삶이 하나 되기 위해 필요한 삶의 태도를 보여주고 있다.

사철로 푸른 절개
하늘 끝에 사무쳐라

외길로 굳은 줄기
마디마디 영근 구슬

반 남아
동강이져도
꺾일 줄이 없느니.

—「청죽」 전문

사람의 삶에 있어 자신의 처음 생각을 그대로 일관성 있게 실현해가지 못하고 허물어지는 것은 자신이 지닌 신념을 포기하는 데서 비롯된다. 그런데 우리 삶의 환경은 언제나 우리가 지닌 신념을 흔들어 무너지게 하는 현실의 바람으로 거세다. 그러나 「청죽」은 아무리 바람이 불어도 흔들리기는 하지만 부러지지 않고 자신을 지킨다. 이러한 청죽의 본질을 시인은 "반 남아/동강이져도/꺾일 줄이 없느니"라고 노래한다. 이러한 청죽의 본질은 자기 생각을 현실의 삶이 아무리 힘들어도 포기하지 않고 그대로 실천하며 사는 사람들의 상징물로 인식되어 있다. 즉 시인이 청죽을 노래하고 있는 이유는 자신 역시, 생각과 삶이 일치되는 삶을 살고자 하는 의지의 표명인 것이다. 이러한 시인의 의지는 시와 삶을 하나로 일치시켜나가고자 하는 삶의 자세와 맞닿아 있다.

그러므로 「풍란」과 「청죽」을 통해 우리가 확인할 수 있는 무원 선생의 문학관은 시와 삶을 하나로 일치시켜나가고자 한 입장을 분명히 견지하고 있었음을 알 수 있다. 이러한 그의 문학적 입장은 쉽게 시를 쓰는 행위에 대해 부정적 입장을 가지고 있었으며, 이런 연유로 그의 작품 창작은 과작으로 나타날 수밖에 없었다고 본다. 시조가 지닌 형식적 특성에서 비롯되는 점도 있지만, 온전한 한 편의 작품을 탄생시키기 위해서는 산고의 고통을 경험하는 밤을 경험해야 함을 실천하고 있었음도 확인할 수 있었다. 이러한 시와 삶을 일치시켜나가려는 무원 선생의 문학적 실천은 작품의 대량생산과 너무나 쉽게 작품을 생산하는 풍토가 만연한 오늘의 문학풍토에 던지는 둔중한 메시지이다. 결국 한 시인의 시에서 독자들의 가슴에 남고 문학사에 남겨질 시편은 한두 편이라는 사실을 기억한다면, 작품의 대량생산이 무의미한 것임을 재론할 필요는 없다. 이것이 '왜 지금 무원 김기호 시조 시인을 다시 논하는가'에 대한 두 번째 대답이다.

거제 문학의 뿌리

무원 선생은 시조 시인으로 등단하기 이전에 이미 시조 시인으로서의 입지를 확보하고 있었다. 그 구체적인 증거가 「거제의 노래」 작사이다. 1953년에 작사한 「거제의 노래」는 무원 선생의 시조의 근원을 확인할 수 있는 노래이며, 거제문학의 뿌리이기도 하다. 거제문학사가 아직 제대로 정리되지 못한 상황 속에서 예단하기는 힘들지만, 해방 이후 거제 지역에서 문학활동을 했다는 시인을 기록으로 찾기가 힘들다. 이는 경남지역의 시문학사를 개관해보더라도 마찬가지다. 50년대 시인 배출이 그만큼 어렵고 또 시조시단이 활성화되지 못한 점은 그 시대적 배경을 아는 사람에겐 충분히 이해할 수 있는 상황이었다. 경남의 경우는 1953년에는 박재삼이『현대문학』을 통해, 서정봉은『소정시초』라는 시조집으로 시조시단에 얼굴을 내밀었다. 또 1954년에는 청아하고 섬세한 여성적 감정이 잘 교직된 이영도의 시조집『청저집』이 세상에 나왔고, 1957년에는 김기호가「청산곡」(동아일보 신춘문예)으로 문단에 나왔다[1]고 기록하고 있다.

1950년대에 등단해서 활동한 경남지역의 시조 시인은 박재삼, 서정봉, 이영도, 김기호 정도였다. 이는 거제지역으로 본다면, 공식적으로 문단에 데뷔해서 활동한 시조 시인으로는 무원 선생이 유일했다는 말이다. 그러므로 거제문학의 뿌리는 무원 선생의 시작품에서 찾아낼 수밖에 없다. 그 뿌리의 하나로「거제의 노래」가사를 살펴본다.

섬은 섬을 돌아 연연 칠백리
구비구비 스며배인 충무공의 그 자취
반역의 무리에서 지켜온 강토
에야디-야 우리 거제 영광의 고장

구천 삼거리 물따라 골도 깊어
계룡산 기슭에 폭포도 장관인데
갈고지 해금강은 고을의 절승
에야디-야 우리거제 금수의 고장

---

1) 이우걸,「경남시조의 어제와 오늘」,『경남 시조』25, 2008.

동백꽃 그늘 이지러진 바위 끝에
미역이랑 가시리랑 캐는 아이 꿈을랑
두둥실 갈매기의 등에나 싣고
에야디-야 우리 거제 평화의 고장

위에 인용된 삼 절로 이루어진 「거제의 노래」 가사는 기본적으로 시조의 율격을 따라서 작성되었음을 알 수 있다. 전통적으로 시조는 4음보의 율격을 가지는데, 위의 가사는 이러한 율격에 기초해 있기 때문이다. 시조에서 논하는 4음보의 율격이 의미나 통사 단위와 율독의 단위가 이상적으로 일치하는 경우도 있지만, 그렇지 않을 때도 있다. 이때의 음보는 의미단위가 아니라 율독의 단위로 읽어야 한다. 「거제의 노래」를 의미나 통사 단위로 읽으면, 전통적 시조의 율격에서 상당히 벗어나는 시구가 있지만, 시조의 4음보 율격에 맞추어 읽어보면 다음과 같은 단위로 읽어낼 수 있다.

섬은/ 섬을 돌아/ 연연/ 칠백리
구비구비/ 스며배인/ 충무공의/ 그 자취
반역의/ 무리에서/ 지켜온/ 강토
에야디야/ 우리 거제/ 영광의/ 고장

구천/ 삼거리/ 물따라/ 골도 깊어
계룡산/ 기슭에/ 폭포도/ 장관인데
갈고지/ 해금강은/ 고을의/ 절승
에야디야/ 우리 거제/ 금수의/ 고장

동백꽃/ 그늘/ 이지러진/ 바위 끝에
미역이랑/ 가시리랑/ 캐는 아이/ 꿈을랑
두둥실/ 갈매기의/ 등에나/ 싣고
에야디야/ 우리 거제/ 평화의/ 고장

위와 같이 이「거제의 노래」가사를 율독해본다면, 후렴을 제외하고는 초중종으로 구성된 시조의 기본틀을 벗어나 있지 않다. 그러므로 무원 선생은 시조로 등단하기 전에 이미 시조를 바탕한 「거제의 노래」를 작사한 셈이다. 이런 측면에서 무원 선생의 작품을 논한다는 것은 거제인의 가슴에 각인된 거제문학의 뿌리를 찾는 일과 다르지 않다.

한 지역의 문학의 활성화는 그 지역문학의 뿌리를 찾고, 이를 바탕으로 그 지역문학이 나아가야 할 방향을 찾는 데서부터 시작된다. 뿌리 없는 나무가 성장할 수 없는 것처럼 뿌리가 없는 지역문학은 융성한 문학적 토대를 마련하기가 힘들다. 거제문학은 다양한 문학적 토양을 지니고 있다. 이제 그 문학적 토양을 일구고 가꾸어나가야 하는 과제가 주어졌다. 이 과제는 오늘을 살고 있는 당대의 문학인들이 감당해야 할 몫이다. 이 몫을 제대로 감당할 때, 거제문학의 미래는 새로운 문학적 지평을 열어갈 수 있을 것이다. 그 지평을 열어가는 과정에서 우리가 평가하고 의미를 부여해야 할 한 인물이 무원 선생이다. 이 점이 '왜 지금 무원 김기호 시조 시인을 다시 논하는가'에 대한 세 번째 대답이다.

나이를 거스르는 개성적인 두 몸짓
-유병근과 강남주 시인의 경우

고희를 넘긴 두 시인의 시집을 읽었다. 유병근 시인의 『소낙눈』[1]과 강남주 시인의 『낯선 풍경 속으로』[2]이다. 일흔 번 이상의 생의 나이테를 간직한 세월의 무게에 짓눌리지 않고 여전히 시와 맞서 시의 집을 짓는 일을 계속할 수 있다는 것은 예사로운 일이 아니다. 시는 원래 젊음의 장르이기에 일반적으로 산문에 비해 말년의 양식으로 정착되기는 힘들다. 그런데도 꾸준히 시의 생명력을 지켜나갈 수 있다는 것은 시에 대한 두 시인의 남다른 의욕의 결과로 보인다.

그런데 평생 시와 더불어 살아온 두 시인이 내보이는 시의 존재양상은 사뭇 달라 보인다. 시인이란 그 자체가 개성적인 몸짓이기에 이들의 시에서 공유할 수 있는 시의 지점을 찾는 것이 그렇게 쉽지는 않을 것이다. 그래서 두 시인의 차이점을 논의해본다는 것은 두 시인의 시세계를 이해하는 하나의 방법으로 제시될 수 있다. 그러므로 이 글에서는 두 시인이 독자에게 선사하고 있는 차이점을 중심으로 두 시인의 시세계를 해명해

---

1) 유병근, 『소낙눈』, 신생, 2008.
2) 강남주, 『낯선 풍경 속으로』, 시로여는세상, 2008.

보려 한다.

　우선 두 시인이 시를 통해 보여주고 있는 차이점은 동일한 시적 대상을 두고도 서로 다른 발상을 하고 있다는 점에서 발견된다. '모과'를 시적 대상으로 두고 쓴 두 편의 시를 먼저 읽어보자.

　　한 꿈결은 다른 한 꿈결의
　　살집이 되어 살을 품었습니다
　　숨은 속살배기까지 다 아꼈습니다
　　아린 땡볕을 건너온 우락부락
　　살 터져 도지는 버거움을 이겼습니다
　　막막한 꿈결 다독거리는
　　야한 손바닥과 살 두꺼운 햇볕
　　입심에 찍힌 볼멘소리도 품었습니다.
　　소문 흘리는 소문에 뿌스럭대는
　　어깻죽지에 불거진 혹부리사이
　　밤새 목도꾼 지나가는
　　땅꺼지는 소리 들었습니다.

— 유병근 「모과에게」 전문

　　해거리를 하고 있었다
　　태풍에 가지는 찢어지고
　　주렁주렁 달렸던 것들도
　　수없이 떨어졌다
　　꽃이 많았던 해라고
　　풍성한 수확을 어찌 장담하랴

몇 개의 남지 않았던 모과 가운데
땅에 떨어져 으깨어진 한 개가
일그러진 얼굴로 꿇어 앉았다
하느님의 조화를 모르겠다며,
세상일 알다가도 모르겠다며,
무엇인가를
열심히 생각하고 있다

— 강남주 「모과의 명상」 전문

유병근 시인에게 시적 대상이 된 모과는 모과나무에 달려 있는 모과인지, 모과나무에서 떨어져 나온 정물로서 존재하는 모과인지 명확하게 설정되어 있지 않다. 모과가 현재 처해 있는 상황이나 배경에 대한 시적 정보는 전혀 제시되지 않은 채 모과 자체에 집중되어 있다. 그래서 유 시인은 한 알의 모과가 어떻게 형성되었는지에 대한 관심을 먼저 보인다. 단단하고 몰골에 가까운 모과를 두고, 시인은 우선 "꿈결의/살집"이란 이미지를 떠올린다. 모과가 지닌 살의 구체적 물질성과 그 살을 "꿈결의/살집"이라 명명함으로써 모과를 통해 물질성과 관념성이 결합되고 있는 양상을 보여준다. 시인의 시선이 우선은 모과의 물질성에 가 있지만, 그 모과의 물질성에서 연상되는 관념성을 끌어내고 있다는 것이다. 이는 시인의 관심이 물질성 자체인 모과의 감각적 형상에 관심을 두기보다는 모과에서 연상할 수 있는 또 다른 상상의 대상에 더 기울고 있음을 보여주는 것이다. 그렇다고 시적 대상인 모과의 형상 자체를 전혀 무시하는 것은 아니다. 모과의 생김새에서 "우락부락"한 형상을 "아린 땡볕을 건너온 우락부락/살 터져 도지는 버거움"으로 형상화함으로써 모과가 간직한 살은 단순한 살이 아니며, 쉽게 형성된 것이 아님을 노래한다.

그리고 모과는 꿈결과 살 두꺼운 햇살의 작용도 있지만, "입심에 찍힌 볼멘소리도 품었"다고 노래함으로써 형성된 하나의 모과에서 다양한 이미지를 해석해내고 있다. 즉 한 알의 모과를 두고, 시의 전반부에서는 그 형성이 꿈결과 햇볕이란 두 요소에 의해 실현되었음을 노래하다가 후반부에서는 "입심에 찍힌 볼멘소리도 품었"다고 노래함으로써 또 다른 요소를 부가하고 있다. 즉 꿈결과 햇볕이라는, 주로 시각적 이미지로 모과를 해석해온 방향에서, 소리라는 청각적 이미지로 모과를 노래함으로써, 시의 전반부와 후반부의 이미지 전개에 단속성을 만들고 있다. 볼멘소리는 "소문"으로 이어지고 결국은 "목도꾼 지나가는/땅꺼지는 소리"로 나아간다. 그러므로 유병근 시인의 모과 이미지 형상에서 우리는 단일한 시선이 아닌 다각적인 시선에서 발상된 연상적인 이미지를 만나게 된다. 한 알의 모과를 중심으로 하나의 집중된 동일 이미지를 계속 추구하여 깊이를 더하기보다는, 한 알의 모과에서 연상되는 가능한 모든 이미지를 다양하게 떠올리는 방식으로 이미지를 펼쳐냄으로써 이미지가 다양한 방향으로 방사되는 원심력적 이미지 추구의 양상을 보인다.

그러므로 유병근 시인이 내보이는 모든 이미지는 그 출발은 모과이지만 한 편의 시에서 전개되는 모과와 연관된 이미지들은 그 각각이 상당히 독립적이고 자율적인 모습을 지닌다. 이는 각각의 이미지들이 하나의 통일된 모습으로 쉽게 합일되기는 힘들다는 것이다. 이를 이해하기 위해서는 독자는 또 다른 상상력을 발휘해야 한다. 여기에 유병근 시인의 작품이 쉽게 독자와 소통되지 않는 이유가 있다. 한 편의 시에서 하나의 대상이나 관념을 두고 전개한 다양한 이미지들을 일차원적인 의미단락의 수준으로 소통을 시도하면 번번이 실패할 수밖에 없다. 다양하게 방사된 이미지들은, 그 이미지의 근원은 한 뿌리에 근거하고 있지만, 각각의 이미지가 지향하는 방향은 다르기 때문이다.

이렇게 유병근 시인의 모과에 대한 시적 대응이 모과 자체에 집중되어 있다면, 강남주의 「모과의 명상」은 모과나무의 형용에서부터 출발한다. 해거리한 모과나무, 그리고 태풍에 가지가 찢긴 모과나무, 처음에는 모과가 주렁주렁 달렸으나 수없이 떨어진 모과, 그 떨어진 모과에 관심하고 있다. 그 모과는 땅에 떨어져 으깨어지고 얼굴이 일그러져 있는 상태이다. 한 알의 모과를 중심에 두고 그 시적 배경을 설정해놓음으로써 시인의 의도가 어느 정도는 선명히 드러나고 있다. 중요한 것은 이러한 모과가 자신의 감정을 토로하고 있다는 점이다. 즉 시인이 일방적으로 이 모과에 대해 의미부여를 하거나 이미지를 조작하기보다는, 시의 형식적 틀은 모과를 의인화하여 자신의 소리를 간접화하고 있다는 점이다. 이것 역시 시인의 의도를 동일화하는 방법의 하나이지만, 모과나무로부터 떨어져 내린 모과의 신세타령이라고 할 수도 있는 하소연을 사실적으로 드러내놓음으로써 분명한 소통의 자리를 마련하고 있다.

그런데 이러한 시적 구성은 대체적으로 서술적 이미지에 의존하고 있어 의미의 재구성에 단절이 거의 나타나지 않아 독자와 소통하는 데 큰 어려움이 없다. 이는 앞서 다룬 유병근 시인의 시에서 나타나는 현상과는 확실히 구분되는 이미지의 양상이다. 유병근 시인은 앞선 시에서 모과가 처한 배경이나 분위기를 제시하기보다는 모과 자체에서 상상되는 이미지를 다양하게 떠올리는 방식으로 시를 구성하고 있기에 하나의 이미지에서 다음의 이미지로 연결되는 소통의 거리가 상당히 멀게 느껴진다. 그러나 강남주 시인의 경우는, 모든 시편이 다 그런 것은 아니지만, 대체적으로 서술적 이미지 중심으로 시를 구성해놓고 있기에 소통에는 크게 문제가 없다. 이러한 강남주 시인의 시적 발상은 유병근 시인의 발상법과는 대척적인 자리에 놓인다는 점에서 구심력적 상상력이라고 명명해볼 수 있다. 이는 하나의 단일한 이미지를 중심으로 시적 의미를 추구하고 있다는 점을 강조한 명명법이다. 한 편의 시에서 명쾌한 하나의 이미지로 집중되는 시의 구성은 그만큼 수용자들에게 쉽게 다가설 수 있는 장점을 가진다. 명쾌한 하나의 이미지를 중심으로 시의 세계를 추구하느냐, 아니면 하나의 대상을 두고 다양한 이미지를 전개함으로써 독자들의 상상력을 촉발시키느냐 하는 문제는 시에서 우열의 문제라기보다는 각 시인들의 개성적인 지향점의 문제이다.

　두 편의 작품에서 확실하게 드러나는 차이점은 두 시인이 공유한 연륜의 토대 위에서도 그대로 드러난다. 두 시인이 공유한 연륜의 토대란 고희를 넘긴 말년의 시간에 대한 인식이다. 아무리 시가 청년의 문학이라 하더라도 시인의 삶의 나이테를 근본적으로 부정할 수는 없다. 그래서 두 시인은 삶의 말년에 대한 시간의식을 내보이고 있는데, 그것은 죽음에 대한 의식이다.

　　해가 짧아지는구나
　　쥐꼬리로 변하고 있으니
　　나의 여름도 이렇게 자지러들겠지.
　　그리하여
　　하염없이 흙으로 돌아가는 낙엽.
　　절절 끓던 나의 사랑도
　　낙엽과 함께 땅에 묻히겠지.
　　한 때 신록이었다고
　　어찌 마냥 신록일 수 있으랴.
　　해는 저렇게 스스로를 지우며
　　순응으로 자지러들고 있는데.
—강남주 「해가 짧아지는구나」 전문

여름날의 하루해가 짧아지고 있는 현상을 통해 모든 삶이 소멸될 수
밖에 없는 우주의 섭리를 인식하고 있다. 해가 긴 여름은 가을로 변하고,
신록은 낙엽으로 변해 땅에 묻히듯 나의 여름도 나의 사랑도 자지러들
어 갈 것을 예감하고 있다. 이러한 자연의 순리를 거부할 수 없듯이 인생
의 삶 역시 이에 순응할 수밖에 없다는 점을 긍정하고 있다. 소멸하는 모
든 것들에 대해 안간힘으로 저항하는 모습이 아니라 그것을 받아들이는
것이 더욱 자연스러운 것임을 노래하고 있다. 자연은 죽음이라는 우주적
섭리를 통해 인간을 무화시킨다. 그런데 모든 것을 무화시키는 이 소멸
을 부정의 미학이 아니라 오히려 자연스러운 것으로 내비친다.

이러한 인식은 말년의 세계인식에 근거한다. 말년의 세계인식은 자연
스럽게 소멸되는 것들에 대해 저항하거나 거스르는 부정적인 몸짓이 아
니라, 자연 그대로를 받아들이는 수용적인 자의식을 내보인다. 삶의 연
륜에 따라 불가항력적 것들에 대한 인식이 명확해져 가기 때문이다. 말
년의 삶에 있어 인간에게 유일무이한 불가항력적인 대상은 죽음이다. 그
러므로 죽음에 대한 생각은 말년의 시인들에게 있어 필수적으로 건너야
할 강이다. 그 죽음에 대해 강남주 시인은 미리 묘비명을 쓰는 태도를
보인다.

정자나무 아래서 쉬고 있다.
끝도 시작도 없는 시간 속에서
나 오늘 긴 희열을 느낀다.
찰나 또 찰나였지만
지금까지 흘린 땀 투명했나니
여기 서 있는 돌비석 이끼와 함께

영원을 향해 이제부터는 안식이다.
사랑하던 사람에게
고맙다 고맙다 손수건 흔들며
감사의 고별인사도 잊지 말아야지.
아, 짧은 행복을 싣고 흘러왔지만
나의 생애는
맑고 긴 시간의 강물이었구나.

—강남주 「미리 써두는 묘비명」 전문

한 생애를 미리 갈무리할 수 있다는 것은 말년을 생각해본 이후에나 가능한 사념이다. 그동안의 인간 삶을 찰나로 인식하고, 죽음 이후의 시간을 영원으로 명명한다는 것 자체가 말년의 사유방식이다. "영원을 향해 이제부터는 안식이다"라는 선언적 명제는 자신의 삶에 대한 정당한 결산이면서 참으로 보기 드문 긍정적인 묘비명의 일절이다. 자신의 삶에 대한 후회 없는 결산서이기 때문이다. 이렇게 긍정적인 묘비명을 남길 수 있다는 것은 죽음이 모든 것의 끝이 아니라 또 다른 세계의 지속이란 관념이 작용한 결과이다. 삶과 죽음이 단속되어 있다기보다는 죽음은 영원을 향한 안식이라는 태도가 내재해 있다는 것이다. 이는 일상적으로 낯선 죽음, 위협적인 죽음을 낯설지 않게 일상의 삶 속에 끌어들이는 길이 미리 묘비명을 마련하는 것임을 의미하기도 한다. 삶 속에 죽음의 자리를 인정함으로써 죽음과 친숙해지는 것이다. 이로써 죽음에 대한 공포나 불안을 넘어서는 것이다. 그래서 삶 자체도 긍정적인 인식이 가능해진다. 삶의 한순간을 짧은 행복으로 명명할 수 있는 근거이다. 그러나 결코 짧지 않은 시간의 의미가 부여되어 있다. 죽음 앞에서 "나의 생애는/맑고 긴 시간의 강물이었구나"라고 자평할 수 있는 삶은 얼마나 행복한 삶인가. 여기에는 죽음이 무색해진 당당한 삶의 자세가 느껴진다.

여기에 비해 유병근 시인의 죽음 인식은 또 다른 양상을 보여주고 있다.

쥐가 한 마리 죽어 있다

낙엽이 죽은 것을 덮어주고 있다

거적때기로 덮어둔 주검을 보고

진저리를 친 적이 있다

죽은 쥐를 보고 진저리를 치지는 않았다

주검을 덮어주는 낙엽과

주검을 덮어주는 거적때기와

주검을 덮어주는 옷자락과

주검을 덮어주는 깃발과

주검은 땅 속으로 돌아갈 것이지만

낙엽 속의 덧없음과 거적때기 속의 덧없음과

옷자락 속의 덧없음과 깃발 속의 덧없음을

호명하듯 저녁놀이 지고 있다

어둠이 무겁게 세상을 덮고 있다

—유병근 「데드마스크」 전문

쥐의 주검을 통해 인간의 주검을 떠올린다. 그런데 쥐의 주검을 보고는 진저리를 치지 않았지만 사람의 주검을 보고는 진저리를 쳤다고 서술함으로써 쥐와 인간의 주검의 차별성을 먼저 인식한다. 그리고 거적때기로 덮어진 주검을 보고는 진저리를 쳤다는 사실에서 이 죽음은 정상적인 죽음이 아니었음을 상기시킨다. 어쩌면 버려진 주검이란 점에서 더욱 그러하다. 그런데 중요한 것은 어떤 형태의 주검이든 결국 인간의 주검을 통해 인간의 죽음 문제를 바로 인식하고 있다는 점이다. 즉 죽음을 통해 인간 삶의 덧없음을 절절히 노래한다.

시인이 그렇게도 "덧없음"을 반복하여 강조하고 있는 이유가 여기에 있다. 죽음을 거부할 수 있는 인간은 아무도 없다. 이 불가항력적인 자연의 섭리에 유병근 시인은 저항 혹은 순응의 감정을 드러내기보다는 죽음이 불러온 현상만을 이미지화할 뿐이다. 덧없는 죽음의 이미지를 하루 해가 지는 저녁놀로 대치하면서, 어둠의 이미지를 통해 죽음의 이미지를 자연스럽게 떠올리게 한다. 그리고 그 무게가 무겁게 세상을 덮고 있다고 노래함으로써 죽음에 대한 인식의 정도를 드러내고 있다.

죽음은 누구에게나 통과해야 할 하나의 과정이다. 그런데 이 과정을 어떻게 지나갈 것이냐 하는, 죽음에 대한 인식의 내용은 다를 수밖에 없다. 죽음을 긍정하느냐 부정하느냐에 따라 죽음을 대하는 입장이 달라질 뿐만 아니라, 죽음 이후의 세계를 인정하느냐 그렇지 못하느냐에 따라서도 죽음에 대한 태도는 달라진다. 죽음에 대한 인식의 내용과 정도가 중요한 이유는 바로 이러한 태도가 삶의 방식과 직결되어 있기 때문이다. 죽음의 인식 태도에 따라 삶의 방식도 달라진다는 것이다. 죽음과 관련된 두 시인의 작품들을 통해서도 이를 확인할 수 있다. 동시대를 살고 있으면서도 죽음을 바라보는 시선이 조금은 다르기 때문이다. 결국 시인의 개성이란, 삶과 죽음에 걸쳐 자신이 바라보는 세계의 인식과 해석의 결과라는 점을 확인한 셈이다. 그러므로 독자의 몫은 이들이 해석해놓은 시적 세계에 대해 다시 비판적 해석을 가하는 일이다. 비평가란 일차적으로 이 비판적 해석에 필요한 근거를 제시할 뿐이다.

시인이 된 제자에게 부치는 편지
-이민아 시인의 첫 시집에

11월의 마지막 밤이다. 민아야! 아직도 부탁한 원고를 완성하지 못하고 일에 묻혀 있었다. 오늘은 만사를 제쳐두고 시집해설 원고를 마무리하려 책상에 앉았다. 처녀시집을 낸다고 보낸 원고들을 받아 읽은 날들도 제법 지났구나. 첫 시집이니, 제자를 생각해서 스승이 시집해설을 꼭 써주어야 하지 않겠느냐는 애교와 협박이 뒤섞인 전화소리가 귓전에 맴돌 때마다 나의 마음을 더욱 힘들게 한 시간이었다. 네가 보내준 시집 원고를 읽으면 읽을수록 그동안의 너의 고단한 삶의 흔적들이 생생하게 떠올랐기 때문이다.

시편들을 읽고 또 읽으면서 많은 고민을 했다. 시집 뒤에 약방감초처럼 따라붙는, 언제부터인가 굳어버린 형식적 틀로 자리한 시집해설문을 꼭 너의 시집에도 또 붙여주어야 하는가 하는 의문 때문이었다. 오래 고민을 하다가 나는 그 틀을 깨야 한다고 생각했다. 내가 지금까지 써온 시집 해설문을 생각해보면, 그 글들이 얼마나 독자들에게 유익한 평문으로 읽혔는지를 의심하지 않을 수 없다. 그것은 그 시인의 시에 대하여 내가 생각하는 하나의 생각일 뿐이지, 시읽기의 절대적인 잣대로 작동해서는 안 되는 성격의 글들이었다. 비평가가 진정 수많은 독자들을 생각한다면 시집해설문은 시인의 시를 독자의 입장에서 제대로 읽어갈 수 있는 하나의 방향만을 제시하는 데 그쳐야 했다. 그러나 많은 시집 해설문들이 해설자의 시해석을 유일무이한 해석으로 오해하는 관행을 유산으로 남겨놓았다. 이제 시인은 시인대로, 출판사는 출판사대로, 비평가는 비평가대로 이 관행에 대해 진지한 질문을 던질 때가 되었다고 본다.

그래서 이제는 시집해설 대신 그 시인의 시를 이해하는 데 필요한 무엇인가를 독자들에게 전해주는 것이 필요하다고 생각했다. 이러한 생각의 결론이 너에게 한 편의 편지를 보내는 형식의 글쓰기로 정리되었다. 이런 형식의 글쓰기를 작심하게 된 것은 또 너의 시집 『아왜나무 앞에서 울었다』의 첫머리에 나오는 「층층나무의 편지」를 읽고 나서였다. 숲에서 외톨이로 자라는 층층나무에 투영된 너의 모습은 자신에게조차 가닿기 힘든 고통의 시간들을 엿보게 했고, 「늦게 도착한 편지」에서도 외로운 삶의 공간에서 내미는 손길을 느낄 수 있었기 때문이다. 그리고 「孫孫에게서 온 편지」에서 편지의 사연을 소개하는 내용이나, 「달의 제사」에서 봉합엽서를 쓰고 있는 너의 시작업에 대응하는 글쓰기로는 편지글이 무리가 없으리라 생각했기 때문이다.

또한 네가 활용하고 있는 시적 어법들이 '들려주는 어법'(「고라니똥-보라C.C 고라니 순례길」), '청유형 어법'(「다시 용호동 가구마을」), '질문형 어법'(「일광 테마 임도를 따라 걷다」), '고백형 어법'(「연애, 우산이 필요할 때에 대하여」) 등으로 다양하게 나타나고 있어, 이러한 발화에 대응하는 비평가의 어법도 편지글이 적합하리라 생각했다. 이는 너에 대하여 내가 아는 정보를 독자들이 엿듣게 함으로써 궁극적으로 너의 시집에 실린 시들을 좀 더 실감나게 이해할 수 있는 계기를 마련해보고자 함이다. 이러한 글쓰기가 몇몇 시편을 해석자만의 입장에서 골라잡아 분석하고 해석하여 보여주는 전통적인 평문의 한계를 넘어설 수 있기를 기대한다.

민아야! 너를 만난 지도 벌써 15년이 되어가는구나. 1998년 봄학기가 네가 부경대학 국문학과 첫 문예창작 특기생으로 입학한 때였지. 너는 정옥용 양과 함께 입학을 했고, 다음 해에 소설을 써보겠다고 입학한 이은미 양이 있었지. 세 사람은 늘 함께 시간을 보내며 문인의 꿈을 현실화하기 위해 서로 의기투합했지. 문학에 모든 것을 걸고 입학한 문학특기생들을 연구실에 불러 문단에 등단하기 위해 무엇을 해야 할까를 얘기하던 그 시절이 새삼스럽게 떠오른다. 네가 가슴에 품은 꿈을 일구어주려고 일주일마다 습작 노트를 검사해야만 했던 나의 심정을 어느 정도는 이해했는지 다들 게으름 부리지 않고 매주 무엇인가 써 오던 때를 생생하게 기억한다. 마음에 드는 시를 읽고 우선 베껴 쓰고, 그것을 내 식으로 다시 써보는 전통적인 글쓰기 연습을 끊임없이 계속하던 습작기를 생각하면, 더욱 아득하기만 하다. 그 당시 휘갈겨놓았던 습작노트는 고이 간직하고 있는지 궁금하구나. 이제 빛이 바래 있을 너희들의 치기 어린 문장들을 다시 한 번 보고 싶기도 하다. 내 나이 예순을 넘겨 더욱 그런 감상에 젖는지도 모른다. 한 학기가 지나고, 일 년이 지나고 이 년이 지날 때까지 지루한 습작노트 검사는 계속되었지만, 큰 성과는 없었다. 나는 내심 초조해지기 시작했다. 이렇게 글쓰기 훈련을 해서 좋은 결과를 얻을 수 있을까 의구심이 들기 시작했기 때문이다. 너의 글쓰기 연습이 서서히 게으름이 붙기 시작한 연유도 있었다. 매주 만나던 시간은 언제부턴지 2주일로 바뀌기 시작했고, 그것은 다시 한 달로 바뀌어 있었다. 내가 개인적으로 바빠서 챙기지 못한 것도 있지만 너의 게으름도 상승작용을 했던 셈이다.

그런데 뒤에 안 사실이지만, 너의 글쓰기가 게을러진 것은 게으름 자체의 문제가 아니라 다른 이유가 있었더구나. 아버지의 파산에 따른 가정

형편의 어려움이 너를 학교생활에만 충실하게 놓아주지 않았던 게지. 가사를 돌보아야 하고 가정을 꾸려나가는 데 필요한 일을 해야만 했던 사정을 내가 일찌감치 눈치채지 못하고 있었어. 생모가 어릴 때 떠나가고 새엄마를 모시고 살아야 했던 가정 형편과 아버지가 가족의 생활을 제대로 책임질 수 없는 상황 속에 내몰려 있는 아픈 현실을 너는 입 밖에 내지 않았지. 너의 시에서 유독 어머니에 대한 시편이 많이 등장하고, 아버지에 대한 이야기 역시 시 속에 등장시킬 수밖에 없는 내밀한 가족사의 사연을 내가 일찍 알아차리지 못했던 거야. 너의 오랜 울음의 뿌리에는 생모와의 이별이 자리하고 있었구나.

보리암 오를 때마다
해수관음께서 기울인 약병
내 것인지도 모른다는 생각한 적 있네
싸륵싸륵 때 없이 아픈 배앓이, 깊은 연원이 여길까

한 배에 낳은 자식 셋 버리고 떠난 생모는
어느 큰 절 공양간 공양주보살로 있다는데
절에선 이승 모든 스치는 행인이 생모인 것 같아
이 절에 올 때마다 차마 공양 한 번 못하고 돌아섰네

보리암 오를 때마다
그 세월 내가 다 안다, 다독이듯 눈길 거두지 않는
백의관음께서 기울인 약병 앞에 엎드려 운 적 있네
내가 밟고 올라 선 버림의 기억, 기억의 고집 앞에
연잎의 은유 앞에 엎드려 절을 하였네

가슴에 멍이 옅어져 세존도 앞바다에 노을이 지도록
울다, 약 한 숟갈 받아먹고 온 적 있네

해가 뉘엿뉘엿
어둠이 뉘엿뉘엿
하루가 뉘엿뉘엿

핍진한 사연들이 보리암에 오르는 일처럼
내게는 당신이, 꼭 그렇게
뉘엿뉘엿
천천히 저무는 세월이네
시간을 저며놓은 내 오랜 울음의
갸륵한 압화, 한 장의 편백 잎사귀네

―「남해 금산 보리암을 오르며」 전문

　어린 자식 셋을 두고 속세를 떠나버린 생모를 생각하며 남해 금산 "보리암"을 오르는 심정, 너는 가슴 깊은 곳에서 솟아나는 울음을 얼마나 삼켜야 했을까? "시간을 저며놓은 내 오랜 울음"을 생각하면 더욱 가슴이 아린다. 그 깊고 근원적인 너의 아픔에 나는 가닿지 못하고, 오직 좋은 시만 보여주기를 기대했으니, 스승치고는 참으로 못난 스승이었던 세월이다. 지금껏 『아왜나무 앞에서 울었다』라고 지나온 삶을 한 문장으로 요약할 수밖에 없었던 근원적 아픔이 여기에 있었던 것을 제대로 이해하지 못했던 거지. 그런데 지금은 이런 너의 근원적 아픔이 너를 시인으로 키워왔다는 것을 나는 확신할 수 있다. 원래 시인이란 족속은 아픔을 양식으로 삼는 자들이니까. 생모가 사라진 자리에 들어선 너의 새어머니를 또 한 분의 어머니로 받아들였다는 것이 아픔이고 고통이지만, 그 신난한 시간들이 삶의 아름다운 흔적으로 채색되어 있다는 게 다행이구나.

어떻든 "늦은 시집을 올 적만 해도/비오는 새벽 굴비를 엮는 새어머닌 1만 5천 송이 목화였지만" 이제는 "함지에 고인 세월의 갯내음 오롯이 덮어쓴, 둥글게 등이 굽은 한 송이 어머니"(「굴비」)로 혹은 "억척스레 가계를 일구고 성전환을 한다는 감성돔"(「감성돔이 돌아왔다」)으로 그리고 "멍텅구리배 내 어머니"(「낙월도落月島 멍텅구리배」)로 노래할 수밖에 없었던 사정과 "한사코 매달렸다 기어이 밀쳐진 잎사귀처럼/엄마도 말없이 뚝, 매달렸다가 밀쳐진 여자"(「차를 마실 때」)였던 상처를 바라보아야만 했던 너의 마음을 다 알아차리기에는 시간이 너무 많이 걸렸구나. 너에게 새어머니는 "가을날 본색으로 남긴 한 그루 음화陰畵였다."(「바벨탑을 찾아서」) 그리고 아버지 역시 "어룽거리는 혁필화 한 장으로 남은 아버지"(「혁필화革筆畵를 보며」)로 혹은 "아버지가 떠나고 저녁마다 담배연기 흘어내던 그 바람 다시 여기 와 부는데 아직 아버지는 소식없"는 존재가 되어 있다. 그 세월이 얼마나 힘들었을까를 다시 생각하게 되는구나.

그런 현실 속에서도 너는 글쓰기에 대한 집념만은 버리지 않았어. 대학 시절 내내 이곳저곳에서 벌어지는 백일장이란 백일장은 다 찾아다니며, 입선소식을 전해왔지. 그래서 나는 내심 졸업 전에는 등단이 가능하리라고 생각했다. 그러나 졸업 전 마지막 신춘의 계절은 아쉽게 지나갔다. 졸업 후 생활인이 되어버린 너의 삶을 멀리서 바라보며, 언제 등단의 소식을 전해올까만 기다리고 있었다. 그 시간이 그렇게 오래가지는 않았다. 2005년 국제신문 신춘문예에 「혁필화革筆畵를 보며」가 당선되었지. 사실, 뒤에 알았지만 2004년도 국제신문 신춘문예 최종심에 너의 작품이 올랐어. 불행인지 다행인지는 몰라도 그때 내가 신경림 선생과 함께 심사를 했는데, 다른 사람의 작품이 당선작으로 선정되었다. 작품만 가지고 심사를 했기에 누구의 작품인지는 알 수 없었지. 최종심에 올랐던 그 작품이 너의 작품이란 것을 내가 알았다면 어떻게 했을까? 결과는 동일 했을 거야. 네가 최종심에 올랐다고 소식을 전해주어 떨어진 작품이 너의 작품인지 알았어. 1년이라는 각고의 시간을 더 가진 것이 지나고 보면 너에게는 더 큰 약이 되었는지도 몰라. 등단을 일이 년 빨리 하는 게 중요한 것이 아니라, 이후에 좋은 작품을 꾸준히 발표하는 것이 더 의미 있는 것이니까. 등단 이후 활발한 작품 발표를 기대했지만, 너는 그렇게 다작은 아니었다.

그리고 너에게 지워진 고단한 생활의 문제는 시작에만 전력할 수 있는 여유를 주지 않았지. 생활의 문제와 제 역할을 할 수 없는 아버지를 대신하여 가족을 돌보아야 하는 현실은 너를 더욱 외롭게 만들 수밖에 없었던 것 같구나. 현실의 삶에 힘들게 부대낄 때마다 멀리 혹은 가까이 있는 사람들을 떠올릴 수밖에 없는데, 제1부에서 특정 사람을 두고 쓴 시편들이 많은 것은 이를 반증하는 부분이라고 생각한다. 어려운 삶을 이어가고 있는 인쇄공장 재단사 K의 아내에게 보낸「지두화指頭畵」, KBS 최지영 기자의 간절곳 취재일지를 노래한「일출제」, 기간제 교사 서정아 소설가에게 보낸「당신의 타로Tarot 카드」, 박진희 선생의 습작 노트를 읽는「명사鳴沙에서 돌아와」, 김쾌덕 선생님께 드리는「아는가, 이마에 손 얹는 마음」 등이 너의 내면에 잠재한 사람들과의 무의식적 소통의 욕구를 암시하는 대목으로 읽어낼 수 있구나.

그리고 등단 7년 만에 한 권의 시집을 낸다는 것은 분명 다작은 아니었음을 말해주는 것이다. 그래도 첫 시집을 출판하는 너의 소회는 참으로 깊으리라 생각한다. 너의 처녀 시집이 출간되어, "얼음창고 한 구석 가장 따뜻한 책장을 채울/가슴 뜨거운 초판 한 권이 되"길 빈다. 그래서 너도 어떤 날들이 그리울 때 자주 들르는 "하나서점" 서가의 시집코너에서 많은 사람들이 찾는 시집으로 평가되길 기대한다.

—「하나 서점」 전문

새로 나온 초판본 시집에 네가 편지를 보내듯, 이제 너의 초판본 시집을 본 독자로부터 너에게로 많은 편지들이 날아들었으면 좋겠다. 그 편지는 단순히 너의 시집을 보고 상찬하는 의례적인 내용을 담은 편지가 아니라, 너의 시세계를 한 단계 더 끌어올릴 수 있는 독자들의 사랑이 담긴 매서운 비판의 글들이었으면 좋겠다. 첫 시집에 그동안 써온 작품을 모두 묶다 보니, 작품들의 완성도가 한결같지 않은 모습을 보이고 있기 때문이야. 어느 시인이든 한 권의 시집에서 모두 같은 높이의 작품을 보여줄 수는 없지. 그러나 고른 수준의 모습을 내보일 수 있다는 것은 시인이 갖추어가야 할 성실성이야. 네가 가진 시적 재능으로 본다면 충분히 한결같은 수준의 작품을 선보일 수 있단다. 역시 사유의 깊이와 그 사유를 언어로 이미지화하는 형상력에 더 많은 시간을 투자할 필요가 있다. 쉽게 풀어놓지 말고 끝까지 긴장을 안고 가는 어법이 필요해. 너는 이미 이러한 어법을 보여줄 역량을 가슴에 안고 있단다. 그것을 나는 「아왜나무 앞에서 울었다」에서 훔쳐보았다.

아… 왜… 하며 울었다,
왜… 왜… 하며 울었다
당신을 남겨두고 암병동을 나서던 밤
그때는 땅에 묻힌 나무도 천극天極까지 들썩였으리

일순간 저물어 갈 머리칼 같은 신록 앞에
그 사람 뒷태처럼 그림자가 몸을 키우고
제 안에 폭풍을 품어선 아왜나무 숲이 되고

어쩌면
겹 진 그늘은
한 사람의 주저흔躊躇痕

그 나무를 나는 차마 베어내지 못한다

내 안에 아왜나무가 오랫동안 울고 있다

—「아왜나무 앞에서 울었다」 전문

불을 막아설 수 있는 아왜나무를 내 안에 키우고 있다는 것은 폭풍과 주저흔을 간직하고 살아간다는 의미로 읽힌다. 삶에서 당면하는 '아'와 '왜'로밖에는 대응할 수 없는 수많은 상황 속에서 그 나무를 베어버리지 않고 품고 간다는 것은 우리 삶의 이율배반성을 안고 간다는 것이리라. 그 고통은 울음으로 표명되지만, 그 울음으로 시인은 살아 있는 존재성을 드러내고 있는 것이다. 이 고통을 이미 저버린 시인들이 많다. 너는 고통스겠럽지만, 부디 이 울음을 "오랫동안"만이 아니라, 죽는 순간까지 안고 가길 바란다. 스승이 너무 가혹한 부탁을 하는 것 같지만, 시인의 존재성이 여기에 있기 때문이다. 많은 시인들이 일정 시간이 지나면 초심을 잃어버리고 견지해야 할 시정신을 내팽겨쳐버리는 모습을 보인다. 그 전철을 너만은 밟지 않기를 기도한다. 주저흔(躊躇痕) 같은 상흔을 어찌할 수 없어 울 수밖에 없지만, 그것이 너를 더욱 성장시켜나가는 토대임을 기억하길 바란다. 너는 이미 많은 시편에서 생의 상처들을 "음화의 무영탑"(「시월의 모감주나무 숲」)으로, "가슴팍의 깊은 멍"(「다시, 용호동 가구마을」)으로, "서럽게 견뎠던 날들"(「달의 제사」)로 경험했으니, 충분히 감당할 수 있으리라고 믿는다. 왜냐고? "슬픔이 때론 씨앗이 된다는 것을 이제는 믿기로 하였"(「달밤」)고, "눈물이 세상 가장 아름다운 향유라는 걸, 눈물로 보이셨네"(「아는가, 이마에 손 없는 마음」)라는 스승의 가르침을 가슴 깊이 간직하고 있기에.

그런데 내가 보니, 너에게는 또 하나의 남다른 짐이 주어져 있다. 이는 네가 가진 남다른 재능 때문이야. 2007년 〈동아일보〉와 〈대구매일신문〉

신춘문예에 시조가 당선되면서 빚어진 문제이지. 신춘문예 당선작인「눈은 길의 상처를 안다」와「가면놀이」두 작품은 시조 시인의 역량을 충분히 보여준 작품이야. 이 처녀시집에는 시조작품들이 빠져 있지만, 앞으로 시와 시조의 세계를 어떻게 조화롭게 펼쳐갈 것인가 하는 문제가 너에게는 숙제로 남겨져 있다고 생각한다. 내 생각에는 형식적 틀을 어느 정도 고집하는 시조와 틀을 깨나가는 현대자유시 사이의 긴장을 잘 활용한다면, 너만의 새로운 영역을 만들어나갈 수 있지 않을까 한다. 막연한 기대가 아니라 너의 습작기를 생각하면서 떠올리는 생각이다. 대학 습작 시절부터 너는 호흡이 긴 시보다는 짧은 호흡의 응축된 이미지 작업에 남다른 솜씨를 보여주었기 때문이야. 이런 주문을 너에게 다시 하는 이유는 제3부에 실린, 주로 바다를 소재로 한 시편들이 보여주는 시적 긴장감들이 다른 시편들에 비해 조금은 떨어지고 있기 때문이다.

「등대 · 1」,「등대 카펫」,「바다순간」,「나월도 멍텅구리」,「하관항下關港을 떠나며」 등의 시편이 보여주는 절제미와 응집력에 비해「제너럴 리콜」,「펜더는 항해 중에 울지 않는다」,「바다의 연대기에 관한 몇 개의 비망록」 등은 상대적으로 풀어지고 있다. 네가 겸용하고 있는 시조쓰기에서 발휘할 수 있는 응축력을 이들 시에서 끝까지 견지했다면, 더 나은 시가 가능했을 거야. 조금 더 시간을 가지고 언어와 치열한 싸움을 했다면 충분히 완성도 높은 작품이 가능했으리라고 믿어. 이렇게 너에게 많은 것을 주문하는 이유는 첫 시집이란 점과 지금까지 걸어온 시력보다 앞으로 나아가야 할 시의 길이 많이 남았기 때문이다. 이 시집은 이제 떠나보내고 새로운 너의 시세계를 펼쳐나갈 꿈을 가슴에 품기를 빈다. 그 꿈을 이루어나가는 데 필요한 한 가지 주문을 다시 하면서 편지를 마무리하려 한다.

우선 무엇보다 시류에 너무 민감하게 반응하지 말고 네 방식대로 시의 길을 만들어나가길 바란다. 시류는 유행처럼 잠시 우리의 눈을 놀라게 할 뿐, 그렇게 생명이 길지 않아. 시류에 따라가다 보면 너의 개성을 보여줄 수가 없다. 우리 시사에서 보면, 자기 개성을 뚜렷하게 보여준 시인이 나타나면 그 주위에 아류들이 많이 나타나서 하나의 유행을 만들어가는 경우가 많았어. 시인이란 결국 개성이고, 자기 고유의 세계를 특별나게 보여주는 자들이야. 이제 첫 시집을 낸 시인으로서 뒤를 돌아보기보다는 새로운 자기세계를 만들어가기 위해 전력투구하기 바란다.

이렇게 시류에 휩쓸리지 않으려면 늘 시인의 정체성을 확인할 수 있는 자기점검이 필요하다. 이는 달리 말하면, 시인이 견지해야 할 시정신을 끝까지 부여잡고 나아가야 한다는 말이다. 너무나도 평범하고 일상적인 말이라 식상하게 들릴 수도 있을 것이다. 그러나 첫 시집을 내는 설렘을 저버리지 말고, 데뷔하던 시절의 초심으로 돌아가길 빈다. 처음 시인으로 이름표를 달던 날의 심정으로 돌아가 시를 대하는 것, 그것이 어쩌면 시정신을 부여잡는 하나의 길이 될 것이다. 네가 걸어간 길 위에 시인으로서의 이정표가 뚜렷이 남겨져, 너의 시들이 "더운 손 없고 이따금 시린 생의 상처를 데워주는"(「아는가, 이마에 손 없는 마음」) 역할을 할 수 있기를 기대하며, 조금은 긴 편지를 접는다.

(한 세기가 지난 후에도 읽히는 시를 짓는 시인으로 남기를 바라는 스승이)

단형서정시의 응축미가 발산하는 시의 생명력
-장동범 시인의 소통법

장동범 시인과의 인연은 대학 학부 시절로 거슬러 올라간다. 그는 대
학의 선배로서 대학신문에 날카롭고 문제제기적인 단평을 많이 선보였
다. 70년대 초 당시 국문학도들에게 많이 읽히던 송욱의 『시학평전』이
던졌던 문제제기에 공감하면서, 발랄한 젊음의 패기를 일종의 비평적 산
문을 통해 보여주었던 기억이 새삼스럽다. 나는 그가 대학신문에 발표하
는 산문들을 읽으면서, 그가 공부를 계속하면 좋은 학자로 성장할 수 있
겠다는 생각을 했다. 그가 대학신문에 발표하는 비평적 산문에서 느끼는
그의 문제제기 방식과 문제를 풀어나가는 글쓰기 방식은 남다르게 돋보
였기 때문이다.

그런데 그는 학부 졸업과 동시에 나의 기대를 저버리고 언론이란 현실
로 직장을 찾아 학교를 떠났다. 〈중앙일보〉 기자를 거쳐 KBS로 직장을
옮기면서, 그의 활동상과 근황은 텔레비전 뉴스 시간에 뉴스를 전달하
는 장면을 통해 확인하는 선에서 그쳤다. 그런데 그는 언론 생활 10년이
지난 어느 날 『野人記』[1]란 시집을 연구실로 부쳐 왔다. 이후 그와의 인

---

1) 장동범, 『野人記』, 영신출판사, 1986.

연은 시인과 비평가의 관계로 바뀌게 되었다. 첫 시집 속에는 세상을 향해 하고 싶은 말들, 자신의 마음에서 분출하는 생각의 샘물들을 거침없이 쏟아놓고 있었다. 첫 시집에 실린 시에서 많은 의문사를 만나고, 감탄에 가까운 많은 서술종지어를 만나는 것은 그만큼 자신의 감정을 서슴없이 그대로 드러내고 있음을 보여주는 장면이다. 말 그대로 야인의 기질이 잘 드러나고 있다. 이러한 그의 글쓰기는 3년 뒤에 나온 두 번째 시집인 『臥禪記』에서도 어느 정도 이어져 내려오고 있다. 세상을 향해 하고 싶은 이야기가 그만큼 많았던 것이다.

그러나 2002년에 나온 세 번째 시집 『수촌의 산』에 오면, 그의 시편들은 새로운 모습을 보인다. 직설적인 감정의 분출은 사라지고 내면의 감정을 이미지화하는 시편들로 질적인 변화를 보인다. 이는 1999년 시문학을 통해 등단한 이후 그가 시쓰기 방식을 근본적으로 다시 한 번 고쳐 세운 결과로 보인다. 이는 그의 시세계의 흐름으로 보아서는 상당한 변화로 보인다. 특히 이번 시집에 실린 시편들은 이러한 그의 단형서정시 중심의 시적 변화를 확실하게 내보이고 있다.

시란 원래 산문에 비해 짧은 호흡이 특징이지만, 무조건 길이만 짧다고 시가 되는 것은 아니다. 짧음 속에 내장된 시적 응축미가 살아 있어야 한다. 짧은 산문과 짧은 시의 차이가 여기에 있다. 장동범 시인이 펼쳐내는 짧은 단형서정시 속의 응축미는 어디로부터 오는 것인가? 그리고 그 세계가 지향하는 바는 무엇인가? 그 응축미가 어떻게 형성되고 있는 것인가? 이러한 질문에 해답을 찾아가는 것이 그의 시편을 읽어가는 하나의 방법이 될 수 있을 것이다.

소멸을 통한 생성의 생명력
대립된 이미지나 상황을 통한 긴장

　장동범 시인의 우선적인 관심은 소멸되고, 사라지고, 떨어져 내리는 것
에 가 있다. 그런데 그 생명체가 소멸로 끝나는 것이 아니라, 소멸 이후
에 다시 생성을 예감함으로써, 소멸과 생성의 대립 구조를 만들고 있다.
이 대립구조가 시적 긴장을 형성한다.

　　잎들의 주검

　　죽음을 넘어
　　부활을 꿈꾸는
　　아름다운 주검

—「낙엽」 전문

　잎으로 피어나 활발한 생명력을 가졌던 잎이 이제 낙엽으로 떨어져 내
림으로써 잎의 생명을 마감하는 순간이다. 그러나 잎의 주검을 슬픈 주
검이거나 생명의 끝장을 고지하는 지표로만 인식하지 않는다. 낙엽을 통
해 새로운 생명의 부활을 꿈꾸는 생명의 또 다른 세계를 본다. 죽음이 죽
음으로 끝나는 것이 아니라 생명의 부활로 이어져간다는 인식은 낙엽을
아름다운 주검으로 노래하게 한다. 죽음과 생명, 이 대립된 두 극단의 세
계를 연속선상에 놓음으로써 시적 긴장을 만들어내고 있으며, 그 긴장은
응축미를 느끼게 하는 토대가 된다. 생명의 소멸을 통해 생명의 새로운
생성을 노래함으로써 긴장을 만들어내는 방법은 대립된 두 세계를 구조
적으로 등장시킴으로써 가능하기도 하지만, 생명의 소멸에 대한 반응을

통해서도 가능함을 보여준다.

　　눈처럼 떨어지는 꽃잎들,

　　오래된 아파트 뒤뜰,

　　녹슨 덤프 트럭 적재함,

　　속절없이 쌓였다가 흩어진다

　　무표정하게 걸어가는 중년 여인,

　　……

　　무섭다

—「스케치」 전문

　　생명을 가진 꽃잎들이 떨어져 내린다. 사람들이 아파트 뒤뜰, 덤프 트럭 적재함 등에 쌓였다가 흩어지는 꽃잎들의 모습을 바라보면, 생명의 소멸에 대한 마땅한 반응을 할 것이라 기대했지만, 거기에 대해서는 무표정임을 확인하고, 이러한 반응에 대해 시적 화자는 무섭다고 대응한다. 생명에 대해 무관심해져버린 현대인의 삶의 방식에 대해 무섭다고 반응함으로써, 시 전체에 어느 정도의 긴장을 형성하고 있다. 단지 이 시가 "무표정하게 걸어가는 중년 여인"으로 끝났더라면 단순한 스케치밖에 될 수 없었을 것이다. 그런데 "무섭다"라는 시적 화자의 반응을 개재시킴으로써 시적 긴장이 생성되고 있다. 이렇게 시적 긴장을 체험할 수 있는 상황을 제시함으로써 독자는 자연스럽게 긴장을 체험할 수 있게 된다. 이렇게 시적 상황을 마련함으로써 빚어지는 시적 긴장은 다음 시에서도 어느 정도 같은 선상에서 마련되고 있다.

소나무 가지 스치는 바람에
솔방울 하나 툭 -
떨어지자
놀란 까치 한 마리 후두둑
난다

그 뿐,
당신의
뒤란은 다시 조용하다

─「자연」 전문

위 시는 바람에 떨어지는 솔방울 소리에 놀라 후두둑 나는 까치 소리
를 자연 현상 그대로 형상화하고, 그 이후의 고요한 정적의 순간을 포착
해내고 있다. 솔방울이 떨어지면서 나는 소리와 대비되는 고요한 정적의
시간을 배치시켜, 동과 정의 두 대립된 세계를 함께 보여줌으로써 긴장
상황을 연출하고 있다. 즉 정과 동의 시적 상황 설정은 시적 긴장을 느끼
게 하는 토대가 된다. 이러한 대립의 이미지를 드러내는 방식은 매미소
리의 형상을 통해서도 나타난다.

쏴아아아
대장간에서 칼을 벼리는 소리
불꽃이 튄다

차르르르
얼음 알갱이 쏟아지는 소리

등골이 시리다

—「매미·2」 전문

　쏴아아아 소리를 내는 매미와 차르르르 소리를 내는 매미소리를 칼 벼리는 소리와 얼음 알갱이 쏟아지는 소리로 대비하고 있다. 그리고 그 청각을 불꽃이 튀는 시각과 등골이 시린 촉각으로 전환함으로써 대립된 두 이미지를 만들어내고 있다. 이렇게 대립된 이미지를 통해 긴장의 상황을 조성하고 있는 점이 장동범 시인이 추구하고 있는 단형서정시의 특장이다. 그러면 장 시인은 이런 단형서정시를 통해 어떤 세계를 보여주고 있는가?

자연을 통한 우주순환의 진리 인식과 생명의식

　시인이 시적 대상을 통해 무엇을 노래하느냐 하는 것은 시인의 세계인식과도 맞물려 있다. 세상을 어떻게 바라보고 있느냐 하는 점이다. 장동범 시인이 노래하는 시적 대상은 대부분 자연이다. 그 자연을 대상으로 인식한 세계의 진실을 포착하는 데 관심이 가 있다. 그 세계인식의 한 모습을 「진리」를 통해 내보인다.

　방금 솔방울 하나 툭 떨어졌다
　이 순간도 어디선가 솔방울은 떨어질 것이다

　세상에 변하지 않는 것은 없다

—「진리」 전문

세상의 모든 것은 변한다는 사실을 시인은 하나의 진리로 표명하고 있다. 그런데 그 변하는 것을 내세우기 위해 등장시킨 대상이 떨어지는 솔방울이란 점에서 소멸의 이미지가 더욱 부각되고 있다. 즉 세상에 존재하는 모든 생명체는 언젠가는 소멸되어가는 것이라는 점을 하나의 진리로 인식하고 있음이다. 소멸한다는 것은 생명을 가진 모든 것들의 생명이 일차적으로 다한다는 것을 의미한다. 이런 소멸하는 것들에 대한 관심은 바로 생명에 대한 관심이기도 하다. 생명은 생성과 소멸을 계속해나가는 유기체로서 생태학적 순환을 계속하고 있기 때문이다. 그의 많은 시편들이 이러한 생명력을 노래하고 있는 이유도 여기에 있다.

흙을 움켜쥐는 힘이라니
지상의 어느 장악력이 따를까
어둠 속을 뻗어가는 만큼
튼실한 줄기와 가지 얻고
땅 속 모든 생명과도 잘도 어울린다

―「뿌리」 전문

뿌리는 나무가 지닌 생명력의 상징이다. 지상의 어느 장악력도 감당할 수 없는 흙을 움켜지는 힘이 나무의 줄기와 가지가 뻗어나가는 근원적인 힘임을 노래하고 있다. 그리고 이 뿌리의 생명력은 땅 속의 모든 생명과도 잘 어울림으로써, 더불어 함께 공생하는 생태학적 사유를 내비치고 있다. 뿌리가 지니는 원형적 생명성을 압축적으로 잘 형상화하고 있다. 이러한 생명의식을 드러내는 노래는 생명들의 생장을 감각화하는 부분에서 확실한 이미지로 형상화되고 있다.

언 땅에 쑤욱
쑥 올라오자
발바닥이 간지럽다

—「경칩 근처」전문

　겨울 언 땅을 비집고 얼굴 내미는 쑥의 모습을 감각화하고 있다. 이는 생명의 실체를 가장 확실하게 감각할 수 있는 장면으로 여겨진다. 한 장면을 짧은 단형 서정시를 통해 감각화함으로써 응축된 시적 이미지를 잘 보여준다. 뿐만 아니라 생동하는 생명력을 자연스럽게 감각할 수 있게 만든다. 그 감각의 방법은 시각적 이미지로만 끝나지 않고, 촉각을 활용하는 선으로 나아간다. 생명체가 언 땅을 뚫고 쑤욱 올라오는 대상만을 단순히 바라보게 함이 아니라, 시적 화자가 그 생명력을 감각하게 만들고 있다. 즉 시적 화자의 발바닥으로 그 생명력을 감각하는 방식을 사용하고 있다. 언 땅을 쑤욱 오르는 시각적 대상을 시각으로만 감각하는 것이 아니라, 발바닥을 통해 감촉하는 것을 보여줌으로써 더욱 생명의 생동함을 다각적으로 지각하게 만들고 있다. 즉 시적 화자가 생명을 다각적으로 감각하는 모습을 보임으로써 언 땅을 뚫고 솟아오르는 생명체의 생명력을 더욱 실감할 수 있게 만든다. 이러한 생명력에 대한 감각은 꽃에 대한 정서적 반응에서 더욱 그 강도를 높여가고 있다.

허접한 꽃들이
한바탕 마음 들뜨게 해놓고
그 뿐

어느 새색시 왈
"꽃들이 지랄이야"

—「꽃들이 지랄이야」 전문

　꽃은 생명이 열매로 나아가는 과정에서 필수적으로 드러나는 과정이다. 그래서 아무리 허접한 꽃이라도 꽃은 생명의 피어남을 의미한다. 꽃은 또 하나의 상징성을 가진다. 그것이 아름다움이다. 그래서 꽃의 아름다움은 생명의 또 다른 이름이기도 하다. 그래서 꽃의 아름다움은 모든 사람의 마음을 흔들어놓는다. 아무리 허접한 꽃들이라도 사람의 마음을 흔들어놓기는 마찬가지다. 이는 생명과 아름다움이 꽃 속에 내재해 있기 때문이다. 이것이 꽃의 생명력이 지니는 힘이다. 꽃들이 지니는 이런 생명력은 "꽃들이 지랄이야"란 표현 속에 강하게 함축되어 있다. 생명은 넘쳐나는 기운으로 나타난다. 그 넘쳐나는 꽃의 생명력이 "꽃들이 지랄이야"란 내뱉음 속에 있다. 생명은 어떤 틀이나 형식 속에 갇히지 않는다. 꽃과는 달리, 난이 내보이는 생명력은 좀 다른 시각에서 형용되고 있다. 즉 생명의 또 다른 양상을 확인할 수 있게 한다.

지상의 분노가 너무 커
하늘 향해
그 날카로운 창 겨누는가!

—「용설란」 전문

　용설난이 하늘 향해 뻗어난 형상을, 창을 겨누는 모습으로 인식하고 있다. 그것도 단순히 하늘을 향하고 있는 것이 아니라, 날카로운 창을 겨누는 모습으로 형상화하고 있다. 이는 용설란이 내보이는 생명력이 그만큼 날카로움을 말하는 것이고, 저항성을 지니고 있음을 의미한다. 그런데 그 이유가 지상의 분노가 너무 커서 하늘을 향해 날카로운 창을 겨누고 있다는 것이다. 여기에서 우리는 생명력은 아름답고 순한 모습으로 내비치기도 하지만, 분노로 인해 날카로운 창의 모습으로 얼굴을 바꾸기도 함을 확인할 수 있다. 그런데 역시 생명은 정적인 상태에서 동적인 상태로 전환하는 힘의 원천이 됨을 또 다른 꽃인 나팔꽃을 통해 보여준다.

아침 햇살 비추자
브라스밴드 연주로
온 꽃밭이 들썩이네

─「나팔꽃」 전문

아침 햇살을 만나는 나팔꽃의 상태를 잘 포착하고 있는 장면이다. 조용하던 나팔꽃밭에 아침 햇살이 비치면서, 브라스밴드 연주장으로 변하는 순간을 재미나게 묘사하고 있다. 나팔꽃의 형상을 브라스밴드로 상상하고, 그 연주로 온 꽃밭이 들썩인다는 상상력의 발휘는 정적인 상태에 놓여 있는 나팔꽃밭의 정경을 동적인 상태로 전환시키는 근원적 힘이 된다. 이러한 상태로의 전환이 가능한 것이 결국은 나팔꽃에 생명을 부여하고 있는 아침햇살이란 점에 주목할 필요가 있다. 햇살 자체가 생명을 있게 하는 근원적 존재이기 때문이다.

엄동설한에 피어난
순이 언 볼 닮은 동백꽃
가지는 차고 딱딱한데
어디서 저런 힘이 생겨났을까?

—「동백꽃」 전문

　겨울을 넘어서면서도 꽃을 피우고 있는 동백의 생명력을 압축적으로 표현하고 있다. 그 생명력은 차고 딱딱한 것을 넘어서는 근원적인 힘을 간직하고 있다. 엄동설한을 견뎌낼 수 있는 근원적 힘은 생명력이란 것이다. "어디서 저런 힘이 생겨났을까?"라고 자문하고 있는 이유는 생명이란 본질 자체가 한마디로 규명될 수 있는 성질의 것이 아니기에 나름대로 생명에 대한 본질 추구를 질문형식으로 담아내고 있는 것이다.

담쟁이가 살아가는 공간은
우리가 그토록 싫어하는
벽

—「담쟁이」 전문

　벽은 모든 생명체의 진로를 방해하는 상징물이다. 생명의 생성과 성장을 근원적으로 막아서는 대상이다. 그런데 그러한 벽에 붙어 벽을 넘어서는 생장력을 내보이는 담쟁이의 생리를 통해 생명의 본질과 특성을 알아챌 수 있다.

너 안에
얼마나 큰 기운 있어
빈센트 반 고흐의 사이프러스처럼
초록 불꽃
끊임없이 피어 올리느냐?

—「향나무」 전문

초록불꽃을 끊임없이 피워 올릴 수 있는 힘을 큰 기운으로 표명하고 있다. 이는 바로 향나무가 지닌 생명력을 말하며, 그 생명력은 다하지 않은 힘을 지닌 향나무의 생명력에서 비롯된다. 여기서는 생명의 이미지가 초록 불꽃으로 변하고 있음을 볼 수 있다. 주로 꽃을 대상으로 자연 속에서 확인되는 생명의식을 드러내 보였는데, 그것이 향나무로 바뀌고 있다. 그러나 지금까지 생명의 노래를 부르는 대상은 전부 자연물이었다는 점에 공통점이 있다. 즉 자연을 시적 대상으로 삼으면서, 그 대상이 지닌 특장을 순간적으로 포착함으로써 단형서정시의 형식적 틀을 갖추어 가고 있다고 볼 수 있다. 그런데 자연을 통해 길어 올리고 있는 생명력의 포착은 시적인 한 장면에 대한 순간적인 이미지화로 초점이 맞추어지고 있음을 볼 수 있다.

    달동네 어느 집 유리창
    잠깐 황금빛 찬란하다

    춥고 가난한
    하루의 하이라이트

—「석양」 전문

    달동네 어느 집 유리창에 비친 석양의 순간을 한 점 그림처럼 이미지화하고 있다. 그런데 이 그림이 내보이는 이미지는 석양의 순간을 포착하고 있다는 점에서 단형서정시의 형식적 틀을 함께 논의할 필요가 있다. 장동범 시인의 단형서정시 틀은 시의 전반부에서는 시적 상황이나 배경을 제시하고, 그 다음에 시인이 제시하고 싶은 시적 주제를 내보이고 있다는 점이 특징이다. 이 시에서도 석양의 순간을 단순히 시적 배경으로 제시하는 데 그치는 것이 아니라, 이후에 제시된 "춥고 가난한/하루의 하이라이트"에 초점이 가 있다는 점이다. 석양은 황금빛으로 찬란하지만 그것은 잠깐이고, 춥고 가난한 하루의 하이라이트로 인식되고 있다는 것이다. 이러한 시적 구조는 같은 햇살을 다루고 있는 다음 시에서도 동일한 형태를 유지하고 있다.

석양을 바라보는
초록 풀밭에
아침 햇살 비추자
숨어있던 보석들이
여기저기 반짝반짝

—「아침이슬」 전문

초록 풀밭에 햇살이 비춰면서 아침이슬이 보석처럼 빛나고 있는 장면을 포착한 시이다. 전반부에서는 초록 풀밭을 비추는 햇살이고, 후반부는 그 햇살을 받아 반짝반짝 빛나는 보석 같은 아침 이슬을 드러내고 있다. 그러므로 이 시의 초점은 아침 햇살이 아니라, 그 햇살을 받아 빛나는 아침이슬이다. 단형시이지만 시의 후반부에다 시적 주제를 배치시킴으로써 시의 응축미를 심화시켜나가고 있는 시 구성 방법을 사용하고 있다. 이러한 시적 구성 방법으로, 하나의 주제를 향해 모든 시적 수사를 다 동원하는 경우도 있다. 다음 시는 그러한 경우에 해당된다.

뿌리부터 가지까지
온 몸으로 즈믄 해를 살아

몸 자체가 살아있는 경전

— 「고목」 전문

  고목을 노래하면서, 그 고목의 몸 자체가 살아 있는 경전임을 인식하고 있다. 고목이 단순한 고목이 아니라, 그 고목 자체가 살아 있는 경전이라는 사실을 밝히기 위해 "뿌리부터 가지까지/온 몸으로 즈믄 해를 살아"왔다는 점을 전제하고 있다. "몸 자체가 살아있는 경전"을 위해 앞 부분은 이를 위한 수사로 사용되고 있다. 고목이 즈믄 해를 살아왔기에 살아있는 경전이 될 수 있다는 것이다. 이렇게 장동범 시인은 짧은 단형서정시의 구성을 통해 시에서 가장 중요한 응축미를 구축하고 있다. 그런데 더욱 중요한 것은 그 응축미 속에는 생명의 노래가 채워져 있다는 점이다. 즈믄 해를 살았다는 고목은 그 자체가 경전이면서, 끈질긴 생명력을 보여주고 있기 때문이다.

  지금까지 몇 가지 단계로 나누어 장동범 시인의 단형서정시를 살펴본 바와 같이 그의 단형서정시는 상당한 역동성을 가진다. 장동범 시인의 단형서정시가 역동성을 가지는 첫 번째 이유는 두 대립된 세계의 이미지를 등장시켜 시적 긴장을 창출하고 있기 때문이다. 둘째는 자연 속에서 포착하는 생명의 문제를 응축미 속에 순간적 이미지로 형상화하는 단형서정시의 구성방식을 사용하고 있기 때문이다. 이러한 단형서정시는 속도의 삶에 지쳐 있는 현대인들에게 시의 효용성을 발휘할 수 있으리라고 본다. 시가 점점 우리의 일상에서 멀어져가고 있는 현실 속에서, 장동범 시인의 촌철살인 같은 단형서정시가 독자들의 가슴을 열고 마음에 스며드는 계기가 되길 기대해본다.

소멸의 이미지를 통해 더욱 단단해지는 생명의식
-신병은 시인의 시세계

1. 서정시의 생명성

서정시의 원형은 일반적으로 자아와 세계의 동일성 추구, 즉 자아와 세계의 일체감에서 찾고 있다. 다시 말하면 세계의 자아화로 서정시의 본질을 규정한다. 그러나 서정시가 지닌 이러한 차원의 본질에 대한 논의는 독백주의적 서정성으로 비판의 대상이 되어왔다. 세계의 자아화는 시적 화자가 객체를 일방적으로 자아화한 것으로, 이때 객체인 세계는 주체적으로 작동하지 못하고 피동적인 상태에 머물게 된다는 것이다. 이런 류의 서정성을 독백주의적, 혹은 나르시스적 서정성이라 부르기도 한다. 이때 객체는 철저하게 주관화되어 주체에 종속되고 말 뿐이다. 그래서 이러한 서정시의 문제를 극복하기 위해 진정한 서정시의 본질을 상호주체성의 서정성에서 찾으려고 한다. 상호주체성이란 주체와 객체 어느 한쪽이 다른 쪽에 종속되는 관계가 아니라, 서로가 서로에게 영향을 미치는 상호주체적인 관계를 지향한다. 이때 주체와 객체는 어느 한쪽도 배제되지 않고 서로가 각각 하나의 주체로 인정된다. 이러한 상태가 과

연 현실적으로 가능한가에 대한 비판과 함께, 이는 신비주의적인 차원이라는 비판이 제기되기도 한다. 그러나 세계 내에 존재하는 모든 대상들이 각각의 주체적인 생명성을 가지려면, 이것이 시인이 시적 대상과 맺어야 할 바람직한 생태학적 사유이다. 서정시가 진정한 의미의 생태학적 사유를 전제로 생명을 노래하려면, 시인과 시적 대상의 관계는 상호주체적인 사유가 전제되어야 하기 때문이다. 이러한 상호주체적 서정성의 시론을 조지훈은 일찌감치 그의 시의 원리에서 밝힌 바가 있다.

우주의 생명이 분화된 것이 개개의 생명이이요, 이 개개의 생명의 총체가 우주의 생명이라고 볼 것이다. 그러므로 나는 '시는 자기 이외에서 찾은 저의 생명이요, 자기에게서 찾은 저 아닌 것의 혼'이라고 한다. 다시 말하면, '대상을 자기화하고 자기를 대상화하는 곳에 생기는 통일체 정신'이 시의 본질이라고 나는 믿는다. '인간의식과 우주의식의 완전일치의 체험이' 시의 구경이라고 믿어진다는 말이다.

박현수는 「서정시 이론의 새로운 고찰」에서 조지훈이 위에서 말한 통일체 정신을 두고, 서정시의 본질을 설명하는 슈타이거(Emil Staiger)의 회감(Erinnerung: Interiorization)과 동일시하고 있다. '대상을 자기화하고 자기를 대상화하는 곳에 생기는 통일체 정신'은 슈타이거가 말한 '회감', 즉 '주체와 객체의 부단한 융합'과 완전하게 일치한다고 본다. 우주의 생명과 개개의 생명이 총체적인 관계 속에서 혈연과 같이 맺어져 있기에 주체와 객체의 위치 변화가 어떤 특별한 의미를 지니지 않는다고 본다. 생성소멸하는 모든 존재는 주체의 객체이자 객체의 주체이기 때문이다. 여기에 상호주체적 서정성이 지닌 생명성이 나타난다. 이런 상호주체적인 서정시의 본질을 신병은 시인은 다음과 같이 노래하고 있다.

네잎클로버를 사이에 두고 책갈피가 대칭으로 풀무늬 들었다

아니다 정확히 말하면 몇 년 동안 억눌림 속에서

조금씩 조금씩 낡아간 네잎클로버의 영혼이 물든 흔적이다

내 것과 너의 것을 받아주고 내어준

물들고 물들인 행간을 어찌 지워야할 흔적이라고만 하랴

나누면 나눌수록 더 뚜렷하게 각인되는,

서로를 물들인 시간의 깊이는 그대로 무늬가 된다.

지울 수 없는 활자처럼 물든 생각은 오랜 나눔의 무늬로 남는다

물들다

가만히 되뇌면 나도 물들 것 같아

—「물들다」 전문

　책갈피에 대칭으로 물든 네잎클로버를 두고, 물든다는 것의 의미가 무엇인지를 노래하고 있다. 물든다는 것은 단순히 책에 눌려 네잎클로버가 물든 것이 아니라, 네잎 클로버의 영혼의 흔적이며, 책과 네잎클로버 사이에 주고받은 오랜 나눔의 결과라는 것이다. 그래서 책갈피에 물든 풀무늬는 지울 수 없는 시간의 깊이를 가진 무늬로 노래한다. 그런데 그 물듦이 일방적이지 않다는 점이 중요하다. "내 것과 너의 것을 받아주고 내어준" 서로 주고받음의 관계가 주종의 상태가 아니라 상호 수평적 차원에서 이루어져 있다는 점이다. 일방적인 물듦이 아니라 서로를 물들인, 그래서 책갈피와 네잎클로버는 주객의 관계가 아니라 상호 주체적인 입장으로 설정되어 있다. 물든 흔적의 결과는 책갈피와 네잎클로버 사이의 부단한 융합의 결과라는 것이다. 두 주체가 능동적으로 작용한 결과임

을 노래하고 있다.

그런데 문제는 네잎클로버가 책에 물든 사실을 노래하는 것으로 이 시가 끝나지 않고 있다는 점이다. 후반부 2행으로 이루어진 2연의 무게중심을 무시할 수 없다는 점이다. 8행으로 이루어진 1연과 2행으로 이루어진 2연이 시 구성상 형식적으로는 같은 비중으로 짜여 있지만, 시인이 의도한 주제의식은 오히려 2연에 가 있다는 점이다. "물든다"라고 "가만히 되뇌면 나도 물들 것 같아"라는 시적 화자의 시적 감수성이다. 서정 시인의 가장 큰 장기는 자신이 노래하는 대상과 쉽게 온전한 동일화를 이룬다는 점이다. 동일화를 시인은 지금 물듦으로 표현하고 있다. 책갈피에 네잎클로버가 물들듯이 "물들다"라고 되뇌면 시인의 마음에도 그렇게 물들 수 있을 것 같다는 언표는 서정 시인의 본질적 태생을 말해주는 부분이다. 그런데 그 물듦이 책갈피와 네잎클로버처럼 서로 상호주체적인 상태를 지향하고 있다는 점이 중요하다. 이렇게 물들 수 있는 순수 서정의 감성은 세계를 자아화하는 일방적인 서정시의 차원이 아니고, 상호주체적인 서정성을 구가함으로써 궁극적으로 노래되는 시적 대상의 생명성을 드러내 보여주기 때문이다. 신병은 시인의 시적 감성은 태생적으로 이러한 서정성에 근거하고 있다는 점에서 주목이 필요한 시인이다.

2. 소멸에서 건져 올리는 생성에의 의욕

인간의 삶이란 나이를 먹으면서 삭아가고 낡아간다. 생명의 차원에서 보면 인간의 생명은 시간의 흐름에 따라 생성되기보다는 소멸하여간다고 할 수 있다. 이러한 생의 소멸 현상은 인간의 삶의 과정에서 나타나는 자연스런 현상이다. 생의 바퀴가 굴러가면서 남기는 흔적은 일차적으로 소멸하여가는 과정을 엿보게 하는 이미지로 나타난다. 시인은 아버지가 남긴 세월의 흔적을 바라보면서 자신의 생도 낡아가고 있음을 확인하고 있다.

아버지는 평생을 쟁기 보습을 닦으셨다
젖고 마르기를 거듭하다 어느 날 문득 마른 풀 냄새로 헛간 한 켠에 걸려버린 아버지의 생애,
쟁기에 스린 녹슨 자국을 따라 지금 나도 낡아 기울어 가는 것이리라

—「나이를 먹는다」 전문

아버지의 삶은 쟁기의 녹슨 흔적을 통해 새롭게 되살아나고 있고, 쟁기의 녹슨 자국을 통해 시적 화자의 나이 먹는 삶이 잘 드러나고 있다. 이러한 시적 화자의 시간 의식은 아버지의 삶뿐만 아니라, 팔순의 삶을 살아온 병실에 누운 어머니(「풍경의 깊이1」)의 모습에서도 마찬가지다. "어머니의 가시 배인 억척 손잔등에/한 생을 지나다닌 바람구멍 숭숭 배인 흔적이 고요하다/지아비의 푸념을 찬물에 씻어 말린 손길도/오남매의 키를 세우기 위해 가난의 밑단을 늘인 흔적들도 고요하다"라고 노래함으로써 어머니의 지난한 삶을 생생하게 떠올리고 있다. 부모 세대의 삶의 연륜이 내보인 지나간 시간의 흔적을 현재화함으로써 시적 화자의 삭아가는 생의 과정을 엿보게 한다. 이런 앞세대가 보여주는 생의 소멸 과정을 이제 시인은 자신을 통해 확인하고 있다.

쉬는 시간에 의자를 제껴 손깍지 머리 위로 기지개를 켜는 그 사이에 잠깐 졸았는가 보다. 내가 잠깐 조는 사이에 햇살이 구름이 바람이 이슬이 강물이 다녀갔는가 보다. 희어진 머리카락도 눈썹도 내가 잠깐 조는 그

사이에 50년을 건너뛰었나 보다.
잠깐 졸다 깬 그 틈새로 참으로 긴 무엇이 획하고 스쳐갔나 보다

그 새 그 틈새로 획 하고

—「잠깐 조는 사이」 전문

빠른 세월의 흐름을 재미있게 표현해두고 있다. 50년의 세월을 잠깐 졸았던 시간으로 인식한다. 그래서 그 시간을 획하고 지나간 시간으로 노래한다. 문제는 이렇게 빨리 지나가버린 시간에 대한 의미부여이다.

내 살아온 깊이를 알겠다
각질의 세월,
주변머리 없이 살아온 내게
더는 그렇게 살지 말라는
오기로 뭉쳐진 아우성이었던가 보다
발길 닿은 곳마다 덧없이 남긴
바람의 퇴적이었던가 보다
발가락의 거친 숨소리였던가 보다
버린다는 것,
수명을 다한 건전지 같은 것이 아니라
세상을 행복하게 떠나는 낙엽 같은 것이리라
어느 생이 이렇듯 꽃이었던 때를
아름다운 퇴적으로 남기랴
간지럽다
버리고 난 뒤의 가벼움이

굳어 딱딱해진 시간을 거슬러 파닥인다

—「각질을 다듬는다」 전문

　발바닥에 생겨난 각질을 다듬으면서, 지나온 생의 시간들과 이후의 시간이 지닌 의미를 노래하고 있다. 지난 시간이 남긴 각질의 세월을 "오기로 뭉쳐진 아우성", "바람의 퇴적", "발가락의 거친 숨소리" 등으로 이미 지화하면서, 이를 아름다운 퇴적으로 명명한다. 지나온 세월에 대한 부정적 인식은 없다. 그리고 지나온 세월인 퇴적된 각질을 다듬어 버림으로써 "굳어 딱딱해진 시간을 거슬러 파닥이"는 생동성을 내보인다. 이 점이 신병은 시인에게 있어서는 아주 중요한 시간의식이다. 오십이 휙 지나가버린 인생 삶의 언저리에서 지나온 시간의 두께에 억눌려 미래의 시간을 열지 못하는 의식에 갇혀 있는 것이 아니라, 지나온 시간을 거슬러 파닥이는 생명성을 여전히 간직하고 있기 때문이다. 이는 소멸되어가는 삶의 과정 속에서도 부단한 생성의 의욕, 즉 생명성을 유지하고 있다는 증거이다. 시인은 이러한 생명의식을 자연 속에 존재하는 노목을 통해 다시 노래하고 있다.

　가지에 걸린 늦더위 한 점 흔들어 밑둥에 굴러 내리는 저 노목의 몸짓을 보면 낡는다는 것은 생의 무게를 내려 그 한 부분을 덜어내는 몸짓이란 걸

　이파리 작은 부리로 잘게잘게 쪼아들인 바람과 햇살을 한순간에 쏟아내는 저 빛나는 추락, 홀가분하게 아래로 내려서는 나무의 길을 따라가다 보면 이승과 저승이 참으로 가깝구나

나이 들면 결코 드러누워 사는 게 아니라고 부지런한 관심을 덮다보면
고목에도 꽃이 핀다고, 연륜을 비집고 나온 틈새로 세상이 환해진다고
바삭 넝쿨 꼭 껴안고 선 노목은 때 되어 넉넉한 품을 마련한다

이제, 그대 내 안에 드시게

— 「노목老木」 전문

늦더위에 아랑곳하지 않고 서 있는 노목을 바라보면서, 시인은 생명을 지닌 것들이 낡아간다는 것이 어떤 모습인지를 보여주고 있다. 시인이 나이 든 나무를 통해 보여주는 생의 의미는 우선 "낡는다는 것은 생의 무게를 내려 그 한 부분을 덜어내는 몸짓"이란 점과 "나무의 길을 따라가다 보면 이승과 저승이 참으로 가깝"다는 점, 그리고 마지막으로 "고목에도 꽃이 피고 넉넉한 품을 마련한다"는 점이다. 생의 무게를 내려 그 한 부분을 덜어내는 몸짓이란 나무도 세월 따라 조금씩 조금씩 소멸하여간다는 것이다. 그러므로 나무는 소멸하여 이미 생명이 다한 부분을 몸에 지니고 생을 이어간다. 이 점을 눈여겨본 시인의 시선에는 생과 사가 공존해 있는 모습으로 비쳐들 수도 있다. 이승과 저승이 참으로 가깝다는 표현은 그런 의미로 들린다. 그러나 시인의 관심은 "고목에도 꽃이 피고 넉넉한 품"을 마련한다는 점에 놓여 있다. 인간이 늙어 소멸하여가듯 나무 역시 그 생명이 소멸하여가지만, 꽃을 피우는 생명력은 계속되고 있다는 점이다. 그래서 시인은 고목이 된 연륜에 관계없이 생명력을 유지하고 있는 고목과의 동일화를 염원하고 있다. 소멸 속에서도 새로운 생성을 꿈꾸고 있는 생명의식을 엿보게 된다. "이제, 그대 내 안에 드시게"라고 고목에게 권유하는 점잖은 어투가 이를 반증하고 있는 것이다. 이러한 시간의 흐름 속에서 소멸되는 것들에 대한 생성에의 의욕은 「썩

는다는 것에 대한 명상」에서 새로운 생명의식으로 표출되고 있다.

두엄을 져 내면 거기 속 썩인 흔적들 환하다
팽개쳐진 것들의 잃어버린 꿈과 상처 난 말들이 오랫동안 서로의 눈빛
을 껴안고 견뎌낸 시간, 맑게 발효된 생의 따뜻한 소리가 있다. 곁이 되
지 못한 시간의 퇴적 속에서 헐어진 채로 낯선 외출을 준비하는 겨울 묵
시록, 아직 할 말이 많은 세상의 행방불명된 말들이 다시 한 번 뜨거워
지기 위한 기다림이라고 염치도 없이 환하게 닿아오는 맑은 생각,
썩는다는 것은 사라짐이 아니라 뭔가로 다시 태어나고픈 것들이 젖은
기억 껴안고 산란한 눈부신 겨울 우화, 맑게 썩어 향기된 함성들이 하얗
게 겨울 들녘의 혈맥을 세운다

꽃이, 노란 봄꽃이 되고 싶다고

—「썩는다는 것에 대한 명상」 전문

두엄을 통해 썩는다는 것의 의미를 노래하고 있다. 상식적으로 썩는다
는 것은 본래의 것들의 원형이 사라지고 소멸한다는 것이다. 그런데 시
인은 썩는다는 것이 사라짐이나 소멸이 아니라, "뭔가로 다시 태어나고
픈 것들이 젖은 기억 껴안고 산란한 눈부신 겨울 우화"를 만드는 과정으
로 노래한다. 썩는다는 것은 소멸이 아니라 새로운 생명을 탄생시키기
위해 견디는 시간이며 발효하는 시간이란 것이다. 두엄으로 썩는 것은
노란 봄꽃으로 태어나고 싶은 꿈 때문이란 것이다. 그런데 시인의 의식
근저에는 두엄이 썩는 시간, 즉 발효의 시간을 겨울이라는 계절로 상정
하고 있다는 점에 유의할 필요가 있다. 즉 썩어 소멸되는 시간을 겨울로
생각하고 있다는 점이다. 그러므로 썩어서 새로 태어나고픈 시간은 자연

스럽게 봄으로 설정될 수밖에 없다. 이는 그의 생명의식을 드러내는 중요한 시간의식(계절의식)으로 볼 수 있다. 소멸되는 계절인 겨울에 머물지 않고 새로운 생성의 계절인 봄을 노래함으로써 이 시집에 실린 그의 많은 시편들이 생명의식을 충일하게 보여주고 있다는 점이다.

2. 겨울 건너 봄이 오는 생명의 소리

겨울이란 계절이 지닌 원형적 이미지는 죽음이다. 생명의식은 이 겨울의 계절을 초극할 수 있는 봄을 꿈꾸게 한다. 나아가 봄을 감각한다. 계절의 감각은 여러 형태로 가능하다. 그런데 신병은 시인의 경우는 유독 청각인 소리로 봄을 감각하고 있다.

그대,
햇살이 겨울강을 건너는 소릴 듣는다
쩡쩡쩡 얼어붙은 아침을 깨우는
맑고 투명한 소리의 빛깔을 본다
겉으론 매몰찬 척 날 세운 햇살이
강을 가로질러가는 아픈 소리지만
가만히 들여다보면
피라미들의 차가운 아랫도리를
어루만지는 따뜻한 소리다
얼어붙은 것들의 옆구리를 툭툭 건드려
봄의 언덕으로 닿게 하는 소리의 발길이다
제 속을 따뜻하게 풀어내는 소리다

강건너 너에게로 보내는 사랑의 전언,

소리가 강을 건넌다

정오가 되어서 더 부지런히 두꺼운 결빙을 깨는

소리의 뿌리마다 봄이 자란다

그대 곁에 있는 따뜻한 소리다

―「따뜻한 소리」 전문

시인은 햇살이 겨울강을 건너는 현상을 노래하고 있다. 사실 따뜻한 겨울 햇살을 노래하고 있다고 노래함이 옳다. 그런데 시인은 「따뜻한 소리」를 노래하고 있다. 시각이나 촉각으로 감각해야 할 대상을 청각으로 감각하고 있다. 이러한 봄의 감각방법은 시이기 때문에 가능하며, 현재 노래하는 계절이 봄이 아니고 아직 겨울임을 반증하는 것이다. 산문적인 계절 감각이라면, 철저히 현재의 계절이 내보이고 있는 현실과 사실에 충실해야 한다. 그러나 시란 언제나 우리에게 현실 너머의 세계를 바라보게 한다. 만일 시 속에 나타난 현실적인 계절인 겨울을 산문으로 표현한다면, 아직 계속 중인 겨울 자체의 묘사에 집중해야 한다. 그리고 그 계절 묘사를 위한 감각은 시각과 촉각이 중심에 놓일 수밖에 없다. 헐벗은 겨울 공간의 감각이나 매서운 겨울추위의 감각은 시각과 촉각으로만 가능하기 때문이다. 시각과 촉각이 중심이 아니고 시인이 청각 중심으로 계절을 노래하고 있음은 그만큼 상상적인, 나아가 기대하는 바를 감각하고 있음을 의미한다. 현재 계절인 겨울에 초점이 맞추어져 있는 것이 아니라, 오는 봄에 관심이 있다는 것이다. 이것이 겨울이란 현실에서 봄을 감각하는 신병은 시인의 감각적 방법론이다. 그래서 바다를 건너는 꽃소식을 전하면서도 소리에 민감하다.

애야, 저기 파도소리 속에 깃들어 바다를 건너는 꽃소식 들리느냐
해풍에 몸을 떨던 동백 차거운 볼에 햇살 가만히 다가와 겨울잠 깨우는
소리 들리느냐
바람이 잠시 제 길을 멈추고 새소리 간지럼에 깔깔대는 겨울 동백의 성
감대, 삐긋이 열린 네 서늘한 마음자락에 포르르 포르르 굴러내리는 저
웃음소리 들리느냐
네 겨울 숲 속에도 동백꽃 활짝 열리는 바람의 입질이 있느냐

애야, 긴 겨울의 끝이 얼마나 따스한지를 이제 알겠느냐

—「동백꽃 핀다」 전문

동백꽃 피는 소식을 통해 오는 봄을 감각하고 있다. 그러나 그 감각
은 현실적인 봄의 감각보다는 오는 봄을 기대하는 자의 노래이다. 그래
서 시적 화자는 청자(애)에게 "들리느냐", "있느냐", "알겠느냐",라고 계속
적으로 묻는 어투를 사용하고 있다. 이는 이미 봄이 현재화된 상태가 아
니고, 오고 있는 중임을 노래하고 있음이다. 즉 겨울 속의 봄을 노래하고
있다. 그런데 시인의 관심은 겨울에 놓여 있는 것이 아니라, 오는 봄에 있
다는 점이 중요하다. 겨울의 한복판을 노래하는 것이 아니라, 긴 겨울의
끝을 노래하고 있기 때문이다. 그래서 그 겨울의 끝은 따스한 겨울로 감
각하고 있다. 바다를 건너오는 봄 소식을 전해 들은 시인은, 이제 숲으로
전해진 봄의 숨소리를 듣고 있다.

길가에 차를 세우고 잠시동안 숲 속을 기웃거려 봅니다
밤새 남녘 바다를 달려온 봄바람 몇몇이 철이른 눈망울로 웅크려 있습
니다

지난 가을에 둘러둔 조릿대의 신록이 마른 흔적으로 남아있는 숲 속
에는
겨울눈을 벗고 봄비 따라 나선 무당벌레 셋과 달팽이 하나, 저들끼리 둘
러앉아 나목 사이로 새 길을 낸 햇살을 만나고 있습니다.
그 사이를 비집어 애벌레로 웅크려 있던 나는, 잠자리에 누워도 아직 돌
아오지 않았는데 마른 풀 냄새 가득 묻혀온 그대는 가만히 문을 열고
들어와 곁에 눕습니다
그대 여린 숨소리 듣는 봄입니다

—「길목에서」 전문

남녘바다를 달려온 봄 바람은 이제 숲 속에 봄 기운을 전달하고 있다.
그 봄기운은 봄 소식을 전하거나 봄꽃을 피우는 차원이 아니라, 무당벌
레, 달팽이, 애벌레 등을 움직이게 만든다. 식물의 차원을 넘어 움직이는
생물들에게 봄기운이 전달되고 있음을 확인하고 있다. 그래서 생명을 가
진 모든 존재들은 생명이 새롭게 태어나는 봄을 맞아 생동의 시간을 감
각하고 있다. 그러나 위의 시편에서 그 정도는 "가만히 문을 열고 들어와
곁에 눕"는 수준이다. 봄이 진행됨에 따라 겨울 강과 바다를 건너고, 숲
속을 거쳐온 봄의 기운은 이제 집 안까지 스며들고 있다.

벤자민을 거실로 들였다
허전한 뒤태에 자라난 겨울입김을 한아름 거실에 뿜었다
때 아닌 초록 섬유질의 향기가 여기 저기 봄눈을 열었다
눈길 닿지 않아 밀려나 있던 눈빛이었을까
바이올렛 보랏빛 꽃을 피웠고 꽃 기린 작은 꽃대도 밀어 올렸다

　한 번도 줄탁동시가 되지못한 내 쉰 살의 안쪽에 숨겨둔 기도며 생
각들이 드디어 껍질을 깨부수고 나온 흔적들,
분명 빛이었다
잎눈마다 매달려 겨울의 가장자리가 따스하다

　벤자민은 밤이 되어 마디마디 물방을 달고 성큼 성큼 거실을 걸어 다녔
고 나는 건조한 생각의 모서리부터 차츰 젖어 들었다
모로 누운 겨울잠 옆구리를 흔들어 깨우는 소리의 빛,
꿈틀대며 함께 기지개를 켠다

—「줄탁동시」 전문

　시적 화자는 거실로 자리를 옮긴 벤자민을 통해 봄을 확인하고 있다. 겨울 입김이 아직 남아 있지만, 초록 섬유질의 향기는 봄눈을 열었다고 노래한다. 그 봄눈을 눈빛으로 인식하고 있다. 그것은 껍질을 부수고 나온 빛이 되고 있다. 이러한 벤자민의 봄 기운을 시적 화자도 동시에 느끼고 있음이 이 시가 보여주는 특징이다. 즉 봄눈을 연 벤자민이 물방을 달고 거실을 걸어 다니는 동안 시적 화자의 건조한 생각은 차츰 젖어들어, 시적 화자와 벤자민은 조금씩 하나로 융화되어간다. 그래서 결국 봄눈인 빛은 겨울잠을 흔들어 깨우는 소리의 빛이 되어 "꿈틀대며 함께 기지개를 켜"는 상태로 나아간다. 밖으로부터 확인될 수 있는 벤자민을 통한 봄의 감각과 시적 화자의 내면에서 확인하는 봄의 감각이「줄탁동시」되고 있는 것이다. 이러한 봄의 확인은 이미 앞에서 확인 바와 같이 시적 주체가 일방적으로 시적 대상을 자아화하는 상태가 아니라, 주객 상호 간의 입장을 주체적으로 양립시킨 결과이다. 이러한 서정시의 상호 주체성의 실현이 겨울을 넘어서는 봄의 감각 속에서 이루어지고 있기에 시

속에서 나타나는 생명의식은 더욱 예민하고 생동감 있게 그려지고 있다.

3. 밑바닥에서 확인하는 생명력

겨울을 건너 봄이 오는 소리를 감각하는 시인의 생명의식은 더 나아가 아래 혹은 밑바닥의 이미지를 통해 또 다른 생명력을 확인하고 있다.

새벽이면 용역업체 직원 김씨는 오늘도 허리를 굽혀 바닥을 닦는다 비질을 하고 물걸레질을 하고 반질하게 광택까지 내면 출근길 사람들의 발길까지 밝아온다
환하게 빛나는 바닥의 힘,
한때 사장소리 듣던 김씨가 지금은 바닥난 인생이지만, 처음 일어설 때도 그랬고 지금도 다시 일어설 수 있다는 믿음도 바닥 때문이라고, 아무리 뼈마디 들쑤셔도 이 모두가 바닥의 힘이란 걸 잘 안다
바닥이 났다고 바닥이 보인다고 오늘도 김씨는 바닥 난 세상의 아침을 닦는다

—「바닥의 힘」전문

사업에 실패한 김씨의 일상이 소개되고 있다. 그가 다시 일어서기 위해 바닥을 닦고 있다. 그 바닥을 닦으면서 바닥의 힘을 발견하고 있으며, 그 힘이 삶을 다시 일으켜 세우는 근원적 힘으로 작용하고 있다. 김씨가 닦고 있는 바닥은 더 이상 추락할 수 없는 밑바닥이면서도 그 바닥으로부터 출발하여 새롭게 도약할 수 있는 바탕이 된다는 점에서 삶의 활력을 제공하는 생명력이 되기도 한다. 그래서 "바닥이 났다고 바닥이 보인다

고 오늘도 김씨는 바닥 난 세상의 아침을 닦"고 있다. 이러한 밑으로부터 생명력의 확인은 「보도블록 그 아래」에서도 마찬가지다.

> 화단에 놓인 보도블록을 치운 그 아래 많은 길의 단면이 있다 지렁이
> 꿈틀댄 자국이며 귀신벌레 잠 잔 흔적, 가끔 바람이 그리워 바깥을 기
> 웃거린 흔적까지 선명하다 그 흔적들 사방 한치의 넓이에서 서로 이웃
> 이 되어 작은 마을을 이루고 오명 가명 만난 얼굴들은 하나같이 길이
> 되어 있다
> 그간 별고 없는지,
> 바람이 고갤 들이민 풍경은 부식된 생의 아픔까지 편안한 길이었으
> 리라
>
> 아랫것들의 속 썩임도 따뜻한 보도블록 그 아래, 길이
> 생의 질긴 뿌리를 키우고 있다
>
> ─「보도블록 그 아래」 전문

시인은 바닥보다도 더 낮은 곳에 위치한 길을 통해 생명의식을 보여주고 있다. 즉 보도블록을 치우고, 그 밑에서 생을 이어가며 길을 만든 생명체들을 확인함으로써 생명의식을 보여주고 있다. 생의 질긴 뿌리를 키우고 있는 보도블록 그 아래의 길을 구체적으로 보여주고 있다. 시인은 왜 이렇게 바닥과 밑에 존재하는 시적 대상들을 지향하고 있는가? 바닥과 아래와 같은 낮은 자리에는 생명체들이 행복하게 모여 사는 또 다른 세상이 있기 때문이다.

> 낮은 자리 마을에 널 보러 간다

조팝나무꽃, 두메양귀비, 은방울, 할미꽃, 애기똥풀꽃, 며느리밥풀꽃, 노
루오줌, 개불알꽃, 두메양귀비, 얼레지, 비비추, 제비꽃, 동의나물, 쪽도
리풀, 초롱꽃,괭이밥, 꽃마리, 닭의장풀…

낮은 자리 거기에도 세상이 다 보여요

완행 기차 타고 도란도란 첫 나들이 떠나는 마음 따라 노란 우산쓰고
산길로 내려온 두메처녀, 연지곤지 쪽도리며, 갓 부화한 어린 새의 뾰족
한 새소리며, 이슬 맺혀 영롱한 성모마리아의 맑은 눈빛 닮은 고사리손
아이의 또로롱 엉덩이 춤추며…

낮은 자리 세상에는
키낮은 햇살과 바람이 낮은 자리 세상의 아침을 열어요
날마다 행복한 낮은 자리의 아침을 열어요

—「야생화 만나기」 전문

시인이 찾아가는 낮은 자리 마을에는 온갖 종류의 풀과 꽃들이 모습
을 드러내고 있다. 그곳은 세상이 다 보이는 곳이며, "날마다 행복한 낮
은 자리의 아침을 여"는 곳이다. 여기에서 날마다 아침을 연다는 의미는
하루를 새롭게 연다는 것으로, 늘 새로운 세계가 전개되고 있음을 상징
적으로 보여준다. 이는 앞선 시에서 바닥이나 밑바탕에서 확인한 생명의
식과 같은 차원이면서 그 모습은 상당히 밝고 환한 세계를 내보인다. 질
긴 생명의 상징체라 할 수 있는 야생화를 만날 수 있기 때문이다.
　지금까지 살펴본 신병은 시인의 시집을 관통하는 힘은 분명 세계를 자
아화하는 독특한 서정시의 감수성이다. 그 감수성은 대상을 일방적으로

자아화하는 방식이 아니라, 시적 주체와 시적 대상이 상호주관적으로 작용하는 세계의 자아화라는 점에서 서정시의 또 다른 차원을 내보인다. 그 상호주관성은 단순한 서정성이 아니라 생태학적 사유에 토대를 두고 있다는 점에서 철저히 생명의식에 근거해 있다. 썩는다는 것이 단순한 소멸이 아니고 새로운 부활과 생성의 과정임을 노래하거나, 겨울 속에서 생명의 봄을, 바닥이나 낮은 자리에 위치한 하찮은 존재들에 새로운 생명을 부여하는 시인의 세계인식은 모두 이러한 시인의 사유에서 비롯된 것이다.

그의 시를 우리 시대의 새로운 서정시로 읽고 싶었던 이유가 여기에 있다.

3부

공동체와 공간

공동체와 공간

윤동주 시에 나타나는
만주, 한국, 일본에서의 공간인식의 양상
-'거리'를 중심으로

1. 머리말

인간이 세계를 인식하는 방식은 공간과 시간을 통해서다. 그런데 자신
이 처해 있는 공간에 대한 인식 방식은 한 개인의 삶의 태도와 세계관에
근거한다는 점에서 문학 연구에서 중요한 요소가 된다. 윤동주 시를 두
고, 그의 시에서 나타나는 공간의 양상을 연구한 논문들은 많다.[1] 그런데
윤동주가 현실적으로 삶을 영위했던 구체적인 삶의 공간은 북만주, 한
국, 일본으로 상당히 이질적인 공간 속이었다. 그러므로 윤동주 시에서의
공간 연구의 한 측면은 이들 각각 다른 공간에서 윤동주가 공간을 어떻
게 인식하고 있었는지에 대한 검토가 남아 있다. 윤동주가 살았던 당시
북만주와 한국, 일본의 공간은 서로 국경적 경계가 분명히 존재했지만,
일본의 영향권 안에 있었다는 점에서 하나의 흥미로운 과제가 된다.

---

1) 몇 편의 논문을 들면, 박태일의 「1940년 전후 한국시에 나타난 공간인식의 문제」, 윤종호
의 「윤동주 시에 나타난 공간 연구」, 김선학의 「윤동주 시의 공간수용에 관한 고구」, 이명
찬의 「윤동주 시에 나타난 '방'의 상징성」 등이 있다.

그런데 이 글에서는 북만주, 한국, 일본에 살면서 썼던 시들을 각각 나누어 모두 살피기는 힘들다. 그래서 세 공간에서 살면서 동일한 공간을 소재로 한 작품을 통해 윤동주의 공간 인식을 살펴보려고 한다. 다행스럽게도 윤동주가 남긴 시편 중에서 '거리'라는 공간을 소재로 북만주, 한국, 일본에서 쓰인 각각의 시편이 있기 때문이다. 그 작품은 북만주에서 살 때 남긴 「거리에서」(1935), 연희전문 시절에 남긴 「간판없는 거리」(1941), 그리고 일본 유학 때 남긴 「흐르는 거리」(1942)이다.

2. 개인의 고뇌가 투영된 거리

윤동주가 태어난 곳은 북만주 명동이다. 이 명동촌은 사방이 산으로 둘러싸여 있는 아늑한 큰 마을이었다. 그러나 이 평화로운 마을도 1930년 이후로는 공산주의자들의 테러로 인해 치안유지가 힘들어지자 민족주의자들은 용정으로 이사를 했다. 윤동주의 가족도 1931년 늦가을에 명동에서 용정으로 이사를 했다. 용정은 명동에서 북쪽으로 30리 정도 떨어진 소도시였다. 이곳은 한인들이 집중적으로 모여 사는 도회지였다. 이곳에서 윤동주는 1932년부터 1935년 8월까지 은진중학교를 다녔다. 이때 쓴 시가 「거리에서」이다.

달밤의 거리
광풍이 휘날리는
북국의 거리
도시의 진주
전등 밑을 헤엄치는,

쪼그만 인어 나

달과 전등에 비쳐

한 몸에 둘셋의 그림자,

커졌다 작아졌다.

괴롬의 거리

회색빛 밤거리를

걷고 있는 이 마음,

선풍이 일고 있네.

외로우면서도

한 갈피 두 갈피,

피어나는 마음의 그림자,

푸른 공상(空相)이

높아졌다 낮아졌다.

—「거리에서」 전문

　두 연으로 구성되어 있는 이 시에 나타나는 시적 화자는 달밤의 거리를 걷고 있다. 시적 화자는 1연에서는 북국의 도시 거리의 모습에 관심이 가 있고, 2연에서는 그 거리를 걷고 있는 시적 화자 자신의 내면에 초점이 가 있다. 1연은 광풍에 휘날리는 달밤의 거리를 묘사하면서, 그 거리의 전등 밑으로 걸어가고 있는 시적 화자가 묘사되고 있다. 시적 화자가 전등 밑을 헤엄치는 쪼그만 인어로 형용되고 있다. 그리고 달빛과 전등빛에 비쳐 자신의 그림자가 두셋으로 커졌다 작아졌다 하는 순간을 포착하고 있다. 이러한 시적 화자 자신의 형용은 광풍이 휘몰아치는 달밤의 거리를 걸으면서 일상적으로 경험하는 사실적 상황 묘사이다. 즉 광풍이 휘몰아치고 있는 밤거리의 객관적인 상황 묘사라고 할 수 있다.

그러므로 이 시편에서 관심이 가는 부분은 1연보다는 2연이다. 이러한 밤거리를 걷고 있는 시적 화자의 내면이 드러나고 있기 때문이다. 즉 이 밤거리를 걸으면서 이 거리란 공간에 반응하는 시적 화자의 모습이 드러나기 때문이다. 그 반응은 일차적으로 "괴롬의 거리"라는 데서 나타난다. 시적 화자가 걷고 있는 이 거리가 광풍이 휘날리고 있기 때문에 괴롭기도 하겠지만, 시적 화자의 마음 역시 괴롭다는 것을 암시하고 있는 대목이다. 거리에 광풍이 휘날리고 있듯이 시적 화자의 마음에도 선풍이 일고 있기 때문이다. 혼자 이 밤거리를 걷고 있지만, 달빛과 잔등 빛에 비쳐 자신의 몸의 그림자가 두셋으로 갈라지듯 시적 화자의 마음도 한 갈피 두 갈피로 피어나고 있기에 괴롭다는 것이다.

괴롬의 출발은 마음의 갈등으로부터 시작된다. 마음이 하나로 통합되어 있을 때, 인간은 괴롬이나 갈등을 느끼지는 않는다. 인간의 괴롬은 하나인 마음이 갈라짐에서 시작된다. 광풍이 휘몰아쳐 시적 화자의 그림자가 두셋으로 나누어지듯 시적 화자의 마음에도 선풍이 일어 마음이 갈라지고 있는 것이다. 그 나누어지는 정도와 내용을 "푸른 공상이/높아졌다 낮아졌다"고 서술하고 있다. 이 공상이 낮아진다는 것은 시적 화자 자신이 생각하는 희망과 꿈이 현실에 가까이 다가서는 상태이고, 푸른 공상이 높아진다는 것은 시적 화자가 생각하는 꿈이 현실과는 먼 거리를 가진 상태로 진행되고 있음을 말한다. 어떻든 시적 화자는 푸른 공상이란 꿈 때문에 마음에 회오리바람이 일고 있다. 그러면 이 회오리바람의 정체는 무엇일까? 이를 확인하기 위해서는 윤동주 시인의 개인사를 둘러볼 필요가 있다.

1935년 1월 18일에 이 시를 창작한 것으로 윤동주는 명기해두고 있는데, 이때는 은진중학교 3학년에 재학 중인 때이다. 미래를 위해 자신의 꿈을 무한하게 펼쳐갈 시기이다. 그가 가슴에 품고 있던 꿈은 무엇이었을까? 그와 학창생활을 같이했던 자들의 증언을 토대로 하면, 그가 은진중학교 시절에 내보인 재주는 축구, 웅변 등 여러 가지가 있었지만, 더 근원적인 꿈은 글쓰기, 즉 문학이었다. 그런데 그의 고종사촌이며 같은 은진중학교 동기생으로 있었던 송몽규가 1935년 1월 1일자 〈동아일보〉 신춘문예 콩트 부문에 당선이 되었다. 이는 글쓰기를 같이해온 윤동주로서는 크나큰 충격이었을 것이다. 이 일이 있은 후부터 윤동주가 자신의 습작노트에 자신이 쓴 작품들의 창작연월일을 명기하기 시작했다[2]는 사실은 그의 문학에 대한 꿈이 구체화되기 시작한 지점으로 볼 수 있다. 그러므로 윤동주 시인의 공상의 하나로 그의 문학에 대한 새로운 생각을 들 수 있을 것이다. 어떻든 꿈을 가진다는 것 자체는 달리 말하면 자신의 마음속에 괴롬을 간직한다는 측면에서, '거리에서' 파악할 수 있는 공간의식이 지극히 개인사적인 차원에 놓여 있다고 할 수 있다. 즉 자신의 꿈과 희망을 투영하는 공간으로서 거리가 동원되고 있다고 할 수 있다.

3. 현실과 역사의식이 투영된 거리

윤동주는 1938년에 광명중학교를 졸업하고, 같은 해 4월 9일 연희전문

---

2) 송우혜는 윤동주 평전에서 윤동주가 창작연월일을 명기해 둔 첫 작품은 「삶과 죽음」, 「초한 대」, 「내일은 없다」 등 세 편인데, 이들 작품의 창작 연월일이 1934년 12월 24일로 기록되어 있는 것은 송몽규의 1935년 1월 1일 〈동아일보〉 신춘문예 당선과 무관하지 않다고 본다. 송몽규의 신춘문예 당선과 그의 작품이 〈동아일보〉에 실려, 온 나라 방방곡곡에 널리 알려진 것에 크게 자극된 윤동주가 자기문학에 대한 새로운 각성과 각오를 단단히 하게 되었음을 결정적으로 드러낸다고 보았다. 그리하여 윤동주는 그보다 일주일 전에 정리해 놓았던 세 편의 시를 출발점으로 하여, 그 이후로는 시를 지을 때마다 완성된 날짜를 기록하여 정리하고 보관하는 일을 시작한 것으로 보고 있다. 송우혜, 『윤동주 평전』, 푸른역사, 2004, p.126.

학교 문과에 입학했다. 처음에는 학교 기숙사에서 송몽규, 강처중과 생활하다가 1939년에는 기숙사를 나와 북아현동, 서소문 등에서 하숙 생활을 했다. 1940년에는 다시 기숙사로 돌아왔다. 이때 고향 후배 장덕순이 연희전문학교 문과에 입학했고, 하동 출신 정병욱과 사귀기 시작했다. 1941년에는 다시 기숙사를 나와 정병욱과 함께 종로구 누상동 소설가 김송의 집에서 하숙을 했다. 9월에는 다시 하숙집을 북아현동으로 옮겼다. 이 해 12월 27일 연희전문학교를 졸업하게 된다. 이때 졸업기념으로 19편의 시편을 묶어 『하늘과 바람과 별과 시』란 제목의 시집 출간을 시도했으나 출간하지는 못했다. 이해에 쓰인 시가 많은데(16편), 그중의 한 편이 「간판없는 거리」이다.

정거장 플랫폼에
내렸을 때 아무도 없어,

다들 손님들뿐,
손님 같은 사람들뿐,

집집마다 간판이 없어
집 찾을 근심이 없어

빨갛게
파랗게
불붙는 문자도 없어

모퉁이마다

자애로운 헌 와사등에
불을 켜 놓고,

손목을 잡으면
다들, 어진 사람들
다들, 어진 사람들

봄, 여름, 가을, 겨울,
순서로 돌아들고.

—「간판없는 거리」전문

　정거장 플랫폼에 내렸는데, 아무도 없다고 시적 화자는 말한다. 이는 사실을 역설적으로 표현했다고 읽어야 한다. 정거장 플랫폼에는 대개 사람이 붐비는 장소이기 때문이다. 플랫폼에 아무도 없다는 것이 사실이 아니라는 것은 2연에서 바로 나타난다. 사람들이 정거장 플랫폼에 없는 것이 아니라, 다들 손님들뿐이며 손님 같은 사람들뿐이라는 사실을 노래하고 있기 때문이다. 사람이 없는 것이 아니라, 사람들은 많이 있지만 다들 손님 같은 사람들뿐이라고 인식하고 있는 것이다.

　그러면 손님 같은 사람들뿐이라는 언표는 무엇을 의미하는가? 손님의 이미지와 상대적인 관계성 속에 놓이는 이미지를 통해 이를 해명할 수 있다. 손님의 상대적인 이미지는 주인이다. 주인 같은 사람들은 없고 다들 손님같이 느껴진다는 의미가 여기에 내재해 있는 것이다. 그 이유는 무엇인가? 주인됨을 포기했든지, 주인의 자리를 잃어버렸기 때문이다. 왜 시인은 사람들이 많이 있는데 그 사람들을 손님처럼 인식하고 있으며 주인됨을 상실한 상태에 있는 사람으로 노래하고 있는가? 그 이유를 다음 연에서 어느 정도 확인할 수 있다. "집집마다 간판이 없어 집 찾을 근심이 없어"졌기 때문이다. 집의 간판이 없어졌다는 것은 무슨 의미인가? 이를 이해하기 위해서는 1941년이란 당시의 역사적 상황을 참조해야만 한다.

1941년이 되면, 한국 땅에서는 순문예지인 『문장』, 『인문평론』이 사라지고, 일어 순문예지인 『국민문학』이 창간된다. 한글로 쓰는 한국문학이 사라지고 만 것이다. 창씨개명도 해야 했지만, 모든 공용어는 일본어로 바뀌게 된다. 그래서 집집마다 간판 역시 일본어로 바뀌어야 할 상황이 된다. 간판이 없어 집 찾을 근심이 없어졌다는 것은 이러한 정황을 상징적으로 보여주는 장면이다. 이런 당시의 상황을 전제하고 한국어를 사용하던 한국인들이 일본어를 국어로 사용해야 하는 현실을 감안한다면, 이는 모두 자신의 주인됨을 상실한 손님 같은 존재로 전락한 것이나 마찬가지인 것이다.

한글 사용이 금지된 당시의 상황을 시인이 거리의 풍경을 통해 노래하고 있는 것을 확실히 보여주는 대목이 다음 연이다. "빨갛게/파랗게/불붙는 문자도 없어"라는 표현 속에는 한글이 사라진 상황을 상징적으로 노래하고 있다. 모국어를 빼앗기고 모두가 손님처럼 살아가고 있는 일제치하의 현실을 간접적으로 노래하고 있는 것이다. 그러나 손님 같은 그 사람들은 시인이 생각하기로는 모두 다 손잡으면 어진 사람들이라는 당시 한국인에 대한 시인의 현실 인식이 드러난다. 모국어를 사용할 수 없도록 한 일제의 강압에 어쩔 수 없이 순응하며 살아가는 백성들의 모습을 떠올리게 한다. 나랏말을 사용할 수 없게 만든 상황에 저항하며 문제제기를 하는 움직임들이 전혀 없었던 것은 아니지만, 시인의 눈에 비친 많은 일반 대중들은 일본어의 상용을 현실로 수용하고 살아가고 있었다는 것이다.

시의 마지막 연은 그 현실이 계절의 흐름처럼 자연스럽게 돌아가고 있었다는 인식을 보여준다. 계절의 변화처럼 현실이 자연스럽게 돌아가고 있다는 사실을 노래함으로써, 시인은 이러한 현실이 자연스럽게 흘러가서는 안 된다는 것을 역설적으로 암시하고 있는 것이다. 다시 말하면 계절의 흐름에 따라 시간이 흘러가듯 현실에 순응해가는 어진 사람들밖에 없는 듯한 현실에 대한 불만이 내재되어 있는 것이다. 이렇게 「간판없는 거리」에서 시인이 노래하고 있는 현실인식은 상당히 역사적이다. 그러나 그 역사의식은 직설적인 표현으로 드러나지 않고 내면화되면서 상징적인 수사를 수반하고 있다.

4. 낯선 삶의 공간에 정착하지 못한 개인의식이 투영된 거리

윤동주는 1942년 3월에 일본으로 건너가 4월 2일 동경에 있는 릿쿄대학 문학부 영문과에 입학하게 된다. 같은 해 10월 1일에 교토에 있는 도지샤대학으로 다시 학교를 옮기지만, 그가 일본 유학 시절에 남겨놓은 시편들은 릿쿄대학 시절에 썼던 5편이다. 「흰그림자」, 「사랑스런 추억」, 「쉽게 씌어진 시」, 「봄」 그리고 남은 한 편이 「흐르는 거리」이다.

으스름히 안개가 흐른다. 거리가 흘러간다.
저 전차, 자동차, 모든 바퀴가 어디로 흘리워 가는 것일까? 정박할 아무 항구도 없이, 가련한 많은 사람들을 싣고서, 안개 속에 잠긴 거리는,

거리 모퉁이 붉은 포스트 상자를 붙잡고, 섰을라면 모든 것이 흐르는 속에 어렴풋이 빛나는 가로등, 꺼지지 않는 것은 무슨 상징일까? 사랑하는 동무 박이여! 그리고 김이여! 자네들은 지금 어디 있는가? 끝없이 안개가 흐르는데,

"새로운 날 아침 우리 다시 정답게 손목을 잡아보세" 몇 자 적어 포스트 속에 떨어트리고, 밤을 새워 기다리면 금 휘장에 금단추를 삐었고 거인처럼 찬란히 나타나는 배달부, 아침과 함께 즐거운 내림(來臨),

이 밤을 하염없이 안개가 흐른다.
—「흐르는 거리」 전문

이 시에 나타나는 거리의 특징은 흐름에 있다. 안개가 거리에 흘러넘침에 따라 거리의 모든 것들이 흐름에 휩쓸려들고 있는 듯이 느껴진다. 전차와 자동차도, 거기에 실려 있는 모든 사람들도 같이 흘러가고 있다. 그래서 시적 화자는 "모든 것이 흐르는 속에"라고 노래한다. 모든 것이 흐르는 속에 어렴풋이 빛나는 가로등을 만나며, 시적 화자는 "꺼지지 않는 것은 무슨 상징일까?"를 묻고 있다. 꺼지지 않는 것이란 모든 것이 흘러가고 있는 상황 속에서 흘러가지 않고 자리를 지키고 있는 존재를 말한다. 세태의 흐름에 따라 거기에 모두가 다 휩쓸려가는데, 그 흐름을 거부하고 흘러가지 않고 버티어 서 있는 존재의 의미가 무엇인지를 묻고 있다.

이 의미를 제대로 파악하려고 하면 이어지는 시편의 내용과 연관시켜 해석해야 한다. "꺼지지 않는 것은 무슨 상징일까?"라고 자문하고는 시적 화자는 바로 연이어 지금은 헤어져 어디에 있는지도 모르는 친구 박과 김을 부르고 있다. 이는 시적 화자가 외롭게 혼자 이 거리에 서 있음을 말함과 동시에 친구들과 함께 할 수 있는 시간을 고대하고 있음을 말한다. 흘러간다는 것은 변화를 의미하기도 한다. 흐르는 거리에서 시적 화자는 헤어진 친구들과의 변화지 않아야 할 우정을 떠올리며, 아무리 모든 것이 흘러가고 변하더라도 우리의 우정만은 변하지 않고, 흘러가버리지 않아야 한다는 시적 화자의 의지를 투영하고 있는 것이다. 그래서 친구들과 함께 손잡아볼 수 있을 것이라고 생각하는 새로운 날을 기대하며, 친구에게 보내는 편지를 우체통에 부치고 있다. 편지를 보내고 밤을 새워 기다리면 소식을 전해줄 배달부가 나타날 것이라고 믿고 있다. 모든 것이 흘러넘치는 거리에서 흘러가버려서는 안 된다는 친구지간의 우정을 다시 확인하고 있다.

이러한 의미와 함께 이 흐르는 거리의 또 다른 의미는 시적 화자의 내면의식이 투영되고 있는 측면도 무시할 수 없다. 즉 거리의 모든 분위기를 흐름으로 인식하고 있다는 것은 시적 화자 자신이 이 거리에 아직은 낯설어 정착하지 못한 상태에 있음을 암시해주기도 한다는 점이다.「흐르는 거리」가 1942년 5월 12일 자에 창작되었다는 점을 감안한다면, 그가 릿쿄대학에 입학한 지 한 달이 조금 지난 시간이다. 낯선 이국 땅 생활을 시작한 지 이제 한 달 남짓 지났으니, 이곳의 공간에 정착한 삶의 모습을 보인다는 것은 불가능하다. 모든 것이 낯설고 새로울 수밖에 없다. 이미 도쿄는 서울과도 다른 차원의 선진문명도시의 면모를 갖추고 있었기에, 윤동주에게 있어 동경의 거리는 낯설 수밖에 없었을 것이다. 이 낯섦이 아직은 정착되지 못한 심리적 상태와 맞물려, 자신이 처해 있는 공간이 정착되어 있는 분위기가 아니라 흐르는 이미지로 다가설 수밖에 없었을 것이다. 이러한 정착하지 못한 심리적 상태는 외로움을 불러왔고, 그 외로움은 이전에 함께했던 친구들에 대한 그리움으로 나아갔다고 본다. 즉「흐르는 거리」속에서 우리는 낯선 공간으로 유학을 간 윤동주 시인이 아직은 그곳 공간에 제대로 정착하지 못하고 있는 내면의식의 한 편린을 엿볼 수 있다.

5. 맺는 말

지금까지 논의의 대상이 된 세 편의 시는 그 창작 공간이 각기 북만주, 한국, 일본으로 다르다. 그러하기에 그 각각의 삶의 터에서 배태된 시인의 공간인식이 드러나고 있다. 「거리에서」는 윤동주 시인이 중학교 3년 시절에 창작한 시편이기에 꿈 많은 시절의 개인적 고뇌가 거리라는 공간에 투영되어 있고, 「간판없는 거리」에서는 대학생의 입장에서 당시의 현실에 대한 인식과 역시의식이 어느 정도는 투영되어 나타나고 있다. 그리고 「흐르는 거리」의 경우 일본으로 유학을 온 지 얼마 되지 않은 상태에서 쓴 작품이기에, 낯선 공간에 아직 정착하지 못하고 있는 시인의 내면 의식이 시에 투영되어 나타나고 있다고 할 수 있다.

이 세 편의 시를 제목의 관점에서 볼 때는 「거리에서」는 시적 화자가 시 내용의 중심을 이루고 있으나, 「간판없는 거리」, 「흐르는 거리」에서는 거리에 수식을 사용함으로써 시적 화자의 시선이 시적 화자 자신에서 거리의 정황 즉 역사적 현실이나 타인들과의 관계성을 다루는 선으로 확대되고 있다. 즉 개인사에 대한 관점에서 시대 현실에 대한 관심으로 시선이 확대되고 있다고 볼 수 있다. 이러한 시선의 확대는 시인 개인의 경험과 성숙과도 연관된 사항으로 보인다.

그리고 이 세 편의 시가 쓰인 시차는 상당하지만, '거리'라는 공간을 노래하는 시간은 공통적으로 밤으로 설정되어 있다는 점이 특이하다. 거리라는 공간을 윤동주 시인이 밤으로만 설정하여 노래하는 데는 어떤 심리적 기제가 작용하고 있었을까, 하는 문제는 논의의 장을 달리하여 해명해볼 필요가 있다.

김성식 시인의 시에 나타난
해양체험의 한 양상

1. 머리말

김성식 시인(1942~2002)은 시의 출발이 바다였다. 그가 신춘문예 당선작으로 발표한 「청진항」[1]이 항해 중 쓰여 투고되었다는 사실은 그의 시의 바탕을 상징적으로 보여주는 사건이다. 이후 그는 33년 동안 오대양을 삶의 터전으로 삼고 평생 시를 써왔다. 그는 소위 선장 시인으로서 한국 해양시의 한 영역을 개척한 시인으로서 평가되고[2] 있다. 그러나 그 평가는 아직 다양한 관점에서 이루어지지 못하고 있다.

그의 사후에 『해양과 문학』 창간호[3]에서 추모특집을 마련하기는 했으

---

[1] 「청진항」은 1971년 〈조선일보〉 신춘문예 시 부문 당선작이며, 이에 대한 시상식은 그가 항해 중이었기에 1972년 시상식 때 이루어졌다.

[2] 전봉건은 김성식의 처녀시집인 『김성식 시집 청진항』(수문서관, 1977)에서 "최남선의 「海에게서 少年에게」가 신시(新詩)의 효시가 되었던 것처럼 김성식의 '바다의 시'는 우리에게 없었던 본격적 해양문학(해양시)의 효시가 될 가능성이 크다." 라고 밝혔다. 이후 그가 펴낸 4권의 시집에 실린 230여 편의 시는 해양시의 한 전형을 보여준다고 평가할 수 있다.

[3] 2003년에 창간되었으며, 여기에 김성식 시인의 추모특집을 마련하였다. 특집내용은 육필시 「출항」과 대표시 「출항 II」 외 9편이 실렸으며, 시인의 생애와 작품 연보가 상세하게

나, 그 내용은 김성식 시인의 육필과 대표적인 시를 소개하고 시인의 연보를 일차적으로 정리한 내용으로, 그의 작품에 대한 본격적인 평가작업은 이루어지지 못했다. 이어 2006년에 나온 『해양시인 김성식 선장』[4]은 세 사람의 논의를 한 곳에 묶은 본격적인 논의를 위한 단서를 마련해준 결과물이다. 그러나 이 논의들도 세미나 발제를 위한 내용이어서 좀 더 체계적인 보론이 필요했다. 김성식 시인의 작품을 본격적으로 논한 논문은 구모룡, 김정하의 「부산지역 해양문학의 문화론」이다. 이 논문은 해양시에서 김성식 시인을, 해양소설에서는 천금성 작가의 작품을 문화론적 관점에서 다루고 있다. 김성식 시인의 해양시를 바다에 대한 인식주체의 근대적 시점과 해양체험이란 관점에서 흥미롭게 분석하고 있다.[5] 그러나 해양체험이란 측면에서 김성식 시인의 시편들은 좀 더 다양하게 논의될 필요가 있다. 특히 아직까지 해양시에 대한 개념 정립에 있어, 논의들이 다양하게 제기되고 있는 실정이기에[6] 평생 해양시를 지향하며

정리되어 있다. 『해양과 문학』, 전망, 2003, pp.37-81 참조.

4) 이 책은 해양문화문고의 하나로 출간되었으며, 구모룡의 「김성식의 삶과 문학」, 김경복의 「김성식 해양시의 양상과 그 의미」, 옥태권의 「김성식의 해양문학사적 위상과 의의」로 꾸며졌다. 이 공저는 일단 해양시인 김성식을 널리 소개하자는 데 목적을 두었기에 김성식 시인의 시세계를 제대로 평가하려면 진전된 다양한 논의들이 더 필요하다. 구모룡·김경복·옥태권, 『해양시인 김성식 선장』, 전망, 2006 참조.

5) 구모룡·김정하, 「부산지역 해양문학의 문화론」, 『한국문학논총』 37집, 2004, pp.391-405 참조.

6) 신진은 「한국 '바다시'와 그 유형」이란 논문에서 논문 제목에서는 '바다시'를 내세우고 있지만, 실제 논문의 내용에서는 '바다시' 또는 '해양시'란 바다체험은 물론, 어촌, 섬 등 바다를 중심으로 하는 인간의 삶이 주요 모티브가 되는 시라 할 수 있다고 밝힘으로써 두 개념을 함께 사용하고 있다.
또한 권석순 역시 「동해지역문학의 '바다시' 연구」에서 바다시 개념을 사용하고 있지만, 그 실제 내용은 최영호의 해양문학 개념을 그대로 원용하고 있어, 해양시와 바다시는 구분되지 않은 상태에서 동일개념으로 사용되고 있다. 해양이 우리말로는 바다라는 점에서 해양이나 바다를 동일하게 사용할 수 있다는 점을 인정할 수는 있으나, 밖으로부터 비롯된 해양이란 말을 우리가 계속 그대로 사용해야 하느냐 하는 점에서는 한 번쯤 용어 자체

에 대한 논의가 필요하다고 본다.

이러한 해양시의 명명과 함께 고민해보아야 할 것이 해양시의 유형을 어떻게 분류할 것인가 하는 점이다. 해양시의 분류 내용 자체가 해양시의 개념을 세워가는 데 그 바탕으로 작용하기 때문이다. 그런데 이 해양시 분류는 어떤 원리가 전제하는 것이 아니라, 일차적으로 시인들이 내보이는 시들을 중심으로 그 체계를 잡아갈 수밖에 없다. 그렇다고 개개 시편들마다 그들의 개성을 인정해 모든 유형을 다 수용할 수는 없다.

해양시의 유형을 정리하기 위해 신진은 한국시에 나타난 바다에 대한 기존 논의의 체계와 에이브람즈(M. H. Abrams)의 문학의 네 가지 관점을 참고하여 한국의 바다시를 균형감 있게 아우를 수 있도록 네 가지로 분류했다. 그는 바다가 교훈과 각성의 계기가 되는 시를 교훈적 바다시, 갖가지 감정의 토로와 정화의 장이 되는 정서적 바다시, 몰가치의 미적 대상이 되는 심미적 바다시, 개인적, 사회적 삶의 질곡이 토로되는 삶의 바다시 등으로 나누었다. 이러한 분류는 문학 자체의 본질적인 측면에 토대를 두고 있다는 점에서 상당히 객관적인 체계의 하나로 볼 수도 있다. 또한 해양시문학도 일반 문학의 본질적인 범주를 크게 벗어나지 않는다는 점에서 그 유용성을 인정할 수 있다. 그러나 해양시문학이 일반시문학과는 다른 색깔을 분명히 지니고 있다는 점에서, 그리고 해양시문학이 다루는 소재 자체가 해양이라는 특수한 영역에 치중해 있다는 점에서 해양시문학의 갈래는 일반시문학의 갈래와는 변별되는 부분이 분명이 있다고 본다.

그래서 하상일은 부산지역 시인들의 시에 나타나는 바다의 의미를 다룬 「현대시와 바다의 공간성」에서 신진과는 다른 네 가지 관점에서 바다시의 의미를 분류하고 있다. 그는 시인들의 내면의식 속에 드러난 바다 이미지, 생활공간으로서의 바다, 생태학적 시각에서 바라본 바다, 초현실적 공간 속에 나타난 바다의 환상성 등으로 부산 시인들의 시에 나타난 바다의 의미를 분류하고 있다. 그래서 부산지역의 시에 나타난 바다의 모습은 내면적 바다, 생활의 바다를 거쳐 생태의 바다, 환상의 바다로 이어져 왔다고 본다. 이러한 분류는 앞선 신진의 한국 바다시의 분류와는 상당히 다른 갈래 지음이다. 그러나 이러한 분류개념으로 현재 부산지역 시인들이 산출한 해양시를 포괄적으로 다 체계화할 수 있을지는 의문이다.

또한 동해지역문학의 바다시를 연구한 권석순은 그 지역의 바다시를 역사적 장으로서의 바다, 개인적 삶으로서의 바다, 관조적 대상으로서의 바다로 나누어 논의하고 있다. 그리고 정순진은 「바다의 상상력과 그 시적 형상화」에서 바다를 중심소재로 쓴 몇 편의 시들을 통해, 단순히 바다를 대상으로 한 시, 바다를 대상으로 시적 화자의 정서를 환기시키며 그 느낌을 형상화한 시, 바다의 속성을 시적 자아의 정신적 가치와 일체화시킨 시 등으로 나누기도 했다. 이는 바다와 시인과의 관계에서 어느 대상에 더 초점을 맞추고 있는지 하는 상호 관계성 속에서 분류한 결과이다.

양왕용은 부산지역 해양시를 또 다른 관점에서 분류하고 있다. 그는 개별 시인 중심으로 해양시의 특성을 분류하고 있다. 김성식을 본격적인 해양 체험의 시인, 김보한을 연근해 체험의 시인, 이충호를 상상을 통한 어부의 삶을 노래한 시인, 진경옥을 바다의 모성성 혹은 여성성을 노래한 시인, 송유미를 상상력에 의한 남성적인 목소리를 내보이는 시인으시 작업을 해온 김성식의 시를 분석하고 평가함으로써 해양시의 한 방향을 정립하는 데도 중요한 참조틀을 마련할 수 있을 것으로 본다.

그래서 본고에서는 해양체험의 내용으로서 가장 보편적인 과정인 출항, 항해와 바다, 선원의 삶과 노동, 항구, 귀항을 주요 항목으로 하여, 이들을 노래하고 있는 김성식 시인의 시편을 통해 그의 해양체험의 한 양상을 점검해보고자 한다. 이러한 보편적인 해양체험의 체계화는 해양시가 지녀야 할 필요충분조건을 확인하는 데도 중요한 시사점을 제공할 뿐만 아니라, 다른 해양시를 평가하는 잣대로서도 활용할 수 있으리라 기대하기 때문이다. 논의를 위한 텍스트는 김성식 시인의 시전집[7]에 실린 작품을 대상으로 한다.

2. 원양체험의 양상

난바다를 삶의 공간으로 삼는 상선이나 어선에 승선하는 시인들의 해양체험의 출발은 출항에서부터 시작된다. 출항 이후, 바다를 항해하면

로 각각 명명하고 있다. 이러한 개별적 명명은 나름의 의미는 있지만, 해양의 직접체험과 간접체험이란 하나의 기준을 통해 이들의 유형을 체계화시킬 필요가 있다. 그리고 하나의 보편적인 잣대가 없이 모든 시인들의 개별성을 다 수용해야 한다는 점에서, 고려해야 할 문제를 남기고 있다. 신진, 「한국 바다시와 그 유형」, 『비평문학』 제23호, 2006, p.149; 하상일, 「현대시와 바다의 공간성」, 『주변인의 삶과 시』, 세종출판사, 2005, p.26; 정순진, 「바다의 상상력과 그 시적 형상화」, 『해양문학을 찾아서』, 집문당, 1994, p.339; 양왕용 「한국현대해양시와 현해탄, 대양, 연근해체험」, 『한국현대시와 지역문학』, 작가마을, 2006, pp.28-53.

7) 김성식 시인의 시전집은 선장시인 김성식 추모사업회에서 2007년에 출판사 〈고요아침〉에서 펴내었다. 기존 발간된 네 권의 시집(『청진항』, 『바다는 언제 잠드는가』, 『누이야 청진의 누이야』, 『이 세상 가장 높은 곳에 바다가 있네』)과 유작 작품, 김성식 시인의 시 해설 및 평론 그리고 연보가 실려 있다.

서 상선은 항구에 들러 상품을 하역하거나 선적하고 또 다른 항구를 향해 떠나는 것이 일상이다. 그러나 어선인 경우는 바다 위에서 조업을 해야 하며 조업을 위해 고기를 찾아 바다를 헤매야 하는 과정을 거친다. 고기를 잡든 상품을 하역하거나 선적하든 출항한 배는 결국 다시 출항한 항구로 귀환하는 과정을 통해 바다의 일상이 마무리된다. 즉 출항과 귀항 사이에 바다 위에서 전개되는 체험들이 해양시의 내용을 이룬다고 할 수 있다. 그래서 시인의 원양체험을 출항과 귀항 사이에서 전개되고 있는 체험들의 양상을 중심으로 살펴보고자 한다. 즉 항해를 통해 일상적으로 경험하게 되는 출항, 항해, 선원의 삶과 노동, 항구, 바다에서의 생활공간인 배에 대한 관심, 귀항 순으로 해양체험 속에 나타나는 삶의 모습을 다루어보고자 한다. 출항에서 귀항까지는 항구를 떠나 배를 타고 항해를 계속하는 상선들이 통상적으로 경험하는 삶의 한 과정이기 때문이다.

1) 출항

김성식 시인의 시집에서 확인할 수 있는 출항이란 제목의 시편은 「출항 Ⅰ」, 「출항 Ⅱ」, 「출항하던 날」 이렇게 세 편이다. 그리고 출항의 의미를 담고 있는 다른 시편은 유고작에서 「저 큰 바다를 향해」, 「바다로 나갈 때」 두 편을 추가할 수 있다. 「출항 Ⅰ」은 해 뜨기 전에 새벽을 가득 담아 출범해야 하기에 이에 따른 준비를 주문하면서, 저 넓은 바다로 나가기 위해 크게 뱃고동을 울리라고 권하고 있다. 「출항 Ⅱ」의 주제는 「출항 Ⅰ」과 크게 다르지 않지만, 「출항 Ⅰ」보다는 그 이미지가 많이 압축되어 있다. 「출항하던 날」은 출항 자체의 의미추구보다는 출항하는 날 여인들이 겪는 이별의 아픈 심정을 토로한 점이 돋보이는 시편이다. 그리고 「저 큰 바다를 향해」는 얼음밭을 빠져나가고 폭풍 속을 싸워나가기 위해 닻을 올리리라고 노래하고 있으며, 「바다로 나갈 때」는 해군 용 지·빽 속에 나를 담고 청바지 한 장과 국어대사전 원고지 서너 권까지 곁들여서 출항한다고 노래하고 있다. 그가 승선하는 또 다른 목적인 해양문학을 향한 의지를 읽어낼 수 있는 장면이다. 그래서 여기서는 출항 자체에 의미부여를 하고 있는 전자의 작품 가운데 「출항 Ⅱ」를 중심으로 살펴보고자 한다. 먼 바다를 향해 항구를 떠난다는 것이 시인에게는 어떻게 인식되고 있었는지를 파악하기 위해서다. 출항에 부여된 의미는 시인의 바다 인식과 계속되는 항해와도 밀접한 관련이 있기 때문이다.

앵커를 올려라 닻을 감아
오륙도 너머 수평선을
불끈 들어 일어서는
태양쪽으로
윈드라스 레바를 힘껏 눌러눌러
무거운 닻줄 감아
떠나자 船首를 돌려 떠나
거리의 창문마다 무늬진 햇살
골목길 개구쟁이 입술에서
묻어 나온 알사탕의 꿈
아내의 행주치마에 젖어 있던
짭짤한 생활을 뒤에 두고
거침없이 소리치며 흔들리는
물결따라
여기

숫아오른 시뻘건 불덩어리를

선창 가득 실어

에메랄드 삶아 뿌려 논

카리브

전설이 녹아 소금이 된

지중해

달이 흘린 눈물로

파르르 떨고 있는

적도를 향해

청동빛 팔둑을 걷어

꿈틀대는 푸른 힘줄을

햇빛에 구워 또 구워

힘의 대양을 힘을 내세워

펄펄 살아 뛰는

바다를 잡으로

풀무질 쳐 뜨거워진

가슴의 근육

狂風에 내 맡기려

메인 마스트에 소리치던

出港旗가 부풀기 전에

닻을 감아라 앵커를 올려

물살 헤쳐

돋아나는 태양을 향해

윈드라스 레바를

힘차게 잡아

잡아 당겨라

—「출항Ⅱ」[8] 전문

태양이 돋아나는 시각에 맞추어 출항이 이루어지는 광경을 엿본다. 그리고 오륙도 너머 수평선이 시선에 잡혀들고 있음을 볼 때, 출항은 부산항임을 쉽게 간파할 수 있다.[9] 문제는 출항에 임하는 시인의 의식이 어떤 모습으로 이미지화되어 있는가 하는 점이다. 우선 동원되고 있는 시어들을 살펴보면 상당한 힘이 분출되고 있음을 확인할 수 있다. "불끈 들어 일어서는", "힘껏 눌러 눌러", "거침없이 소리치며 흔들리는", "솟아오른 시뻘건 불덩어리를", "꿈틀대는 푸른 힘줄", "펄펄 살아 뛰는", "풀무질쳐 뜨거워진", "힘차게 잡아/잡아 당겨라" 등의 표현에서, 내재된 힘에 의해 생동하는 이미지들을 전체 시의 흐름에서 쉽게 감각할 수 있다. 이러한 시적 분위기는 대단히 남성적이어서 파도의 사나움에서 오는 두려움 같은 것도 전혀 찾아볼 수 없는 의식구조를 화자가 가지고 있다[10]고 해석되기도 하고, 이러한 건강함은 미지세계에 대한 동경과 기대에서 유발되는 밖으로 펼쳐진 세계를 향한 갈망이 강렬한 것으로 이해되기도 한다.[11] 출항이라는 것이 시인에게는 "펄펄 살아 뛰는/바다를 잡으러" 가는 대장정의 출발로 인식되어 있기 때문에 바다 사나이들의 힘과 출항의 역

---

8) 『김성식 시전집』, 고요아침, 2007, pp.33-34.

9) 양왕용은 김성식 시인의 이 작품을 다루면서 "이 작품 첫 부분에서 항해는 부산항에서 시작된다는 것을 알 수 있다. '앵커를 올려라 닻을 감아/五六島 너머 수평선을/붉근 들어 일어서는/태양 쪽으로' 라는 부분에 등장하는 五六島로 인하여 그렇다는 것을 알 수 있다." 라고 해설하고 있다, 양왕용, 「한국현대해양시와 현해탄, 대양, 연근해체험」, 『한국현대시와 지역문학』, 작가마을, 2006, p.38 참조.

10) 양왕용, 위의 책, p.38 참조.

11) 구모룡·김정하, 「부산지역 해양문학의 문화론」, 『한국문학논총』 37집, 2004, p.394.

동성이 잘 살아나고[12] 있다.

이는 달리 말하면, 시인에게 바다는 단순히 두려움의 공간이 아니라, 헤쳐나가야 할 삶의 터전으로 인식되었던 결과로 보인다. 바다를 생활의 터전으로 삼고 있는 시인에게 있어 바다는 그의 피와 정신이 섞여 있는 현실의 바다이자, 바라다보는 바다가 아니라 그가 이미 그 안에 있는 바다였기에[13] 이러한 능동적이고 생동적인 출항의 의지표명이 가능했다고 본다. 또한 그는 문학소년 시절부터 자신의 유일한 꿈이 먼바다로 나가는 큰 배의 캡틴이 되는 것이었고, 한국적인 해양문학을 위해 정열을 쏟아보겠다는 것이었기에[14] 이러한 건강한 출항 의지의 표명이 가능했다고 본다. 이렇게 바다의 삶을 운명처럼 인식한 시인에게, 그 공간으로의 진입은 미래지향적일 수밖에 없었을 것이다. 그러나 대양에서의 항해는 출항의 밝고 건강한 의지를 시험하는 고통스러운 시간과 만날 수밖에 없다.

2) 항해와 바다인식

김성식의 시에는 항해를 다룬 시편들이 많다. 출항 이후는 계속해서 항해를 지속할 수밖에 없기 때문에 항해에 대한 시적 형상화가 자연스럽게 많이 이루어지고 있다. 항해란 제목을 달고 있는 시편만 보더라도, 「항해」, 「항해일지」, 「별빛 항해」, 「겨울항해」, 「겨울, 항해일지」, 「황천항해」, 「안개항해」, 「적도항해」, 「여름, 항해일지」, 「야간항해」, 「연어의 항해」 등이 항해를 노래한 시편이다. 시인은 「항해」에서는 "항해 자체를 캡

---

12) 김경복, 「김성식 해양시의 양상과 그 의미」, 『해양시인 김성식 선장』, 전망, 2006, p.48.

13) 전봉건, 「김성식의 '바다'」, 『김성식 시전집』, 고요아침, 2007, p.578.

14) 옥태권, 「김성식의 해양문학사적 위상과 의의」, 『해양시인 김성식 선장』, 전망, 2006, p.76, 80 참조. 옥태권은 여기서 김성식 시인이 말한 국제신문과의 인터뷰와 일기를 바탕으로 그의 소년 시절의 바다로 향한 꿈을 잘 해명해놓고 있다.

슬 속을 나는 것으로 이미지화하면서, 이곳을 빠져나간다는 것은 내가 죽은 후가 아니면 안 된다”고 노래한다. 이는 바다에서의 항해가 시인에게는 주어진 숙명 같은 것으로 인식되고 있는 결과이다.

「항해일지」에서는 말 그대로 “백 한 장의 일지 속에 항해하면서 만났던 사건들을 기록하고” 있으며, 「별빛 항해」에서는 “바다에 빠진 별들을 건져올렸다”고 노래하고 있고, 「겨울항해」에서는 “한 해가 저물어 가는 겨울의 바다를”, 「황천항해」에서는 “강풍으로 인해 이승과 저승을 넘나드는 항해를”, 「안개항해」에서는 “안개에 시계를 잃고 어둠의 항해를” 할 수밖에 없었던 경험을, 「적도항해」에서는 “적도를 지나면서 바다를 스케치한” 내용이, 「여름, 항해일지」에서는 “바람 천둥 번개를 휘몰아 갈갈이 날뛰는 폭풍을 등에 업고 언제나 시퍼렇게 살아 있는 솔로몬 해역을 지나며 느끼는 아픔을”, 「야간항해」에서는 “밤새 별빛을 찾아 바다를 건너는 시간들”을 각각 노래하고 있다. 이 중 「겨울, 항해일지」, 「연어의 항해」를 통해 항해의 체험의 일부를 살펴보고자 한다. 항해의 고됨과 그 의미가 다른 시편보다는 강하게 드러나고 있기 때문이다.

　　항로를 찾아 줄을 긋는다
　　망망한 대양 한 복판에
　　삼각자를 이리저리 돌려가며
　　푸른 살점 묻어나는 바다 속까지
　　줄을 긋는다

　　가장 빠른 길
　　암초가 없는 길
　　바람 덜 부는 길을 골라

콤파스로 거리를 잴 때마다

서서히 밀려오는 물결이

내 손을 잡아 당겨

하얗게 익어 간

얼음 한 점 쥐어 주고

뼈로 빚은 소금 몇 알까지 쥐어주곤

항해일지 첫 장 열어

길게 드러눕지만

어느 틈엔가 다시 일어나

뱃길을 뭉기며 물어뜯는

파도의 이빨에

나는 언제나 부서지는 바다가 되어

오늘도 일지 위에 피(血)로 남는다.

―「겨울, 항해일지-베링해를 지나며」[15] 전문

　상선의 항해가 궁극적으로 목적하는 바는 무사히 상품을 하역할 항구에 빨리 도착하는 것이다. 예정된 일정 안에 상품을 하역할 수 있어야 하기 때문이다. 가장 빠른 길, 암초가 없는 길, 바람 덜 부는 길을 찾아 콤파스로 거리를 재는 이유는 그 때문이다. 그러나 항로를 찾는다고 모든 항해가 순조롭게 이루어지는 것은 아니다. 항로를 막아서 "뱃길을 뭉기며 물어뜯는 파도의 이빨에" 물려 피를 흘리기도 하기 때문이다. 이런 항해의 난간은 이승과 저승 사이를 넘나드는 경험을 해야만 하는 「황천항해」에도 있다. 또한 순식간에 길을 잃고 안개밭을 헤매며, 한 치 앞도 내다볼 수 없는 「안개항해」를 감행해야 할 때도 있다. 뿐만 아니라, 밤낮

---

15)『김성식 시전집』, 고요아침, 2007, pp.99-100.

없이 항해를 계속해야 하기에 밤새 별빛을 찾아 「야간항해」를 계속해야 할 때도 있다. 이는 고된 바다 위에서의 삶의 단면들을 보여주는 부분이다. 이런 고되고 힘든 바다 위에서의 항해란 해양체험의 중심이면서 가장 중요한 내용이다.

그런데 시인은 이런 힘든 항해를 부정하거나 외면하지 않고 능동적으로 받아들이고 있다는 점이 특징적으로 드러난다. 그 모습을 「연어의 항해」에서 만날 수가 있다. "내가 밟은 항로가 비록 물거품으로 남아/거센 물결에 씻겨 가더라도/바다의 품이 얼마나 넉넉한지 풍요한지를/다시 떠나는 자에게 전하려고/나를 낳는다"라고 노래하고 있다. 바다가 강풍으로 혹은 안개로 아픔을 주는 곳이기는 해도 '바다의 품이 얼마나 넉넉한지 풍요한지를 떠나려는 자에게 전하기 위해 나를 낳는다'는 것은 바다의 항해가 끝없이 계속되어야 함을 연어의 생리를 빌어 이미지화하고 있다. 이렇게 김성식 시인은 상선으로 항해를 계속하는 선장 시인이었기에 항해 자체에 대한 인식을 시로 형상화할 수 있는 다양한 경험적 요소를 가지고 있었다. 그러면 시인은 이렇게 긴 항해를 계속하면서 바다에 대한 인식을 하게 되는데, 그 바다에 대한 인식은 어떤 모습일까?

먼저 김성식 시인의 바다 인식을 헤아려볼 수 있는 시로서는 「동화 속의 바다」, 「바다 위에 봄씨를」, 「바다를 열어 그 바다를」, 「겨울 바다」, 「사냥하는 바다」, 「당신이 바다를 꺼낼 때」, 「바다여, 바다여!」, 「바다가 나를 부를 때」, 「이 세상 가장 높은 곳에 바다가 있네」, 「바다의 항거」, 「반란의 바다」, 「바다가 달려올 때」, 「바다는 언제 잠드는가」, 「누이의 바다」, 「어머니의 바다」, 「통일로 가는 바다」, 「바다의 변화」, 「냄새로 아는 바다의 두 가지 형태」, 「바다」 등이 나타난다.

「동화 속의 바다」에서는 말 그대로 "동화 속의 바다를" 노래하고 있으며, 「바다 위에 봄씨를」에서는 "봄날 물이랑 구비마다에 심어도 심어도

싹조차 나지 않는 씨를 심어 열매가 되는 날 바다를 떠날 수 있을 거"라
고 노래한다. 바다 위를 항해하는 배가 바다를 가르고 지나가는 형상을
바다라는 대지에 씨를 뿌리는 것에 비유하고 있다. 「바다를 열어 그 바다
를」에서도 이와 동일한 씨뿌림의 이미지가 나타난다. 이러한 봄의 바다
에 비해 「겨울 바다」에서는 "으적으적 이빨을 갈면서 달려드는 거친 바
다로" 형상화되고 있다. 「사냥하는 바다」에서는 "바다의 속살을 찾아 바
다 밑을 해매고" 있는 시적 화자가 등장한다. 그런데 「당신이 바다를 꺼
낼 때」에서는 씨앗을 받아들이는 대지의 이미지를 넘어서 "생생하고, 꿈
틀대는 알몸의 바다, 살아 뛰는 피 배인 바다"로 형상화되고 있다. 이런
바다의 이미지에 연속해서 「바다여, 바다여!」에서는 '힘을 가지고 있는'
바다, 그래서 가증스런 몰골을 두드려 부수는 바다로 노래된다. 「바다가
나를 부를 때」에서도 "죽어 있는 물이 아니라 살아서 펄펄 뛰는 그런 바
닷물이 되라"고 한다. 「이 세상 가장 높은 곳에 바다가 있네」에서는 "이
세상 가장 낮은 곳에 엎드려 거듭 일어나는 바다를" 발견하고 있다. 그리
고 「바다의 항거」, 「반란의 바다」에 오면, "항거의 아우성을 계속하고 있
는 바다, 당차게 행진하며 거리를 휩쓸 반란군들"의 이미지를 닮은 바다
로 변하고 있다. 「바다가 달려올 때」에서는 "말(言)로서 남지 못하고 거
품으로 갯가에 뒹구는 바다의 허무를 소리높여 알려야 한다"고 노래함
으로써 바다의 실존성을 부각시키고 있다. 이러한 실존성을 가진 바다는
「바다는 언제 잠드는가」에서는 "잠들지 못해 밤새 뒤척이던 바다"가 되
고 있다.

　그리고 김성식 시인은 바다 자체의 노래를 넘어서 바다에서 가족의 존
재를 부각시킨다. 그것이 「누이의 바다」와 「어머니의 바다」이다. 「누이
의 바다」는 누이의 이미지를 "제비꽃", "철쭉꽃", "나리꽃"에 빗대어, 이들
각각에 힘든 바다의 모습을 떠올리고 있다. 누이의 바다에서 확인할 수

있는 삶의 지난함은 「어머니의 바다」에서는 "흐느낌의 바다"로 이어지고 있다. 이렇게 바다에 투영된 가족사의 모습은 평온한 모습이 아니라는 점에서 앞서 확인한 바다 이미지와 닮아 있다. 가족으로 향했던 바다를 통한 시선이 민족의 차원으로 나아간 것이 「통일로 가는 바다」이다. 국경없이 열린 바다를 항해하면서도 가까운 고향땅에는 다가설 수 없는 개인적 나아가 민족적 현실의 아픔을 내비치고 있는 장면이다.

지금까지 파악한 김성식 시인이 노래한 바다에 대한 인식은 다양한 모습을 보인다. 그런데 이런 다양한 바다의 모습을 집약시켜줄 수 있는 바다의 인식은 "아무도 건드릴 수 없는 보석보다 더 빛나는 바다를 내 안에서 자주자주 만나게 된다"(「바다」)는 차원에서 나타난다. 결국 이러한 김성식의 바다 인식은 '김성식의 바다'라는 명명에까지 이르게 된다.

해면엔 고기비늘과 같은

작은 물결이 있으나

거품은 생기지 않음.

어부사시사 속의 윤선도가

낚시질하던 곳을

제1의 바다라 부른다

해면은 작은 물결이 커지고

파도 머리가 부서져 거품이 생기며

백파가 나타남.

신라 헌강왕이 개운포 갯가에서

처용을 만났을 때를

제3의 바다라 부른다

파도는 중간 정도이며 뚜렷해지고
물결이 길어지며 백파가 많음.
효녀 심청이가 인당수 거친 물에
뛰어 들기 직전을
제5의 바다라 부른다

파도가 점점 커지고 물머리가 부서져
거품이 바람 부는 데로 흘러감.
풍파에 놀란 사공이
배를 팔아 말을 사겠다고
울먹이던 곳을
제7의 바다라 부른다

엄청나게 큰 파도
물거품이 風下로 흐르며
물보라 날리고 부서져 시정이 악화됨.
지구의 축이 꺾어져
한 쪽으로 급히 쏠리는 듯
미쳐가는 바다는
일만 척 깊숙이 가라앉힌 가슴앓이를
뒤집어
버선목 썩은 곳을 도려내
내게 던질 때
제9의 바다, 또는

성식이의 바다라 부르지만
바다는 언제나 되돌아서서
여의 바다로 거듭 태어나
새로운 살갗 키우는 걸
되풀이 하고 있었다

해면은 거울과 같음.

— 「바다의 변화」¹⁶⁾ 전문

작은 파도가 이는 바다를 제1의 바다라고 명명하고, 그 파도의 커짐에 따라 몇 단계로 바다의 이미지를 나누고 있다. 특이한 것은 엄청나게 큰 파도로 미쳐가는 바다를 "제9의 바다" 혹은 "성식이의 바다"라고 명명하고 있다는 점이다. 이는 대양을 항해하는 시인에게 있어서는 큰 파도가 이는 바다가 문제가 되었기 때문이다. 그 미쳐가는 험난한 바다와 맞서서 항해를 계속해 가는 것이 선장 시인인 김성식의 본질을 제대로 드러내는 길이라는 것이다. 그리고 이러한 바다의 변화가 쉼없이 되풀이되고 있다는 점을 바다의 본질로 노래하고 있다. 이러한 바다의 변화무쌍하고도 한결같이 순환하는 변화를 시인은 다시 두 가지 형태의 바다 냄새로 새롭게 인식하기도 한다.

1
바다 껍질 한 꺼풀 벗기면
하얗게 곤두서는 근육들이
거친 파도로

____

16) 앞의 책, p.149.

알몸

물어뜯을 때

얼른 한 조각 찢어

숫돌에 갈아

시퍼렇게

날이 서도록 숫돌에 갈아

내 심장을 찌르면

가슴 가득 배어드는 피내음의 바다

2

바다껍질 두 꺼풀 벗기면

파랗게 일어나는 근육들이

금빛 너울로

알몸

끌어당길 때

얼른 한 조각 집어

바람에 말려

부드러운 바람 옥색으로 말려

내 심장에 담그면

가슴 가득 젖어가는 레몬 내음의 바다

-중부 인도양을 지나며

― 「냄새로 아는 바다의 두 가지 형태」[17] 전문

김성식 시인이 경험한 바다의 모습은 앞선 시에서는 몇 가지의 모습으

---

17) 앞의 책, pp.314-315.

로 변화하며 순환하는 본질을 지녔지만, 냄새로 파악한 바다는 두 양상으로 나누어진다. 바로 "피내음의 바다"와 "레몬내음의 바다"이다. "피내음의 바다"는 거친 파도가 이는 바다이며, "레몬내음의 바다"는 금빛너울이 이는 바다이다. 바다가 조용할 때는 금빛너울로 인식되지만, 높은 파고가 밀려드는 바다는 피내음의 바다로 다가설 수밖에 없다. 그런데 문제가 되는 바다의 모습은 피내음의 바다이다. 피내음의 바다는 순조로운 항해를 방해하고 선원들의 삶을 위협하는 존재이기 때문이다. 단순한 방해가 아니라, 생명의 위험을 감수해야 하는 지경에까지 이른다. 특별히 항해 중 만나는 태풍은 이러한 죽음을 쉽게 떠올린다. 김성식 시인이 경험한 태풍은 이런 경우를 잘 보여준다.

그날
바다가 하늘이었구
하늘이 바다였지
바다와 하늘이
하늘과 바다가 맞붙어 뒹굴어
위 아래가 없어지면서
시속 수십 킬로의 엘리베이터를 타고
구름을 만지다
돌고래 수염을 급히 뽑았지

기울어지고 있어요
넘어지고 있어요
흰 거품을 내 뿜으며
넘치고 있어요

어머니어머니어머니어머니

부서지고 있다구요

꺼지고 있다구요

미쳐버린 파도 이빨 사이를

벗어나고 싶다는데

벗어나 살고 싶다는데

금간 수평선이

온 세상 끌어다

나를

때리는 새로

아내의 얼굴이

딸아이가 동그란 舷窓에

달랑 달려 달려

어이구

갖고 싶어요 날개

날개를

그날

바다가 하늘이었구

하늘이 바다였어

바다와 하늘이

하늘과 바다가 맞붙어 뒹굴어

위 아래가 없어지면서

흔들려 떨어지는

물보라를 되받아

바다를 깨뜨리고 있었지

—「태풍 속을 내다본 바다」[18] 전문

항해 중 태풍을 만났던 당시의 상황이 실감나게 그려지고 있다. 하늘과 바다가 맞붙어 뒹굴어 위아래가 없어지는 상황이란 배가 견디기 힘든 한계상황에 직면했음을 말한다. 어머니를 연거푸 부르고 있는 상황은 그런 한계상황의 극치로 볼 수 있다. 마지막 구원의 대상으로 어머니가 호명되고 있고, 가족들의 얼굴이 떠오르는 것은 이 때문이다. 시인은 태풍을 벗어나 살고 싶다고 절박하게 노래한다. 그 절박함은 이 상황을 벗어나기 위해서 날개를 갖고 싶다고 애원하는 단계로 나아가고 있다. 태풍으로부터의 구원을 소망하고 있음이다. 항해에 있어 최대의 적은 인간의 의지와는 무관하게 다가오는 태풍이다. 얼마나 많은 배들이 이 태풍을 만나 침몰했는지를 생각하면, 바다 위에서 만난 태풍은 선원들의 먼바다 체험에서 뺄 수 없는 요소임은 확실하다.

폭풍이 몰아치는 바다는 온통 죽음의 이미지로 시인에게 다가온다. 태풍은 비를 동반한 강한 바람이지만, 비를 동반하지 않으면 돌풍이 된다. 옛 기록을 보면, 오늘날 태풍에 해당하는 용어로서 풍이(風異)라는 말을 썼고, 그 강도와 피해 규모에 따라 나무가 뽑힐 정도의 바람은 대풍이라고 명했고, 그보다 더 강한 바람은 폭풍이라고 했다. 문제는 태풍이든 폭풍이든 이는 항해하는 선박에게는 블랙홀과 같은 존재라는 점이다. 그러므로 폭풍이 휩쓸고 지나간 뒤의 바다가 어떠함을 상상하게 한다. 이렇게 난바다에서 폭풍의 늪을 경험한다는 것은 항해가 얼마나 힘든 과정인가를 추체험할 수 있게 한다.

---

18) 앞의 책, pp.54-55.

3) 선원의 삶과 노동

앞서 확인한 바와 같이 험난한 대양을 지나가는 배의 항해의 주체는 배를 움직이는 선원들이다. 그러므로 해양체험에서 배의 항해를 주도하는 선원들의 삶의 문제는 뺄 수 없는 중요한 한 요소가 된다. 김성식 시인은 이러한 선원들의 삶을 그려냄으로써 선원이란 신분을 인식시켜주고, 이들의 삶과 바다의 관계를 노래한 「선원수첩」이란 다섯 편의 연작시[19]로 보여준다. 또한 '허두무'로 명명된 선원 개개인의 삶이 드러나는 「우리 배 견습기관원 허두무군」, 「우리 배 기관장 허두무씨」, 「우리 배 견습 갑판원 허두무군」, 「우리 배 선장 허두무씨」, 「통신장 허두무씨」, 「2등 항해사 허두무군」, 「연변에서 온 선원」 등의 작품과 조난당한 선원들을 다룬 「캡틴 최」, 「대양 하니호」 등이 바다 위에서의 선원의 삶을 구체화하고 있는 시편이다. 그리고 배 위에서의 노동이 엿보이는 작품이 「갑판을 정비하며」, 「외항선 오션에버」 등이다. 이 작품들을 중심으로 선원들의 삶과 노동의 문제를 논의해보고자 한다.

「선원수첩」 1, 2에서는 "어디로 가든 가슴 속 깊숙이 항상 지니고 다녀야 할 포켓형의 서른일곱장짜리 작은 수첩인" 선원수첩을 노래하고 있는데, 이는 선원이란 신분을 보증하는 이 수첩이 지닌 의미를 다시금 생각하게 한다. 바다를 삶의 터로 삼은 자들이란 명백한 징표를 가진 자신들의 신분을 바다는 언제나 확인시켜주는 매개가 되고 있다. 그래서 이들의 삶이란 "흔들리는 바다 밑을 딛고 서서/일 년을 물결 너머 버티고 서서/평생을 한 아름 안고 서서"(「선원수첩·3」) 살아야 할 존재로 각인된

---

19) 김성식 시인이 창작한 「선원수첩」이란 연작시는 연작 번호로는 7번까지 발표되었다. 그러나 시집에 실린 연작시는 1-4번까지와 7번밖에 없어 5, 6번이 빠져 있다. 유작시에도 「선원수첩」이란 연작시는 없어 5, 6번의 연작시가 실제 쓰였는지, 이후에 망실된 것인지 원전연구가 필요한 부분이다.

다. 이러한 삶은 결국 바다를 향해하는 시인이 처음에는 "바다는 점점 나를 닮아가고 있었다네"(「선원수첩·7-바다가 될 때」)라고 고백하다가, 나중에는 "나는 점점 바다를 닮아가고 있었다네"(「선원수첩·7-바다가 될 때」)라고 노래하기에 이른다. 그런데 이렇게 바다가 되어가는 선원들의 존재성 속에는 얼마나 많은 눈물이 숨겨져 있는지 모른다. 그 숨겨진 아픔을 「선원수첩·4」에서 만날 수 있다.

당신이 비밀스레
내 깊숙한 안 포켓의
은밀한 냄새를 맡기 위해
손을 넣어 보았다면
손끝에 차가운 물살이 헤살지며
끈끈한 땀방울로 얼룩진 낯-설은
사내와 마주할 겁니다
긴긴 세월동안 오직 외길
한 권, 수첩에 담아
폭풍 속을 뚫고 나온 그 많은 밤들
안개 사이 헤쳐 나온 그 많은 낯들
웅얼대며 소리치는 것을
만지게 될 거예요.

당신이 만일 나를 못 미더워
내밀스레 안주머니 어딘가에
손을 넣어 보았다면
바닷새의 울음이

목쉰 성대를 갈퀴 아래 매달곤
파도 위를 떠돌다
피 맺힌 노래
토해 낸 자국을 찾아내곤
당신은 섬뜩할 거예요

내, 낮게 지르는 비명들이
날개 젓는 소리에 실려
물굽이 넘고
암초를 피해
맨 북의 간지마다
벌겋게 번진 눈물로
젖어 있기 때문입니다.

―「선원수첩・4-아내에게 주는 간주곡」[20] 부분

   아내에게 들려주는 형식을 띤 이 시의 내용에서, 바다를 항해하는 선원들이 겪는 아픔이 무엇인지를 생생하게 느낄 수 있다. "끈끈한 땀방울로 얼룩진" "사내", "피맺힌 노래"를 "토해 낸 자국", "벌겋게 번진 눈물" 등으로 구체화되고 있는 선원들의 고된 항해와 바다와의 싸움의 기록이 선원수첩 속에 간직되어 있다고 노래한다. 이런 고된 선원생활을 하고 있는 선원들의 개인적인 삶에 대한 노래를 김성식 시인은 '허두무'라는 특정 이름을 내세워 구체화하고 있다. 개별 선원에 대한 노래는 「연변에서 온 선원」과 조난당한 「캡틴 최」 그리고 「대양 하니호」 외는 전부 이름이 「우리 배 견습기관원 허두무군」, 「우리 배 기관장 허두무씨」, 「우리 배 견

---

20) 앞의 책, pp.144-145.

습 갑판원 허두무군」, 「우리 배 선장 허두무씨」, 「통신장 허두무씨」, 「2
등 항해사 허두무군」으로 나타난다. 동일한 이름을 사용하고 있지만, 시
의 내용을 분석해보면, 각각 다른 출신의 다른 사람임을 알 수 있다. 모
두 다 각각의 사연을 지니고 있다. 견습기관원 허두무군은 "강제하선한
중국선원"이고, 기관장 허두무씨는 "9천 년의 배달 한국의 역사를 믿는
36살 한창 나이의 사나이"며, 견습갑판원 허두무씨는 "조선족"이고, 선장
허두무씨는 "신의주에서 남한으로 내려와 군산해양대학을 졸업하였고"
통신장 허두무씨는 "무등산 수박을 먹고 자랐고, 아들의 죽음 소식에 어
쩌지 못하는 아픔을 간직한 자"며, 2등 항해사 허두무씨는 "28살 한창
나이에 사랑을 잃고 괴로워하는 자"이다. 이들이 배 위에서 보여주는 삶
이란 육지에서의 일상의 삶과 크게 다를 바가 없다.

그런데 문제는 김성식 시인이 왜 이렇게 각각 다른 선원들을 노래하면
서 '허두무'라는 동일한 하나의 이름을 고집했을까 하는 점이다. 이는 김
성식 시인의 의식의 차원에서 해명되어야 할 부분으로 보인다. 한 배에
동승한 선원들 사이에는 분명 배의 운용을 위해서 계급적 삶이 현실적으
로 지배할 수밖에 없다는 점을 인정한다면, 더욱 흥미로운 시적 발상이
라고 생각되기 때문이다. 김성식 시인의 눈에는 선원이란 견습 기관원이
나 기관장이나 견습 갑판원이나 선장이나 통신장이나 2등 항해사나 모
두 다 같은 선원이란 공동체 의식이 작용한 것은 아닐까 하는 점을 우선
해명의 한 단초로 생각할 수 있다.

김성식 시인은 1967년 9월 1일 미국 소재 Lasco 해운 Samuel S호에 3등
항해사로 처음 승선한다. 그리고 이후 1969년에 2등 항해사로, 1972년에
는 1등 항해사로, 1977년에는 선장 면허증을 취득해서 그해 1977년 7월
8일부터 Lasco 해운 Pan Star호 선장으로 승선하게 된다. 승선 10년 만에
선장이 된 셈이다. 이런 과정 속에서 한 배 안에서 같이 생활하는 선원이

란 존재는 각각의 역할은 다르지만, 하나의 이름으로 명명할 수 있는 동질성을 가진 공동체라는 의식이 작용한 것으로 해석해볼 수 있다. 이러한 공동체 의식은 부식된 철판을 찾아 녹을 제거하는 작업을 노래하면서, '우리들'이라는 나를 포함시킨 1인칭 복수형을 사용하고 있다는 점에서도 확인할 수 있다.

김성식 시인이 승선한 상선은 이 항구에서 저 항구로의 항해가 주된 선상에서의 노동이기도 하지만, 배의 녹을 제거하는 노동에 시달리기도 한다. 「갑판을 정비하며」, 「외항선 오션에버」에서 그 현장을 만날 수 있다.

바다가 조금 잔잔해지면
우리들은 부식된 철판을 찾아
마스트 아래거나
구석진 창고 틈 또는
선창 둘레를 돌아
데크의 이음매 사이를
치핑해머로 내리 꽂는다
썩는 것에 대한 분노로
치를 떨며
연거푸 찍는다
양날 선 해머로 두들길 때마다
파란 불꽃이 튀어
스스로 몸을 굴려 멀쩡한 장소까지
은밀하게 잠식하면서 번져가는
녹슨 철판이

완강한 저항을 끝내고

부서져 가루로 남아 사라지고 나면

손바닥 가득 물집이 생겨

터진 상처를

수평선 너머 일몰의 구름에다 비비어

하루의 피곤한 일과를 끝낸다 우리들은

―「갑판을 정비하며」[21] 부분

바다가 잔잔해 항해가 순조로우면, 선원들은 배를 부식하는 녹을 닦아내는 작업을 계속해야 하는 상황임을 내보이고 있다. 손바닥에 물집이 생겨날 정도로 피곤한 일과를 감당해야 함을 노래하고 있다. 건조된 지 이제 10년이 조금 넘은 「외항선 오션에버」에서도 녹 제거 작업이 이루어지고 있음을 보여주고 있다. 이렇게 선원들의 삶이란 항해뿐만 아니라, 그들의 삶의 공간인 배를 유지하기 위한 노동에 쉼없이 시달리고 있음을 확인할 수 있다.

4) 항구

김성식 시인의 시에서 항구를 노래한 시편은 「항구·1」, 「항구·2」, 「항구·3」, 「항구·4」, 「항구·5」, 「항구·6」, 「항구·7」, 「항구·8」, 「항구·9」, 「항구·10」, 「항구·11」, 「항구·12」, 「항구·13」, 「항구·14」, 「항구·15」, 「항구·16」, 「항구·17」에 이르는 연작시와 함께 항구에서 만났던 사람들의 삶을 다루고 있는 장시인 「미스 슈텐」, 「이스마일리아」, 「테호江」, 「아메리카의 꿈」, 「떠돌이 김씨」와 단시인 「차가운 별-북아메리카 어느 항구에서」 등이다. 이들 항구를 다룬 시편들을 살펴보면, 그가 노래

---

21) 앞의 책, p.280.

한 항구는 한국의 마산항, 삼천포항, 목포항, 장생포항, 부산항을 비롯해서, 마닐라항, 남대서양 세페티바항, 마드리스항, 콜롱항, 포트 엘리자베스, 리오항, 벤쿠버항, 남아프리카공화국 케이프 타운, 시드니항, 마이애미항, 보스톤항 등 5대양을 이어주는 세계 각국의 항구들이다. 이 항구들은 국제무역도시로서 자리하기도 하고, 어업의 출격 기지로서도 기능하는 매우 중요한 공간이다. 그런데 항구는 여러 국적의 배들이 거쳐 지나가는 장소라는 점에서 다양한 문화가 서로 교류되고 교차되는 곳이다. 「항구 · 1-마산항」에서는 어디론지 가버려 찾아야 할 항구로, 「항구 · 2-삼천포항」에서는 언제나 수평선 너머에 존재하며 꿈속에서나 만나는 항구로, 「항구 · 3-목포항」에서는 슬픈 노래로만 유랑하는 항구를, 「항구 · 4-출항하던 날의 아카풀코」에서는 아카풀코 변두리 달동네를, 「항구 · 5-마닐라항의 아키노」에서는 야자열매보다 더 단단한 코리 여인과의 만남을, 「항구 · 7-마드리드항의 키샤」에서는 손을 벌려 구걸 청하는 행렬을, 「항구 · 8-콜롱항의 동전」에서는 게릴라 콧수염을 단 사내들이 콜롱의 거리를 맴돌고 있는 광경을, 「항구 · 9-포트 엘리자베스」에서는 제국주의의 그림자를 벗어던지려는 몸부림을, 「항구 · 10-리오의 사육제 · 브라질」에서는 사육제의 현장을 만나고, 「항구 · 11-캐나다 뱅쿠버항」에서는 AIDS 보균녀를 찾는 소동과 만나고, 「항구 · 12-남아연방 케이프 타운」에서는 흑백의 문화를, 「항구 · 13-시드니 항의 원주민」에서는 침탈당한 원주민들의 하소연 듣고 있으며, 「항구 · 14-마이아미」에서는 자본주의의 진면목을 만나고 있으며, 「항구 · 15-보스톤」에서는 한국어가 뿌리를 내리고 있음을 본다. 이렇게 처음 항구에 들어서는 자들에게는 항구는 그 항구가 지닌 독특한 이국적인 풍광을 선원들에게 제공한다. 그래서 난바다에서의 오랜 항해의 고단함을 풀어줄 수 있는 공간이 된다. 온전한 귀항은 아니더라도 어느 정도의 쉼을 얻을 수 있는 공간이 항구이다. 그래서 선원들에게 항구는 매우 중요한 삶의 또 다른 공간으로 인식된다. 태풍을 피할 수 있는 피항지가 되기도 하며, 고단한 항해를 잠시 쉴 수 있는 안식처가 되기도 한다. 그래서 항구는 모든 항해자에게 안식과 안도의 상징이 되는 곳이다.[22] 브라질의 세페티바항이 그중의 하나로 노래되고 있다.

남대서양 바닷물 몰래 만지며

몸을 숨긴 작은 도시 세페티바가

수풀 속 거미줄에 걸려

밤새 토해 낸 이슬을

다시 삼키는 사이

그제서야 게으른 눈을 뜨고

오랜 항해, 지쳐버린 우리를

맞이하고 있었네만

자고나면 야자나무 물오르듯

가난이 엉겨 가는 꼬마 항구엔

발 빠른 삼바 리듬으로 건들대던

한가로운 사람들 찢어진 호주머니 속에

어느 틈엔가

우리들 얼굴이 살풋 삐져나와

소곤거리는 걸

나른한 아침나절 줄곧 보고 있었네만.

—「항구 · 6-세페티바항」[23] 전문

---

22) 황을문, 『해양문학의 길』, 전망, 2007, p.129.

23) 『김성식 시전집』, 고요아침, 2007, p.293. 김성식 시에는 항구란 제목의 시편들이 많다. 항

조그마한 항구의 아침이 스케치되고 있다. 항구에서 살고 있는 사람들의 표정과 한가한 항구의 모습이 스케치되고 있다. 무역을 위해 이 항구에서 저 항구로 상품을 실어나르는 상선이 항구에 정박하는 일은 일상사이다. 그러나 오랜 시간 정착해보지 않은 이상 항구의 내면을 속속들이 파악할 수는 없다. 정해진 항로를 따라 오랜 항해를 해야 할 때도 있지만, 항구에 정박하고 출항하는 일은 상선의 일상사이다. 지친 항해에서 벗어날 수 있다는 점에서, 항구는 모든 승선원들에게 분명 쉴 수 있는 공간이다. 그래서 시인은 "지쳐버린 우리를 맞이하고 있었"다고 노래한다.

그런데 김성식의 시 가운데 항구가 나타나는 시편에서 뺄 수 없는 논의거리의 하나는 항구에서 만났던 사람들의 삶을 다루고 있는 「미스 슈텐」, 「이스마일리아」, 「테호 江」, 「아메리카의 꿈」, 「떠돌이 김씨」 등이다. 티베트에서 아메리카 합중국에 와 있는 미스 슈텐, 중동전쟁 중에 남편을 잃고 이스마일리아로 밀려난 시니프 주점의 세니어, 로비토에서 리스본에 와서 댄싱 걸로 일하는 미린다, 아메리카의 꿈을 안고, 미군병사와 결혼하여 미국으로 왔다가 결국 혼자되어 타코마 항구에 뿌리를 내리고 있는 한국인 루비 아줌마, 한국에서 힘든 삶을 정리하고 거지꼴로 낯선 도시를 헤매고 있는 떠돌이 김씨 등, 이들은 모두 뿌리내렸던 고향에서 뿌리가 뽑혀 유랑하며 이곳 항구에 흘러들어 정착하게 된 숱한 사연을 가진 자들이란 점에서, 항구가 지니는 삶의 공간으로서의 특성을 어느 정도 이해할 수 있게 해주기 때문이다.

구 연작시가 17번까지 창작되었으며, 「청진항」, 「목사 성백희-캐나다 뱅쿠버 항에서」 등의 시편이 있다.

5) 배에 대한 관심

바다에서 배의 존재는 필연적이다. 배 없이는 항해가 불가능하기 때문이다. 험난한 대양에서 선원들의 삶이 영위되는 공간이 배이다. 그러므로 대양의 체험 공간으로서 배는 뺄 수 없는 공간이다. 선원들의 삶을 가능하게 하는 터전이기 때문이다. 배로 대양을 건너는 선원들에게 있어, 배는 필수적인 삶의 공간이다. 그래서 바다의 삶에서 배의 중요성은 아무리 강조하더라도 지나치지 않다. 배 없이는 대양을 건널 수 없기 때문이다. 그러므로 김성식 시인도 이러한 배에 대한 인식을 놓치지 않고 있다. 그가 노래하고 있는 배는 「슬픈 외항선」, 「五大號-한 마리 연어로」, 「좌초선」, 「침몰선-93년 서해 훼리호의 백문두 선장에게」, 「표류선」, 「대양 하니호-조난선에 부쳐」, 「외항선 오션에버Ocean Ever호」, 「항해하는 유령선」, 「유령선」, 「노후선의 아침」, 「폐선의 꿈」, 「캡틴 최-한진 인천호에 부쳐」 등이다. 이 시편 중 「좌초선」, 「침몰선-93년 서해 훼리호의 백문두 선장에게」, 「대양 하니호-조난선에 부쳐」, 「캡틴 최-한진 인천호에 부쳐」 등은 조난 혹은 좌초된 배들에 대한 시인의 애절한 심정을 노래하고 있으며, 「슬픈 외항선」과 「표류선」은 항해 중에 화물이 없어 바다 위에 대기하고 있는 상태와 강풍을 만나 배가 항로를 잃고 표류하던 상황을 재구성해서 보여주고 있다. 그리고 「항해하는 유령선」과 「유령선」은 바다에 가라앉은 배들이 유령선으로 출몰하는 내용을 노래하고 있다. 그러므로 배 자체에 대한 시인의 노래는 「노후선의 아침」과 「폐선의 꿈」 두 편으로 논의를 좁힐 수 있다.

새벽을 걷어 낸 자리엔

언제나 금비늘 몇 조각 걸려 있네

낡은 선박의 내장을 뚫고

항적을 그려 나간 물결 위로도
어김없이 빛나는 비늘 조각 위로
또 어제처럼 그렇게
바다가 열리고 있었다네

아무리 바다를 가위질하면서
선수는 물을 가르고 있었지만
땀에 젖은 선체가
나이 든 만큼의 체중을
이기지 못해
이른 아침부터
소화불량에 빠진 위 속을
몇 알의 알약으로
천천히 침몰되고 있었다네

해가 뜨네
또 내일도 떠오를 해가 뜨네
금비늘 걷어가며
녹슨 갑판을 빗질하며 떨어지는 햇살로
주름진 얼굴을 화장한
부정기 외항선의
깊숙한 가슴속에
나는 한 마리 기생충이 되어
배의 늑골을 갉아먹고 있었다네
매일 매일 배와 함께 누군가

나의 늑골을 갉아먹고 있었다네

— 「노후선의 아침」[24] 전문

　배에 대한 시인의 관심은 우선 이 배가 늙어 노후선이 되어 있는 현실을 바라보는 것에서 출발한다. 배도 세월 따라 나이를 먹으면서 노후선이 되어간다. 그래서 나이 든 만큼의 체중을 이기지 못해 천천히 침몰되고 있는 상황의 제시가 그것이다. 다음은 배와 자신을 동일시하고 있는 상태로 나아간다. "내가 한 마리 기생충이 되어/배의 늑골을 갉아먹고 있는 것처럼/매일 매일 배와 함께 누군가/나의 늑골을 갉아먹고 있었다"는 시적 화자의 진술을 통해 이를 확인할 수 있다. 이렇게 배와 자신을 동일시하는 시인의 배에 대한 관심은 힘든 바다의 항해를 통해 배의 운명과 자신의 운명이 결코 나누어질 수 없다는 사실의 인식으로부터 비롯된다. 그래서 시인은 자신이 타던 배가 폐선이 되었을 때, 그 폐선을 두고 자신과 일체가 되어 항해하던 시절을 떠올리며 항해에 대한 꿈을 다시 꿀 수밖에 없다.

꿈을 꾸네
밤마다 하얗게 떨어지는
별들을 건져가며 꿈을 꾸네
오랜 세월
비바람과 풍랑에 찢겨진 몸
폐유에 흔들리는 모래밭에
꿈을 꾸네

---

24) 앞의 책, p.321.

밀물에 밀려드는 작은 물결에도
꿈을 깨네
새벽별이 희미하게 바래진
수평선 바라보며 꿈을 깨네

-달리고 싶어라
선수에 부서지는 파도에
싱싱한 선체를 맡기며
항주하고 싶어라

바다새는 얼마나 예쁘던가
앙증스런 날개를 파닥이며
내 가슴에 앉아
미풍은 불어 깃털을
갑판 위에 떨어뜨릴 때
그 부드러운 깃 하나로
무쇠로 된 핏줄을 뜨겁게 하여
지칠 줄 모르게
온 바다를 헤엄쳐 다녔느니-

썰물에 쓸려가는 잔 파도에
비스듬히 누워 있는
머리가 무거워지네
잠들고 싶네
잠이 들어

저 니케아의 황금빛 뱃길을

더듬고 싶네

이제 이 몸은

사방으로 찢어져

용광로 시뻘건 쇳물로 변하겠지만

그래도 푸른 바다 위에

내 혼을 훨훨 날리고 싶다네

먼 바다로

한없이 항해하고 싶다네.

—「폐선의 꿈」[25] 전문

폐선이 되어 결국 고철 신세를 면하지 못하고 용광로에서 시뻘건 쇳물로 변하는 종말을 맞이하겠지만, 그래도 먼바다로 한없이 항해하고 싶다는 소망을 가지는 것은 폐선 자체의 소망이라기보다는 폐선과 동일체가 된 시인의 소망이다. 이는 시인이 가지고 있는 배에 대한 관심이기도 하지만, 시인이 가슴에 품은 끝없는 항해에 대한 꿈이기도 한 것이다.

6) 귀항

항구를 떠나 바다를 항해한 배는 언젠가는 출발한 항구로 귀항한다. 귀항을 통해 바다 위에서의 생활은 한 단락 지어진다. 그러므로 오랜 기간의 바다 위 삶을 마감하는 귀항은 바다 삶의 체험에서 매우 중요하다. 오랜 시간 동안 헤어져 있던 가족과의 만남이 가능할 뿐만 아니라, 출항하면서 지녔던 난바다에 대한 염려와 불안을 마감하고, 바다에서의 삶을 결산할 수 있는 계기가 마련되기 때문이다. 김성식 시인의 귀항의 모습

---

25) 앞의 책, pp.316-318.

은「귀항」과「귀항2」를 통해 확인할 수 있다.

마냥

젖줄을 그리다가

이제사

광폭한 여름을 꺾어 달고

소금에 찌들어 터진 얼굴을

아내의 유방 위에 묻고선

고운 손길로 걸러내는 상처 속에

녹아 버린 북대서양 殺人氷

허허한 태평양이 어우러져

어우러져 엉킨 우리들 눈물이

온 세상 바다를 지나

빙글빙글 섞일 때쯤

나는

몇 번의 삼백예순 닷새간을

미친 듯 뒤져나간 항로를 던지고선

황토 같은

내 아내 가슴을 쥐어짜며

섧게 울어야지

—「귀항」[26] 전문

내 자그마한 뜨락에 떨어진

모란꽃 꽃잎이

---

26) 앞의 책, p.63.

바다로 나를 던져 버린 날

하얗게 칭얼대던 딸아이의 눈물

더위 속에 녹아 흘러

국화꽃 이슬이 되었다가

얼어붙어

얼어붙은 겨울 지나

봄비 되더니

장마로 바뀌면서

소금에 저린 두 손 비비며

다시 찾은 나의 정원

흥건한 아픔으로 꽃을 피워

〈가지 말아요 아빠 가지마〉

소리쳐 안기는 나를 보곤

이제껏

버려 둔 작은 뜨락의

황금빛 잔디 아래

지나 온 뱃길을

내던져 버렸어.

— 「귀항 2」[27] 전문

김성식의 시인의 귀항 노래에는 가족에 대한 애틋한 감정들이 세심하게 드러나고 있다. 이렇게 오래 동안 헤어져 있다가 다시 만나게 되는 가족에 대한 애틋한 감정의 발로는 자연스러운 것이다. 그 자연스러운 감정의 대상이 공통적으로 여성으로 나타나고 있다는 점이 특징이다. 전자

---

27) 앞의 책, p.513.

의 시에서는 아내가 그 대상이 되고 있으며, 후자의 시에서는 딸아이로
설정되고 있다. 이는 현실적으로 떨어져 있었던 가족에 대한 그리움의
표현이기도 하지만, 인간의 근원적인 욕망 기제의 차원에서 본다면 달리
해석해볼 수 있다. 즉, 바다 위에서 시달린 인간의 고뇌을 근원적으로 해
원하고, 흔들리지 않는 안식처를 제공할 수 있는 품이 모성이기 때문이
다. 늘 흔들리는 거친 바다의 파도에 시달릴수록 인간은 안정적인 공간
에 정착하기를 욕망하도록 되어 있다. 생명의 원천이었던 어머니의 자궁
역시 물의 세계이지만, 그곳은 생명의 위협이 없는 평온한 물의 세계이
다. 그 원초적 평온의 공간을 소유한 모성으로 회귀하려는 욕망이 자연
스럽게 여성을 지향하게 하고 있는 것이다.

3. 맺는 말

지금까지 해양시의 한 특성을 모색하기 위해 평생 선장 시인으로 삶
을 살았던 김성식 시인의 시를 해양체험이란 관점에서 살펴보았다. 해양
시의 특성은 우선 해양체험이 매우 중요하다. 이런 측면에서 해양시문학
중 실제 원양의 체험을 가진 김성식 시인의 작품은 여러 가지 차원에서
의미를 지닌다. 그 모습을 출항, 항해와 바다인식, 선원의 삶과 노동, 항
구, 배에 대한 관심, 귀항으로 나누어 살펴보았다. 출항이 바다 생활의 시
작이라면 귀항은 바다에서의 삶을 마무리하는 과정이기 때문이다.

출항의 모습에서 김성식 시인은 힘차고 밝은 출항의 이미지를 내보이
고 있다. 이는 그가 바다를 자신의 꿈을 펼쳐나갈 삶의 긍정적 공간으로
삼고 있기 때문으로 보인다.

항해와 바다의 인식에서 김성식은 바다를 항해하면서 변화무쌍한 바

다를 경험하게 되는데, 그 바다의 인식이 김성식의 바다라고 명명하는 선으로까지 나아간다. 이는 생명을 위협하는 피내음의 바다로 명명되기도 한다. 이는 바다의 항해에 가장 큰 방해물인 태풍과 폭풍을 만나기 때문이다.

선원들의 삶과 노동에서는 다양한 지역에서 승선한 허두무로 명명되는 선원들의 삶이 소개되고 있으며, 항해 중에 이들이 경험하는 고된 질곡의 삶과 노동을 확인할 수 있다.

항구에서는 세계의 다양한 지역 항구가 소개되고 있으며, 동시에 그곳에서 만난 사람들의 애환과 삶의 이야기가 장시에서 나타나고 있다. 또한, 항구는 오랜 항해에서 오는 피곤과 배라는 좁은 공간에서의 갇힌 일상을 새롭게 전환할 수 있는 계기를 마련하는 공간이 되고 있다.

배에 대한 관심에서는, 폐선을 바라보며 자신의 일부가 되어버린 배와 동일시하는 시인의 시선을 만날 수 있으며, 폐선을 통해서도 끝없이 바다를 항해하고자 하는 또 다른 꿈을 잃지 않고 있다.

귀항에서는 따뜻한 가족애에 대한 그리움을 확인하는 장면들을 확인할 수 있으며, 그 대상이 여성으로 통일되고 있다는 점이 흥미롭다. 이는 오랜 시간 흔들리는 대양의 삶의 공간으로부터 평안하고 안정적인 모성적인 공간으로의 회귀가 무의식적으로 표현된 결과로 보인다.

이상과 같이 김성식 시인이 30년 이상 바다를 항해하면서 펼쳐놓은 해양체험은 한국해양시의 한 모형이 될 수 있다. 그러므로 앞으로 한국 해양시문학의 미래를 위해서는 김성식 시인이 개척해놓은 원양체험의 시적 형상화를 또 다른 단계로 성숙시키는 작업이 필요하다. 이를 위해서는 해양체험을 지닌 승선 시인들의 층이 더 두터워져야 할 것이다. 또한 상선과는 또 다른 차원의 해양체험을 노래하고 있는 어선에 승선한 경험이 있는 시인들의 시와 비교해보는 작업도 이루어져야 하리라 본다.

지리산 문학의 현황과 과제
-작품 속에 나타난 지리산의 의미를 중심으로

1.

지리산 문학, 과연 이 말은 성립될 수 있는가? 문학의 본 장르개념으로는 뭔지 좀 모자라 보인다. 한 지역에 소재한 산을 매개로 문학적 명명을 한다는 것은 분명 특수한 경우이기 때문이다. 그렇다고 소재나 주제 중심으로 문학을 분류하고 논하는, 작은 장르 구분이 없는 것은 아니다. 농촌소설이니, 도시시니, 노인문학이니 하는 문학 작품에 대한 갈래 명명은 장르 류(類)에서는 불가능하지만, 장르 종(種) 속에서 더 작은 갈래 명칭으로 사용되고 있는 것이 현실이다. 이런 측면에서 지리산 문학이란 명명을 일단 생각해볼 필요가 있다. 지리산 문학이란 특정 지역 즉, 공간에 문학적 논의의 장을 마련해보고자 하는 지리학과 문학이 융합된 문학담론의 하나이다. 이러한 연구방향은 문학연구의 새로운 영역을 모색한다는 점에서, 그리고 지역문학을 새로운 차원에서 해석할 수 있는 기대지평이 열린다는 점에서 의미가 있다.

근래 세계화와 지역화가 동시에 이루어지고 있는 현실 속에서 지역문학에 대한 인식이 새롭게 제기되고 있다. 즉, '문학 지리학'적인 접근이 새로운 문학 연구의 한 방법으로 논의되고 있다. 한국문학 연구현장에서 디아스포라 문학에 대한 관심이나 지역문학 연구에 대한 열정들은 이와 무관하지 않다. 세계화나 지역화는 지리적 인식을 필수로 하기 때문이다. 조동일 교수는 「문학지리학을 위한 출발선상의 토론」에서 지금까지의 문학연구가 총체적 문학 연구, 즉 문학사 연구에 집중되어 있었다면, 문학지리학은 개별화 연구를 지향한다[1]고 말한다. 그리고 논의의 단초를 제공하기 위해 문학지리는 공간 이동의 정도에 따라서 '靜'과 '動' 두 가지로 나누고, 자기 고장에 머무르면서 이룩한 지방문학이 있고, 다른 지방으로 이동해서 얻은 여행문학이 있다고 분류한 바가 있다. 이런 개념 정의를 토대로, 하위 범주로 다시 지방문학을 '고을문학', '산천문학', '사원누정문학'으로 나누고, 여행문학은 다시 '국내여행문학', '한국인 외국여행문학', '외국인 한국여행문학' 등으로 분류하고 있다. 이러한 개념 정립이나 분류 자체를 전적으로 수용하는 것은 아니지만,[2] 그가 산천문학에서 논하고 있는 금강산 문학, 지리산 문학, 한강 문학, 낙동강 문학 등과 같은 지역문학을 문학지리학의 관점에서 바라볼 필요는 있다

---

1) 조동일, 「문학지리학을 위한 출발선상의 토론」, 『한국문학연구』 제27권, 동국대학교 한국문학연구소, 2004, p.159.

2) 조동일 교수는 문학지리학을 주창하면서, 지역이란 개념보다는 지방이란 개념을 사용하고 있는데, 이는 중앙과 지역이란 가치개념이 내재된 개념으로 일반화되어 있기에, 지방보다는 지역이란 개념이 더 적절할 것으로 보인다. 이는 이미 지역연구자들이 일반적으로 사용하고 있는 보편적인 개념으로 자리 잡고 있기도 하기 때문이다. 그러나 지역학에서, 지역연구자들이 이미 사용한 지역연구(area studies)란 개념은 에드워드 사이드가 말한 바와 같이 제국주의의 야망을 실현하기 위해 시작된 지역연구라는 의미의 '추악한 신조어'로서 지닌 역사적 오명을 벗어나야 하며, 전통적인 지역연구자들이 대상으로 잡은 국가 단위나 문화 단위 혹은 생태단위의 큰 범주를 대상으로 한 논의뿐만 아니라, 한 국가 내에서의 지리적 구역으로 변별되는 영역을 지역 개념으로 접근할 수 있다고 본다. 야노 토루 편, 아시아지역경제연구회 역, 『지역연구의 방법』, 전예원, 2003, p.26 참조.

고 본다. 이런 측면에서 지리산 문학의 논의를 새롭게 시작해볼 필요가 있다. 지리산과 관련된 신화나 전설에서부터 이미 많은 선인들이 남겨놓은 지리산 여행기(조선 시대 사대부들의 지리산 유산기는 70여 편 남아 있다.[3] 이런 작품과 현대에 발표된 많은 작품들을 정리하면 지리산 문학사도 가능할 것이다.

앞으로의 문학 연구는 지역문학에 대한 새로운 인식과 함께 문학지리학의 활성화를 통한 공간 연구가 활성화되어야 한다. 그러므로 지리산, 금강산 같은 산 중심의 문학 연구뿐만 아니라, 낙동강 문학, 섬진강 문학과 같은 강 중심의 문학연구가 문학 지리학적 측면에서 시도될 필요가 있다. 따라서 본고에서는 지리산을 소재나 배경으로 하고 있는 산문(소설) 몇 편을 통해 지리산 문학의 현황을 살피고, 앞으로의 과제를 함께 논의해보고자 한다. 그 논의 방향은 소설의 배경이나 소설 속에서 삶의 근거지가 된 지리산이 어떤 의미로 다가서고 있는지에 주목하고자 한다.

2.

지리산이 문학적 논의의 대상으로 새롭게 제기된 것은 지리산과 관련

---

3) 이 연구는 조선시대 저술된 22편의 지리산 유산기를 자료로 지리산 여행자들의 성격, 여행동기, 여정 그리고 여행관행을 살피고 있다. 내용 중 흥미로운 것은 지리산 여행자들은 모두 사대부계층이었다는 점이며, 대부분의 여행자들이 지리산 인근에 거주한 자들이라는 점이다. 그리고 여행동기는 지리산의 웅장한 모습을 감상하고 심신을 수련하기 위한 것, 지리산의 풍부한 문화유산과 산재한 선인들의 발자취를 탐방하는 것, 유람을 통해 현실세계의 어려움과 모순을 잊으려는 노력 등으로 나타났다. 문제는 이 여행기들에 대한 문학적 분석이 지리산 문학의 한 형태로서 논의될 필요가 있다는 점이다. 정치영, 「조선시대 사대부들의 지리산 여행 연구」, 『대한지리학회지』 44, 2009 참조.

된 빨치산의 수기가 큰 몫을 했다. 소위 빨치산 문학[4]의 주 무대가 지리산이었기 때문이다. 그 대표격으로 이태[5]의 『남부군』[6]이 있다. 『남부군』은 이전의 빨치산을 다룬 글들에서 만나기 힘든 몇 가지 특장을 지니고 있다. 첫째는 자신의 체험에서 우러나는 기록의 생생함, 둘째, 알려지지 않은 사실의 기록과 표현의 뛰어남, 셋째 남다른 필치와 소설적인 재미이다. 사실 이태의 『남부군』이 발간되던 당시에 주었던 충격은 1980년대 말이라는 시대적 분위기와 함께 충격적이었다고 할 만하다. 소위 베스트셀러 대열에 이 책이 끼어들 수 있었던 것은 이런 연유다.

그러나 이태 작가의 이력을 살펴보면, 이 책에 실린 수기 중 상당 부분은 체험과 함께 공부를 통한 결과물임이 드러난다. 그가 지리산에 있었던 기간은 1950년 9월에서 1952년 3월까지이며, 투항한 이후 6개월 정도의 수용소 기간이 이태 작가가 직접 빨치산의 삶을 경험한 기간이기 때문이다. 따라서 남한 빨치산의 전모를 전 시기에 걸쳐 그려낸 그의 작업은 석방 후 자신이 다른 기록들을 참고한 결과로 보는 것이 일반적이다.

---

4) 김윤식 교수는 「항일 빨치산문학의 기원-김학철론」에서 해방공간에서 나타난 김학철의 「이렇게 싸웠다」, 「지네」, 「남강도일」, 「균열」, 「상흔」, 「달걀」, 「밤에 잡은 부로」, 「담배국」 등의 작품을 최초의 빨치산 소설이라 명명하고, 이런 경향의 모습은 이병주의 『지리산』, 김원일의 『겨울골짜기』, 조정래의 『태백산맥』, 김석범의 『화산도』, 김석희의 『땅울림』, 그리고 마침내 이태의 『남부군』에까지 맥을 이어온다고 정리했다. 그리고 김학철의 경우를 빨치산 문학의 국외형의 원형이라면, 이태의 『남부군』은 국내형의 또 다른 빨치산 문학으로 규정하고 있다. 김윤식, 「항일 빨치산문학의 기원-김학철론」, 『실천문학』 통권 12호, 1988, pp.398-399, 423 참조.

5) 이태의 본명은 이우식이고, 그는 1922년생으로 국학대학·조선신문학원을 졸업, 서울신문 합동통신 기자(이상 6·25전)를 거쳐 전쟁 중에는 북한 '중앙통신' 전주지사의 기자로 복무했다. 인문군후퇴시 월북하지 못하고 빨치산에 편입되었다. 산에서는 이현상의 남부군에 배속되고 전북도당유격사령부대원을 거쳐 전사편찬요원으로 일했다. 투항후 남원수용소에서 석방된 뒤 연탄소매상(1954)을 하다가 정계에 연줄이 닿아 1965년에는 6대 국회위원까지 지냈다. 정한식, 「빨치산, 그 개인적 경험과 집단적 삶의 괴리-이태 『남부군』」, 『한국역사연구회보』 제1호, 1988, p.17 참조.

6) 이태, 『남부군』, 두레, 1988.

그 책은 김남식의 『남로당연구』, 김창순의 『북한 15년사』, 『한국전란 2년 지』 등으로 보인다. 『남부군』은 출간된 이후, 일반 독자들로부터 두 가지 의 반응을 받았다. 그 하나는 빨치산을 너무 미화하지 않았느냐는 것이 고, 다른 하나는 빨치산 집단에게 지나치게 감상적인 부분이 많지 않느 냐는 것이다. 이 점에 대해서 작가 자신은 다음과 같은 입장을 피력했다.

> 그런데 저는 기존의 이러한 두 가지 이미지 모두가 평균적인 게릴라들 의 모습으로는 부족하다고 생각했습니다. 물론 픽션을 가하려면 이렇 게도 저렇게도 할 수 있겠죠. 하지만 솔직히 말씀드려서—부대에 따라 서 다르겠습니다만—제가 속한 부대에서는 고의적으로 살인, 방화를 저 지른 일은 거의 없었습니다. (…) 빨치산은 강철같은 사람들의 집단이다 하고 생각할지 모르지만, 그 사람들은 무슨 외계에서 온 사람들도 아니 고, 모두 한국에서 태어나서 한국적인 풍토 속에서 자라난 사람들입니 다. 같이 산에 있던 많은 청년들이 시를 썼어요. 센치멘탈리스트들도 많 았고 로맨티스트들도 많았습니다. 강철이 아니라 반대로 감상적인 청년 들이 실제로 많았습니다.[7]

이런 논란들은 이 책이 지닌 내용과 관련된 사항이다. 그런데 문제는 지리산 문학이란 측면에서 『남부군』이 갖는 의미가 무엇인가 하는 점이 다. 즉 『남부군』 속에서 보여지는 지리산은 어떤 형상으로 그려지고 있 느냐 하는 점이다. 이태 작가가 『남부군』에서 내보이고 있는 지리산에 대해 서술한 몇 장면을 통해 이를 살펴본다.

---

7) 「한국현대사의 증언: 6·25와 빨치산」, 『남부군』 이태와 『빨치산』 이영식의 강연과 토론. 『역사비평』 1988년 가을호, pp.338-340 참조.

구림천 골짜기 건너 저편에 보이는 7백 미터대의 장군·회문연봉, 그 어느 골짜기엔가 사령부가 있을 시퍼런 산덩이는 마치 난공불락의 성채처럼 믿음직하게 보였다. 섬진강가로부터 급경사를 이루며 솟아 오른 회문봉의 나무 없는 정상은 옛 얘기에 나오는 고성(古城)처럼 장엄하고 신비로웠다 거기서 말안장처럼 한번 숙었다 다시 솟은 장군봉은 거대한 바위덩이를 이고 있어 '투구바위'라고 불렀다. 회문산괴를 이룬 이 두 봉우리는 이듬해 3월 사령부가 소백산맥으로 이동할 때까지 언제나 우리들의 마음의 메카였다. 어떤 위기를 당했을 때도 아득히 그 봉우리들이 바라보이면 말할 수 없이 마음이 든든했다.[8]

위의 인용 부분은 빨치산 활동의 초기에 화가가 인식한 산의 모습이다. 난공불락의 성채처럼 인식되고 있어, 마음의 메카로 받아들이고 있다. 생사를 다투는 전투가 계속되고 있는 상황이었지만, 빨치산들이 기개를 갖고 마음 편히 기거할 수 있는 긍정적 삶의 공간이 되고 있다. 그러나 시간이 지날수록 지리산의 환경은 긍정적 공간만으로 인식되지 않고 있다.

꽃과 녹음과 단풍으로 뒤덮이는 봄부터 가을까지의 지리산은 신비의 세계이다. 그러나 봄이 늦고 가을이 일러 평지 같으면 이미 초여름 문턱에 들어설 5월 하순께에 가서야 철쭉꽃이 만발하고, 9월 중순이면 벌써 잔돌고원(세석평전)의 관목들이 붉게 물들기 시작한다. 이윽고 겨울이 오면 지리산은 그 면모를 일신하여 공포의 산으로 바뀐다, 변덕스런 날씨는 하루에도 몇 차례씩 돌변하여, 눈은 내리는대로 쌓이기만 하여 지형에 따라서는 2미터가 넘는 적설을 이루어 이듬해 5월에 들어서야 녹는

---

8) 이태, 『남부군』, 두레, 재편집증보판, 2003, p.104.

다.[9]

　봄부터 가을까지는 신비의 세계를 간직한 지리산이지만, 지리산의 겨울은 공포의 산으로 바뀐다. 이는 시간이 지남이 따라 공포 차원을 넘어서 주검만 있는 산으로 다시 분위기가 전환된다.

　이튿날 아침 세수를 하러 시냇가에 내려갔을 때, 돌과 단풍과 가을물이 조화된 청렬한 아름다움은 표현할 말이 도저히 없었다. 고원의 산막에서의 그 하룻밤은 두고두고 잊혀지지 않을 만큼 인상적이었는데 그해 겨울 국군의 대규모 작전이 있은 후 그곳을 지나게 된 선요원이 들려봤더니 산막은 불타 없어지고 주인내외는 시체가 되어 눈 속에 묻혀 있더라는 얘기였다.[10]

　결국 지리산의 모습은 빨치산들의 삶의 지향점을 구체화해줄 수 있는 긍정적인 산 이미지에서 출발하지만, 결국은 공포와 죽음의 이미지로 변해가는 모습을 볼 수 있다. 이러한 산 이미지를 통해 남부군과 토벌대들의 투쟁 속에서 결국은 죽음에 직면할 수밖에 없었던 뭇사람들을 자연스럽게 떠올리게 된다. 즉 역사의 소용돌이 속에서 지리산으로 들어가 빨치산이 될 수밖에 없었던 당시의 많은 사람들의 고난의 삶과 죽음의 터로서 지리산이 자리하고 있다는 점에서 우선 그 의미를 찾아야 한다. 새로운 세상을 꿈꾸던 사람들이 그들의 이념과 비전을 위해 생과 사의 가파른 갈림길을 오갔던 투쟁의 공간으로서 지리산이 자리하고 있다는 점이다. 이 점에서 『남부군』은 일종의 증언문학의 갈래로 분류된다. 그런

---

9) 이태, 앞의 책, p.361.
10) 이태, 앞의 책, p.375.

데 수기 형식의 증언문학은 단순한 기록이라는 선에서 크게 벗어나지 못한다. 문학은 사실만의 나열이 아니기 때문이다. 본격적인 지리산문학으로서의 논의 대상이 되기 위해서는 이병주의 『지리산』이나 박경리의 『토지』, 조정래의 『태백산맥』으로 나아가야 한다. 본고에서는 우선 이병주의 『지리산』과 박경리의 『토지』에 나타나는 지리산의 형상과 그 의미를 찾아보고자 한다.

3.

이병주의 『지리산』은 1938년부터 1956년까지의 시기를 바탕으로 일제 식민지-해방-분단-6·25에 걸친 민족사의 굴곡을 담아낸 작품이다. 이 소설은 1972년 9월에 시작해서 1977년 8월까지 60회에 걸쳐 『세대』에 연재하던 중 일시 중단하였다가, 1985년 출판사 기린원에 의해 완간되었다. 『지리산』은 전 7권으로, 각각 '잃어버린 계절', '기로에서', '작은 공화국', '서럼의 벽', '회명(晦明)의 군상', '분노의 계절', '추풍 산하에 불다'로 구성되어 있다.

그런데 이병주는 이 소설의 표제를 '실록대하소설'로 명명하고 있다. 실록이란 수사가 대하소설 앞에 자리하는 의미는 무엇인가? 사실에 기초한 소설이란 점을 분명히 밝히고 있음이다. 이 점에 대해 김윤식 교수는 「지리산의 사상과 『지리산』의 사상」에서 "'실록대하소설'이란 말은 모순으로 가득찬 표현이다"라고 규정했다. 소설이 허구이며 상상력의 소산이라면, 실록은 사실의 영역에 속하기 때문이다. 그럼에도 불구하고 이처럼 모순적이고 위험스러운 '실록'을 작가가 소설에 도입하는 것은 '지리산'에 접근하는 것이 현실적으로는 금기사항이었음과 무관하지 않아 보인다고 밝히고, 만일 하준규의 실록이 없었더라면 결코 작품『지리산』은 쓰일 수도 없었고, 설사 쓰였더라도 높이나 무게를 가지기 어려웠을 것이라고[11] 말한다. 앞서 논한 이태의『남부군』과 표절 시비가 문제된 것도 바로 이 소설이 지닌 실록으로서의 역사적 사실성 때문이었다.

『지리산』의 출발은 하준수의「신판 임꺽정-학병거부자의 수기」에 근거한다. 이 글은 중앙대학 법학부 졸업반인 하준수가 학도병 지원을 거부하고 덕유산에 은신했다가 지리산으로 가서 보광당을 조직하고 해방을 맞는 과정이 기록되어 있다. 그는 함양의 지주집 출신으로 일본유학생이었고, 무술에 뛰어난 인물로 그려지고 있다. 이 인물이『지리산』에 등장하는 하준규이다. 하준규는『지리산』에 등장하는 주인공들인 이규, 박태영, 하영근 등을 거느리는 중심인물이다. 그러므로 하준규가 펼쳐내는 삶의 모습이『지리산』을 단순한 실록을 넘어서게 하는 바로미터가 된다. 즉『남부군』이 보여주는 수기의 차원을 넘어서 상상력이 작용한 소설의 영역으로 자리하게 된다는 것이다.

이병주가 보여주는 하준규의 모습은 끝까지 학병 출신의 책임감 강하고 얼굴 희고 눈썹 가느다란 공수 4단의 청년이었지, 결코 빨치산 두목 박헌영의 부하이며 남조선 빨치산 부사령관 남도부는 아니었다. 이는 보광당 위에 존재하는 두 고문인 이현상과 권창혁의 논리에 무조건 뒤따르는 입장에 서 있지 않았음에서도 드러난다. 이러한 새로운 인간형의 창조가 바로 소설에서의 상상력이 기여하는 대목으로 읽힐 수 있다. 다시 말하면『지리산』의 많은 부분이 수기에 바탕하고 있지만, 수기만으로 완성된 기록물이 아니고, 작가의 상상력이 작용하고 있다는 점을 말한다. 이런 측면에서 김종회 교수는 이병주의『지리산』을 역사적 사실과 문학의 미학적 가치가 서로 교직한 작품으로 보았으며, 이러한 구조를 통해

---

11) 김윤식,『이병주와 지리산』, 국학자료원, 2010, p.230.

그는 역사를 보는 문학의 시각과 문학 속에 변용된 역사의 의미를 동시에 걸어 올릴 수 있었던 것[12]으로 평가한다. 그러므로 이 작품은 지리산을 배경으로 하는 '지리산 문학'의 논의의 장에서 중심축의 하나를 이루고 있음이 분명하다. 그러면 이 작품 속에서 지리산은 어떤 모습을 하고 있는가? 등장 인물들이 지리산을 대하고 있는 몇 장면을 통해 그 의미를 찾아본다.

> 풍경은 그대로 있었다. 농담濃淡 갖가지의 녹색이 능선의 교차로에서 푸른 하늘을 굴곡屈曲하고, 골짜기와 배량背梁의 기복起伏을 빛과 그늘로 아로새기며, 그 일곽一郭으로서의 지리산은 천왕봉의 기연한 모습을 아득히 하늘 가운데 두고 장엄한 기품으로 고요했다.[13]

어린 규가 두 번째 지리산에 있는 할아버지의 무덤을 찾으면서 바라본 지리산의 모습이다. 이때의 지리산의 모습은 한 마디로 '장엄한 기품'으로 요약된다. 그래서 그의 마음 속에 지리산은 학교를 졸업하고 들어와서 살아보고픈 공간으로 받아들여지고 있다.

> 규는 자신도 중학교를 졸업한 뒤 이런 곳에 와서 아이들이나 가르치며 살아도 무방하겠다는 감상같은 것을 느껴보기도 했다. 너무나 짙은 정적은 이상한 빛깔로 사람을 사로잡는 마력을 가지고 있다. 그래서 이 웅장한 정적을 지닌 지리산 속에서 사는 사람은 바깥에 나갈 의사를 잃고 마는지 몰랐다. 규는 그저 멍청하게 할아버지의 산소가 있는 산을 중심

---

12) 김윤식 · 김종회 엮음, 『문학과 역사의 경계에 서다:낭만적 휴머니스트, 이병주의 삶과 문학』, 바이북스, 2010, pp.93-94.
13) 이병주, 『지리산』 1, 한길사, 2006, p.40.

으로 한 풍경에 오랫동안 마음을 빼앗기고 있었다.[14]

이러한 지리산에 대한 긍정적인 인상은 규의 눈에만 이렇게 비친 것이 아니라, 이규와 박태영의 중학교 교장이었던 하리다 교장의 눈에도 동일한 차원으로 비쳐들고 있다.

"제군! 저 지리산을 보라!"
구름 한 점 없는 5월 하늘 저쪽에 신비의 장막을 두르고 지리산의 정상이 숭엄한 모습을 나타내고 있었다.
"저 지리산의 숭엄한 모습을 어느 해 어느 때 나와 함께 눈여겨보았다는 기억을 너희들이 길이 간직해 주었으면 고맙겠다."[15]

규에게 장엄하고 웅장한 정적을 지닌 지리산의 이미지는 하라다 교장의 눈에는 숭엄한 모습으로 인식되고 있다. 이러한 지리산에 대한 인식은 지리산의 구체적 삶과 어느 정도 거리를 가진 자들의 시각일 수도 있다. 실제 지리산 속에서 현실의 삶을 살아가는 자들의 삶이란 그렇게 녹록지 않음을 다음 장면에서 보여주고 있다.

"지리산이 어떤 곳인진 모르죠?"
"모릅니다."
"지리산은 험하기 짝이 없는 산입니다. 쫓기는 사람이 아니면 근처에 마을도 있으니 근근이 연명할 수는 있지만, 쫓기는 몸이라든가 경찰을 조심해야 할 처지에 있는 사람은 살아가기가 지극히 힘든 곳입니다."

---

14) 이병주, 앞의 책, pp.47-48.
15) 이병주, 앞의 책, pp.129-130.

　　"상상은 하고 있습니다."

　　"숙자 씨가 상상할 수 있는 정도가 아닙니다. 숙자 씨는 태영군을 위해
　　서라도 지리산에 안 가는 것이 좋을걸요."16)

　일본이 학도병의 징집을 시작하자 이를 거부하고 한국으로 돌아가고
자 하는 태영과, 함께 지리산으로 들어가려는 김숙자를 향해 하준규가
하는 충고이다. 이 충고 속에 지리산에 대한 인식이 잘 나타나 있다. 지
리산은 웅장하고 숭엄한 이미지를 지니고 있기는 하지만, 쫓기는 사람들
이 살아가기 힘든 공간임을 강조하고 있다. 그러나 그곳으로 나아가고
자 한다. 여기에 『지리산』에 등장하는 인물들의 개성이 드러난다.

　　지리산으로 간다. 그것은 일제에 대한 단호한 항거를 의미한다. 일제라
　　고 하는 그 억척같은 세력을 적으로 하고 고립된 힘으로 지리산 속에서
　　과연 몇 해, 아니 몇 달이나 지탱할 수 있을까. 지리산으로 가는 것은 무
　　덤을 찾아가는 행위와 조금도 다를 것이 없는 게 아닐까. 그러나 일본병
　　정으로 끌려가 개죽음을 당하는 것보다는 나을 것이다.17)

　지리산으로 가는 것은 죽음을 찾아가는 행위나 다름없지만, 그들은 지
리산으로 들어가 투쟁의 흔적을 남기고, 끝내 죽음과 마주한다. 그것을
파르티잔의 운명으로 받아들이기 때문이다. 박태영, 정복희가 보여준 청
학동에서의 생의 마지막 장면은 그들이 살 곳을 찾아 지리산에 들어왔지
만, 결국 그곳이 그들의 죽음의 공간이 될 수밖에 없음을 보인다.

---

16) 이병주, 『지리산』 2, 한길사, 2006, p.109.

17) 이병주, 앞의 책, p.113.

넓고 복잡한 지리산인데도 쫓기고 쫓겨 돌아다니다 보면 며칠 전에 왔
던 곳에 도로 오는 경우가 한두 번이 아니다. 그 험한 눈길, 얼음바위를
타고 며칠을 한 잠도 자지 못하고 헤매다가 결국은 그 자리에 와 있다
는 것을 깨달을 때는 한 숨이 저절로 난다.

파르티잔에게 갈 곳은 없다. 살 곳을 찾아 헤매는 것이다. 기껏 살 곳이
라고 찾았다는 것이 결국은 죽을 곳을 찾는 것이 된다. 이것이 파르티잔
들의 운명이다. 살 곳을 찾아 헤매다가 얼마나 많은 파르티잔이 죽었는
가. 그렇다고 해서 단념할 수 없는 것이 또한 파르티잔이다. 살아 있는
동안엔 살 곳을 찾아 헤매다가 살 곳을 찾았다는 그곳에서 파르티잔은
죽어야 하는 것이다.[18]

결국 이병주의 『지리산』이 보여주는 지리산의 이미지도 장엄하고 숭엄
한 지리산의 모습에서 죽음이 자리하는 현실공간의 이미지로 마무리되
고 있어, 이태의 『남부군』이 보여주는 지리산의 이미지와 맥을 같이한다
고 볼 수 있다.

또 다른 한 측면에서 지리산이 소설의 공간으로 펼쳐지고 있는 작품이
박경리의 『토지』이다. 『토지』는 대서사시답게 완성되기까지 많은 매체를
거쳤다. 첫 시작은 『현대문학』으로부터 비롯되었지만, 이후 『문학사상』,
『독서생활』, 『한국문학』, 『정경문학』, 『월간경향』, 『문화일보』 등을 거쳐
마무리되었다. 이런 만큼 이 소설이 펼쳐지는 공간도 넓고 등장하는 인
물 역시 600여 명에 이른다. 1부는 경남 하동의 평사리가 무대이며, 2부
는 주로 간도와 용정촌, 3부는 경남 진주를 중심으로 하여 평사리, 서울,
간도, 지리산, 4, 5부는 한반도 전체와 간도, 만주, 일본으로까지 나아간
다. 사실 앞서 논한 이병주의 『지리산』처럼 『토지』는 지리산이 소설 배경

---

18) 이병주, 『지리산』 7, 한길사, 2006, p.190.

의 중심은 아니지만, 소설 속에서 지리산이 차지하는 비중을 쉽게 간과
하기는 힘들다. 즉 소설의 시작이 평사리 최참판댁에서 시작해서 마지막
장면 역시 평사리로 마감되고 있다는 점에서, 지리산 자락의 평사리 공
간이 지니는 무게를 생각하지 않을 수 없다. 사실 소설의 중심 공간은 평
사리에서 출발하지만, 그 공간은 갈수록 확산되다가 다시 평사리로 귀
착된다[19]고 볼 수 있다. 이런 점에서는 소설의 공간이 지리산 자체는 아
니지만 지리산을 오가는 인물들이 등장한다는 점과, 또 지리산 자락에
위치한 평사리가 지리산이 지닌 산세로부터 벗어날 수 없다는 점에서 지
리산 문학의 한 중요한 대상이 된다.

　『토지』에 등장하는 지리산에서 펼쳐지는 모든 장면을 다 논의할 수는
없고, 5부 4권에서 임명희가 소지감 주지에게 거금 5000원을 기부한 이
후, 이 돈을 어떻게 사용할지 논의하기 위해 지리산에서 살고 있던 자들
(소지감, 해도사, 임명빈, 장연학, 김휘, 이범호, 몽치 등)이 함께 모여 벌이는
논쟁의 장면에서, 『토지』에 나타나는 산의 의미를 일부 읽어낼 수 있다.

　"본시부터 이 산은 도망쳐와서 숨어사는 사람들로 이력이 나 있으니, 얼
마 동안이나 끌지 그게 걱정인데."
　"멀잖을 게요."
　소지감이 말했다.
　"그렇더라도 대비는 해야, 무엇보다도 중요한 것은 산에 길들여진 생활
을 해야 한다. 나는 그렇게 말하고 싶소."
　"어떻게 길들여져야 합니까?"

---

19) 이러한 공간적 이동을 최유찬 교수는 나선형적 선회로 명명하고 있다. 1부에서 3부까지
　　작품은 1회전하는 시공간적 배경을 가지게 되고, 그것이 평사리로 복귀한 것이 아니라 진
　　주로 돌아온 것이기 때문에 나선형적 선회였음이 드러난다고 보았다. 최유찬, 『토지를 읽
　　는 방법』, 서정시학, 2008, p.194.

포문을 열듯 비로소 이범호가 입을 떼었다.

"산이 있는 그대로 길들여져야 하네."

"사람이 산을 닮을 수는 없지 않습니까."

"닮아야 하네. 닮지 않으면 산은 자네를 죽일걸세."

"예?"

"닮지 않으려는 인종이 많아지면 산이 죽을 거고."

"이해할 수 없군요."

"산은 넓고 깊네. 인간들 하기 나름으로 산은 많은 것을 줄 수도 있고 아니 줄 수도 있으니 말씀이야. 저 수많은 짐승 초목까지 먹여 살리는 산을 생각해보게. 그 숱한 생명들은 산에 반역하지 아니하네. 살아남는다는 것은 쉽잖은 일일세. 남을 죽게 하는 일보다 더 어려운 일인 게야. 내가 살아남는다는 것은."

조소를 머금은 이범호는

"늘 들어왔지만 알쏭달쏭, 하나마나의 얘기, 그게 도통한 신선의 말씀인지는 모르겠습니다만 굶주리고 헐벗고 억압받는 무산대중에게 허황된 그런 말이 무슨 소용이 있겠습니까. 조선왕조 오백년 그 따위 말로 인민들은 기만당해왔지요."

"그 따위 말이라니!"

몽치가 눈을 부릅떴다.[20]

　　박경리의 지리산에 대한 인식이 드러나는 장면이다. 살기 위해 도망쳐 온 사람들의 삶의 공간이 지리산이기는 하지만, 이 산은 모든 생명들을 먹여 살리는 생명의 산임을 소지감의 입을 통해 분명히 보여주고 있다. 『토지』에 등장하는 지리산이 지닌 이런 생명력이 중요한 것은 『토지』 작

---

20) 박경리, 『토지』 5부 4권, 솔, 1994, pp.406-407.

품 전체가 내장하고 있는 중요한 주제가 바로 생명의식이기 때문이다.

　4.

　지리산은 아픈 역사를 간직한 산이다. 그 아픈 역사는 죽음의 역사로 기록된다. 그러나 지리산 자체는 어머니의 산이란 원형적 이미지를 가지고 있다. 지리산은 이제 생명의 원천인 어머니의 산으로서의 원형을 회복해야 한다. 지리산 문학의 과제 역시 이런 선에서 그 방향성이 분명해진다. 죽음의 이미지로 점철된 역사를 우리가 부정해서도 안 되고, 부정할 수도 없다. 그러나 이제는 그 죽음의 공간을 생명의 공간으로 전환해가는 작업들을 구체화해야 한다. 우리는 죽음을 통해서 제대로 생명을 인식할 수 있는 많은 역사적 흔적을 많이 가졌다. 지리산의 역사 역시 마찬가지이다. 본질적인 측면에서 죽음 없는 생명이란 그 의미부여가 불가능하기 때문에 이 역사적 경험들은 값진 가치를 가진다. 그러나 죽음을 통해 생명의 가치를 제대로 획득하지 못하면, 이 가치는 현실화될 수가 없다. 문명은 첨단을 달리고 있지만, 죽임의 문화만 창궐하는 이 시대에 지리산 문학이 생명문학의 한 모형으로 자리 잡아가야 하는 이유가 여기에 있다.

지역문학 연구에 나타나는 탈근대성의 양상

-지역정체성 모색을 중심으로

1. 문제제기

지역에 대한 논의의 방향은 두 양상으로 나누어 볼 수 있다. 그 하나는 전통적인 지역연구, 즉 소위 말하는 지역학[1]에서의 지역논의 차원이

---

1) 지역학과 관련된 용어를 살펴보면, 세 가지 정도로 요약된다. Region, Areas, Local이다. Region은 사회과학에서 동질적인 특성을 가진 지구(地區)를 의미한다. 특히 Region은 다른 지역(Areas)들과 구별되며 자연 지리적, 문화적 공통의 특성을 가지고 있는 곳을 지칭한다. Area는 사전적 정의로 '직선의 크기를 나타내는 길이에 대하여 평면의 크기를 나타내는 양'으로 정의되고 있다. 이는 다른 표현으로 '어떤 범위의 구역'을 의미하며 라틴어의 '마른 지역 장소'의 기원을 가지고 있다. 지구의 표면으로 지칭되는 'Surface'의 일부분으로 'Area'가 규정되는 것이다. 지역연구의 의미로서의 'Area'는 오히려 미국의 지역연구의 발전 선상에서 이해함이 옳은 것 같다. Robert B. Hall 교수가 보고서의 제목을 「Area Studies」(1947)로 작명하고 있는데, 이 내용에는 'Region'에 대한 개념을 포함시키고 있다. 이후, 동일한 용어의 사용이 점진적으로 확산되었다. 'Area' 개념의 빈번한 사용 이후 오히려 'Region'은 보다 'Local'을 의미하는 개념으로 정착되어 가는 듯하다. 'Local'은 그 본래 의미가 지방, 국부라는 개념에서부터 출발한다. 공간적으로 중심이 아닌 주변부라는 의미가 강하다. 그러므로 요즈음 'Local' 개념이 더욱 부각되고 있는 이유는 공간적으로 탈근대성의 성격을 보여주는 개념으로 'Local'이 인식되고 있기 때문이다. 하병주, 「지역학의 정체성과 패러다임 모색1」, 『지중해지역연구』 제9권 1호, 2007, pp.257-260 참조.

고, 또 다른 하나는 탈근대적 의식에 근거한 지역에 대한 새로운 인식이다. 전자의 지역연구가 강대국이 식민지를 침탈하기 위한 전략적 지역연구에서 출발했다면, 후자는 주체적인 지역인식에서 비롯된다. 즉 전자가 근대 제국주의의 실현 과정에서 나타난 근대성의 추구와 연관된다면, 후자는 식민화 혹은 중앙집권화되어 있는 상황 속에서, 지역이 탈식민화 혹은 탈중앙집권화를 추구하면서 나타나는 지역 자치 혹은 지역정체성을 자각하는 가운데 시작된 지역 개념이다. 이런 점에서 후자의 지역개념 속에는 탈근대성의 문제가 내재되어 있다.

본고에서 관심하는 바는 전자에서 말하는 의미의 지역연구 차원에서의 지역 개념이 아니라, 후자의 차원에서의 논의되는 지역 개념이다. 그런데 이러한 지역의 발견 혹은 지역인식은 시대적인 사조의 흐름과 결코 무관하지 않다. 즉 지역에 대한 새로운 인식은 문학에 국한된 문제가 아니라는 말이다. 문학과 인접해 있는 역사학의 경우, 지역사에 대한 활발한 연구[2]의 시작도 같은 선상에 놓이는 현상이다. 한국의 상황에서 지역의 발견은 지방자체제도의 실시라는 정치적 현실과 세계화되어가는 국내외적인 변화가 그 하나의 배경으로 작용한 점을 무시할 수 없지만, 더 근본적인 이유는 탈근대주의적 학문 경향의 영향도 부정할 수 없다. 탈근대주의는 근대주의에 바탕을 두고 추구되어온 모든 연구의 방향과 주제들에 대해 새로운 문제제기를 시작했다. 중심추구에 대한 탈중심의 추구를 통한 해체, 전통적인 정전에 대한 탈정전의 논의, 거대담론의 해체와 미시담론의 생산 등을 통한 다양성과 차이의 인정[3]이 그 모습이다.

문학연구에도 이러한 경향은 일반화되어가고 있다. 특히 지역문학에

---

2) 양정필, 「근현대 지역사 연구의 현황과 전망」, 『역사문제연구』 제17호, 2007, pp.12-15 참조. 이 논문에서 최근 활발하게 이루어지고 있는 지역사 연구에 대한 논의와 함께 지역사 연구가 활발하게 이루어지고 있는 연구의 배경을 제시하고 있다.
3) 신종화, 「탈현대성 담론의 재해석」, 『동양사회사상』 제13집, 2006, p.153.

관심을 가지는 자들이 많아지면서 지역문학 연구는 이제 탈중심을 통한 각 지역의 새로운 차이를 모색하는 방향으로 나아가고 있다. 그 구체적 모습의 하나가 각 지역마다 지역문학작품을 새롭게 해석하기 시작한 지역문학연구의 활발한 움직임이다. 그런데 지역문학에 대한 연구가 활발히 진행되고 있기는 하지만, 그 연구방법론에 대한 논의나 모색은 아직 많은 과제를 안고 있다. 지역문학 연구는 지금까지 한국문학사에서 보편적으로 논의 대상이 되었던 작가나 작품에서 벗어나 주변화되어 있던 작가들이나 작품에 대한 연구라는 측면에서, 한국문학 연구 풍토에서는 지역 문학 연구가 탈근대적인 속성을 갖고 있음을 무시할 수 없다. 한국문학사에서 보편성을 가질 수 있는 작가나 작품에서 배제되었던 작가나 작품에 대한 연구라는 점에서 지역문학연구는 탈중심적인 혹은 탈정전적인 성격을 지닌다. 그러나 주변화되어 있는 작가나 작품들만을 다룬다고 지역문학연구가 의미와 가치를 지니는 것은 아니다. 이들에 대한 논의가 지역성과 함께 보편성을 지녀야 하기 때문이다.[4] 지역문학 연구가 전체 한국문학 연구 논의에 아무런 보탬을 줄 수 없다면, 그 의미는 반감되기 때문이다.

이런 측면에서 지역문학 연구는 단순히 지역에 묻혀 있는 작가나 작품의 발굴을 넘어서 그 작가의 작품에서 구현되고 있는 지역성, 즉 지역의

---

4) 지역사 연구에서도 이러한 모습은 그대로 동일하게 나타난다. 일반적으로 지역사 연구는 '지역화된 전국사'와 '전체로서의 지역사'로 나누어지는데, 전자는 한국사 일반을 강하게 의식하면서 특정한 역사해석을 입증 혹은 반증하기 위해서 일정한 지역을 대상으로 연구하는 경우이고, 후자는 한국사와의 관계는 이차적이고 궁극적인 목표는 해당 지역의 역사를 특수 부면만 부각시키지 않고 총체적으로 밝히며 이를 통해 지역문화 및 그 정체성 수립에 기여하려는 데 있다. 이 두 연구는 그 출발점은 비록 다르지만, 어느 쪽에서나 새로운 자료 발굴과 엄밀한 논증을 거친 수준 높은 연구성과는 서로 통하게 되어 있다. 즉 수준 높은 전체사로서의 지역사라면 한국사의 새로운 해석으로 인정받을 수 있고, 반대로 수준 높은 지역화된 전국사 연구는 해당 지역에 새로운 역사적 정체성을 부여할 수 있다. 양정필, 앞의 논문, pp.21-22.

정체성 발견과 함께 보편성으로 나아가야 하는 과제를 지닌다. 그러므로 본고에서는 지역문학이 추구하는 그 지역의 정체성에 초점을 맞추어 논의를 진행하고자 한다. 그런데 지역 문학 연구에서 새로운 과제로 등장한 지역의 정체성 규명은 일차적으로 탈중앙을 지향하고 있다는 점에서 탈근대적인 속성을 내재하고 있다. 각 지역문학 연구 논의에서 나타나는 탈중앙의 지향은 다양한 모습을 띠고 나타나는데, 이것이 어떠한 탈근대성을 지니고 있는지가 중요하다. 그래서 우선 지역문학에서 추구하고 있는 지역 정체성의 구현이 어떻게 탈근대적인 성격을 지니게 되는지에 관심하고자 한다. 그런데 각 지역에서 내보이고 있는 지역문학 연구마다에서 나타나는 지역정체성은 하나의 모습으로 규정하기가 힘들다. 탈중앙을 통해 실현해가고자 하는 지역주의가 각 지역의 특수성에 따라 다양하게 드러나고 있기 때문이다. 그래서 본고에서는 몇 지역에서의 지역문학 연구가 보여주고 있는 지역 정체성 논의가 어떤 탈근대적인 성향을 보여주는지를 살펴보고자 한다.

2. 지역문학 연구에 나타난 탈근대성의 양상

지역문학 연구에 나타나는 탈근대성의 문제를 논의하기 위해서는 실제 지역문학 연구의 현황을 구체적으로 살펴보아야 한다. 그런데 이 작업은 국내 모든 지역문학 연구의 현황을 한꺼번에 다 살필 수는 없다. 그래서 몇 지역 문학권5)을 중심으로 지역문학 연구에서 확인되는 탈근대

---

5) 지역문학권을 어떻게 나눌 것인가 하는 문제도 지역문학 연구에서 중요한 과제 중의 하나이다. 조동일의 경우, 지방문학사의 서술단위가 되는 지방은 그 범위를 미리 한정할 수 없으며, 경우에 따라 달라지는 것이 당연하다고 보고 있다. 그래서 호남문학, 영남문학, 같은 대단위, 전남문학, 대구문학 같은 중단위, 고창문학, 통영문학 같은 소단위 그보다 더

적인 내용을 논의해보고자 한다. 그 지역으로 우선 논의 대상이 되는 곳이 제주지역이다.

제주지역은 언어뿐만 아니라 공간적으로도 다른 지역과는 변별되는 요소를 지니고 있다. 즉 다른 지역보다는 지리적, 공간적으로 지역문학의 주체성을 세워나가기에 적절한 조건을 갖추고 있기 때문이다. 그래서 제주지역에서의 지역문학 연구는 다른 지역에 비해 상대적으로 활발한 편이다. 논의에 값하는 대상으로는 제주지역 문학 연구를 실천한 김동윤, 김병택, 양영길 등이 있다.

김동윤은 「4·3문학의 전개 양상과 그 의미」에서 4·3문학의 전개 양상을 '비본질적·추상적 형상화 단계'(1948~1978), '비극성 드러내기 단계'(1978~1987), '본격적 대항담론의 단계'(1987~1999), '새로운 모색의 단계'(2000~) 등 네 시기로 구분하고, 4·3문학이 구체화됨으로써 4·3 사건이 공산폭도의 사건이라는 공식 역사를 새롭게 해석하게 되었다고 본다. 특히 '본격적인 대항담론의 단계'에 이르러서는 대항담론이 공식역사에 확실히 맞서는 양상을 보였다[6]고 본다. 즉 4·3이 문학 작품 속에서 구체화되기 전까지의 지배담론에 대해 저항담론을 형성함으로써, 기존의 역사를 해체하고 역사를 새롭게 해석하는 계기를 마련했다는 것이다. 이는 바로 문학담론을 통한 지역사의 새로운 해석이란 점에서 탈근대적인 양상으로 볼 수 있다. 제주지역의 4·3을 다룬 문학작품들이 계기가 되어 4·3의 역사적 진실이 밝혀지게 되었다는 것이다. 제주지역이 간직하고 있던 지역의 특수한 역사적 사건을 문학이 형상화함으로써 지역의 역사를 새롭게 해석할 뿐만 아니라, 이를 통해 제주지역의 역사적

작은 단위가 모두 의미가 있다고 본다. 본고에서는 우선 대단위 정도의 수준에서 논의를 전개해가려고 한다. 조동일, 「지방문학사 어떻게 쓸 것인가」, 『지방문학사』, 서울대출판부, 2003, p.206 참조.

6) 김동윤, 『기억의 현장과 재현의 언어』, 각, 2006, p.72.

정체성의 한 부분을 확인할 수 있었다는 것이다. 이러한 지역정체성의 확인은 제주지역문학의 특수성을 새롭게 인식하는 계기를 마련했다는 점에서 의미를 지닌다. 그런데 제주지역이 문학연구에서 내세우고 있는 중심적 화두인 4·3의 문학화가 그동안 문학 운동차원에서 전개되어온 점을 감안한다면, 이제는 운동성을 넘어선 4·3문학의 논의가 필요하다.

이런 측면에서 김병택이 『바람처럼 까마귀처럼』이란 4·3 시선집을 다룬 「역사적 진실과 시적 진실」에서, 이 시선집에 수록된 시들은 한결같이 4·3의 역사적 진실을 시적 진실의 차원으로 끌어올리는 데에 일정하게 기여한다[7]고 했던 평가는 4·3문학 연구를 운동차원으로부터 벗어나게 하는 하나의 방향성으로 볼 수 있다. 또한 양영길이 「통일열망시대의 4·3문학」에서 4·3문학이 현재에 그 인식방법이 다소 다원화되어가고 있지만 아픔의 치유와 해원(解冤)에 주력하는 한풀이 문학이 그 주종을 이루고 있어, 4·3의 문제는 문학작품 속에서 끊임없이 재해석이 이루어져야 한다[8]고 보는 관점도 같은 선상에 놓인다. 즉 4·3의 문제는 제주도민의 문제에서 민족의 문제로 확산시키지 않으면 안 된다는 것이다. 그래서 그가 주장하는 바는 4·3의 문학을 통일열망의 문학으로 재해석해 나아가야 한다고 본다. 4·3문학을 두고 이러한 다원적 해석의 방향성을 논의할 수 있다는 것이 바로 탈근대적인 문학 연구의 성향을 내보이는 것이다.

이렇게 제주지역의 문학 연구는 4·3문학이란 제주지역의 특수한 역사적 사실에 근거한 문학 담론을 형성함으로써 다른 지역문학 연구와는 다른 차이성을 확보하고 있으며, 이는 바로 제주지역문학 연구에서 확인할 수 있는 탈근대적 양상이라 할 수 있다.

---

7) 김병택, 「역사적 진실과 시적 진실」, 『역사적 진실과 문학적 진실』, 각, 2004, p.57.
8) 양영길, 「통일열망시대의 4·3문학」, 『역사적 진실과 문학적 진실』, 각, 2004, p.38.

　제주지역 문학연구가 내보이는 성격과 비슷하게 역사적 사건을 중심으로 문학적 담론을 형성하는 연구를 보이는 지역이 광주지역이다. 광주지역 문학 연구의 특성을 상징적으로 보여주는 것이 5·18의 역사적 사건을 형상화한 소위 5·18문학이다. 5·18문학에 대한 연구는 조영식의 「5·18의 문학적 형상화에 대한 고찰」, 주인의 「5·18 문학의 세 지평」, 안혜련의 「5·18 문학의 대안적 여성성 구현 양상 연구」 등이 있는데, 이 중 안혜련의 「5·18 문학의 대안적 여성성 구현 양상 연구」가 탈근대성의 논의에 값한다.

　이 연구는 송기숙의 장편소설 『오월의 미소』, 공선옥의 「목마른 계절」, 최윤의 「저기 소리없이 한 점 꽃잎이 지고」, 홍희담의 「깃발」 등을 대상으로 여성 민중들에 의해 구현되는 대안적 여성성을 논의하고 있다. 그동안 5·18 문학에 대한 논의가 남성 중심의 거대서사로만 획일적으로 분석됨으로써 주변부적 존재로 자리했던 여성들이 역사적 사실에 대한 대안을 제시하고 있는 측면을 제대로 바라보지 못했다[9]는 것이다.

　이러한 대안을 최윤의 「저기 소리없이 한 점 꽃잎이 지고」는 '침묵', '독백', '망설임' 등으로 주변화되었던 여성 언어의 가치와 장점을 충분히 활용한 서사기법으로 독자를 끌어들임으로써 실현하고 있다는 것이다. 그래서 이러한 소설적 특징은 5·18 문학뿐만 아니라, 여성적 서사가 나아갈 방향까지 제시해준 것으로 평가하고[10] 있다. 또한 송가숙의 『오월의 미소』는 남성들에 의한 파괴적 폭력성의 고발과 여성들에 의한 포용을 동시에 구현해내고 있는 작품으로 해석한다. 즉 파괴와 포용이라는 양극을 연결시킴으로써 새로운 세계를 잉태하고 있다는 것이다. 이 작품 속

---

9) 안혜련, 「5·18문학의 대안적 여성성 구현 양상 연구」, 『민주주의와 인권』 제2권 1호, 전남대학교 5·18연구소, 2002, p.264.
10) 안혜련, 위의 논문, p.269.

에 나타나는 여성들은 가부장제로 표상되는 남성중심의 역사 속에서 오히려 여성의 잠재적인 힘의 원천으로서 승화되어 드러난다는 것이다. 이런 측면에서 이 작품이 보여주는 5·18 문학의 성격은 죽임의 작용을 해체하는 살림의 역동성을 구현하는[11] 것으로 본다.

그리고 홍희담의 「깃발」과 공선옥의 「목마른 계절」은 그간 여성만의 본성이라 불리워온 직관, 모성, 보육 등에 머무는 소극적인 모습이 아닌, 이를 포함한 생명력, 다양성, 역동성, 순환성까지 적극 실현하는 양상이라고[12] 평가한다. 즉 여성 주체들이 자매애를 통해 남성 중심의 체계를 해체하고 유토피아적 대안을 제시하는 대안적 여성성이 구현되고 있다는 것이다. 그런데 여기에서 남성중심의 체계를 해체하고 유토피아적 대안을 제시한다는 페미니즘적 시각은 근대적 페미니즘을 넘어서 탈근대 페미니즘의 차이주의와 다원성을 강조한다는 점에서 탈근대적이다. 특히 유토피아적 대안이란 남녀의 차이를 유지하면서도 적대적인 대결구도를 피하고자 하는 사유를 말하는 것으로 이를 안네마리 피퍼(Annemarie Pieper)는 탈근대 페미니즘 이후의 문제를 해결할 수 있는 하나의 방향성으로 잡고 있다.[13]

이렇게 광주지역 문학 연구에서는 5·18 문학을 다루면서, 페미니즘 문제를 통해 남성중심주의의 근대성을 넘어서는 탈근대적인 모습을 추출해내고 있다. 탈근대적 페미니즘 논의가 광주지역 문학에서만의 문제는 아니지만, 5·18 문학을 통해 이를 논의할 수 있다는 것은 이 지역의 역사성과 뗄 수 없는 관계 속에 놓여 있다는 점에서 지역의 특수성을 배제하기 힘들다.

---

11) 안혜련, 위의 논문, p.271.

12) 안혜련, 위의 논문, p.273.

13) 이미원, 「다원주의 시대 한국의 페미니즘」, 『사회와 철학』 제6호, 사회와철학연구회, 2003, pp.124-131 참조.

또 다른 지역문학 연구에서 나타나는 탈근대적 양상의 하나는 대구·
경북지역 문학 연구 중의 하나인 주승택의 「선비정신과 안동문학」, 조
두섭의 「대구·경북 현대시인의 생태학」이 논의의 가능성을 내보이고
있다.

주승택의 「선비정신과 안동문학」은 안동이란 지역이 지닌 전통적인
선비정신이 문학작품에 어떻게 나타나고 있는지를 살펴봄으로써 지역
문학 연구의 새로운 시도를 하고 있다. 그는 우선 안동선비라는 용어를
안동부를 중심으로 하여 인접해 있는 예안현과 영양, 영주, 의성, 봉화,
풍기, 영해, 예천 일대의 선비들을 주로 지칭하는 개념으로 사용하고 있
다.[14] 그리고 안동선비들 가운데서도 안동선비의 제반 특성을 가장 두드
러지게 드러내 보여주는 16세기 후반 처사형 선비들을 중심으로 그들의
향토관과 체세관을 규명함으로써 안동선비의 정신과 본질을 해명하고
있다.

안동선비들은 향토에 대하여 누구보다도 깊은 애착을 가지고 자신의
향토를 안정시키고 발전시키는 데 기여했을 뿐만 아니라, 재지사족(在地
士族)으로서의 역할과 기능을 가장 효과적으로 수행했다[15]고 본다. 또한
안동선비들은 그 처세관에 있어, 충성의 대상에서 왕가와 국가를 구분하
여 생각하는데서 찾을 수 있는데, 이는 안동 특유의 국가관에 기인하는
것으로 본다.[16] 그리고 안동선비 정신의 중심인 퇴계의 정신을 인간존중
의 사고라는 측면에서 고찰하여, 그 정신이 안동에 어떻게 영향을 미치
고 있는지를 살피고 있다. 퇴계가 남긴 인간존중 사상이 당대의 현실과
부딪혀 굴절된 결과가 안동을 독립운동과 함께 공산주의 운동의 본거지

---

14) 주승택, 『선비정신과 안동문학』, 이회, 2002, p.12.

15) 주승택, 앞의 책, p.46.

16) 주승택, 앞의 책, p.83.

로 만들었다[17]는 것이다.

이렇게 안동선비 정신을 파악한 그는 「청량산과 안동문학」, 「금계(金溪)와 안동문학」을 통해 안동지역의 자연과 관련해서 문학의 특징을 고찰하고 있다. 「청량산과 안동문학」에서는 청량산 4성인이라고 불리는 원효, 의상, 김생, 최치원과 퇴계와 청량산의 관계를 다루고 있다. 그런데 이들에 대한 논의가 청량산과 관련된 문학작품으로 한시 한 편과 시조 한 편에 그치고 있다. 청량산과 관련된 이들의 전설적인 삶의 흔적을 재구성해내는 데 일차적인 관심이 가 있기 때문에 본격적인 작품에 대한 논의가 입론에 그쳐 있다. 또한 「금계(金溪)와 안동문학」에서도 조선 초·중·후기에 살았던 문인인 배상지, 변영청, 김성일, 김진형 등의 시문에 나타난 작품의 내용을 해설적 차원에서 정리하고 있다. 금계란 지역성이 이들의 작품에서 어떻게 형상화되고 있는지까지는 논의가 이루어지지 못하고 있다.

안동문학의 선비정신을 고전문학에서만 파악해보려 한 것이 아니라, 현대문학에서도 「조지훈과 선비정신」, 「이문열과 선비정신」을 통해 논의하고 있다. 「조지훈과 선비정신」에서는 조지훈의 『시의 원리』에 나타난 동서양 문학이론들의 충돌과 혼용을 비판적으로 점검하고 있는데, 여기서 지훈 시론에서 확인되는 동양문학이론가들의 공통된 특징을 논하고 있다. 즉 지훈의 시론에는 불교적 문학관과 유교적 문학관이 공유되어 있듯이, 고전주의 문학관과 낭만주의 문학관이 공존함으로써 자기당착이나 논리적 혼선이 많이 나타난다[18]는 것이다. 그러나 이러한 문제는 용어나 개념이 제대로 확립되어 있지 않거나, 단장취의(斷章取義)하는 동양문학의 병폐에서 비롯된다고 해명하며, 동서양시론을 종합하여 자기

---

17) 주승택, 앞의 책, p.105.
18) 주승택, 앞의 책, p.184.

나름의 독자적인 이론을 형성해보려고 노력한 시론가로 조지훈을 평가하고 있다. 문제는 조지훈이 펼친 이러한 시론의 의미가 선비정신의 어떤 부분과 만나고 있는지를 해명하지 못하고 있다는 점이다. 안동지역의 선비정신과 조지훈의 시론이 어느 지점에서 만나고 있는지를 온전히 해명할 수 있다면, 이는 두 가지 점에서 탈근대적인 모습을 보이는 것이다. 첫째는 조지훈의 시론이 지역성의 관점에서 새롭게 해석해냄으로써 지금까지의 해석을 해체시키는 역할이다. 이는 조지훈의 시론을 지금까지 해명한 내용과는 다른 차원에서 논의가 가능하다는 것이며, 이는 지역문학 논의만이 담당할 수 있는 새로운 해석이 도출될 수 있기 때문이다. 둘째는 선비정신의 차원이다. 선비정신은 근대성의 추구로 인해 이 시대에는 잠재해버린 정신이지만, 현대적 선비정신을 재구해낸다면, 이는 근대성을 초극할 수 있는 하나의 정신이 될 수 있기 때문이다.

「이문열과 선비정신」에서도 이문열의 소설 「그대 다시는 고향에 가지 못하리」, 「금시조」, 「황제를 위하여」 등에 나타나는 인물들의 양반의식, 선비정신을 중점적으로 논하면서, 이러한 정신이 그의 다른 소설의 인물들에서도 여전히 드러나고 있음을 밝히고 있다. 문제는 앞서 논의한 「조지훈과 선비정신」에서와 마찬가지로, 이문열의 작품에 나타난 인물들이 보여주는 양반의식, 선비정신이 안동이란 지역과 어떤 매개항을 지니고 있는지를 밝혀내지 못하고 있다는 점이다.

이러한 지역문학에 대한 문제의식을 가지고 출발한 저술이 조두섭의 『대구·경북 현대시인의 생태학』이다. 그는 지금까지 한국 시문학의 문법에 따라 지역 시문학을 읽어왔는데, 이제는 지역 시문학의 생태학적 지형도를 마련하여 한국 시문학을 읽을 수 있는 문법을 발견해야 한다[19]는 입장에서 대구·경북 지역 시인들을 논하고 있다. 이러한 태도는 철저히

---

19) 조두섭, 『대구·경북 현대시인의 생태학』, 도서출판 역락, 2006, p.16.

지역의 입장에서 시인들의 작품을 재해석해보고자 하는 지역의 논리라
는 점에서 눈여겨볼 필요가 있다. 문제는 이러한 지역의 논리가 실제 시
인연구에서 얼마나 실현되고 있느냐 하는 점이다.

그는 대구·경북 지역의 시인들을 담론이 작동하는 방향에 따라서 일
본유학파,[20) 가문파,[21) 토박이파,[22) 탈지역파[23)로 나누고, 그 특징을 규명
함으로써 한국시를 바라보는 새로운 시각을 마련하고자 한다. 즉 시인
들의 주체 형태를 탐색하여, 그 주체를 구성하는 담론구성체를 일본유학
파의 서구 근대성, 가문파의 가문 규율, 지역파의 지역문화, 탈지역파의
중앙문화로 구분하고 있다. 그런데 대구·경북지역 시인의 지형도에서
이 지역의 지역성을 가장 잘 드러내 주는 항목은 가문파에 대한 논의이
다. 일본유학파나 지역파 그리고 탈지역파 시인들의 작품에 나타나는 유
가적 담론에도 주목하고 있지만, 조두섭은 가문파에 속한 시인들의 작품
을 논하면서 가문파에 내재화된 유가적 담론의 특성을 잘 드러내고 있
기 때문이다. 그래서 가문파의 논의를 중심으로 대구·경북지역 시인의
지역성을 살펴보고자 한다.

가문파 논의의 대상 시인은 이육사, 이병각, 이병철, 조지훈 등인데, 조
두섭은 지금까지 대부분 연구자들이 이육사를 다루면서 유가적 집안 분
위기, 그리고 독립운동 단체에서 활동한 것이나 북경 감옥에서 옥사한

---

20) 일본유학파의 논의 대상 시인은 이상화, 백기만 등으로 이들의 시에 나타나는 상징주의
　　와 아나키즘을 '내면의 발견과 유가적 초월'로 다루고 있다.

21) 가문파의 논의 대상 시인은 이육사, 이병각, 이병철, 조지훈 등으로 이들의 시에 나타나
　　는 '유가적 담론, 유가적 초담론'을 다루고 있다.

22) 토박이파의 논의 대상 시인으로는 이병철, 이호우, 김윤식 등으로 이들의 시에 나타나는
　　'유가적 지식인의 현실과 이상'을 다루고 있다.

23) 탈지역파의 논의 대상으로는 박목월, 하종오, 송재학 등으로 이들의 시에 나타나는 '다
　　양한 시적 스펙트럼의 양극'을 다루고 있다.

것으로 이육사 시의 특징을 밝혔다[24]고 보고 있다. 그런데 이러한 것들이 이육사 시를 해명할 수 있는 하나의 단서는 될 수 있지만, 전부는 아니라는 것이다. 이육사에게는 유가적, 사회주의, 의열단 담론구성체의 세 개의 상이한 층위를 지배하는 최종적인 심급으로, 일종의 담론을 큰 테두리에 통합하는 무의식과 같은 초담론인 유가적 담론이 내재해 있다고 주장한다. 초담론은 일종의 담론구성체를 큰 테두리에 통합하는 무의식과 같은 것인데, 이것이 이육사에게는 유가적 정신이라는 것이다. 이육사 시는 현실을 매개하지 않았기 때문에 사회주의적 담론구성체와 무관하다거나, 민족운동의 구체적인 현장이 매개되지 않았기 때문에 의열단 담론구성체와 무관한 것으로 생각할 수 있다. 그러나 이것은 잘못이라는 것이다. 이육사 시에서 사회주의적 현실의 구체적 통찰이, 의열단의 민족운동의 현장이 최종의 순간에 유가적 담론 구성체 내에서 관념화되기 때문에 매개된 구체성은 추상화되어버린다[25]고 한다. 그리고 이육사 시에 많이 나타나는 노정 모티브는 유가적 담론의 핵심인 천도(天道)를 내면적으로 구현하는 것[26]으로 봄으로써 이육사 시에 무의식적으로 잠재되어 있는 유가적 담론을 확인하고 있다.

이러한 유가적 담론을 바탕으로 이병각과 이병철의 시도 논의하고 있다. 이병각은 1930년대 후반 카프 해산 이후 새로운 리얼리즘을 내세우고 있는데, 이 새로운 리얼리즘은 사회주의 리얼리즘의 세계관과 창작방법론에 기초해 있다는 것이다. 그러나 사회주의 리얼리즘을 무조건 이식하자는 것이 아니라 조선의 현실에 입각하여 독자적으로 적용하자는 입장으로, 이는 당대의 혼란한 문학의 좌표를 설정하려는 유가적 시중성

---

24) 조두섭, 앞의 책, p.166.
25) 조두섭, 앞의 책, p.147.
26) 조두섭, 앞의 책, p.151.

(時中性)에 기초한[27] 것이라고 본다. 그리고 이병철의 작품을 통해서 그가 조선문학가 동맹의 일원으로서 활동했지만, 그의 시는 뜨거우면서도 감정은 절제되고 시적 이미지는 선명하게 나타난다고 말하고 있다. 그런데, 이는 유가적 규율의 극기의 영향이라고 조두섭은 바라본 것이다. 또한 이러한 유가적 이미지는 퇴계학파를 계승한 가문의 전통으로 보고 있다. 이병각과 이병철은 모두 퇴계학파의 중심인물인 이현일의 직계 후손으로 전통적인 유가적 가문교육을 받고 생애의 대부분을 경북 북부지방인 안동문화권인 영양과 안동에서 활동한 시인이란 점을 강조한다. 이러한 지역문화의 전통적 토대에 기반한 시 세계의 해석은 지금까지 다른 연구자들이 계급주의 시에서 간과한 유가적 이미지를 밝혀내는 성과를 얻고 있다.

그런데 이렇게 대구·경북 지역의 시인들의 작품에서 이 지역의 지역적 특성의 하나인 유가적 담론을 해석해내고, 선비정신과 안동문학을 논의해보려는 시도는 어떤 탈근대적 성격을 보이는가가 문제이다. 즉 전근대적인 사유로 치부될 수 있는 유교가 어떻게 탈근대적인 성격으로 논의될 수 있는가 하는 점이다.

근대성은 이성주의, 개인주의, 과학주의를 추구해왔다. 이성주의는 인간과 자연을 주체와 객체로 이원화하고, 자연을 대상화하고 수단화하는 도구적·기술적 이성으로 인간관계에서 도덕적 차원을 제거하여 물질적 관계로 치환한다. 그리고 개인주의는 공동체의 가치와 당위, 전통과 규범으로부터 완전히 해방된 절대 개인을 상정함으로써 개인과 공동체를 적대적인 관계로 설정한다. 또한 과학주의는 자연으로부터 초월적인 힘을 박탈하여 인간의 육체적·정신적 욕망을 무한히 충족시켜주도록 과학적 지식에 의해 조작당하는 대상으로 만드는 것을 뜻한다. 이에

---

27) 조두섭, 앞의 책, p.177.

대한 대안, 즉 탈근대적 방향성으로 이영찬은 유교에서 발견되는 대대주의, 도덕적 개인주의, 생명주의를 제시한다.[28] 이성주의의 대안인 대대주의는 음양의 관계에서 나타나듯, 중심주의와 이원적 대립구조가 아닌 균형지향적, 조화지향적 합리성을 말한다. 그리고 개인주의의 대안인 도덕적 개인주의는 공동체와 조화를 이루면서 하늘로부터 부여받은 자신의 도덕성(仁義禮智)을 실현하는 개인주의를 말한다. 과학주의의 대안인 생명주의는 권도(權道)와 시중(時中)에서 나타나는 바와 같이 추상적 논리보다는 보편성과 맥락성을 모두 고려하는 미학적 조화를 말한다. 시중적 행위는 중(中), 즉 성(性)에 합당한 행위라는 점에서 도덕적 행위가 되며, 시(時), 즉 상황에 부합된 행위라는 점에서 사회적 행위가 된다. 이 세 가지 대안은 모두 음과 양, 개인과 공동체, 맥락성과 보편성이 하나로 통일되는 것을 가정한다. 그러면 이것이 어떻게 가능한가? 유교의 합리성에서는 인간과 자연, 주체와 객체가 동일한 리(理)를 공유함으로써 동질성과 연속성을 갖기 때문에 행위의 주체와 객체, 사실과 당위가 분리되지 않기에 가능하다[29]고 본다. 즉 유교의 사유가 탈근대적인 모습을 지니고 있다는 것이다. 그래서 유교적 관점에서 「탈근대성 담론의 재해석」[30] 이나 탈근대 학문언어체계로서 유교 학문론[31]을 논하기도 한다.

---

28) 최종렬, 「상징체계로서의 유교와 탈현대」, 『동양사회사상』 제13집, 2006, p.185.

29) 최종렬, 앞의 논문, p.186.

30) 신종화, 「탈근대성 담론의 재해석 -탈현대시대의 현대성 발현을 위한 유교적 관점에서」, 『동양사회사상』 제13집, 2006, pp.133-159.

31) 오세근, 「유교 학문론·공부론의 탈근대학문 언어체계로의 적용 가능성에 관한 연구」, 『동양사회사상』 13집, 2006, pp.53-91.

3. 지역정체성의 추구와 탈근대성

지역문학 연구에서 다루는 대상은 다양하다. 지역의 작가, 작품, 배경 등 여러 요소가 논의될 수 있다. 그러나 지역문학 연구에서 궁극적으로 모색해야 할 명제는 그 지역을 다루는 작품 속에서 확인할 수 있는 지역성, 즉 지역의 정체성이다. 그런데 이 지역 정체성이란 그렇게 쉽게 규정될 성질의 것이 아니다. 한 지역의 정체성이란 고정불변의 실체가 아니라, 변화하면서 생성되어가는 본질을 지니고 있기 때문이다.

지역의 정체성은 지역의 성격으로부터 비롯된다. 지역은 일반적으로 그 지역을 이루는 물리적 배경으로서의 공간과 삶의 주체인 인간, 그리고 인간집단으로서의 사회라는 세 가지 구성 요소에 의해 이루어진다. 그러므로 인간 생활의 다양한 층위들이 누적·혼합되어 만들어지는 인간사유의 결과를 통해 구성되는 개념이라 할 수 있다. 지역 자체는 하나의 실체로서 객관적으로 존재하기보다는 개념적 구성물로 존재하는 인식체라 할 수 있다. 즉 지역 구성원들이 내부적 범주화 작용을 거쳐 상상적으로 구성하는 상상적 공동체로서의 성격을 지닌다. 지역성이 단순히 지리적 차원이나 규모의 차원이 아니라 관계적이고 맥락적인 차원으로 파악되어야 한다는 것이다.[32]

문제는 이러한 지역에 대한 인식이 각 지역마다 새롭게 논의되면서, 지역 이미지를 창출하기 위한 지역 정체성 규명 작업들이 다양하게 이루어지고 있다는 점이다. 특히 지역문학 연구자들에게 있어 이 지역정체성의 규명은 지역문학 연구의 본질이며 궁극적 지점이란 점에서 핵심적 사안이다. 지역문학 연구에서 궁극적으로 실현되어야 할 부분은 작품 속에서

---

32) 유종원·박세종, 「지역공동체와 지역신문의 지역성 개념에 대한 평가」, 한국언론학회 심포지움 및 세미나, 2005, p.11.

그 지역의 정체성인 지역의 특수성을 찾아내어 그 의미를 부가하고 체계화하는 것이기 때문이다. 그러면 이러한 지역 정체성 추구가 어떤 측면에서 탈근대적인 속성을 지니는가를 해명해볼 필요가 있다.

첫째는 지역이 지닌 특수성의 추구를 통해 보편성을 해체시킨다는 점에서 탈근대적인 양상을 찾아볼 수 있다. 지금까지 한국문학 연구 흐름의 주조는 문학사에서 중심을 이루는 작가나 작품에 국한되어 있었다. 문학 연구 대상인 작가가 한국문학사의 중심에 서 있는 자들이었다는 것이다. 그런데 지역문학 연구들이 이루어지는 과정 속에 그동안 제대로 평가받지 못했던 지역의 작가들이 새롭게 평가되고 논의됨으로써 기존의 문학연구의 틀을 허물고 있다. 또한 지역작가이면서 한국문학사에서 평가되어온 작가도 지역문학의 입장에서 새롭게 논의됨으로써 그 평가의 내용이 달라지고 있다. 이러한 평가의 바탕에는 그 작가가 터 잡고 있었던 그 지역의 특수성이 고려되고 있다는 점이다. 이 지역적 특수성은 기존 연구에서 나타나는 보편적인 가치체계를 허물 수 있는 토대를 제공한다는 점에서 의미가 있다. 이러한 지역적 특수성의 인식은 하나의 중심을 전제한 보편적 세계인식을 해체한다는 점에서 탈근대적이라 할 수 있다.

그러나 한국문학 연구가 그동안 줄기차게 지향해온 한국적인 것의 가치를 통해 세계적인 보편성을 추구한다는 입장에서 보면, 지역적인 특수성이 결국 특수성으로 머물지 않고 보편성을 지향해 나아가야 한다는 점에서 한국문학 속 지역문학 연구가 탈근대성과 함께 근대성의 추구가 혼종된 상황에 놓여 있다고 말할 수 있다. 일차적으로 지역성의 발견이란 특수성을 통해 한국문학 연구가 지향하는 보편성에 틈새를 낸다는 점에서는 탈근대적인 양상을 보이나, 그 특수성 자체 역시 궁극적으로는 보편성에 대한 유혹으로부터 자유롭지 못하다는 점에서 지역문학 연구가 나아가야 할 방향성 모색에 또 다른 과제를 남기고 있다.

둘째는 앞선 논의에서 나타난 지역의 특수성에 기초한 결과로서 나타나는 현상이다. 즉, 각 지역의 특수성을 다 인정함으로써 유일성보다는 다양성을 추구한다는 점에서 탈근대적인 모습을 지닌다고 본다. 근대성이 유일성을 추구해왔다면, 탈근대성은 다원성을 추구하는 경향을 지닌다. 이런 측면에서 지역문학 연구에서 나타나는 특성의 하나는 각 지역이 가지는 주체성을 인정하고 이를 토대로 지역문학의 체계를 세워간다는 점에서 탈근대적인 성향을 지니고 있는 것이다. 이러한 각 지역의 특수성은 결국 다양성을 가져다준다는 점에서 탈근대성의 특징인 다원성을 지향한다.

4부

글쓰기와 사유

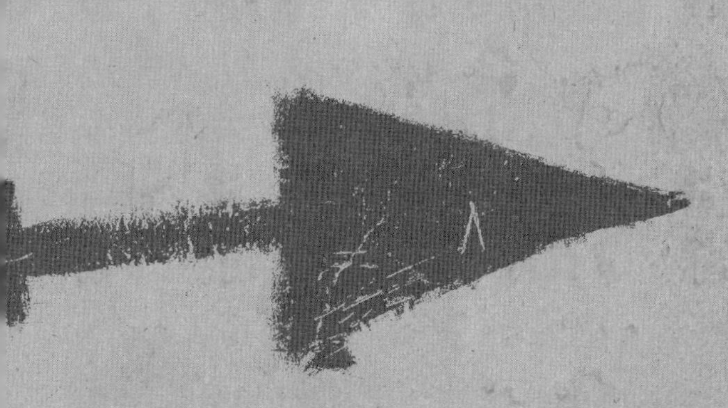

글쓰기와 사유

굳굳한 삶과 곧곧한 글쓰기

-죽헌 이주호 선생의 『한 사나이의 한살이』를 읽고

수필가로서의 면모

죽헌 이주호 선생을 한 사람의 수필가로 명명할 수 있을까? 죽헌 선생이 남겨놓은 글들을 묶은 『한 사나이의 한살이』[1]를 읽으면서 우선 떠오르는 생각이었다. 죽헌 선생의 이력으로 보아서는 이 지역에서 우뚝 솟은 분명한 교육자의 이미지는 각인되어 있지만, 수필가라는 명명은 조금은 낯설다는 느낌이 들기 때문이다. 이 질문에 대답을 얻기 위해서는 죽헌 선생이 처음 발표한 글을 먼저 살펴봐야 한다는 생각이 들었다. 이 책에 실린 죽헌 선생의 글들을 연대별로 나열해보니, 1965년에 「윤좌」 2집에 발표한 「부정회귀」가 죽헌 선생이 쓴 수필로서는 첫 작품으로 기록되어 있다. 본인의 고백에 의하면, 죽헌 선생은 「윤좌」 창립 동인으로서 함께했지만 당시 부산에서 이름난 덕망가들이 대부분이어서 이들에게 누를 끼칠까 봐 창간호에 글쓰는 것을 사양했다고 한다. 처음으로 발표된 한 작품으로 한 사람의 글쓰기의 모든 것을 평가한다는 것은 힘들다. 특

---

1) 이주호, 『한 사나이의 한살이』, 과학사, 1993.

히 이 한 편을 두고 수필가로서의 면모를 다 평가한다는 것도 무리이다. 그러나 그 단초는 찾아볼 수 있다는 점에서 분명 의미를 지닌다.

「부정회귀」라는 글 속에서 죽헌 선생은 언어학에서 사용되고 있는 '부정회귀'라는 말의 근원을 따지며 언어에서만 부정회귀 현상이 있는 것이 아니라, 우리들 사회생활 주변에서도 이와 비슷한 일이 일어나고 있다고 한다. 그러면서 그 구체적인 사례들을 조리정연하게 정리하고 있다. 바르게 정도를 걸어가려고 하던 사람은 자기도 모르는 사이에 희생물이 되어버리고, 잔재주나 잘 부리고 눈치나 잘 살펴 그때그때 시류에 민감한 무리들이 오히려 옳은 사람처럼 되어버리는 수가 있는데, 이것 역시 일종의 부정회귀가 아닌가, 하고 질문을 던진다.

그리고 이러한 현상은 오늘날만의 문제가 아니라, 옛날에도 있었기에 '사필귀정'이란 말이 생겨난 것이 아닐까, 하며 글 주제의 폭을 넓혀나가고 있다. 그런데 글의 핵심은 이러한 부정회귀의 구체적인 사례들을 교육현장에서, 스승과 제자 사이의 관계 속에서 찾고 있다는 점이다. 즉 우리가 가르치고 있는 어린 학생들이 설사 스승에 대해서 불손죄를 저질렀다고 하더라도 스승된 사람으로서 수업만은 거부할 수 없다고 생각해왔는데, 이제는 이와 같은 생각은 낡고 케케묵은 유물처럼 취급받는 일이 되었다고 말하며, 이것 역시 부정회귀의 한 모습이라고 논파하고 있다. 또한 학생들로부터 존경을 받는 스승들은 상사 보필을 못한다고 생각하는 사람이 있다면, 이것도 전통적인 사고방식을 유물로 만들어버린 하나의 부정회귀라고 소개하고 있다. 또 다른 경우는, 면전의 간언을 꺼리어 직간하는 부하를 마치 배신자처럼 몰아 희생시켜버리는 웃어른이 있다면, 이것도 부정회귀의 한 모습이라고 보았다. 뿐만 아니라, 자기 자신의 처지를 합리화하기 위하여 약자인 부하에게 억울한 누명을 씌우는 일까지 감행하고도 미안하게 생각하지 않는 상사가 있다면, 이것 역시 바른 회귀라 할 수는 없지 않은가, 라고 문제를 제기하고 있다.

이렇게 죽헌 선생은 이 글에서, 자신이 생각하는 부정회귀의 몇 가지 경우를 소개하였다. 그러면서 글의 마무리는 그래도 긍정적이고 낙관적인 결론으로 나아가고 있다. 즉 우리 주변에서 일어나고 있는 부정회귀의 여러 상황들이 언젠가는 풀리리라고 낙관하고 있다. 이렇게 마무리되고 있는 한 편의 짧은 글을 통해 알 수 있는 것은 그의 글이 일차적으로는 상당히 논리적인 사유에 바탕하고 있다는 점이다. 어떤 한 현상을 두고 감성적으로 접근하거나 인식하는 태도보다는, 분석적이고 논리적인 사유의 토대 위에서 글을 전개해나가고 있다는 점을 우선 밝힐 수 있다. 그래서 죽헌 선생의 글은 상당히 곧곧한 칼럼 성향을 지니고 있다. 즉 일반적으로 우리가 말하는 미셀러니라기보다는 에세이적인 성향이 더 짙게 드러난다고 할 수 있다. 그가 발표한 글들이 〈부산일보〉와 〈국제신문〉 그리고 〈부산교육대학 신문〉에 많이 발표되었다는 점도 이런 경향을 뒷받침해준다. 『윤좌』에 발표된 글도 상당히 많지만, 여기에 발표된 글들은 주로 인물평이 많다는 점에서 죽헌 선생의 글들이 매체 성격상 에세이적인 성향을 띨 수밖에 없었다는 점을 고려할 필요가 있다.

그렇다면 죽헌 선생이 지면에 발표한 「부정회귀」는 어떻게 평가할 수 있을까? 부정회귀라는 언어학에서 사용하는 한 개념을 일상의 삶과 연관해서 풀어내고 있는 생각의 전개양상을 보아, 하나의 작은 소재를 통해 넓은 삶의 영역으로 생각의 폭을 열어가고 있다는 점에서 수필가로서의 역량을 충분히 보여주고 있다고 본다. 언어학의 영역에 묶여 있을 하나의 개념을 현실적 삶의 영역으로 끌어내어 구체적으로 풀어내고 있다는 점에서, 죽헌 선생의 글쓰기는 단순히 사실을 기록하는 선을 넘어서고 있기 때문이다. 그러므로 스스로 수필가로 나서지는 않았다고 하더라도 수필가로서의 면모를 지니고 있었다고 본다. 그렇지 않았다면, 청마,

향파, 요산 등 당대의 문필가 중심으로 출발했던 동인지 『윤좌』의 일원으로 활동을 시작하기는 쉽지 않았을 것이다. 이미 발표한 지 45년이 훨씬 지난 글이지만, 지금도 공감대를 형성할 수 있는 힘을 내장하고 있는 이유이기도 하다.

또 한 가지 이 글을 통해 확인할 수 있는 것은 죽헌 선생의 관심이 두 가지 측면으로 나타나고 있다는 점이다. 그 하나는 자신이 주로 몸담고 있는 학교 현실에 대한 관심이며, 다른 한 가지는 그릇된 현실에 대한 강한 비판의식을 읽어낼 수 있다는 점이다. 이 두 가지 사실은 그가 남긴 이후의 글들에서 지속되고 있음을 볼 수 있다.

'걸어온 발자국'에서 확인되는 민족의식

죽헌 선생이 공식적으로 학생들을 가르치는 교단에 서기까지의 삶을 쓴 글은 「뿌리와 나」, 「한밭 감옥 독방 생활」, 「내가 겪은 직업들」, 「군수 공장에서 맞이한 8·15」 등이다. 이 글들을 읽으면 죽헌 선생이 해방 이후, 교육자로서 삶을 살아가기 이전의 이력이 소상하게 드러난다. 일종의 자서전에 버금가는 자신의 삶에 대한 기록이다. 유년의 삶에서부터 학창 생활 중에 감옥에 이르기까지의 삶의 흔적이 현실감 있게 재구성되고 있다. 이들 삶의 발자취에서 유독 도드라지는 부분은 죽헌 선생이 일제치하에 살면서 민족의식을 철저히 키워왔다는 점이다. 그런 의식을 가지고 있었기에 결국 감옥살이를 할 수밖에 없었던 것이다. 이런 그의 민족의식은 학교생활 가운데서 비롯된다.

사범학교에 입학하기 전에 죽헌 선생은 철도학교에서 수학했는데, 그곳에서 그는 처음으로 일본인들과의 차별 대우에서 비롯되는 민족의식을 싹틔우게 된다. 모든 면에서 일본 학생에게 유리하게 학사를 처리하고 한국 학생을 업신여기는 눈초리를 감지함에서부터 민족의식이 자리하게 된 것이다. 특히 그가 원하던 사범학교에 다시 응시하여 입학하고 난 뒤에는 이런 민족의식이 더욱 탄탄하게 자리 잡게 된다. 그 당시의 의식 상태를 죽헌 선생은 다음과 같이 회고하고 있다.

> 원하던 학교에 들었기에 처음에는 열심히 공부하여 100명 가운데서 30명 뽑는 관비생이 되기도 한다. 그러나 차차 배우다가 보니, 모든 것이 '참'이 아니고 거짓이며, '우리 것'이 아닌 남의 것임을 알게 되고, 여기에 고등 소등학교에서 받은 민족 차별의 쓰라린 체험이 가미되어 항일 민족의식이 나도 몰래 숫구쳐 올랐다. 그렇다보니 학교 공부는 뒷전이고, 딴판에 정열을 쏟아야만 했다. 그 소산이 '문예부'와 '다혁당(茶革黨)' 학생 운동이다.
>
> ─「뿌리와 나」 중에서

죽헌 선생은 다혁당이란 지하 항일 운동 단체에서 활동하면서 「반딧불」, 「학생」과 같은 유인물을 발간하여 배포함으로써 항일 운동을 계속했던 것이다. 이 일이 결국 일본 경찰에게 발각되어 그는 4년여 동안 영어(囹圄)의 몸이 되어야만 했다. 감옥 생활 가운데 어떤 일이 있었으며 어떤 각고의 시간을 보냈는지에 대한 소상한 내력은 그가 쓴 「한밭 감옥 독방 생활」과 「내가 겪은 직업들」, 「군수 공장에서 맞이한 8·15」에 자상하게 회고되어 있다. 이 회고 중 흥미로운 대목 하나는 콩밥과 관련된 일화이다.

틀에 찍혀 나오는 밥에 박힌 콩알은 때에 따라 조금 차이는 있었지만 대개 100개 남짓 했다. 독방에서 무료하기도 하지만 그 밥을 아끼며 맛보기 위해서 세어 가면서 식도락(?)을 즐겼기에 그 개수를 알고 있는 것이다. 나는 그때 콩밥의 참맛을 알았다. 고소하면서 들큼한 맛, 들깨 참깨의 맛이었다. 1호 독방이기에 맨 먼저 밥상을 받을 수 있었으므로 식사시간의 여유가 누구보다 넉넉했다. 그러므로 식도락을 마음껏 누릴 수 있는 혜택이 주어진 셈이었다.

—「한밭 감옥 독방 생활」 중에서

일반적으로 콩밥을 먹는다는 것은 영어의 몸이 된 상태를 지칭하는 말이기도 하다. 그러므로 콩밥 신세를 진다는 것은 긍정적인 상황은 아니다. 뿐만 아니라, 이런 연유로 콩밥을 좋아하는 경우는 그렇게 많지 않다. 그런데 죽헌 선생의 경우, 감옥 속에서 주어지는 콩밥을 긍정적으로 받아들이고 이를 즐겼다는 점에서 아주 긍정적인 사고의 소유자임을 알 수 있다. 주어진 부정적인 여건과 환경에 대해 불평과 불만을 토로하는 삶이 아니라, 자신이 생각하는 바른 길을 나아가면서 어려움을 직면하면 긍정적인 사고를 통해 극복해가고 있는 삶의 방식을 읽어낼 수 있다. 콩을 하나씩 세면서 식도락을 즐길 수 있는 삶의 자세란 자기신념에 충실한 자가 아니면 실천하기 힘든 경지이다. 감옥의 삶 속에서도 주어진 콩밥을 즐길 수 있는 여유는 아무에게나 가능한 것이 아니기 때문이다. 이를 통해 콩밥의 참맛을 알게 되었고, 이런 연유로 죽헌 선생은 이후로 콩밥을 즐긴다고 고백하고 있다. 자유의 몸이 된 상황에서 옛날을 회고하고 있으니 담담하게 감옥 생활을 회상할 수 있을지 모르나, 당시의 감옥 생활이 얼마나 힘들고 고통스러웠던가 하는 점은 그때 동지 중에서도 5명이나 옥사자가 나왔다는 기록을 보면 알 수 있다. 이런 가운데서 콩밥을 먹는 즐거움을 깨달았던 정신적 여유는 어디로부터 나온 것일까? 그

것은 나를 먼저 생각하기보다는 민족을 먼저 생각한 애국의 정신이었다고 본다. 이런 죽헌 선생의 민족정신은 해방 이후 교육을 통해서, 그리고 더 구체적으로 국학 연구인 국어교육 연구라는 새로운 영역을 개척하는 실천적인 작업을 통해서 이어져왔다고 본다.

전방위 교육현장에서 보여준 교육자상

죽헌 선생은 평생 교육자로 살았고 또 그 외길을 걸어오셨기에 학교생활과 관련된 글들이 태반이다. 그가 연대기적으로 펼쳐놓은 「초등학교 교사 시절」, 「중학교 교사 시절」, 「고등학교 교사 시절」, 「대학 교수 시절」은 그 중요한 기록 중의 하나이다. 이 중 「초등학교 교사 시절」 이야기에서 죽헌 선생의 진정성과 만나는 한 장면을 발견하게 된다.

교단생활 40년 동안, 그래도 스승답게 지낸 것은, 짧은 기간이기는 하나 이 시기였다. 이때를 빼고 나서는 말 한 마디 마음대로 하지 못하고 눈치코치 보면서 살았으며, 염불에는 마음이 없고 잿밥에만 마음을 둔 적이 많았으니까 말이다.

—「초등학교 교사 시절」 중에서

죽헌 선생은 처음 부임한 포항 남부초등학교 교사 시절을 회고하면서, 그때가 40년 교편생활 중에서 가장 즐거웠으며 보람 있고 스승답게 살았던 시절로 생각하고 있다. 광복의 흥분과 감격, 그리고 우리 것, 참것을 가르칠 수 있다는 기쁨과 사명감이 학생들에게 모든 정성과 정열을 쏟게 만들었다고 말한다. 그래서 한 번도 수업이 힘들다든가 싫증난다든가를 생각해본 적이 없었을 뿐 아니라, 보수와 연관지어 생각해본 적도 없었다고 회고하고 있다. 이는 그의 첫 교육자로서의 출발이 어떠했는지를 감지할 수 있는 장면이다. 그리고 당시 죽헌 선생이 행한 교육 내용은 교육과정에 따르기보다는 한글맞춤법과 국사 교육에 힘을 기울였다는 것이 그가 일제치하를 거치면서 성숙시키온 민족정신이 교육현장에서 어떻게 실천되고 있었는지를 내보이는 내용이다.

「중학교 교사 시절」 이야기에서 유의미한 대목은 대구능인중학교, 울산농업중학교, 울산제일중학교, 경남중학교 등을 거치면서 누군가의 도움으로 학교생활을 지속해왔다는 점을 놓치지 않고 있다는 사실이다. 특별히 6·25가 터져 전쟁터에 소집되어 갈 수밖에 없는 상황이었지만, 누군가의 덕택으로 전쟁터에 가지 않고 살아남을 수 있었다는 대목은 한 인간의 운명이 어떻게 전개되어 나가는지를 보게 한다. 즉 죽헌 선생의 생애 가운데 어려운 고비마다 어떤 사람들이 인연이 되어 생의 파고를 넘어섰는지를 읽어내게 한다. 결국 한 사람의 생애를 완성해나가는데에는 많은 사람들의 도움과 협력이 필요하다는 사실을 죽헌 선생의 생애를 통해 다시금 확인하게 된다.

이러한 사람과의 만남 이야기는 「고등학교 교사 시절」에서도 그대로 계속된다. 친구 강 선생의 도움과 김하득 교장과의 만남, 60년대 사회의 변화와 여학교로 좌천된 일, 스승에 대한 여학생들의 사랑 등 학교생활을 통해 죽헌 선생은 역시 스승이란 일시적인 인기 위주의 교사라기보다는 단 한 사람이라도 두고두고 학생으로부터 잊히지 않고 존경을 받는 스승이 되어야 한다는 교사관을 정립하게 되었다고 서술한다. 「대학교수 시절」 이야기에서도 그를 대학으로 이끌어준 사람들, 그리고 대학에서 만난 많은 사람들에 대한 인연이 주를 이루고 있다. 대학 사회의 변화속에서 죽헌 선생이 지켜왔던 교육자로서의 양심을 읽어낼 수 있다. 그래서 그는 스스로 자신을 다음과 같이 정리하고 있다.

> 그저 그동안 공명심이라든가 물욕에 눈이 어두운 적이 별반 없었고, 여러 사람(학생)으로부터 인기를 얻어 보려고 잔꾀를 부리기보다는, 단 한 사람으로부터라도 좋으니, 인간적으로 신뢰를 받는 사람이 되고 싶었습니다.
>
> (…)
>
> 다만, 앞으로 나에게 소망이 있다면, 체험의 역사를 거울삼아, 역사의 교훈 앞에, 겸허한 자세로 양심의 자성을 게을리하지 않는 조용한 삶이 되었으면 하며, 틈이 나는 대로 나를 낳고 나를 길러 낸 국토 곳곳의 흙을, 순례자의 마음으로 밟을 기회를 가질 수 있는 건강이 지탱되었으며 하는 바람뿐입니다.
>
> 다시 한번, 이 순간까지도 은혜를 입고 있는, 나와 인연을 맺고 있는 여러분에게 감사의 뜻을 전하면서 떠나는 사람으로서의 인사로 바꾸겠습니다.
>
> ─「대학교수 시절」 중에서

위 인용의 전반부는 교육자로서의 자신의 삶에 대한 입장이고, 후반부는 정년퇴임 식장에서 남긴 말의 일부이다. 두 부분이 놓인 문맥적 상황은 다르지만, 결국 하나로 연결된 죽헌 선생의 교육자로서의 삶을 명쾌하게 정리해주고 있는 부분이다. 양심에 부끄럽지 않는 겸허한 삶의 자세, 이를 위해 늘 자성하며 사는 삶의 자세를 내보이고 있다. 항일 투쟁의 경력을 내세워 자신의 입지를 더욱 과대 포장해갈 수도 있는 세태 속에서도 죽헌 선생은 조용히 교육자로서 "유유 담담 허허"로운 삶을 지향하고 있다는 점이 돋보인다. 그가 학생들과의 대화에서 남긴 한 마디는 이러한 그의 교육자로서의 본성을 잘 대변해주고 있다.

> 내 살아온 길을 그다지 후회하지는 않는다. 다시 태어난다 한들, 오늘과 같은 상황에서는 교원밖에 할 수 없지 않겠는가? 아니, 간혹 대학교수보다는 차라리 두메산골 초등학교 교장이 되었으면 하는 생각이 들 때가 있다.
>
> —「유유히 담담하게 허허로이」 중에서

사람과 사람의 인연을

죽헌 선생의 글 중 상당한 비중을 차지하는 것이 자신과 인연을 가졌던 사람들에 대한 이야기이다. 『한 사나이의 한살이』 세째 마디의 「어울림의 자취」는 이런 사람들과의 만남의 광장이 펼쳐지고 있다. 김영기 스승, 김하득 학장, 향파 이주홍 선생, 이용기 선생, 김종우 박사, 소백 선생, 박상락 선생, 여암 이태길 선생, 김석환 교수, 김용태 학장, 박지홍 교수, 천두현 교수 등과의 만남이 엮어낸 삶의 편린들 속에서 죽헌 선생의 사람에 대한 인식의 깊이와 폭이 드러나고 있다.

선비의 모습을 지니면서도 어딘가 대쪽 같은 절개와 정의감을 풍기는 김영기 스승, 이분을 통해 받았던 민족 정신교육이 일제강점기 때 항일운동에 동참하게 만들었고, 김하득 학장은 명리를 떠나 청빈하게 사는 선비의 모형을 제공했고, 향파 선생은 언제나 여유 작작하게 지내는 길을 보여주셨고, 이용기 선생은 강직하고 대담하면서도 부드럽고 가냘픈 인정을 베푸는 삶을 보여주셨고, 김종우 박사는 도사적 풍모를 갖춘 삶을, 소백 선생은 미완성의 겸양의 미덕을, 박상락 선생은 대인의 풍도를,

여암은 서민의 풍도를, 김석환 교수는 고고한 선비의 기풍과 청초하고 은은한 향기를, 김용태 학장은 애국·애족 민족 정기 앙양 교육으로, 박지홍 교수는 다정다감성을, 천두현 교수는 재덕과 학덕을 겸비한 국문학자, 국어교육학자로서의 면모를 보여주었음을 흥미롭게 제공해주고 있다.

여암 이태길 선생의 수필에 나타나는
삶의 진정성

수필이란 무엇인가? 여암 이태길 선생의 『긴 삶 숱한 고비』에 실린 글들을 읽으면서 다시 던지는 질문이다. 수필은 시나 소설에 비해 쓰기 쉬운 글이라고들 말하지만, 어쩌면 가장 힘든 글쓰기 중의 하나라고 생각한다. 왜냐하면 수필은 자신의 삶을 가장 진솔하게 드러내는 글쓰기이기 때문이다. 다시 말하면 나무가 겨울을 맞으면서 나목이 되어가듯, 허위와 가식을 벗어던지고 자신의 삶을 있는 그대로 보여주는 글쓰기가 수필이기 때문이다. 사실 자신을 가꾸고 성숙시켜온 미화된 옷들을 하나둘 다시 풀어헤치고 적나라하게 자신을 드러내기란 그렇게 쉬운 일이 아니다. 그 어떤 글쓰기보다 자신을 꾸밈없이 드러내는 글쓰기인 수필은 언제나 자기표현의 욕망으로부터 자유스러울 수가 없고, 자기 미화라는 근원적인 자기애로부터 벗어난다는 것이 힘들기 때문이다. 좋은 수필은 부끄러운 자기 삶의 어두운 부분까지 환한 빛의 세계로 드러내놓는 자기 성숙으로부터 비롯되는 이유가 바로 여기에 있다.

그러나 좋은 수필은 자기 삶을 있는 그대로 드러내는 필요조건에 또 다른 충분조건을 더해야 한다. 그 충분조건은 내용이 감동적인 요소를 지니고 있어야 한다는 점이다. 즉 삶이 감동적인 요소를 지니고 있어야 한다. 삶이 보여주는 감동은 어디로부터 나타나는 것인가? 이를 필자는 사람들의 삶이 보여주는 진정성이라고 생각한다. 미문의 글을 통해 감각적인 즐거움을 제공할 수도 있고 아름다움을 추구할 수도 있다. 그러나 사람을 근원적으로 움직이는 힘은 글을 통해 전달되는 삶의 진정성이다. 여암 선생의 글들이 감동을 간직하고 있는 이유는 그의 삶이 지닌 진정성 때문이다. 항일운동을 하다가 일경에 체포되어 감옥 생활을 5년이나 했으며, 해방 이후에도 심난한 삶을 살았다. 그런데 여암 선생은 이러한 삶을 과장하거나 자랑하지 않고 담담하게 그리면서, 지나온 세월 속에서 좀 더 잘 살아왔어야 했음을 "후회막급"이란 한 마디로 여러 글에서 되풀이하고 있다. 여암 선생은 「책머리에」에서 이러한 본인의 지나온 삶을 다음과 같이 요약·정리하고 있다.

내 나이 80, 참으로 오랜 세월을 살았구나 하는 느낌이 든다. 나와 같은 또래들이 다 그러했듯이 저 이리떼보다 사나운 일본 제국주의자들의 식민 통치하에 생장하여, 8·15 해방후의 극심한 사회 혼란과 6·25사변 중의 동족상잔 그리고 5·16 구테타 이후의 군사정권의 전제 등을 두루 겪으면서 얼마나 많은 난관에 부딪혔던가? 몇 번이나 아찔한 고비를 넘었던가? 용케도 지금까지 살아남았으니 조상의 음덕 특히 아버님 어머님의 애지중지하시던 덕분이랄 수밖에 없다.

돌이켜보면 내 생애에 경제적인 빚을 안 지고 살아갈 수 있었던 것은 ㄷ 고등학교 교장으로 근무한 뒤부터였다.

여암 선생의 젊은 날의 삶이 어떠했는지를 쉽게 떠올릴 수 있는 장면들이다. 이는 여암 선생 개인의 삶을 넘어서 우리 민족의 고단했던 삶의 장면이라고도 할 수 있다. 여암 선생은 일제치하에서 대구사범을 다니면 서부터 한메 김영기 선생으로부터 민족정신에 대한 교육을 받았다. 한메 선생은 당시 조선어와 한문과목을 담당하고 있었지만, 제자들에게 우리 민족이 왜제의 기반을 벗어나서 독립을 되찾는 길이 무엇인가를 늘 강조하셨다고 한다. 한메 선생으로부터 철저한 민족교육을 받은 제자들이 중심이 되어, 문예부를 조직하고 『반딧불』을 펴냈으며, 졸업 후에는 비밀결사 '다혁당'을 조직하여 활동하다가 검거되어 옥살이를 하기에 이른다. 해방이 되었다고 해서 여암 선생의 삶의 여정이 순탄한 것은 아니었다. 우리 민족의 현대사의 질곡을 여암 선생도 비켜갈 수 없었기 때문이다. 이러한 쉽지 않은 개인사의 삶의 편린들이 여암 선생의 『긴 삶 숱한 고비』에 실려 있다. 그래서 이를 중심으로 여암 선생의 수필 속에 드러나고 있는 삶의 진정성을 몇 가지 항목으로 나누어 살펴보고자 한다.

잊혀지지 않는 사람들 속에 나타난 삶의 진정성

글을 쓸 수 있는 대상들은 많다. 그것이 사물이 될 수도 있고, 자연이 될 수도 있고, 상상 속의 어떤 세계가 될 수도 있다. 그런데 여암 선생의 글 속에 나타나는 대상들은 거의 사람에 대한 이야기이다. 「잊혀지지 않는 분들」, 「축하의 글, 추모의 말」, 「기문, 건립문, 비문」, 「우정의 메아리」 등이 결국 사람에 대한 글이기 때문이다. 이 중 「잊혀지지 않는 분들」의 이야기에서 우선 이러한 여암 선생이 갖고 있는 관심의 일단을 볼 수 있다.

여기에서는 여암 선생의 아버지, 한메 김영기 선생, 요산 김정한 선생, 먼구름 한형석 선생에 대한 이야기를 풀어놓고 있다. 한 인간의 품성이 형성되는 과정에는 여러 요소가 작용하지만, 가장 큰 영향의 대상은 어릴 때의 부모와 학창 시절의 스승이다. 여암 선생의 경우는 이 두 요소가 어떻게 작용했는지를 「아버님에 대한 잊혀지지 않는 일들」과 「교육을 통한 민족운동의 선구자-한메 선생과 대구사범 항일학생의거」에서 확인할 수 있다. 전자가 아버지에 대한 회고 글이고, 후자가 대구사범 시절에 만났던 스승인 한메 김영기 선생의 이야기이다. 그래서 이 두 편의 글을 통해서 여암 선생의 삶의 방향의 터전이 어떻게 형성되어갔는지를 확인할 수 있다.

우리 모두는 자신의 뿌리인 아버지에 대한 남모르는 사연과 회고의 정을 간직하고 있다. 아버지에 대한 기억을 떠올리면, 즐거웠던 시간도 있고 슬픔의 시간도 있기 마련이다. 그런데 여암 선생의 기억의 창고에서 끄집어내어 놓은 기억의 한 자락은 온통 아버지가 자식에게 베푼 사랑의 흔적뿐이다. 오직 한 번, 열한 살 때 훈장님을 속이고 조퇴를 했을 때 아버지로부터 종아리를 맞은 적이 있다고 고백하고 있다. 여암 선생은 아버지가 자식을 위해 베푼 희생적인 삶의 모습만 기억할 뿐이다.

할아버지의 말씀에 순종하여 하던 공부를 중단하고 평생 농사일로 일생을 보내신 아버지는 여암 선생이 보통학교에 입학할 때나, 사범학교를 다니다가 무기정학처분을 받았을 때나, 형무소에서 1년 만에 만났을 때나, 부정적인 말씀을 하지 않으시고 언제나 긍정적으로 격려해주시던 순간들을 회상하고 있다. 특히 감옥에서 학질에 걸려 고생하던 여암 선생을 면회하고 집으로 돌아와서는 한숨도 못 주무시고 눈물로 밤을 새우셨다는 어머니의 증언은 아버지의 자식 사랑이 어느 정도인지를 느끼게 하는 장면이다. 어려운 삶의 굽이굽이마다 불평할 수도 있었지만, 원망하시는 말씀이나 표정은 듣지도 보지도 못했다고 한다.

이러한 아버지의 성품은 자식인 여암 선생의 인생관을 형성하는 데 절대적인 영향을 미쳤으리라고 생각한다. 자신이 하고 있는 현재의 일이 아무리 힘들고 괴로워도 남에게 원망하거나 불평하지 않고 묵묵히 자신의 길을 지켜나가는 삶의 철학은 하늘이 주는 순리를 따라 살아가는 농민들의 일상이었다. 씨 뿌린 것만큼 거두고, 노력한 만큼 결실을 얻는 자연의 순리대로 사는 아버지의 삶의 실천이 자연 여암 선생의 몸에도 스며들 수밖에 없지 않았을까 하는 생각이 든다. 나이가 많이 든 이후에 여암 선생이 텔레비전 〈아침마당〉 프로그램에 등장한 정명훈 모자와 사회자의 대담을 인상깊게 보고 쓴 「그 어머니에 그 아들딸들」에서 "훌륭한 인물을 길러 내는 데는 본인의 타고난 재질이나 남다른 노력의 소치도 있겠지마는, 역시 그 부모의 영향이 지대하다는 것을 새삼 느끼게 해주는 유익한 내용이었다"는 고백은, 보편적인 진리를 스스로 확인하는 장면으로 읽혔다. 그러므로 여암 선생이 아버지를 보내고 자신을 불효자로 생각하는 것은 그만큼 아버지로부터 받은 사랑은 많았지만, 성장한 이후에 그가 보답한 것은 너무 미약하다고 생각하기 때문이다. 부모의 자식 사랑은 내리사랑이라 모든 부모들의 자식 사랑은 한결같겠지만, 여암 선생의 아버지로부터 받은 사랑은 분명 남다른 데가 있는 것같다. 이 남다른 사랑이 힘들고 고된 삶의 굽이굽이를 지탱해올 수 있는 근원적 힘이 되었다고 생각한다. 부모로부터 남다른 사랑을 받은 자식들은 아무리 힘든 순간을 만나도 결코 절망하거나 불의에 타협하지 않기 때문이다.

　여암 선생의 삶의 방향을 만들어가는 데는 부모로부터 받은 남다른 사랑도 있었겠지만, 자신의 삶의 방향을 정향하는 데는 교육을 통해 민족 운동을 선구한 한메 선생과의 만남이 더욱 중요한 계기로 작용한 것 같다. 「교육을 통한 민족운동의 선구자-한메 선생과 대구사범 항일학생의거」에서 이런 정황을 읽어낼 수 있다. 한메 선생이 당시 학생들에게 어느 정도로 철저한 민족 교육을 시키셨는가 하는 점은 다음의 인용을 통해 확인할 수 있다.

제자들에게 항상 자애에 넘친 얼굴로 대하시면서도 무슨 근본 문제에 부딪혔을 때에는 준엄하기 짝이 없으셨다. 제자들 중에서 사고의 방향이 안일하게 흐른다든지, 우리 국어를 소홀히 한다든지 하는 일이 나타났을 때에는 교단 앞에 불러 세우시고
"너희들마저 이런 생각을 하거나, 우리말을 이렇게 푸대접한다면 이 겨레의 장래는 어떻게 되겠는가?"
하고 꾸중하실 때는 추호의 용서도 없었다. 또한 동족 중에 변질한 사람이 화제에 올랐을 때에
"그는 조선 사람이 아니야. 우리 겨레의 허울은 썼지만 이미 피가 말랐단 말이야."
하고 냉혹하게 비판하시는 것을 자주 들었다.

이러한 스승의 투철한 민족 교육관 아래서 배움을 받은 여암 선생이었기에 그가 자연스럽게 학창시절부터 항일운동 단체에 발을 들여놓았고, 졸업 이후 교사가 되어서도 이 운동을 계속하다가 검거되어 옥고를 치를 수밖에 없었던 것이다. 이는 여암 선생이 만났던 한메 선생의 교육적 영향력이 얼마나 지대한 것이었나를 생각나게 하는 장면이다. 여암 선생이 쓴 많은 글들이 항일운동과 관련된 것들이라는 사실은 이를 증명한다. 한 인간의 생애에서 훌륭한 스승과의 만남은 그의 생애의 방향을 결정짓는 계기가 된다. 여암 선생의 경우도 이와 같다고 할 수 있다. 그가 옥고까지 치르는 어려운 삶의 고비를 맞았지만, 스승의 가르침을 저버리지 않고 민족의 미래를 생각하며 실천적 삶을 살 수 있었던 것은 온당한 삶

의 방향을 제시해줄 수 있었던 스승과의 만남이 있었기에 가능한 일이었다고 생각한다.

해방 이후에도 많은 사람을 만났겠지만, 여암 선생의 뇌리에 깊이 각인된 사람은 요산 김정한 선생과 먼구름 한형석 선생이다. 요산 선생에 대한 기억은 첫째가 「요산 선생과 토박이말」에 나타난 순수 우리말을 찾아 작품에서 활용하는 한 예로 "젖꽃판"이란 말에 얽힌 에피소드를 소개한 것이고, 둘째는 「목욕 재계하고 쓴 글」에 나타난 세창 백낙주 선생의 묘비문을 쓴 일과 그 비문을 다시 요청해서 베껴 전달한 이야기이다.

문제는 왜 여암 선생이 요산을 특별히 가슴에 안고 있으며, 세창 백낙주 선생의 묘비문을 쓸 만한 분으로 요산 선생을 추천하고, 끝내 그로부터 비문을 받아내었는가 하는 점이다. 이는 여암 선생의 판단으로는, 요산 선생이 보여준 사람답게 살아가라는 삶에 대한 철학과 실천이 자신에게는 본받을 만한 삶의 모형으로 인식되었기 때문으로 보인다. 그래도 인생 선배로서, 존경할 만한 삶의 모습을 보여주었기 때문이란 말이다. 다시 말하면 일제치하의 고단한 삶 가운데서도 민족정신을 잃지 않고 항일하며 살았던 요산 선생의 삶의 흔적이, 동일한 삶의 궤적을 그린 여암 선생 자신에게는 누구보다도 가깝게 여겨질 수밖에 없었던 것이다. 요산 선생도 여암 선생처럼 일제강점기 때 일본에 항거하는 삶을 살았으며, 해방 후 교육계에 몸을 담아 후진양성에 힘을 썼기 때문이다.

이런 차원에서 여암 선생이 먼구름 한형석 선생을 잊혀지지 않는 한 사람으로 여기고 그의 가슴 한 켠에 두고 있는 것은 자연스럽다. 먼구름 선생 역시 일제 때는 중국에서 항일 운동을 하다가 해방 후 귀국하여 교육계에서 공적인 삶을 마무리했기 때문이다. 두 분은 여암 선생과 동일하게 일제에 대한 항거와 후진교육이란 공통적인 인생항로를 걸어오셨다. 단순히 걸어오신 것이 아니라, 사표로서의 삶을 살아오셨다. 이 점이 여암 선생의 가슴에 두 분을 잊혀지지 않는 사람으로 각인한 이유로 여겨진다. 먼구름 선생에 대한 여암 선생의 이러한 존경과 애정은 그가 먼구름 선생의 묘비명을 짓는 것으로 이어지고 있다. 특별히 여암 선생이 힘주어 강조하고 있는, 먼구름 선생이 평소에 펼쳐 보이셨던 글씨에 대한 예술적 자질을 '대동병원' 현판에서 발견하고 있는 부분은 후세대 사람들이 다시 눈여겨볼 부분이다.

　사실 여암 선생이 가슴에 품고 있는 잊혀지지 않는 사람은 지금까지 논의한 세 사람만 존재하는 것은 아니다. 「축하의 글, 추모의 말」에 쓰인 대상들은 어쩌면 똑같은 위상에 놓이는 인물들로 볼 수 있다. 대구사범의 1년 후배이지만, 일제강점기에 한밭 감옥에서 옥고를 같이 치른 죽헌 이주호 교수와 관계는 「이주호 교수의 회갑을 기리면서」, 「죽헌의 진갑에 부치는 말」, 「죽헌의 고희에 즈음하여-평생 내 따라와 봐라」 등에서 보이듯이 농담으로 진담을 대신할 수 있는 막역한 친구이다. 또한 1946년 마산여자중학교에서 만난 이상근 교수 역시 「이상근 선생과 나-그의 고희를 축하하면서」에서 보여주듯이 그를 놀라게 하는 천진난만한 인품을 가진 자이며, 「사회정의의 발현의 현역-경인의 고희를 축하하면서」에서 소개되고 있는 지행일치의 선비로 여기고 있는 경인 이종석 선생, 추념사를 쓴 안용복 장군, 추모사의 대상인 된 조강제, 백산 안희제 등도 여암 선생의 피 속에 흐르는 민족정신의 한 부분을 이루고 있는 인물들이다. 이들 모두가 우리 사회의 다양한 영역에서 자신이 감당해야 할 몫을 훌륭하게 잘 감당하고 있는 분들일 뿐만 아니라, 개인의 삶을 넘어 우리 사회의 공동체를 위해 헌신적으로 일한 분들이라는 점에서 공통점을 지닌다. 이는 여암 선생이 이들을 그의 가슴에 품을 수밖에 없는 이유를 깨닫게 하는 부분이다.

공동체적 삶의 지향을 실천한 삶의 진정성

여암 선생의 삶의 여정에서 가장 힘들었던 시간은 나라 잃은 백성으로
서 개인적 존재감을 상실한 시대의 삶이었다고 생각한다. 나라를 잃었기
에 개인의 존재증명의 징표인 이름까지 창씨개명을 강요당했다. 이런 강
압된 시절의 아픔을 경험했기에 그에게 있어, '나라'라고 하는 공동체가
얼마나 소중한지를 실감하며 살았을 것이다. 그래서 여암 선생은 「광복,
그 소중한 의미를 되새기며」에서 '나라' 라고 하는 공동체의 중요성을 다
음과 같이 역설하고 있다.

사람은 혼자서 살 수 없다. 다시 말해 인간은 태어나면서부터 생을 마칠
때까지 어느 집단에 소속되어 살아갈 수밖에 없는 그런 사회적 동물이
라는 말이다.

그런데 각종 집단(가정, 학교, 직장 등등) 가운데서도 우리에게 가장 강
력하게 구속력과 그 영향력을 행사하는 것은 국가라는 집단이다. 국가
는 그 각각의 구성원들에게 세금을 징수하고 병역의 의무를 부과하며
각종 규칙이나 질서를 지킬 것을 강요할 뿐만 아니라 때론 우리가 생명
처럼 소중히 여기는 자유마저도 일시 유보시킬 수 있을만한 힘을 가지
고 있다. 국가는 과연 무슨 근거, 무슨 이유로 국민들을 이렇게 대할 수
있는 것일까?

그것은 국가라는 배경없이 인간이 인간답게 살아갈 만한 발판이 없기
때문이라고 생각해 볼 수 있다. 우리가 살고 있는 현 사회, 아니 우리가
예측 가능한 미래사회까지도 국가를 떠나선 온전한 삶을 유지할 수 없
을 것이다.

역사를 살펴보면, 민주화가 이루어지기까지 나라가 개인의 삶의 권리를 빼앗고, 개인의 삶을 힘들게 한 경우도 많다. 그러나 이런 경우도 나라를 온통 잃어버리고 살아가면서 겪는 고통과는 비교가 되지 않는다. 그래서 나라를 잃어본 자들에게는 공동체적 국가관이 절실할 수밖에 없다. 여암 선생의 경험에 바탕한 인식처럼 "국가라는 배경 없이는 인간이 인간답게 살아갈 만한 발판이 없기 때문"이다. 일제 때 나라를 잃은 자들이 어떻게 살아왔는지를 떠올리면 이는 쉽게 동감할 수밖에 없다. 그래서 여암 선생은 앞서 살펴본 것처럼 잃어버린 나라를 찾기 위해 일제에 항거하는 삶을 살아왔던 것이다. 즉 잃어버린 공동체를 회복하기 위해서였다. 여암 선생의 삶의 과정을 살펴보면, 나라를 먼저 생각하지 않고 개인의 영달을 생각했다면 편하게 살 수도 있었을 것이다. 그러나 개인보다는 공동체인 국가를 우선적으로 생각했기에, 고초를 당하는 영어의 몸이 되기도 했던 것이다.

개인보다 공동체를 우선으로 생각하는 삶을 실천하며 살았기에 「노인과 사회봉사」라는 글을 통해, 나이는 들었지만 이웃과 사회를 위해 봉사의 삶을 살고 있는 ㄴ씨의 삶을 많은 사람들이 본받아야 할 노년의 바람직한 삶의 모형으로 소개하고 있다. 특히 그분이 항일운동을 하다가 재판에 회부되어 형무소에 있을 때, 아버지가 면회를 와서 아들에게 "잘못했다는 말만 하면 집행유예로 풀려나올 수 있으니 그렇게 하라"는 아버지의 말에 "저는 아버지의 아들이기에 앞서 조선의 아들입니다"라는 말로 거절했다는 일화는 이들 세대들이 생각하는 개인과 공동체의 선후관계를 분명히 인식할 수 있는 부분이다. 이러한 공동체 의식에 대한 투철한 신념은 여암 선생이 해방 후 교육자로서의 삶을 살아갈 때는 성장하는 후세대들에게 이를 무엇보다 강조하는 실천으로 나타나고 있다. '학생들에게 주는 글' 속에 나타나는 「끊임없는 전진」에서 여암 선생의 이런 모습을 만날 수 있다.

> 곁들여서 한 가지 더 말하고 싶은 것은, 남이 나에게 무엇을 해 줄 것인가 하고 바라기에 앞서서 내가 남에게 무엇을 해야 하나 하는 것을 먼저 생각하는 것으로 삶의 근본자세를 삼아 달라는 것이다. 부모나 사회나 국가가 나에게 무엇을 해주어야 하지 않겠느냐고 생각하면 항상 불평과 불만이 따르기 마련이다. 왜냐하면, 현실적으로 존재하는 모든 부모, 사회, 국가는 우리의 욕구를 전부 충족시키기 어렵기 때문이다. 그런데 내가 부모, 사회, 국가를 위해 이런 일을 해 드려야 하지 않겠느냐고 생각한다면 언제나 반성과 겸손의 자세로 보람된 일을 찾아 할 수 있을 것이다.

이렇게 여암 선생은 자신이 살아오면서 체득한, "남에게 무엇을 해야 하나: 하는 것을 먼저 생각하는 삶의 자세를 학생들에게 교육하고 강조함으로써 공동체 의식을 후세대들에게 세워나가고 있다. 이는 여암 선생과는 다른 시대를 살아온 젊은 학생들에게는 실감 나지 않을 윤리적 훈하로 들릴지 모르지만, 선배 세대들이 전수해주어야 할 중요한 삶의 덕목임에는 틀림없다. 세태의 변화로 인해 우리는 지금 철저하게 개인주의화되고 있는 현실 속에서 살고 있기 때문이다. 그래서 우리가 지켜가야 할 온당한 삶을 위해서 필요한 최소한의 공동체 의식도 기대하기 힘든 상황으로 치닫고 있다. 인류 역사의 발전 단계로 보아, 개인주의가 우리가 지향해야 할 삶의 한 방향이기는 하지만, 공동체 의식이 결여된 개인주의는 온당한 개인주의로 나아갈 수가 없다.

공동체 의식의 진정한 실천은 3요소를 필요로 한다. 첫째는 자기 스스로가 삶을 통해서 공동체적인 삶을 실천해가야 한다. 둘째는 나와 더불어 동시대를 살고 있는 타자들도 이에 동참할 수 있는 계기를 만들어야 한다. 나만의 실천이 아니라, 너와 나의 실천을 통한 우리의 실천으로 나아가야 한다. 공동체 의식의 본질이 단순히 나의 실천을 통한 주체를 세워가는 일로 끝나는 것이 아니라, 타자를 통해 우리라는 연대의식을 형성해가는 데 있기 때문이다. 셋째는 이러한 공동체 의식이 역사성을 가지려면, 동시대를 살고 있는 나와 너의 실천을 통한 공동체 의식의 실천만으로 끝나지 않고 후세대로 이어져 나가야 하는 작업이 지속되어야 한다. 이어져 나가는 실천성이 없을 때는 공동체 의식은 쉽게 허물어져 역사성을 지닐 수가 없다. 이런 측면에서 여암 선생의 삶은 3요소를 다 갖추고 있다고 본다. 여암 선생 자신이 나라를 위해 몸을 던졌고, 그러한 삶을 추구하고 있는 동시대의 사람들의 삶에 공감하며 그들을 내세우고 있으며, 후세대들인 학생들을 향하여 공동체를 위한 삶을 우선적으로 교육했기 때문이다.

그런데 여암 선생이 갖고 있는 이러한 공동체 의식의 실천은 역사와 전통에 대한 관심으로도 나타나고 있다. 그가 「파한집」과 「화랑세기」를 우리말로 번역한 것이나 대한제국 때 관동창의대장이었던 복재 민용호 선생의 문집인 「복재집」, 조선 중기 선조조의 유학자요 의병장이었던 풍암 문위세 선생의 유문집인 「풍암 문선생실기」, 조선조 단종-세조 때 절의를 지키다가 스스로 목숨을 끊은 청재 박심문의 충절에 대한 기록을 모은 「청재 박선생 충절록」 등에 관심을 가진 것은 과거의 역사 속에 묻혀 있는 자들의 삶과 기록을 현재화 함으로써 전 세대들의 삶의 흔적을 대대로 이어주려는 역사의식의 산물이다. 이런 연장선상에서 그가 실천적으로 남겨놓은 또 다른 글쓰기가 「도천사 중건 기문」, 「백산 안희제 선생 동상건립문」, 「박재혁 의사 동상건립 취지문」, 「광동창의대장 족재 민

용호 선생 공적비문」, 「애국지사 밀양박공 제민 묘비문」, 「애국지사 천도
교도사 순흥 안찬복공 추모비문」, 「애국지사 남평문공 홍의 기적비문」,
「교하노씨 상곡종중 세사비문」 등의 글이다. 여기에 제시된 기문, 건립
문, 공적비문, 묘비문, 추모비문 등의 대상이 된 자들은 한결같이 가문을
위하든지, 나라를 위하든지, 공동체를 위해 몸을 바친 자들이다. 이렇게
여암 선생은 이들의 삶의 흔적을 후세대들에게 남겨놓음으로써 우리가
어떤 삶을 살아야 할지를 생각하게 하는 일에 열심이었다는 것이다.

글 속에 나타나는 삶의 진정성

　여암 선생은 어린 시절에는 서당에서 한문을 배웠으며, 이후에 야학에
서 조선어, 산수, 일본어 등을 배우고 이어 읍내 보통학교 4학년에 입학
하여 신학문을 접한 것으로 그의 이력이 정리되어 있다. 그리고 대구사
범에 입학하여 교원이 되기 위한 공부를 계속한 것으로 되어 있다. 그런
데 사범학교 학창 시절부터 독립운동을 하기 위한 조직인 문예부에 소
속되어 활동을 해온 것으로 알려져 있다. 활동의 결과물인 작품집 「반딧
불」을 펴냈다는 것은 여암 선생의 문예적 자질을 확인할 수 있는 장면이
다. 여기에 실린 여암 선생의 글이 소개되어 있지 않기에 당시 여암 선생
의 글 모습은 확인할 수 없다. 그러나 여암 선생이 스스로 밝혀놓고 있
듯이 "토요일마다 장소를 이동해가면서 비밀회합을 열어 각자의 작품
을 제시하고 상호 비평을 했는데 작품 내용은 주로 민족의식을 고취하
는 생경한 것과 일제탄압에 대한 비애 같은 것이 대부분이었다"는 설명
을 토대로 한다면, 작품집 「반딧불」에 실린 작품의 내용도 이와 대동소
이했으리라 생각된다. 이러한 젊은 날의 수학과정과 글쓰기의 터전은 여

암 선생의 글들에서 이런저런 형태로 나타나고 있다. 어린 시절에 서당을 통해 배웠던 한문에 대한 선이해는 그가 나중에 고전번역에 관심을 가지고 작업을 할 수 있는 바탕이 된 것 같고, 수필 속에 간혹 나타나는 자작 한시(「꾀꼬리 소리」, 「풍수지탄, 망양지탄」) 역시 이런 영향의 결과로 보인다.

그런데 여암 선생은 한문에 조예를 가진 분들이 일반적으로 빠져들기 쉬운 한자 우월주의자의 길에 들어서지 않았다는 점이다. 많은 한자숭배주의자들이 초등학교에서부터 한자교육을 실시해야 한다고 목소리를 높일 때, 여암 선생은 "국민학교에서의 한자 교육은 실효를 거둘 수 없다"고 실제 교육 현장에서 국어와 한문을 가르친 경험을 토대로 반박하고 있다. 그가 고전연구회 회장직까지 맡았지만 우리말에 대한 교육에 더욱 힘을 기울였던 이유를 여기서 알 수 있다. 이러한 여암 선생의 우리말에 대한 관심과 글쓰기는 그가 글쓰기에서 보여주는 삶의 진정성이다. 한자와 한글쓰기를 두고 한 인간의 삶의 진정성을 평가하는 데는 무리가 따를 수도 있다. 그러나 우리 민족이 미래를 향해 나아가는 역사성을 가진 민족으로 서가려면 우리글을 우선해야 한다는 의식과 그 실천은 역사 속에서 삶의 진정성을 확인하는 하나의 잣대가 될 수 있다고 본다.

이러한 여암 선생의 의식은 감옥에서 쓴 글들을 살펴보면 더욱 확연히 드러난다. 그가 감옥에서 쓴 글의 형태는 한시가 아니라, 시조였다. 여암 선생의 회고에 의하면 200여 수의 시조를 지었는데, 이 중 남아 있는 50편(실제 수필집에 소개된 편수는 34편임)을 소개하고 있다. 이는 그의 의식 속에 한자의 필요성을 무시한 것이 아니라, 우리말을 더욱 우선시했다는 문자행위에 대한 자의식을 읽어낼 수 있는 부분이다. 뿐만 아니라, 시조를 창작할 수 있는 시적 감성을 소유하고 있었다는 것은 어릴 때부터 발원된 문학적 소질을 확인할 수 있는 부분이기도 하다. 수필집에 소개된

대부분의 시조들이 영어의 몸이 된 감옥 속의 생활 중에 창작된 것들인데, 그 작품들이 내보이는 어조나 주제는 갇힌 자의 한풀이나 외침이 아니라 잘 정제된 내면의 정서이다. 「감방에서 맞은 제야」에서 그 창작동기가 소개되고 있는 「除夜」를 읽어보면 이러한 시적 정황을 만날 수 있다.

> 독방 넷쪽 벽을 날마다 노려보며
> 밥그릇도 세고 세어 세월을 재촉터니
> 그래도 제야라하니 마음 못내 설어라

독방에 갇혀 언제 풀려날지도 모르고 세월을 보내고 있는 본인의 입장에서는 마음에 떠오르는 상념들이 한둘이 아니었을 것이다. 특히 감옥에 들어와 한 해의 마지막 날을 보내는 심정은 참으로 심난하고 복잡했을 것이다. 그 복잡하고 서글픈 심정을 "마음 못내 설어라"라고 끝내면서 압축할 수 있다는 것은 시조가 지닌 문학적 특성과 맛을 익히 소화하지 못한 자들은 근접하기 힘든 경지이다. 힘든 독방의 삶을 직설적인 감정에 실어서 과장해서 표현할 수도 있고, 긴 산문에 구체적으로 풀어낼 수도 있다. 그러나 감옥생활이란 제한된 환경 속에서 시조를 통해 기록을 남길 수 있었다는 것이 주어진 삶의 여건 속에서 여암 선생이 선택할 수 있는 최선의 글쓰기였다고 본다. 여기에서 그의 삶과 글쓰기의 진정성을 엿볼 수 있다.

"후회막급"의 표현 속에 드러나는 삶의 진정성

여암 선생의 많은 글들이 일제 때에 있었던 삶의 구체적 경험을 다루고 있다. 해방 이후에 그가 독립유공자로서 삶을 살고 있는 입장에서 이 글들은 회고의 형태로 쓰이고 있다. 그러므로 자신의 삶을 다루면서, 독립유공자라는 평가의 후광에 힘입어 자신의 삶을 미화시킬 수 있는 가능성은 충분히 있다. 인간은 누구나 이러한 개인적 욕망으로부터 자유로울 수가 없기 때문이다. 그러나 여암 선생은 일제 때의 삶 중에서도 제대로 살아오지 못한 자신의 삶의 한 순간들을 떠올리며, 후회하고 있는 장면들을 「후회막급인 왜정 때의 일 몇 가지」에서 스스럼없이 보여주고 있다. 이 장면들을 대하면, 여암 선생의 삶에서 우리는 인간이 추구해야 할 삶의 진정성이 무엇인지를 다시 생각하게 된다. 여암 선생님은 한 장면도 아니고 세 장면이나 드러내놓고 있다.

그해 6월경으로 기억되는데 내가 처음으로 학교 주변 훈도가 되었을 때의 일이다. 하루는 어린이 학교 주번이 주번일지를 기록하여 검열을 받으러 교무실에 나를 찾아왔다. 그 일지의 어느 난인가에 '○○선생이 조선말을 썼습니다.'라고 쓰여 있었다. 나는 아찔하였다. 어린이가 선생을 고발하다니…. 마침 일본인 선생들은 모두 퇴근을 하였고 조선 사람 몇 사람만 남아 있었는데 조선말을 썼다는 그 여선생도 교무실에서 책을 보고 있었다. 나는 어쩔 줄을 모르고 그 주번 어린이를 노려만 보고 있었다.

"이 자식이, … 어린이 주번 일지에는 선생님에 관한 것은 안 쓰는 법이야…."라고 하고는 그 책장을 찢어 버리고 다시 써 오라고 하였을 뿐이다. 그 말도 일본어로 하였다. 참으로 후회막급이다. '개인지도'에 얼마나 좋은 기회였던가? 그 후 2개월도 못 되어 나는 본의 아니게 그 학교를 떠나고 말았다.

(…)

그날 오전에 고등계주임이 내 감방 앞에 나타나 일장 설교를 하는 것이었다. 사범학교는 대체로 집안이 가난하고 머리가 뛰어난 사람이 들어가는 학교이고 또 선생은 보수도 좋은 직업인데 왜 엉뚱한 사상을 품어 전도를 망치려고 하느냐, 앞으로 마음 고쳐먹고 부모에게 효도할 생각이라도 하라는 내용이었던 것으로 기억된다.

나는 한마디 대꾸도 없이 그냥 듣고만 있었다. 그와 같은 나의 태도가 그 고등계주임의 눈에 얼마나 초라하게 비쳤을까? 한일 합병의 부당성이나 식민통치의 잔학성 같은 것은 차치하고라도 하다못해 식민지 교육의 반인도적인 면이라도 당당하게 이야기할 수 있었을 텐데 말이다. 참으로 후회막급이 아닐 수 없다.

(…)

그날 나는 제1감방에 들어갔고 고참수감자들에게 미처 신고도 마치기 전에 도로 취조실로 끌려 나가 다부지게 생긴 일본인 형사 앞 의지에 앉혀졌다. 그 형사는 가느다란 통대나무 막대기를 나에게 보였다. 짤막하였으나 밑둥은 둥근데다가 마디가 촘촘하였다. 그 형사는 느닷없이 그것으로 내 어깨죽지를 후려갈겼다. 눈앞에 번개불이 번쩍번쩍하였다. 그는 날카로운 목소리로,

"네놈이 조선 독립을 위해 목숨을 바칠 생각이었다면 이 나의 목숨도 대일본제국을 위해 있는 것이다. 네놈 하나 죽이더라도 몇 년 징역 살면 그만이야…. 그러니 바른 대로 말하지 않으면 죽여버릴 수도 있다."면서 으름장을 놓았다. 나는 어깨의 통증보다는 전신에 맥이 확 풀리는 듯한 것을 느꼈다. 그에게 공손히 절을 하고는, "선생님, 나흘 동안이나 잠을 제대로 못 잤고 지난밤에는 종로경찰서 유치장이 비좁아 쪼그리고 앉아 뜬눈으로 새웠기 때문에 지금 쓰러질 것만 같으니 우선 좀 쉬게 해 줄 수 없겠습니까?" 하고 사정을 하였다. 그는 알았다면서 순순히 내 청을

들어 주는 것이었다. 그때 일을 돌이켜 생각하면 내 자신이 측은해진다. 일개 일본 형사놈한테 비굴한 자세로 '선생님'이라는 칭호까지 써가면서 사정을 하다니…. 그 형사말과 같이 조선독립을 위해 목숨을 바칠 각오까지 되어 있었더라면 그놈 앞에서 그와 같이 비굴한 자세를 취할 수 있었더란 말인가? 생각할수록 후회막급이다.

위에서 우리가 확인한 장면들은 어쩌면 드러내놓기가 주저되는 기억일 수도 있다. 항일 투사의 경력을 지닌 독립유공자라는 입장에서는 더더욱 그러할 수 있다. 그러나 여암 선생은 그런 생각은 추호도 없이 자신이 감추고 싶어할 수도 있는 기억들을 벌거벗은 나목처럼 드러내놓고 있다. 이것이 인간이 자신의 삶 속에서 추구해야 하는 삶의 진정성을 드러내는 부분이다. 인간은 신이 아니기에 허점을 많이 남긴다. 흠이 없는 인간이 어디에 있으랴. 흠 없이 살려고 몸부림치는 것과 오점을 남기며 살아가는 인간의 삶은 그 차원을 달리하는 것이다. 부끄럽게 여길 수 있는, 감추고 싶은 부분들을 어두운 장막 속에 숨겨두지 않고 밝은 빛 아래로 드러내 놓는 용기, 이것이 삶의 진정성 중에서는 가장 높은 자리에 위치한 것이 아닐까? 이런 삶의 모습을 여암 선생의 글에서 만날 수 있다는 것은 『윤좌』 동인들의 행운이 아닐까.

황혼녘에 불타는 노을이 더욱 아름다운 이유

-옥치부 수필가의 삶의 사유

1990년대가 열리면서 부경대학교 산업대학원 최고경영자과정에서 공부하는 일군의 무리들이 문학동아리를 형성하고, 1992년 2월에 『가산문학』이란 문집을 펴내기 시작했다. 그 산파의 주역은 젊은 시절 문청의 꿈을 간직하고 있었으나 그 꿈을 실현하지 못했던 배석권 옹이었다. 배석권 옹이 1927년생이니, 그는 만학도로서 새롭게 공부를 시작한 것이다. 그는 이순이 훨씬 넘은 나이에 늦깎이로 1991년에 『월간문학』으로 등단했다. 등단 후에는 그 문학적 열정을 『가산문학』을 통해 쏟아내기 시작했다. 젊은 시절에 이루지 못한 글쓰기에 대한 열정은 누구도 감당하지 못할 정도로 강렬한 것이었다. 그 당시 배석권 옹의 문학적 열정은 소위 '늦게 배운 도둑질이 날 새는 줄 모른다'는 말로 표현하는 것이 가장 적합한 형국이었다. 이후 그는 글쓰기를 위해 태어난 사람처럼 글쓰기에 전념해 젊은 문인들을 놀라게 할 정도로 글을 쓰고 책을 묶어내는 일에 전력투구하였다. 『고향엔 무엇이 있길래』, 『묵은 생각 속의 빛』, 『국사봉을 바라보며』, 『아버지의 향기』 등의 수필집은 그가 보여준 열정의 열매들이다. 결국 사람은 가고 글만 남는 것이 인간사가 아닌가? 수필이란 넓은 문학의 밭에 배석권 옹은 몇 그루의 나무를 남기고 2007년 숙환으로 유명을 달리했다. 이렇게 배석권 옹을 먼저 떠올리는 이유는 그가 걸어간 글쓰기의 도정을 닮은 수필가가 옥치부이기 때문이다.

옥치부 수필가는 1931년생이다. 그도 문청이었다. 그러나 문학에 대한 꿈은 현실적 삶 때문에 접어두어야만 했다. 그가 글쓰기에 대한 꿈을 드러내 보인 것은 초등학교 4학년이다. 일제치하에서 공부를 하면서, 소학교 때에 접했던 어린이 신문인 〈소국민신문〉에 투고하여 발표된 「풀베기」란 글이 옥치부 수필가의 생애에 있어 특기할 만한 사건이었다. 교장실에까지 불려갈 정도로 글이 발표되고 난 후에 많은 학생들로부터 부러움을 사는 소년문사가 되었기 때문이다. 이때의 정황을 회상하면서 그는 작문 「풀베기」에서 의미 있는 한 구절을 남기고 있다.

글쓰기는 아편인가, 그리고 내게는 숙명인가? 소년문사가 되고서부터 그 여독은 이미 노년에 이른 지금껏 나의 내면에 잠재하고 있어 잠 못 들게 하고 있다.

유년시절에 가슴에 품었던 글쓰기에 대한 남다른 의욕을 그의 내면에 평생 지니고 있었음을 확인할 수 있다. 이러한 잠재된 의욕이 앞서 이야기한 배석권 옹이 중심이 되었던 『가산문학』에 참여하면서 다시 불붙기 시작한 것이다. 그는 『가산문학』 창간호가 나오고 난 뒤부터 여기에 꾸준히 참여하면서 묵혀두었던 글쓰기에 대한 막연한 꿈을 조금씩 현실화해나가기 시작했다. 10년의 세월이 훨씬 지난 2005년, 드디어 그도 배석권 옹의 뒤를 따라 『월간문학』으로 등단하기에 이른다. 소년문사의 꿈이 현실화된 것이다. 배석권 옹이 64세에 등단을 했지만, 옥치부 수필가는 그보다 10년이나 더 늦은 74세에 등단한 셈이다. 등단 나이로 치면 기록

적이다. 한국문단사에 74세 등단기록은 흔치 않기 때문이다. 문제는 늦
깎이의 열정이 예사롭지 않다는 점에 있다. 그는 등단 이후에도 글이 갖
는 향기에 젖어드는 즐거움과 함께, 글이 지니는 묘한 현실적 힘에 매료
되면서 글쓰기를 쉬지 않았다. 『누님의 텃밭』에 실린 수상들은 이러한
글쓰기의 결과물이다. 4부로 나누어진 글 속에서 유의미한 부분들에 대
해 눈길을 주어, 그 의미들을 되새김질하고자 한다.

　1부 '고향 단상'은 말 그대로 고향에 얽힌 옛 이야기들을 풀어내고 있
는 부분이다. 인간은 누구나 다 자기가 태어난 고향을 잊을 수도 없고 버
릴 수도 없다. 인간에게 고향은 생래적이고 근원적인 곳이기에 한 인간
의 삶에 있어 모든 토대가 형성되는 곳이다. 그래서 사람이 나이가 들면
들수록 고향에 대한 사념은 더욱 깊어지도록 되어 있다. 언젠가는 삶을
정리하고 흙으로 돌아가야 하는 존재가 인간이기에 나이가 들면 들수록
고향에 대한 생각은 절실할 수밖에 없다. 언젠가는 태어난 곳으로 다시
돌아가야 할 자신임을 스스로 깨닫고 있기 때문이다.

　그런데 고향을 떠올리면 고향의 산천이 성장과정에서 영향을 미쳤던
자연환경의 의미도 깊지만, 고향이 지니는 원형적 이미지는 자신의 생의
근원인 어머니를 어찌할 수 없다. 고향의 원형적 이미지를 고스란히 품
고 있는 대상이 어머니이기 때문이다. 어머니는 모든 인간들에게 있어,
고향이라는 지상의 공간에 태어나기 전의 근원적 고향이다. 어머니의 자
궁은 모든 인간의 근원적 고향이다. 어쩌면 인간이 궁극적으로 회귀하고
자 하는 갈등 없는 영원한 천국과 같은 공간이다. 그러므로 어머니는 고
향 속의 고향으로 각인되어 있는 것이다. '고향 단상' 속에서 「고향에 가
보니」, 「기억 속의 감나무」, 「어머님의 초상」, 「어머니와의 대화」 등에서
유독 어머니에 대한 그리움과 사랑을 이야기하고 있는 이유가 바로 여기
에 있다. 당장이라도 달려가 그 품에 안기고 싶은 충동에 시달리는 「고

향에 가보니」, 산천은 어느 정도 그 형세를 유지하고 있지만 나의 존재의
근원지였던 어머니의 모습은 찾을 수 없다. 그래서 어머니에 대한 그리
움은 남겨진 흔적들을 통해 확인하는 길밖에 없다. 그가 「누님의 텃밭」
에서 누님을 통해 어머니를 떠올리는 이유가 여기에 있다.

밭에서 누님이 하루 해를 보낸다는 게 이제는 얼마나 다행한지 모른다.
이 밭은 아버지의 유산으로 내 소유였는데 부산으로 솔가하면서 누님
의 밭이 되었고, 누님은 딸에게 넘겼으나, 딸이 경작하지 않으니, 역시
누님이 지키며 가꾸어 온 것이다. 세전옥답이 3대에 이르고, 누님의 유
일한 삶터가 된 질긴 인연이 아니겠는가. 다른 사람에게 소유권이 넘어
가지 않은 게 그럴 수 없이 다행한 것은 밭머리에 붙박이 그림처럼 살아
가는 모습에서 어머님의 모습도 선명히 보게 되어서다.

(…)

연세가 많아 누님께서 밭에서 지낼 일도 많지 않으나 어머님께 드릴 말
씀은 많고도 많아 땅은 더욱 기름지고 작물들이 잘 자랄 것으로 여겨진
다. 누님이 혈육들에게 심어놓은 생각들이 더러는 흙바람에 날리고 빗
물에 씻겨가도 알맹이는 이랑마다 고스란히 묻혀 있고 또 누군가가 캐
낼 것이다.

고향집 누님의 밭이 머리 속에 자주 떠오르는 까닭을 이제사 알게 된 것
같아 미소가 흐른다. 다가오는 청명 날에는 그 밭머리에 서고 싶다. 누
님도 뵙고 어머님도 뵙고 잃어버린 나의 옛날도 찾아질 것 같아서다.

누님이 가꾸고 있는 텃밭을 통해 어머니의 모습을 떠올리며, 어머니
에 대한 그리움을 달래고 있다. 그 그리움은 「고향에 가보니」에서는 현
실의 시간을 거슬러 어머니와 헤어지던 과거의 한 장면에 다가가기도 한

다. 아들과의 작별이 못내 아쉬워 "조금만 더" "아랫마을 도두막 끝까지
만" 하시며 한사코 따라 나서던 어머니, 건너 산 모퉁이까지 이마에 손을
얹고 학수되어 마냥 서 계시던 어머니를 떠올리는 장면은 애절한 모자간
의 이별로 눈물겹게 다가선다. 이렇게 어머니에 대한 깊은 정과 그리움
은 「기억 속의 감나무」에서는 더욱 진한 사연으로 기록되고 있다.

나의 어머니께서는 현명한 정원사였다. 손수 감을 땅에 묻고 감나무로
자라게 한 본인이다. 그리고 자기의 정원을 경작해 오셨다. 그렇기에 어
머니의 눈에 자녀의 얼굴에 가장 아름다운 정원으로 비치고, 그 속에 책
을 심어 감나무로 자라게 한 것인지도 모른다.
후계수 그 빈 자리를 어떻게 채울까 혼자 중얼거리다가 정원수 묘목 전
문가인 생질을 불러 접목해 묘목으로 키워 달라고 부탁하였다. 양산 선
산 아래쪽에 옮겨 형제 후계수로 우리집 기념수로 잘 키워보리라 다짐
하기도 하였다.
그 감나무는 일년에 한두 번이나마 향수를 달래 주었다. 귀로의 길목마
다 바닷물 같은 녹음을 띄우고 감꽃 향기를 차에 담았던 때를 생각하
면, 지금도 그 여운이 되살아난다. 그 감나무는 어머님의 분신 같은 존
재였다.
비록 신교육을 받지 못한 전근대를 살아오셨던 농가의 어머님이시지만,
효성이 지극하시고 자애로우시며 근면을 몸으로 가르치신 내 어머님과
유년시절의 감나무에 대한 잔영은 눈을 감아도 생생하게 남는다.

큰집 대밭에 있던 오래감나무에서 제일 크고 좋은 감을 따서, 집 마당
가에 심었던 후계수감나무의 주인공은 어머니였다. 정성들여 심었던 감
이 싹을 내고 자라 큰 감나무로 성장해 해마다 감을 주렁주렁 달고 있었

는데, 그 감나무도 세월 따라 주인이 바뀌어 결국 베임을 당하고, 밑둥에 새순만 나는 신세로 전락한 것이다. 이렇게 사라질 운명에 놓인 감나무를 접붙여 생명을 이어가게 하는 근원적 동력은 무엇인가? 감나무를 어머니의 분신같이 여기기 때문이다. 어머니에 대한 남다른 사랑이 그 흔적을 끝까지 남겨두고자 하는 무의식적 욕망으로 나타난 결과이다. 그러면 옥치부는 왜 이토록 어머니에 대한 애틋한 감정을 지니고 있는 것일까? 이는 일반적으로 모든 사람들이 지닐 수 있는 어머니에 대한 감정이기도 하지만, 특별히 그는 만년의 어머니가 겪었던 실명으로 인한 고통을 가슴에 내내 안고 있기 때문으로 보인다. 「어머니의 초상」에서 그는 이 점을 토로하고 있다.

> 나의 행복감은 돌연하게 얻어졌거나 기적이 아니라, 연기에 의해 어머님께서 만년의 실명으로 겪었던 어둠을 어둠만큼 쓰지 않고 아껴둔 세월의 광명을 내게 연장시켜 주신 것이다. 어머님께서 쓰지 않던 빛을 물려받은 나는 무엇에 이 빛을 어디에 쓸까 하는 것이 참으로 막중하고 귀한 것이 되어야 한다.
> 늙음을 얼마만큼이라도 멈추게 한 것이 어머님의 지극한 사랑이라는 확신을 가지기에, 지하에서 내 모습을 그리고 있을 어머님을 즐겁게 할 일은 내 하기 나름이 아닐까 싶다.

한 인간의 삶에 있어서, 그 부모가 마지막 순간에 남긴 삶의 흔적은 깊이 각인되기 마련이다. 실명의 고통으로 마지막 순간까지 힘들게 살았던 어머니의 삶은 아들에게 많은 생각을 남겼다. 그중 어머님이 쓰지 않던 빛을 내가 받아 사용한다는 불교적 사유의 삶은 그의 현재 삶 속에서 어머니에 대한 보답을 어떻게 해야 할 것인지를 늘 자문할 수밖에 없다. 이러한 자신의 현재적 삶에 대한 자기성찰은 자신의 근원인 어머니를 끝까지 부여잡고 살아야 한다는 의식을 갖게 만들 수밖에 없다. 그의 고향에 대한 생각이 산천과 유년의 삶에 대한 회상도 있지만, 다른 어떤 것보다 어머니에 대한 사유가 중심을 이루고 있는 그 이유가 여기에 있다고 본다.

2부인 '봄날은 간다'에 실려 있는 단상들은 그가 『가산문학』에서 활동하면서 권두언으로 썼던 글들이 중심을 이루고 있다. 여기의 글들을 읽어보면 그가 가산문학을 통해서 얼마나 많은 글쓰기의 훈련과정을 겪었는지를 엿볼 수 있다. 책머리에 실릴 권두언이 단순한 발간사가 아니라, 그것 자체를 한 편의 수상으로 승화시켜보려는 의지가 드러나고 있기 때문이다. 다시 말하면 권두언을 한 편의 작품으로 상정하는 글쓰기가 계속되고 있었다는 점이다. 그래서 『가산문학』은 명실공히 옥치부에게 문학을 키우는 텃밭이 되고 있었던 것이다. 그러면서 이 텃밭을 가꾸는 열정의 시간들을, 마지막 삶의 순간들을 찬란하게 빛내줄 삶의 후반전으로 인식하고 있다. 「후반전이 찬란하다」에서 그러한 열정을 읽어낼 수 있다.

후반전은 처절하다. 처절하기에 아름답다. 한 무더기로 피어나는 들국화의 출현처럼 가을의 들녘을 곱게 꾸민다. 후반전은 역전의 마지막 카드이다. 후발주자들에게 삶의 진정한 가치를 자기 스스로가 쟁취할 수 있는 기회부여이다.

경마이건, 운동경기이건, 선거이거나 인간 만사에서나, 마지막 순간의 전과가 중요하다. 그래서 후반전의 열기는 생동하는 삶의 함축미로 을유년 오후의 잠을 깨어준다.

우리 가산문학 27집은 을유년 후반전의 전과목록이다. 여름의 번영에서 숨죽이며 탐색해 오다가, 일시에 피어나는 들국화처럼 찬란한 빛깔을 뽑고 있다. 을유년을 마감하는 문학의 꽃밭이 가산문학임을 자부해도 넘치지 않으리라.

위의 글은 『가산문학』 27집에 실린 권두언의 일부이다. 일반적으로 책머리에 실리는 권두언은 책 발행과 관련된 중요사항을 서술하는 것으로 그 모양새를 갖춘다. 어쩌면 권두언이란 틀이 정해져 있다는 말이다. 즉 의례적인 인사말의 나열이 권두언의 중심을 이룬다. 그런데 그의 권두언은 이를 넘어서 한 편의 수상을 지향하고 있다는 점에서 옥치부의 글쓰기에 대한 훈련과정을 엿보게 한다. 그런데 이 권두언에서 중요하게 인식해야 할 항목은 『가산문학』에 동참하고 있는 필자들을 모두 후반전을 살고 있는 후발주자로 자부하고 있다는 점이다. 사실 가산문학에 동참했던 회원들 모두의 물리적인 나이로 보면 이 말이 실감이 난다. 젊은 시절에 글쓰기에 대한 꿈을 간직하고 있던 자들이 자연스럽게 모인 집단이라서 이들이 내뿜는 글에 대한 열정은 분명 남달랐다. 그 중심인물 중의 한 사람이 옥치부였기에 자신도 이렇게 당당하게 후반전을 살고 있는 삶에 대한 고백을 하고 있는 것이다. 즉, 늦게 시작한 글쓰기이기는 하지만 후반전의 중요성과 같이, 이 생애의 후반전에 일시에 피어나는 들국화처럼 찬란한 빛깔을 내뿜고 싶다는 의욕을 드러내고 있는 것이다. 이러한 글쓰기에 대한 열정은 앞서 간 배석권 옹과 비견할 수 있는 장면으로 읽힌다.

2부에서 빠뜨릴 수 없는 글 중의 하나는, 함께 활동하다가 먼저 유명을 달리한 배석권 옹과 이시윤 사형에 대한 회고 글이다. 「로맨티스트였던 효당 형」에서 두 사람 사이의 인연의 끈과 그 인연에 의해 맺어진 끈끈한 정을 새삼 다시 확인해볼 수 있다. 문학에 대한 남다른 열정으로 만년을 살았던 배석권 옹, 그리고 순진무구했던 로맨티스트로서의 배석권 옹, 나이 들어 만년에 보여주었던 그의 외로운 뒷모습이 느껴지는 일화는 한 인간의 생애가 어떻게 마무리되고 있는지를 다시 생각하게 한다. 「가산문학 받으실 천국의 우편번호라도…」에서 떠난 이시윤 사형에게 드리는 편지글 형식의 추도사는 이승에 남아 있는 자들이 저승의 사람들을 위해 띄우는 애절한 사연으로, 그 절절함이 가슴을 친다. 누구에게나 봄날은 간다. 인간은 세월을 거슬러 살고자 하지만 모두 언젠가는 이 땅을 떠나야 한다. 너무나 평범하면서도 변할 수 없는 이 인생의 철리 앞에서 글이란 무엇인가를 다시 생각하는 장면들이다.

　3부 '설중매를 보며'에서 관심을 끄는 장면은 수필가로서 등단하고 난 이후 다시금 작가의식을 재점검하는 순간을 가지고 있다는 점이다. 글쓰기 과정도 시간이 흘러가면서 단계를 거쳐간다. 아마추어 글쓰기 단계와 소위 등단 관문을 통과한 등단 이후의 글쓰기에 대한 의식은 다를 수밖에 없다. 이러한 의식의 한 단계를 「무명작가의 변」에서 확인할 수 있다.

　　필자도 명색 수필가라는 이름을 달고부터 글쓰는 작업에 두려움을 갖게 된 것은 등단한 문인과 취미활동으로써 글쓰기와는 달라야 한다는 강박관념이 나서이다. 일종의 자기성찰이기도 하지만, 문인이라는 신분이 글쓰기에는 멍에이거나 걸림돌이 되기도 한다. 이전에도 수필을 썼고 출판도 했지만 독자를 의식하고 쓰지는 않았다. 그만큼 자유로웠고 글쓰는 일이 행복했다. 작가의식이 없다는 말이 될지라도 글쓰기가 나의 내면을 살찌우는 것으로서 충분했다. 일종의 나르시시즘이었을까? 독자에게 영합하기 위해 수식어를 써야 하고 장황해지고…, 말하자면 기교를 부리는 것이 기성문인으로서 필요악인가? 글쓰기가 염증이 난다면, 가혹한 자기성찰이 아닌 좌절일 것이다.

문인이면 문명을 날리고 싶은 꿈을 지닌다. 하지만 치열한 작가정신이 없고서야 과욕이다. 비록 자그마한 글의 텃밭일지라도 성심껏 일구어 키작은 들풀도 키우고, 채소를 가꾸어 식구끼리 일용하고, 나비들이 날아들도록 하는 것이 소박한 대로 보람이 있지 않을까. 요컨대 자급자족을 위한 것이거나 쓰지 않으면 배겨낼 수 없는, 자기표현 욕구를 충족하는 것으로 자아실현으로서의 글쓰기가 더 실속 있는 일이 아닐까.

그러다 보면 타인의 심금을 울리는 글도 나올 수 있고, 어느 날 갑자기 베스트셀러도 되고 유명인사의 반열에 오를 수도 있지 않겠는가.

문인 등단의 문들이 다양하게 생겨남으로써 우리 문단의 문인들에 대한 평가가 그렇게 좋은 것은 아니다. 좋은 작품을 향한 관심보다는 오직 문인이라는 허명에 빠져 살아가는 자들이 많이 생겨났기 때문이다. 문학의 저변 확대라는 점에서 문인 수가 늘어나는 것이 바람직한 측면이 있기는 하지만, 작품의 수준이 이에 따라주지 못하면 문학의 질적 타락이란 점에서 폐해는 더욱 심각해질 수밖에 없다. 그는 이러한 문단의 현실을 누구보다도 잘 인식하고, 자신이 지향해야 할 작가정신이 어디에 있는지를 성찰하고 있다. 등단 이전의 상태와 등단 이후에 자신의 글쓰기에 현실적으로 찾아드는 독자를 의식하는 글쓰기의 문제가 어디에 있는지를 나름대로 피력하고 있는 것이다. 이는 온당한 글쓰기의 자세는 어떠해야 하는지에 대한 근원적 질문이기도 하고, 작가정신을 어떻게 살려나가야 하는지에 대한 자문이기도 하다.

어쩌면 글 쓰는 자들에게 있어 가장 중요한 자의식이 있다면, 바로 이 자아실현과 독자들의 기대치 사이에서 늘 긴장된 의식을 가지고 창작에 임하는 자세이다. 일방적으로 자아에 도취되거나 독자의 취향에 끌려 다니는 형국이 아니라, 두 극단을 함께 아우르는 글쓰기의 고통을 스스로 찾아가는 자세이다. 이 자세를 팔순의 나이에도 포기하지 않고 견지하고 있다는 것이 무엇보다 눈여겨볼 대목이다. 그는 이런 작가정신으로 글을 쓰기 위해 4부 '나의 산책'에서는 세계 이곳저곳을 누비며 세계를 해석하고, 논평하고, 정리하여 우리에게 전해주고 있다. 그 세계의 골목을 다시 누비는 것은 독자들에게 남겨진 몫이다.

후반전의 중요성을 누구보다 강조하며 살아온 옥치부 수필가가 팔순과 함께 이 수상집을 펴낸다는 것은 예사로운 일이 아니다. 그의 말대로 인생은 끝이 중요하고, 마지막 순간을 어떻게 장식하느냐가 더욱 중요하다. 그의 수상집을 읽으면서 그의 글에 대한 남다른 정열이 마지막 타는 석양의 붉은 노을처럼 빛나고 있음을 느낀다. 이 수상집이 아들로부터 받아 오래 간직하다가 다시 아들에게 전수한 "목각 연소"처럼 그의 후손들에게 대대로 이어져나가는 가계사가 되길 기대한다.

2000년대 비평 11-13

가

가다머 15-16
강남주 135, 137, 139-142
거제의 노래 131-134
공간인식 191, 202
공선옥 264-265
구전설화 56
김기호 7, 114, 121, 131-132, 134
김동리 7, 77-82, 85
김동윤 262
김병택 262, 263
김성식 204-208, 211-212, 214-217,
    219-221, 224, 226-229, 231-233,
    238-241, 262-263
김영찬 16-17, 29
김윤식 245, 249-251, 269
김정란 27-29
김형중 16-17
김혜순 27-29

나

남부군 245-248, 250, 254
노드롭 프라이 78

다

단형서정시 157-158, 162, 168, 170
등신불 85
디지털 문화 31, 47
디지털 서사 35-36, 48, 65

디지털 스토리텔링 31, 33, 35-36,
    39-50, 72

마

무녀도 78, 81, 83
민족의식 282-283, 302

바

박경리 249, 254, 256
박재삼 86-87, 89-90, 95, 132
비평원론 12

사

삶의 진정성 110, 290-292, 298, 302-
    305, 307
생명성 85, 111, 163, 171-172, 174,
    177
생명의식 75, 77, 80-81, 84-85, 162-
    163, 168, 171, 177-179, 180, 185-
    188, 257
생성 22, 84, 159-160, 163, 167, 172,
    174, 177-180, 188, 272
생태학적 관계성 105, 107-110, 112
생태학적 사유 96-97, 107, 109-110,
    112, 115, 163, 172, 188
생태학적 삶 75, 96, 98, 100, 102-
    103, 109, 111-112
서영인 13, 16-21
서정시 86, 105, 157-158, 162, 164,
    168, 170-172, 174, 184, 188, 254
세계인식 86-87, 89-92, 94, 121,

141, 162, 188, 274
소멸 80, 82, 84, 141, 159-160, 163,
    171-172, 174-175, 177-180, 188
송기숙 264
스토리텔링 31, 33, 35-50, 52-55,
    57, 67, 72
신경숙 23
신병은 171-172, 174, 177, 180-181,
    187
신수정 17
신종화 259, 272
심진경 21, 25-29

아

안혜련 264-265
애니메이션 35, 40-41, 47-48, 50-
    54, 65-74
양영길 262-263
오래된 정원 19
오세근 272
오세암 51-57, 61-62, 64-69, 73-74
오스발트 슈펭글러 78
오정희 24-26
옥치부 8, 308-309, 313-315, 318
움베르토 에코 16
유병근 135-139, 143-144
유홍준 135-139, 143-144
윤대녕 23
윤동주 122, 191-192, 194-196, 199,
    201-203
이명원 17-18

이미원 265
이민아 145
이병주 245, 249-254
이주호 279, 297
이태 152, 245-248, 250, 254
이태길 290
이한우 15-16
이해와 해석 13, 21

자

장동범 157-159, 162, 168, 170
장영희 96, 110
장정일 23
전경린 22-23
전래동화 51-53, 56, 61
정채봉 51-52, 55-57, 62, 64-65
정혜경 21-25, 29
조두섭 266, 268-271
조지아 윈키 15-16
주승택 266-267
지리산 245, 247-250, 252-254, 256-
    257
지리산 문학 242-244, 246, 251, 255,
    257
지역문학 134, 205-207, 211, 242-
    244, 258-263, 266, 268, 273-275
지역정체성 258-259, 261, 263, 273

차

최성실 21, 25-27, 29
최윤 264

최종렬 272

최혜실 47-48

타

탈근대성 258-259, 261, 264, 272-
275

토지 44, 249, 254-256

파

폴 리쾨르 13, 16

풍란 114-115, 123-124, 126, 128-
131

하

하이데거 15

해석과 평가 12

해석의 다양성 13, 16-17

해양체험 204-205, 207-208, 215,
224, 240-241

허쉬 14-16

홍희담 264-265

화랑의 후예 77-78

황석영 18-20, 24